James L. Rubart
**Das Haus an der Küste**
*Roman*

Über den Autor

*James L. Rubart* lebt mit seiner Frau und seinen beiden Söhnen an der Nordwestküste der Vereinigten Staaten. Er betreibt eine Marketingfirma und hat bisher drei Romane geschrieben. Sein großes Lebensthema ist „Freiheit". Mehr dazu auf seiner Website: http://www.jimrubart.com/

# JAMES L. RUBART

Das Haus an der Küste

Roman

Aus dem Englischen von Sylvia Lutz

Der Verlag weist ausdrücklich darauf hin, dass im Text enthaltene Links nur bis zum Zeitpunkt der Buchveröffentlichung eingesehen werden konnten. Auf spätere Veränderungen hat der Verlag keinerlei Einfluss. Eine Haftung des Verlags ist daher ausgeschlossen.

Die amerikanische Originalausgabe ist im Verlag
B&H Publishing, Nashville, Tennessee, USA erschienen
unter dem Titel „Rooms“.
© 2010 by James Rubart
© 2012 der deutschen Ausgabe Gerth Medien GmbH, Asslar

Für die Bibelzitate wurde folgende Übersetzung verwendet:

*Hoffnung für alle*® entnommen, Copyright © 1983, 1996, 2002 by Biblica, Inc.®. Verwendet mit freundlicher Genehmigung des Herausgebers Fontis – Brunnen Basel. (Hfa)
*Gute Nachricht Bibel*, revidierte Fassung, durchgesehene Ausgabe in neuer Rechtschreibung, © 2000 Deutsche Bibelgesellschaft Stuttgart. (GN)
*Luther*, revidierte Fassung von 1984, durchgesehene Ausgabe in neuer Rechtschreibung. © 1984 Deutsche Bibelgesellschaft, Stuttgart. (LÜ 84)

1. Sonderauflage 2019
Bestell-Nr. 817569
ISBN 978-3-95734-569-1

Umschlaggestaltung: Hanni Plato
Illustration: Shutterstock
Satz: Apel Verlagsservice, Bad Fallingbostel
Druck und Verarbeitung: GGP Media GmbH, Pößneck
Printed in Germany
www.gerth.de

*Für Darci*

*Was kannst du je wirklich über die Seele*
*eines anderen Menschen wissen?*
*Über ihre Versuchungen, ihre Möglichkeiten, ihre Kämpfe?*
*Du kennst nur eine einzige Seele in der gesamten Schöpfung.*
*Und sie ist die einzige, deren Schicksal in deine Hände gelegt ist.*

C. S. Lewis

# Kapitel 1

WARUM SOLLTE EIN MANN, den er nie kennengelernt hatte, ihm ein Haus an einem der spektakulärsten Strände der amerikanischen Westküste bauen?

Micha Taylor schaute aus den Fenstern seines Eckbüros mit Blick über den Puget Sound und klopfte mit der Kante des geheimnisvollen Briefes in seine Handfläche. Cannon Beach, Oregon. Das Haus stand direkt am Pazifik und sein Großonkel Archie hatte es für ihn bauen lassen. Wenigstens behauptete das dieser Brief. Aber warum ausgerechnet dort? An einem Ort, den er verabscheute. An einem Ort, den er liebte. Beides gleichzeitig. Das Schicksal konnte doch nicht so grausame Scherze machen!

*Vergiss es.* Es gab dort bestimmt kein Haus, das ihm gehörte. Unmöglich. Nicht ausgerechnet dort. Das war bestimmt ein Witz, mit dem sein Team ihn auf die Schippe nehmen wollte; das sähe seinen Mitarbeitern ähnlich. Der Unternehmenskultur bei *RimSoft* konnte man beim besten Willen nicht nachsagen, sie sei langweilig. Aber sie hatten keine Ahnung, wie sehr sie diesmal ins Fettnäpfchen getreten waren. Micha seufzte.

Aber falls der Brief doch echt war ...

„Wir müssen los, Boss."

Shannon stand mit ihrer grau melierten Kurzhaarfrisur im Türrahmen und schaute ihn durch ihre Versace-Brille auffordernd an. Seit drei Jahren war sie nun Michas Assistentin. Sie war sehr klug, ließ sich nicht so leicht einschüchtern und trug entscheidend dazu bei, sein Unternehmen zusammenzuhalten.

„Ich hasse es, wenn man Boss zu mir sagt." Das erinnerte ihn zu sehr an seinen Vater.

„Ja, ich weiß." Sie zog ihre Brille ein Stück nach unten und bedachte ihn mit ihrem Piratenblick: ein Auge zu- und das andere zusammengekniffen.

Micha versuchte zu lächeln und warf den Brief auf den Schreibtisch. *Vergiss es,* sagte er sich noch einmal. Es half nicht.

„Alles in Ordnung?"

„Ja. Alles bestens." Er nahm seinen Notizblock und hob mahnend den Zeigefinger, während er und Shannon sein Büro verließen. „Du solltest nicht Boss zu jemandem sagen, wenn du beinahe alt genug bist, um seine ..."

„... ältere Schwester zu sein?"

„Genau", sagte Micha, während sie im Gleichschritt durch die Gänge von *RimSoft* schritten. Normalerweise liebte er Freitage. Die Kreativität seines Teams war unglaublich. Wenn es eine olympische Disziplin gäbe, bei der es darum ging, wer die besten Leute einstellen konnte, hätte Micha schon viele Goldmedaillen gewonnen.

Aber heute war kein normaler Freitag. Heute lag ein bizarrer Brief auf seinem Schreibtisch und drohte Erinnerungen in ihm zu wecken, die er für immer begraben hatte.

Als sie auf dem Weg zum Konferenzraum um die letzte Ecke bogen, kam Kelli Kay, eine der talentiertesten Programmiererinnen der Firma, auf ihn zu. „Wollen Sie mal etwas wirklich Cooles hören?" Ihre roten Locken hüpften auf ihren Schultern.

„Unbedingt." Micha ging weiter, aber jetzt rückwärts, wobei seine Nike-Sportschuhe leicht über den blaugrünen Teppichboden schleiften.

Kelli war bis vor vier Monaten alleinerziehende Mutter gewesen und hatte neben einer Vierzigstundenwoche und der Erziehung ihres zehnjährigen Sohnes ein Informatikstudium absolviert. Sie beklagte sich nie über Fünfzigstundenwochen. Oder über Sechzigstundenwochen.

„Mein Sohn hat den Kunstwettbewerb gewonnen, von dem ich Ihnen letzte Woche erzählt habe; im Sommer fährt er nach L. A. und nimmt dort am landesweiten …"

„Im Ernst? Wow! Hören Sie: Wenn er gewinnt, fliege ich mit ihm und Ihnen und Ihrem Mann nach New York. Wir besuchen mit ihm die Kunstgalerien und legen es so, dass wir uns ein Spiel der *Mariners* gegen die *Yankees* anschauen können."

„Ehrlich?" Kelli musste fast laufen, um mit ihm Schritt zu halten.

„*RimSoft* hat mit diesem kleinen Antivirenprogramm, das Sie letztes Jahr entwickelt haben, schon zwei Millionen Dollar verdient. Sie sind sensationell." Micha drehte sich um und beschleunigte seine Schritte.

Shannon tat es ihm gleich. „Du könntest wirklich stehen bleiben, wenn du mit Leuten sprichst."

Micha schaute Shannon stirnrunzelnd an. „Wir haben doch ein Meeting. Du weißt schon, die Firma? Viel Arbeit."

„Du bist heute Morgen irgendwie nicht du selbst."

„Mir geht vieles durch den Kopf." Er öffnete die Tür zum Konferenzraum, hielt sie Shannon auf und erwiderte ihren finsteren Blick mit einem gezwungenen Lächeln.

Der Konferenzraum war klein, aber gemütlich. Keine hohe Zimmerdecke, kein riesiger Tisch, nur zwei hellbraune Ledersofas und sechs dunkelbraune Sessel, die in der Mitte des Raums einen Kreis bildeten. Der Raum war nicht darauf ausgelegt, das eigene Ego zu präsentieren; er diente der Effektivität.

Auf jedem Sofa saßen zwei Leute. Auf dem einen der Leiter von Michas Rechtsabteilung mit seinen schwarzen Haaren und der John-Lennon-Brille. Neben ihm lungerte der Leiter der

Abteilung „Fusionen und Übernahme". Er war erst 30, sah aber mit seinen vorzeitig ergrauten Haaren wie 50 aus. Auf dem anderen Sofa saß seine Marketingchefin, die mit jedem Tag mehr wie eine jüngere Version von Oprah Winfrey aussah. Neben ihr wartete der Leiter seiner Finanzabteilung. Zwei Leute von Michas Software-Entwicklung saßen auf den Sesseln.

Shannon nahm ebenfalls in einem Sessel Platz; Micha ging vor seinem auf und ab.

Gut. Alle waren bereit. Es konnte losgehen.

„Okay", sagte Micha mit leicht erhöhter Lautstärke. „Fangen wir an. Wie weit sind wir mit der *i2-Rock*-Fusion?"

„Erledigt", antwortete der Fusionsleiter.

„Wir lieben ihre Hardware; sie lieben unsere Software, nicht wahr?"

„Genau."

„Ausgezeichnet. Gute Arbeit." Micha schaute Oprahs Zwillingsschwester an. „Ist das Layout für *Wired* fertig?"

„Ja."

„Ihre letzte Kampagne hat alle Erwartungen übertroffen. Ich bin also gespannt." Er wandte sich nach rechts. „Die Betatests für Version Vier sind abgeschlossen, richtig?"

„Am Mittwoch abgeschlossen."

„Sehr gut. Unglaublich, dass das Programm schon fast völlig fehlerlos läuft." Micha schaute den Leiter seiner Rechtsabteilung an. „Sind die Papiere für den *Bay-C*-Aufkauf fertig?"

„Noch nicht ganz." Der Mann schaute zu Micha auf. „Aber wir haben es bald."

Micha blieb abrupt stehen. Was war das Problem dieses Typen? Alle anderen wussten, dass sie ihr Bestes geben mussten. Er konnte es sich einfach nicht leisten, dass dieser Mann weiterhin im Schneckentempo arbeitete.

„Sie haben gesagt, Ihre Abteilung wäre bis Dienstag fertig. Jetzt ist Freitag."

Der Leiter der Rechtsabteilung wand sich und murmelte: „Wir werden heute noch fertig."

„Wann?"

„Heute."

„Wann?"

„Um vierzehn Uhr."

„Was kommt aus einem Toaster?"

Der Mann runzelte die Stirn. „Toastbrot?"

„Jetzt ist es halb zehn. Was sind Sie, wenn Ihre Papiere bis Mittag nicht fertig sind?"

Der Leiter der Rechtsabteilung errötete. „Toastbrot."

„Ein bisschen lauter bitte, damit es alle hören können."

„Dann bin ich Toastbrot."

Jemand aus dem Team hustete. Alle anderen hielten ihre Blicke krampfhaft auf ihre Agenda gerichtet.

Micha drehte sich um, schaute aus den Fenstern des Konferenzraums und betrachtete den Puget Sound. Einatmen. Ausatmen. *Wirklich toll, Micha.* So machte man sich keine Freunde. Er wandte sich wieder an sein Team. „Okay, machen wir weiter."

Eine halbe Stunde später schaute Micha jeden Einzelnen aus seinem Team direkt an. „Danke für zwei Dinge: Erstens dafür, dass Sie so gut sind, dass diese Firma ohne Sie zweifellos nicht überleben könnte. Und zweitens, dass Sie doch nicht so gut sind, dass ich nicht doch noch Verbesserungen einbringen könnte." Er nahm seinen Notizblock und schritt zur Tür.

War er zum Leiter der Rechtsabteilung, der mit seiner Arbeit immer zurücklag, zu hart gewesen? Wahrscheinlich. Micha seufzte. Eindeutig. Warum hatte er sich so benommen? Er verdrehte die Augen. Micha wusste ganz genau, warum er sich so benommen hatte.

Cannon Beach.

Shannon trat vor ihm aus der Tür und marschierte fast im Laufschritt den Flur hinab.

Mit zwei großen Schritten holte Micha sie ein. „Hey, geh langsamer."

Sie ging schneller und gab ihm keine Antwort.

„Du hast wieder diesen ‚Micha ist ein Blödmann'-Blick drauf."

Sie schaute ihn mit einem dünnen Lächeln an. „Es war erst das erste Mal in diesem Jahr. Du besserst dich."

Sie gingen einige Schritte schweigend nebeneinander her. „Ich wollte nur etwas klarstellen. So bin ich normalerweise eigentlich nicht."

„So?"

Wieder vier Schritte.

„Du hast recht; ich hab mich da drinnen wie ein hundertprozentiger Idiot benommen", flüsterte er. Sein Gesicht wurde warm, als er über die Narbe auf seiner linken Handfläche fuhr. „Es ist nur so … dass ich manches nicht ablegen kann, auch wenn ich es gern würde."

„Du bist also nicht schon seit deiner Geburt so?"

Nein. Erst, seit er neun war.

Er schaute nach unten und schüttelte leicht den Kopf.

*„Du bist eine Null! Du bist nichts! Absolut gar nichts! Und aus dir wird nie etwas werden!"* Der Rest der Szene – das zerrissene T-Shirt, die Demütigung, die vernichtenden Worte – wollte an die Oberfläche kommen, aber Micha knallte die Tür zu seinem Herzen zu, und die Erinnerungen verblassten.

Als er in seinem Büro ankam, hatte sich sein Atem wieder beruhigt und sein Blick wanderte zu dem Brief von seinem Großonkel, der auf dem Teakholzschreibtisch lag. Micha nahm ihn und ließ sich in seinen schwarzen Lederstuhl fallen. Das vergilbte Papier war früher wahrscheinlich weiß gewesen, obwohl die fließende Handschrift so gestochen war, als wäre der Brief erst gestern geschrieben worden.

Der Umschlag, in dem er gekommen war, war mit Wachs versiegelt gewesen, und die Umrisse eines Löwenkopfes waren in dem dunkelblauen Paraffin deutlich zu sehen. Micha lehnte sich zurück und starrte den Namen des Absenders an. *Archie Taylor.* Wirklich sonderbar.

Archie war sein Großonkel, über den er überhaupt nichts wusste. Er war Mitte der 1990-er Jahre gestorben, und Micha hatte ihn nie persönlich kennengelernt. Archie war ziemlich reich gewesen und hatte nie geheiratet, aber mehr wusste er nicht über ihn. Micha war schon fast erwachsen gewesen, als er erfahren hatte, dass es Archie überhaupt gab. Als Micha nachgefragt hatte, hatte sein Vater nur gesagt, Archie sei ein Sonderling, von dem man sich lieber fernhielt.

Micha öffnete den Brief und fragte sich erneut, ob er echt sein konnte.

*27. September 1990*

*Lieber Micha,*

*du bist wahrscheinlich ziemlich verwundert, dass du diesen Brief bekommen hast, da wir nie Gelegenheit hatten, uns kennenzulernen. Der Grund für diesen Brief wird dich noch mehr überraschen.*

*Ich habe einen Freund gebeten, dir diesen Brief zu schicken, wenn du 35 bist oder wenn du so viel Geld verdient hast, dass du nicht mehr arbeiten musst. Wenn du diesen Brief liest und noch nicht 35 bist, hast du also schon eine erhebliche Summe Geld verdient, was in einem jungen Alter manchmal von Vorteil sein kann, aber meistens nicht.*

*Wenn meine Anweisungen befolgt wurden, wurde in den letzten fünf Monaten für dich ein Haus an der Küste von Oregon gebaut, sechs Kilometer südlich von Cannon Beach. Ich habe es für dich entworfen. Ich nehme an, dass du dich jetzt fragst, warum ich dieses Haus ausgerechnet in Cannon Beach bauen ließ.*

*Aber du kennst wahrscheinlich den Grund.*

*Weil es Zeit wird, dich deiner Vergangenheit zu stellen. Es ist Zeit, dich damit auseinanderzusetzen, was passiert ist.*

*Es ist mein großer Wunsch, dass dir dieses Haus helfen wird, dich zu entscheiden und wieder heil zu werden, und wenn der Architekt meine Anweisungen befolgt hat, wird das auch geschehen, glaube ich. Es wird auf jeden Fall dein Leben durcheinanderbringen. Das Haus ist ganz du.*

*Dein Großonkel Archie*

*P.S.: Zusammen mit diesem Brief müsstest du einen Schlüssel und eine Karte mit der Adresse bekommen haben.*

Micha las die letzte Zeile noch einmal und runzelte die Stirn. *Das Haus ist ganz du?* Ein Schreibfehler. Es musste doch wohl heißen: ganz *dein.* Er lehnte den Kopf zurück. Sein Vater hatte recht. Dieser Mann war verrückt gewesen.

Er sollte sich seiner Vergangenheit stellen? Seine Vergangenheit war tot. Begraben. Vergessen.

Und so würde es auch bleiben.

❖

Ein Geräusch auf dem Flur ließ Micha aufblicken. Julie. Gut! Zurück im richtigen Leben. Julie war die perfekte Geschäftspartnerin. Und auch eine leidenschaftliche Sportpartnerin. Und seit einiger Zeit auch seine Lebenspartnerin.

Ihre schulterlangen, blonden Haare hüpften, als sie schwungvoll durch seine Bürotür trat. Ihr strenges beiges Kostüm betonte ihre strahlend weißen Zähne.

„Hey!" Micha kam hinter seinem Schreibtisch hervor und breitete die Arme aus.

Als sie bei ihm ankam, zerzauste sie seine dunkelbraunen Haare und küsste ihn sanft.

Julie. Stark, aber auch zärtlich. Energiegeladen und strahlend. Es war schön, dass sie zurück war.

„Wie war die Dienstreise, Julie?"

„Wir sind jetzt reicher, aber ich bin so froh, dass ich wieder hier bin."

Als sie *RimSoft* vor sechs Jahren gemeinsam gegründet hatten, hätte er sich nie vorstellen können, dass sie beim Software-Goldrausch auf eine so reiche Ader stoßen würden. Und er hätte auch nie gedacht, dass aus ihrer langjährigen Freundschaft irgendwann eine Liebesbeziehung entstehen würde.

Micha setzte sich und starrte Archies Brief an. Er musste nach Cannon Beach fahren. Und falls es das Haus wirklich gab, musste er es loswerden. Sofort.

„Hörst du mir eigentlich zu?" Julie lehnte sich an Michas Schreibtisch.

„Was?"

„Ich habe dich nach der Aufsichtsratssitzung am Montag gefragt, und ich finde, fünf Sekunden auf eine Antwort zu warten reicht." Sie lachte.

„Entschuldige. Ich habe nicht zugehört. Ich bin in Gedanken gerade ganz woanders. Ich habe von einem Verwandten, der längst gestorben ist, einen sonderbaren Brief bekommen. Ehrlich gesagt, muss ich dieses Wochenende wahrscheinlich …"

Julie drückte zwei Finger auf seine Lippen. „Wir können nicht zulassen, dass diese Gedanken ausgesprochen werden."

„Welche Gedanken?"

„Dass du womöglich unseren Ausflug nach Whistler am Wochenende absagen willst. Du und ich und Schnee und Skifahren im Frühling und Kaminfeuer mit einem sehr alten Cabernet. Klingelt da etwas bei dir?"

„Hmm." Er grinste, zog die Brauen in die Höhe und hoffte, Julie würde verstehen, dass sie ihre Pläne ändern mussten. „Ich habe anscheinend ein Haus direkt am Meer geerbt, gleich südlich von Cannon Beach."

„Cannon Beach?" Sie runzelte die Stirn. „Hast du mir nicht mal erzählt, dass du Cannon Beach hasst?"

„Früher habe ich es geliebt."

„Was? Also, wie jetzt?"

„Vergiss es." *Entschuldige, Archie.* Die Gefühle, denen er sich dieses dummen Briefs zufolge stellen sollte, würden nie ans Tageslicht kommen.

Julie starrte ihn an, aber er reagierte nicht darauf.

„Lass uns doch mal kurz etwas nachsehen." Julie beugte sich über ihn, und ihre roten Fingernägel tanzten über seine Tastatur, bis ein Schaubild mit Häusern am Meer, die in Cannon Beach zum Verkauf angeboten wurden, auf seinem Bildschirm auftauchte. „Schau dir diese Preise an." Sie tippte auf seinen Monitor. „Dein kleines Geschenk könnte ein paar Millionen Dollar wert sein. Biete es zum Verkauf an und mach es schnell zu Geld."

„Genau. Je schneller, desto besser."

„Deshalb liebe ich dich, Micha. Du machst kurzen Prozess. Woher hast du dieses geheimnisvolle Haus eigentlich?"

Er nahm den Brief und zog ihn wie eine Messerklinge über seine Hand. „Mein Großonkel, den ich nie kennengelernt habe, hat es für mich bauen lassen."

„Du hast ihn nie kennengelernt, und er schenkt dir ein Haus?"

Julie wartete nicht auf eine Antwort, sondern tippte wieder. Einige Sekunden später erschien *Google Earth* auf Michas Monitor. „Adresse?"

Micha las sie ihr aus dem Brief vor. Wenige Momente später schauten sie einen Fleck Erde am Meer an.

„Nicht einmal eine kleine Hütte", stellte Julie fest.

„Vielleicht doch." Micha drückte ein paar Tasten. „Schau. Dieses Satellitenbild ist sieben Monate alt. In Archies Brief steht, dass jemand das Haus in den letzten fünf Monaten gebaut hat." Micha wandte seinen Blick nicht vom Bildschirm ab. „Es könnte sein ..."

„Wie wär's mit einem Deal? Du willst also unbedingt dorthin fahren."

„So wichtig ist es nicht ..."

„Nein, nein, lass mich ausreden. Ich kenne diesen Blick. Du musst hinfahren. Wenn du unser Wochenende in Whistler gegen eine Woche in den Alpen tauschst, kommen wir ins Geschäft."

„Dann kommst du dieses Wochenende mit?"

„Nein."

„Was? Ich bin nicht sicher, ob ich das allein machen will."

Julie strich über Michas Wange und drehte seinen Kopf zu sich herum. „Etwas sagt mir, dass du das allein machen *musst*."

Es wäre das erste Mal seit über 20 Jahren, dass er in Cannon Beach wäre. Und auch sein letztes Mal. Zweifellos sein letztes Mal.

# Kapitel 2

WAR ES ZU SPÄT, um nach Cannon Beach zu fahren und herauszufinden, ob es dieses Haus wirklich gab? Wahrscheinlich. Micha trat an diesem Abend über die Türschwelle seiner Penthousewohnung, als die Ziffern seiner Digitaluhr gerade von 20:59 auf 21:00 Uhr sprangen.

Er drückte eine Tastenkombination an seinem Telefon, um seine Nachrichten abzuhören, und ließ sich auf sein Sofa fallen. Er hoffte, dass eine Nachricht von seinem Vater auf seinem Anrufbeantworter war. Gleichzeitig graute ihm davor, eine Nachricht von seinem Vater zu hören.

*„Hallo, Junge"*, erscholl die Stimme seines Vaters aus dem Gerät. *„Ich habe deinen Anruf abgehört. Du brauchst mich nicht zurückzurufen. Wenn es etwas mit Archie Taylor zu tun hat, kann ich dir nur einen Rat geben: Lass die Finger davon. Ich muss nicht wissen, was in dem Brief steht. Verbrenn ihn und vergiss ihn. Das würde ich tun. Und dasselbe erwarte ich auch von dir."*

Micha seufzte. Na toll. Er konnte es gar nicht erwarten, seinen Vater zurückzurufen.

Er stand auf, um sich ein Glas Cola light einzuschenken, und blieb auf dem Weg zur Küche vor dem gerahmten Titelblatt der Zeitschrift *Inc.* im Flur stehen, das ihn und Julie zeigte. Ihre erste Titelstory. Das war vor einer halben Ewigkeit gewesen. Damals hatte er eine Champagnerflasche geköpft. Sie hatten es geschafft.

Es war nur schade, dass der Champagner nicht mehr so perlte wie am Anfang.

Nachdem er sich die Cola light geholt hatte, schaltete er seinen großen Fernsehbildschirm ein und starrte die Wand neben dem Bildschirm an. Leer. Als Julie das letzte Mal hier gewesen war, hatten sie wieder einmal über das gleiche Thema diskutiert, über das sie schon mindestens zehnmal gesprochen hatten: Julie war der Meinung, dass sein Penthouse zu spartanisch eingerichtet war.

„Warum hängst du nicht Bilder an die Wand, Micha? Ein paar Gemälde? Oder Fotos? Irgendetwas."

„Ich habe keine Bilder."

„Dann kauf dir welche, oder häng die Bilder auf, die du an der Highschool und am Anfang deines Studiums gemalt hast. Die, die du im Schrank verstaut hast. Sie sind ziemlich gut, wenn du mich fragst."

„Sie sind furchtbar." Sein Studienberater an der Schule hatte ihm geraten, Kunst zu studieren. Doch das ging auf keinen Fall! Damit war kein Geld zu verdienen. Diese Phase seines Lebens war vorbei.

Micha schaltete den Fernseher ein, schaute sich einen Sport-sender ohne Ton an und dachte an Cannon Beach. Er hatte den jährlichen Sandburgwettbewerb geliebt. Sein Bruder und er hat-ten in dem Jahr, in dem sie den Drachen gebaut hatten, den zwei-ten Platz bei den Sieben- bis Elfjährigen gemacht. Das war ihr letzter Urlaub in Cannon Beach gewesen. Zwei Tage nach dem Wettbewerb ... er erlaubte sich nicht, diesen Gedanken zu Ende zu denken.

Sein Blick wanderte zum Buch *Der Herr der Ringe: Die Gefähr-ten* auf seinem Ecktisch. Dieses Buch wollte er schon seit zwei Jahren lesen. „Dich nehme ich mit."

Am Samstagmorgen quälte er sich um 7:00 Uhr aus dem Bett und rief seinen Vater an. Häufiger als zweimal im Jahr mit ihm zu sprechen war zu viel, aber wenn irgendjemand eine Ahnung hatte, warum Archie ihm ein Haus hinterlassen hatte, dann war das sein Vater.

Das Telefon klingelte dreimal. „Guten Tag. Sie sprechen mit Daniel Taylor. Was kann ich für Sie tun?"

Sein Vater meldete sich, solange Micha zurückdenken konnte, mit diesem Spruch am Telefon. Es klang wie ein Text aus dem Knigge von 1950. Wahrscheinlich hatte er den Spruch auch dorther.

Micha rieb sich die Stirn. Er durfte sich nicht ablenken lassen. Er musste seine Fragen stellen und dann das Gespräch beenden. Und versuchen, diesen Mann am Ende des Gesprächs nicht mehr zu verabscheuen als vorher.

„Hallo, Vater." Micha rieb sich über die Narbe an seiner linken Hand. „Ich wollte mit dir über Archies Brief sprechen."

„Ich dachte, ich hätte in meiner Nachricht gestern Abend meinen Standpunkt klargestellt."

„Ja, das hast du." Micha rieb sich den Nacken. „Aber ich hatte gehofft, du würdest ..."

„Meinetwegen. Lies mir den Brief vor."

Micha las ihn vor und wartete. Drei Sekunden. Fünf Sekunden. Nach sieben Sekunden brach sein Vater das Schweigen.

„Halte dich von Cannon Beach fern. Warum solltest du auch nur eine Sekunde in Erwägung ziehen, dorthin zu fahren?" Micha hatte gewusst, dass sein Vater auf den Ort, wo das Haus stand, so reagieren würde. Genauso wie er gewusst hatte, dass sein Vater den Unfall nicht direkt ansprechen würde. „Woher willst du wissen, dass der Brief echt ist? Wahrscheinlich stammt er von einem Konkurrenten, der dich irritieren will." Sein Vater hüstelte. „Du hast es in der Geschäftswelt sehr weit gebracht."

„Danke", stammelte er. Es war das erste Mal, dass sein Vater den Erfolg von *RimSoft* überhaupt erwähnte. Das allererste Mal. Micha schaute das gerahmte Titelblatt von Julie und sich an der

Wand an. Er hatte seinem Vater damals ein Exemplar der Zeitschrift geschickt. Aber der hatte nie ein Wort darüber verloren.

„Außerdem, wie kommst du darauf, dass dort tatsächlich ein Haus steht? Und selbst wenn, dann ist es wahrscheinlich nicht größer als ein Toilettenhäuschen und riecht auch nicht viel besser. Lass die Finger davon, Junge."

Sein Vater sagte selten etwas anderes als „Junge" zu ihm. Micha hatte sich als Kind und Jugendlicher so danach gesehnt, hin und wieder seinen Namen zu hören. „Danke für deine Einschätzung. Ich werde darüber nachdenken."

„Das ist nicht nur meine Einschätzung; es sind Fakten. Was hast du vor?"

„Ich werde darüber nachdenken!" Micha bereute sofort, dass er seine Stimme erhoben hatte. Aber jedes Gespräch mit seinem Vater war wie eine Unterhaltung mit Mr Spock. Er wünschte sich einfach, dieser Mann würde einmal irgendwelche Gefühle zeigen.

„Ich habe offenbar zu viel gesagt. Ich will dir nicht vorschreiben, wie du dein Leben führen sollst. Aber du hast mich nach meiner Meinung gefragt und …"

„Es tut mir leid. Ich will einfach …"

„Ich weiß, dass ich in so etwas nicht gut bin … ähm … und in der Vergangenheit habe ich … ich kann einfach nicht … Du wirst bestimmt eine gute Entscheidung treffen."

Micha legte auf und schaute aus dem Fenster im 21. Stock mit Blick über die Elliott Bay vor Seattle. Es war ein strahlender Frühlingstag, die Sonne war schon aufgegangen und warf lange Morgenschatten auf den Rasen des kleinen Parks. Ein Mann lag in der Mitte des smaragdgrünen Teppichs. Er hatte die Arme und Beine ausgebreitet, als hätte er einen Schneeengel gemacht und wäre dann so liegen geblieben.

Diese Szene weckte eine Erinnerung in Micha, wie er als Siebzehnjähriger mit geschlossenen Augen in der Mitte eines Parks in der Nähe seines Zuhauses gelegen hatte.

„Hey, Micha, was machst du da?", hatte ihn ein Kumpel aus seiner Basketballmannschaft aus seinen Tagträumen gerissen.

„Nicht denken." Micha hatte die Augen aufgeschlagen. „Gehen dir manchmal so viele Sachen durch den Kopf, dass du vor deinen eigenen Gedanken fliehen möchtest?"

„Nein."

„Mir schon. Ich will nie einer von diesen Leuten werden, die so sehr auf Erfolg und Macht aus sind, dass sie nur durchs Leben rasen und nicht dazu kommen, es zu genießen. Ich will das Leben jeden Tag voll ausschöpfen."

„Du bist verrückt, Micha."

Das war ein Gespräch aus einem anderen Leben. Micha schlug die Augen auf, als die Erinnerung verblasste. Damals war er ziemlich naiv gewesen. Das Leben, das er sich geschaffen hatte, hatte Vorteile, die er sich nie erträumt hätte. Aber wenn man den Gipfel des Mount Everest bezwungen hatte und feststellte, dass er gar nicht so toll war, welchen Berg wollte man dann noch besteigen?

Der Typ im Park war immer noch da und dachte zweifellos an nichts. Micha schüttelte den Kopf und versuchte zu lächeln.

Widerstand war vergeblich. Das Leben veränderte die Menschen. Es hatte seinen Vater verändert. Es hatte ihn zu ... einem anderen Menschen gemacht. Und das Leben hatte Micha anscheinend in Sir Edmund Hillary verwandelt. Das musste er akzeptieren.

Zwanzig Minuten später stand er mit einem schwarzen ledernen Aktenkoffer in einer Hand und einer Nike-Sporttasche in der anderen an seiner Wohnungstür. Brauchte er noch etwas?

Ja. Etwas zum Knabbern für die Fahrt. Er stellte seine Taschen gleich neben seiner Wohnungstür ab und lief durch den Flur in die Küche. Moment mal. Etwas stimmte hier nicht. Etwas war im Flur anders. Micha blieb stehen und drehte sich langsam um. Etwas fehlte.

Wo war es? Er schaute nach unten und erwartete, es auf dem ingwerfarbenen Teppich liegen zu sehen. Nichts.

Ihm wurde gleichzeitig heiß und kalt. Das war unmöglich. Er hatte es doch vorhin noch betrachtet, während er mit seinem Vater gesprochen hatte.

Das gerahmte Titelblatt der Zeitschrift *Inc.* war von seiner Wand verschwunden.

## Kapitel 3

DER GROSSE AUGENBLICK WAR GEKOMMEN. Es war so weit, herauszufinden, was es mit dem Brief seines Großonkels Archie auf sich hatte.

Kurz nach 15:00 Uhr am Samstagnachmittag nahm Micha die erste Ausfahrt nach Cannon Beach, ließ sein Fenster herab und atmete tief ein. Der salzige Geruch der Meeresluft erfüllte das Auto. Dieser Geruch schmeckte nach schmerzlichen Erinnerungen, aber aus Gründen, die er nicht verstand, auch nach Hoffnung.

Die Wahrscheinlichkeit, dass hier tatsächlich ein Haus auf ihn wartete, war gleich null, aber er musste das leere Grundstück sehen. Das war der schnellste Weg, um Archies Brief aus dem Kopf zu bekommen. Micha hatte das Satellitenfoto noch einmal angeschaut, bevor er in Seattle aufgebrochen war, da er gehofft hatte, er könnte die Frage vor seiner Abfahrt beantworten. Auf dem Foto war immer noch die alte Aufnahme von dem Grundstück zu sehen, auf dem Archies Haus angeblich stand.

Falls es das Haus tatsächlich geben sollte, befand es sich sechs Kilometer südlich von Cannon Beach. Er brauchte also nicht durch die Stadt zu fahren; aber da er seit über 20 Jahren nicht mehr hier gewesen war, wollte er sehen, was sich alles verändert hatte.

Das war aber nicht der eigentliche Grund, warum er vom Highway 101 abbog.

Etwas in ihm wünschte sich verzweifelt, dass er bei der Adresse, die auf der Karte stand, ein Haus vorfinden würde. Er wollte glauben, dass jemand so verrückt war … oder ihn so sehr liebte, dass er ihm ein Haus an der Pazifikküste von Oregon baute. Aber der größere Teil von ihm glaubte das nicht, und durch die Stadt zu fahren würde die unausweichliche Enttäuschung noch ein wenig hinauszögern.

Er bog in die Main Street ein. Einige Sekunden später tauchte *Osburns Eisdiele* vor ihm auf. Sie war immer noch da!

Südlich der Stadt bog er in die kurvenreiche Straße ein, die 20 Meter oberhalb des Strandes verlief. Micha verlangsamte seine Geschwindigkeit, während er zuschaute, wie die Seemöwen am kobaltfarbenen Himmel über dem wilden Strand ihre Kreise drehten. Einige Minuten später bog er wieder auf die 101 ab und schluckte schwer. Dann noch einmal. Es gab keinen Grund, nervös zu sein. Doch dieser Gedanke half ihm auch nicht.

Sein GPS gab an, dass das Haus gleich südlich des Arcadia Beach State Parks stehen müsste. Als der Park vor ihm auftauchte, fuhr er im Schritttempo weiter, lenkte dann sein Auto an den Straßenrand und betrachtete die Zahlen auf den kleinen Pfosten, bis er die Nummer 34140 fand. Er trat auf die Bremse und schaute vorsichtig in beide Richtungen des Highways.

Michas Herzschlag beschleunigte sich, als er nach rechts abbog und seine Reifen langsam und knirschend über die Schottereinfahrt rollten. Sie machte eine Kurve nach rechts und verwehrte den Blick auf die Stelle, an der sich das Haus befinden müsste. Ein schwacher Salzgeruch drang ins Auto, und als er sein Fenster nach unten ließ, erfüllte die Meeresbrandung seine Ohren. Er brachte sein Auto zum Stehen und atmete tief durch, bevor er eine Antwort auf die Frage bekam, die pausenlos in seinem Kopf hämmerte.

„Bitte, Gott. Mach, dass hier ein Haus steht. Und lass es mehr als ein Toilettenhäuschen sein.“

Die Worte sprudelten aus ihm heraus, bevor er es verhindern konnte. Woher waren sie gekommen? Beten stand nicht auf seiner täglichen To-do-Liste. Jedenfalls seit ein paar Jahrzehnten nicht mehr.

Er rollte langsam weiter. Eine Ecke des Hauses tauchte auf. Er stieß einen langen, leisen Pfiff aus, als mehr von dem Haus in seinem Sichtfeld erschien. Ein erster Blick verriet, dass das Haus leicht mit den großen Villen und Herrenhäusern mithalten konnte. Er beugte sich über sein Armaturenbrett. Wow! Der First des Schieferdachs musste 8 oder vielleicht sogar 10 Meter hoch sein.

Er stieg aus seinem Auto und ging unter dem Vordach, das zur Haustür führte, zum Haus. Dabei blieb er immer wieder stehen und bestaunte die blühenden Blumenbeete rechts und links. Sie dufteten wie ein Parfumladen. In einem glitzernden Pool links von ihm spiegelte sich ein gemauerter Kamin, der sich an der Ostseite des Hauses befand. Der Pool ergoss sich am anderen Ende in einen Wasserfall, der über bemooste Felsen plätscherte und dann in einem Teich mündete, auf dem Seerosen schwammen. Wahrscheinlich tummelten sich in dem Teich jede Menge Koi-Karpfen. Micha schüttelte schmunzelnd den Kopf.

Zwei eindrucksvolle Steinsäulen ragten auf beiden Seiten einer soliden Eichentür nach oben, die mit einem Messinggriff versehen war, der gleichzeitig antik und neu aussah. Zwei Gaslampen aus dem 19. Jahrhundert umrahmten den Eingangsbereich.

Als Micha den Schlüssel ins Schloss steckte, befiel ihn ein starkes Déjà-vu-Gefühl. Er hatte das alles schon einmal gesehen. In einem Traum? Ein Bild von einem Haus, das genauso ausgesehen hatte wie dieses? Micha schauderte, während er den Schlüssel umdrehte.

Das Gefühl verstärkte sich, als er durch die Haustür trat. War er schon einmal hier gewesen? Nein. Unmöglich. Das Haus war ja erst vor Kurzem fertig gestellt worden. *Reiß dich zusammen!*

Während er weiterging, kam ein unwillkürliches Lachen über seine Lippen, und er grinste. Erstaunlich! Vier hohe Mahagonifenster umrahmten einen spektakulären Blick auf den Pazifik. Riesige Zedernbalken trugen eine Zimmerdecke, die mindestens sieben Meter hoch war. Ein Kamin aus Flusssteinen beherrschte die Wand auf der linken Seite. An der rechten Wand befanden sich drei Meter hohe eingebaute Mahagoniregale.

Vor den Fenstern stand ein überdimensionaler Polstersessel. Die Lampe, die danebenstand, verbreitete zweifellos ein warmes, goldenes Licht. Der ideale Platz, um den Wellen zuzuschauen.

Archie war zwar vielleicht verrückt gewesen, aber wer auch immer dieses Haus für Micha gebaut hatte, er hatte den Nagel auf den Kopf getroffen. Micha hatte das Gefühl, als wäre er sein ganzes Leben lang immer wieder hierher gekommen. Woher hatte Archie das gewusst? Er und sein Großonkel mussten den gleichen Geschmack haben.

Micha betrachtete ein großes Gemälde vom Haystack Rock, dem berühmten Felsen, der draußen vor dem Fenster mitten im Wasser stand und wirklich aussah wie ein Heuhaufen, dem er seinen Namen verdankte. Das Bild auf dem Kaminsims war eindeutig von Monet beeinflusst, vielleicht mit einem leichten Hauch von van Gogh. Micha legte den Kopf zurück und schloss die Augen. Frieden umfing ihn. Ein unerwartetes Gefühl. Aber sehr angenehm.

Sein Handy klingelte und zerstörte den friedlichen Moment. Er zog es aus seiner Tasche. „Was ist?"

„Hups, entschuldige", sagte Julie. „Ich wollte nur wissen, ob du schon angekommen bist. Und ob es das Haus wirklich gibt."

„Entschuldige, das Klingeln hat mich aus meinen Gedanken gerissen. Ich bin vor zwei Minuten hier angekommen. Du müsstest das Haus sehen, Julie." Micha drehte sich auf dem Absatz herum. Eine Wendeltreppe führte zu einem langen Flur im ersten Stock hinauf. Natürlich gab es eine Wendeltreppe. Wendeltreppen hatte er schon immer geliebt. „Es ist gleichzeitig verblüffend und bizarr. Es kommt mir irgendwie … bekannt vor."

„Wie kann ein Haus, das gerade frisch erbaut wurde, dir bekannt vorkommen?"

„Keine Ahnung." Micha drehte sich um und trat zu den großen Fenstern, um die Meeresbrandung zu beobachten. Könnte er hier Kajak fahren?

„Aber es gefällt dir."

„Es ist beeindruckend. Ich mache ein paar Fotos und zeige sie dir nächste Woche."

„Du meinst übermorgen."

„Ja." Micha zögerte. „Am Montag."

Nachdem er aufgelegt hatte, ging er an dem Polstersessel vorbei, der so stand, dass man aus dem Fenster schauen konnte, und trommelte leicht auf die Armlehne. „Ich bin bald wieder bei dir."

Große Glastüren führten auf eine massive Terrasse über dem Strand. Er schwang die Türen auf, und salzige Meeresluft umwehte ihn. Er schaute zu, wie die Wellen in ihrem faszinierenden Rhythmus ans Ufer rollten und spürte inmitten der Brandung die Stille.

Wenn die Wellen nur heilen statt die Vergangenheit aufwühlen könnten.

In ihm stritten zwei Gefühle: Er genoss es, hier zu sein. Und er hasste es, hier zu sein.

Er schloss die Augen und ließ sich den Wind, der sich anscheinend nicht entscheiden konnte, in welche Richtung er wehen wollte, ins Gesicht pusten und seine Haare zerzausen, bevor er wieder hineinging und sich in den Ledersessel setzte.

Er legte die Füße auf die Ottomane und tat … nichts. Er zwang sich, nichts zu denken. Er schaute nichts anderes an als das, was direkt vor ihm war. Als der Horizont immer dunkler und dann ganz schwarz wurde, saß er immer noch in derselben Haltung da. Er glaubte, dass man das als Entspannung bezeichnete. Früher, vor langer Zeit, bevor *RimSoft* jede Minute seiner Zeit beansprucht hatte, hatte er das auch getan.

Noch ein paar Minuten, dann würde er aufstehen und das Haus erkunden. Er müsste wenigstens das Schlafzimmer finden. Aber diese Absicht versank mit den letzten Momenten, in denen er noch bewusst etwas dachte.

❖

Micha erwachte am nächsten Morgen und stellte fest, dass er immer noch in dem Ledersessel saß. Er brauchte ein paar Minuten, um sich daran zu erinnern, wo er war, aber der umwerfende Meeresblick, der seine halb geöffneten Augen begrüßte, weckte sein Erinnerungsvermögen schnell wieder. Er hatte die ganze Nacht in diesem Sessel geschlafen? Wie hatte er einschlafen können, bevor er den Rest des Hauses gesehen hatte? Es war höchste Zeit für eine Hausbesichtigung.

Der Rest des Hauses enttäuschte ihn nicht mit seiner voll eingerichteten Küche, einschließlich Grill, Gefrierschrank und Arbeitsflächen aus Granit.

Es gab ein Spielzimmer mit Kicker, Billard und Dartscheibe.

Ein riesiges Fernsehzimmer mit rostbraunen Kinosesseln und einer Leinwand, die mindestens drei mal zwei Meter groß war.

Ein Arbeitszimmer mit eingebauten Bücherregalen, Internetanschluss und einem Teakholzschreibtisch.

Als er ins Schlafzimmer kam, begannen seine Handflächen zu schwitzen. Das ganze Haus war *genau* so, wie er es selbst auch gebaut und eingerichtet hätte. Es war so, als hätte jemand in seinen Kopf hineingeschaut und seine Lieblingsfarben und den Stil gefunden, der ihm am besten gefiel, und alles perfekt in diesem Haus umgesetzt.

Sein Traumhaus … direkt aus seinen Träumen.

Ihm gefiel die Vorstellung nicht, dass jemand, dem er nie begegnet war, seinen Geschmack so genau kannte. In seinem Kopf drehte sich alles. Dieses Haus musste mehrere Millionen Dollar gekostet haben, ganz zu schweigen vom Wert des Grundstücks. Nahm man die Einrichtung dazu, dann war es wahrscheinlich eines der wertvollsten Häuser an der Küste von Oregon.

Warum hatte jemand so viel Geld ausgegeben? Und es für einen anderen bauen lassen? Und dann ausgerechnet für ihn? Das ergab keinen Sinn. Micha kehrte ins Erdgeschoss zurück, trat auf die Terrasse und schaute an dem Haus hinauf. Grob geschätzt hatte es 800 Quadratmeter Wohnfläche. Und es gehörte ihm. Unglaublich.

Das war das Problem. Das Haus war unglaublich. Es musste einen Haken geben. Er wusste nur nicht, wo der Haken war.

Es war nur gut, dass er nicht hierbleiben würde, um das herauszufinden.

Micha schaute hinaus über das Meer. Er würde dieses Haus verkaufen. So bald wie möglich.

Sein Magen knurrte. Er warf einen Blick auf seine Armbanduhr. 10:00 Uhr. Er ging wieder hinein und nahm mit der Absicht, in die Stadt zu fahren, seine Schlüssel von der Granitarbeitsplatte. Als er gerade wieder hinausgehen wollte, blieb er abrupt stehen. Eine Tür am Ende des Flurs im Erdgeschoss war angelehnt, und ein heller Lichtstrahl fiel durch den Türspalt auf den Teppich.

Ein unbekanntes Gefühl befiel ihn. Das Gefühl, magnetisch angezogen zu werden.

# Kapitel 4

DIE TÜR WAR AM TAG ZUVOR nicht da gewesen. Oder doch? Micha schob die Haustür mit einem leisen Klicken wieder zu, ohne den Blick vom anderen Ende des Flurs abzuwenden.

Er hatte gestern diesen Teil des Hauses besichtigt und erinnerte sich nicht, dass hier ein Zimmer gewesen war, geschweige denn, dass er das Licht angelassen hätte. Er ging durch den Flur zu der offenen Tür.

Mit zwei Fingern schob er sie auf und spähte hinein. Das Zimmer war hell erleuchtet. Zu hell. So hell, dass er die Augen zukneifen musste. Mindestens 20 Scheinwerfer leuchteten auf eine Vielzahl von Titelblättern von Zeitschriften herab, die alle gerahmt auf Glaspodesten standen. Auf anderen Podesten befanden sich Medaillen; wieder andere stellten laminierte Zeitungsartikel zur Schau. Noch bevor Michas Augen sich so weit an das helle Licht angepasst hatten, dass er gut sehen konnte, wusste er, was dieses Zimmer war.

Wie konnte … ? Er kniff die Augen zu. Als er sie wieder aufschlug, rechnete er fast damit, dass das Zimmer fort wäre.

Es war ein Schrein, eine Dokumentation seines kometenhaften Aufstiegs in der Softwarewelt. Micha und Julie waren auf den Titelseiten der ausgestellten Zeitschriften zu sehen. Dazu kamen Artikel aus dem *Wall Street Journal,* aus *USA Today* und der *New York Times.*

Die Medaillen waren Auszeichnungen, die *RimSoft* gewonnen hatte, angefangen beim ersten bis hin zum neuesten Preis, mit dem sie im letzten Monat ausgezeichnet worden waren. Wer auch immer die Sachen gesammelt hatte, er hatte nichts versäumt. Micha schüttelte den Kopf.

*Wow.*

*Sonderbar.*

Er schaute die Wände an, die mit Fotos von Julie und ihm behängt waren, Bilder aus den ersten Tagen der Firma bis zur Gegenwart. Sie beide zusammen mit Filmstars, Sportlern und führenden Leuten aus der Softwarewelt.

Es musste Monate gedauert haben, das alles auszugraben.

Noch während Micha darüber nachdachte, warum jemand sich diese Mühe gemacht hatte, fiel ihm eine kleine Tür an der Rückseite des Raumes auf, die nur einen kleinen Spalt offen stand. Er ging zu ihr hinüber und drückte sie auf, aber nach einem halben Meter klemmte sie. Er stemmte die Schulter dagegen. Die Scharniere quietschten protestierend, gingen aber so weit auf, dass er eintreten konnte. In einem neuen Haus war diese Tür eindeutig fehl am Platz.

Das Zimmer war fast dunkel. Micha konnte keinen Lichtschalter finden, aber seine Augen passten sich nach dem grellen Licht in dem Zimmer, in dem er gerade gewesen war, langsam dem schwachen Licht in diesem Raum an. Das einzige Licht kam von einer Öllampe, die auf einem Eichennachttisch in einer Ecke stand.

Noch mehr Öllampen standen in diesem Zimmer, alle auf Eichentischen, alle nicht angezündet. Ihre verkohlten Dochte zeigten, dass sie schon einmal gebrannt hatten, aber jetzt war anscheinend allen das Öl ausgegangen. Er drehte sich wieder zu der noch brennenden Lampe herum. Daneben lag eine Bibel, die von einer dünnen Staubschicht bedeckt war. Neben der Bibel lagen zwei Bilder. Micha war auf beiden Fotos zu sehen.

Auf dem ersten Bild verteilten fünf andere Kinder und er Eiersalatbrote bei der Bahnhofsmission in Seattle. Auf dem zweiten hatte er den Arm um seinen besten Freund aus seiner Jugendgruppe gelegt. Micha verzog das Gesicht. Er war damals wirklich ziemlich religiös gewesen.

Fast widerwillig trat er an einen anderen Tisch mit einer Lampe. Darauf lag ein Blatt Papier. Er hielt es in die Höhe und schaute es in dem schwachen Licht mit zusammengekniffenen Augen an.

Micha keuchte. Unmöglich. Wo konnte Archie das gefunden haben? Es war der Flyer von einem Konzert, zu dem er aus einer Laune heraus gegangen war. Es war das Konzert gewesen, bei dem er sich für ein Leben mit Gott entschieden hatte.

Schweiß bedeckte seine Handflächen. Das war mehr als seltsam. Es war bizarr.

Archies Bauleute konnten unmöglich dieses Flugblatt gefunden haben. Sein Puls ging doppelt so schnell wie normal. Er hatte Menschen, die Panikattacken hatten, nie verstanden. Wie konnten sie sich in der einen Minute noch ganz wohlfühlen und in der nächsten das Gefühl haben, ihr Körper würde jeden Augenblick explodieren? Jetzt wusste er es.

Er versuchte, langsamer zu atmen. Es half nichts. Eine Gänsehaut lief über seinen ganzen Körper.

Archie wollte seine Karriere dokumentieren? Dagegen hatte er nichts einzuwenden. Eine nette Ausstellung. Aber das andere Zimmer ... warum musste er so tief in der Vergangenheit graben? Wen interessierte das schon?

Archie. Die Worte aus seinem Brief hallten in Michas Kopf wider. *„Es ist Zeit, dich deiner Vergangenheit zu stellen. Es ist Zeit, dich mit ihr auseinanderzusetzen."*

Er rieb über die Narbe an seiner Hand und zwang sich, langsamer zu atmen. Archie kramte längst vergangene Erinnerungen hervor, die niemanden etwas angingen. Warum machte er sich diese Mühe, nur um ihn aus der Ruhe zu bringen?

Sein Körper schrie ihn an, dass er laufen solle. Sein Verstand stimmte in diese Aufforderung ein. Aber wohin? Hinaus zum Strand? Auf den Highway? Niemand griff ihn an. Niemand war hinter ihm her. Warum zitterte er dann am ganzen Körper?

*Reiß dich zusammen!*

Er knirschte mit den Zähnen und zwang sich, auf den Flur hinauszugehen. Er schloss die Tür hinter sich und starrte den Türgriff an, als könnte die Tür wieder aufgehen und ihn zurückziehen. Und ihn dazu zwingen ... Nein!

Sein Atem wurde wieder ruhiger, aber seine Hände zitterten immer noch. Er steckte sie in seine Hosentaschen. Das half. Ein bisschen.

Was war mit ihm los?

Micha rannte auf die Terrasse hinaus. Während der Wind seine Haare zerzauste, fiel ihm die Bemerkung seines Vaters über Archies fragwürdigen Geisteszustand wieder ein. Wenn sein Vater jemanden als geistig umnachtet bezeichnete, konnte das zweierlei heißen: Entweder war der andere zu sehr mit Gott beschäftigt, oder er hatte es nie zu Geld gebracht. Der Bau dieses Hauses schloss die zweite Möglichkeit aus. Deshalb nahm Micha an, dass Archie, um es mit den Worten seines Vaters auszudrücken, ein „Jesus Freak" gewesen war.

Sein Vater war davon überzeugt, dass alle Christen einen ernsthaften psychischen Schaden hatten. Als Micha als Jugendlicher angefangen hatte, sich mit Gott zu beschäftigen, hatte sein Vater ihn zum Psychiater schicken wollen. Am Ende hatten sie sich darauf verständigt, nie wieder über dieses Thema zu sprechen. Das hatte sie noch weiter voneinander entfremdet, soweit das überhaupt möglich gewesen war.

Während seiner Studienzeit hatte ihn die Softwarewelt immer mehr fasziniert, und die ganze Sache mit Gott war immer mehr in den Hintergrund getreten. Es war nicht von einem Tag auf den anderen geschehen. Er hatte seinen Glauben einfach langsam auf die hintere Platte seines Lebensherdes geschoben, und irgendwann war er hinten runtergefallen und lag jetzt bei den Staubflusen und den Fettflecken hinter dem Herd, ohne dass Micha ihn je vermisst hätte.

Aber offensichtlich hatte nicht jeder Gott aufs Abstellgleis geschoben. Archie hatte zwei Schreine gebaut. Einen für Michas weltlichen Erfolg, einen für seine Vergangenheit mit Gott. Die Vorstellung, dass jemand seine frühere Geschichte ausgegraben hatte, fühlte sich so ähnlich an, als wenn jemand sein Hirn gehackt hätte.

Micha stolperte die Terrassenstufen hinab, bis seine Füße den nassen Sand berührten. Er ließ sich auf einen halb verwitterten, vom Regen durchnässten Baumstamm fallen und kümmerte sich nicht darum, dass die Feuchtigkeit in seine Hose eindrang.

Im Geiste zog er ein Absperrband vor der Tür zu dem Schreinzimmer. Er hatte schwer geschuftet, um sich sein Softwareimperium aufzubauen, und er war nicht bereit, sich von einem verrückten Großonkel deshalb fertigmachen zu lassen.

An diesem Abend aß er einen doppelten Speck-Cheeseburger in *Bill's Tavern & Brewhouse*. Danach fuhr er nach Astoria und gab Geld für eine anzügliche Komödie im Kino aus, bei der er beinahe mitten in der Aufführung gegangen wäre. So wie er es erst letzte Woche in Seattle gemacht hatte.

Warum schaute er sich solche Sachen eigentlich an? Danach hatte er immer das Gefühl, sich dringend duschen zu müssen. Die Antwort war einfach: Solche Komödien waren die beste Möglichkeit, um nicht nachdenken zu müssen. Über die Vergangenheit, über den ständigen Druck seines Jobs ... und im Moment über die zwei Zimmer in Archies Haus. Beide schrien ihn richtig an. Das eine lauter als das andere.

Er erwachte am Montagmorgen, als das Grau gerade dem Tageslicht wich. Nur ein paar träge Wolken hingen über dem Meer. Micha ging hinaus, um sich auf die Terrasse zu setzen, aber seine

Füße bewegten sich wie von selbst weiter, und kurze Zeit später berührten die Wellen mit ihrem eiskalten Wasser seine Füße und Knöchel. Er schaute das Meer an, und es schaute ihn an. Ohne Erwartungen, ohne Druck, ohne Stress durch hektische Angestellte oder ungeduldige Kunden. Der Himmel auf Erden.

Selbst wenn Archie ein wenig exzentrisch gewesen war und ihm eine unangenehme Nachricht aus dem Grab zukommen lassen wollte, na und? Er würde die Sachen aus den beiden Zimmern wegwerfen, die Türen abschließen und die Fragen, die sich ihm aufdrängten, einen schnellen Tod sterben lassen.

Langsam drehte er sich wieder zu Archies Geschenk herum. Ein Lichtstrahl schob sich über den Berggipfel im Osten und beleuchtete die Oberseite des Dachs, sodass es golden aufglänzte. Micha sah wieder auf das Meer und atmete seinen salzigen Geruch ein. Der Strand war sein Lieblingsplatz gewesen, bevor seine Mutter gestorben war. Bevor seine Sandburgenwelt mit einer einzigen riesigen Welle weggespült worden war.

Vielleicht gehörte ein Teil von ihm hierher.

Nein! *Entschuldige, Archie. Ich lasse die Vergangenheit hier.*

Es kam nicht infrage. Er würde dieses Haus verkaufen.

Er schritt durch das Salzwasser, das um seine Knöchel spielte, und blickte zu dem faszinierenden Haus zurück.

Aber vielleicht würde er es nicht sofort verkaufen.

Nach dem Frühstück fuhr Micha auf den Highway 101 und zurück nach Seattle. Es war nicht viel Verkehr, und er kam selbst bei dem Regen, der einsetzte, als er an Olympia vorbeikam, gut voran. In weniger als vier Stunden erreichte er die Stadtgrenze von Seattle; 22 Minuten später bog er mit quietschenden Reifen auf seinen Parkplatz in der Garage seiner Eigentumswohnung. Er würde schnell duschen und dann ins Büro fahren.

Micha zog sein Handy heraus, um den Kilometerstand festzuhalten. Das war eine Angewohnheit, die er seit den ersten Tagen von *RimSoft* beibehalten hatte: *Halte jeden gefahrenen Kilometer fest, um ihn bei der Steuererklärung absetzen zu können.*

Er schaute mit zusammengekniffenen Augen seinen Tacho an. Dann blickte er wieder auf das Display seines Handys. Seltsam. Hier stimmte etwas nicht. Micha rechnete kurz im Kopf nach. Das konnte nicht sein. Wieder schaute er den Tacho und dann die Summe auf seinem Handy an. Sehr seltsam. Eines der beiden Geräte musste kaputt sein. Anders war das nicht zu erklären.

Oder er war in den letzten zwei Tagen 26.297 Kilometer gefahren.

# Kapitel 5

„IST DAS NICHT UNGLAUBLICH MOTIVIEREND?", fragte Micha Shannon am Dienstagmorgen. „Wenn man sieht, wie diese ganzen Leute durch die Türen strömen und es nicht erwarten können, neue Welten zu erobern?"

Sie stand neben ihm im Foyer von *RimSoft* und hatte ihren allgegenwärtigen Notizblock und Minikalender in der Hand. Er hatte ihr letztes Jahr zu Weihnachten ein iPhone geschenkt, aber sie hatte es nicht mal aus der Schachtel genommen.

„Du wirst doch jetzt nicht philosophisch, oder?"

Er gab ihr keine Antwort und entdeckte Brad, seinen Squashpartner, auf der anderen Seite der Lobby. Brads Bürstenhaarschnitt und seine Hornbrille ließen ihn wie einen blonden Buddy Holly aussehen, aber im Squash war er wirklich gut.

„Hey, Bradley, komm doch mal."

Brad schlenderte auf ihn zu. „Soll ich dich wieder so vernichtend schlagen wie letzten Monat?"

„Dass ich dich letzte Woche in Grund und Boden gespielt habe, willst du wohl lieber vergessen, was?"

Brads Grinsen verschwand. „Hm? Wir haben letzte Woche doch gar nicht gespielt." Er blinzelte verwirrt.

„Geht es dir gut? Natürlich haben wir gespielt."

„Nein, ich war letzte Woche in San Francisco. Die ganze Woche."

Ein Schauer lief über Michas Rücken. Er starrte erst Brad und dann Shannon an.

Dann ließ er Brad mit einem beschwichtigenden Kopfnicken an seine Arbeit gehen. „Shannon, was habe ich letzten Mittwoch gemacht?"

Sie befeuchtete ihre Fingerspitze und blätterte in ihrem Kalender. „Konferenzschaltung um neun, ein kurzes Treffen mit der Bank um zehn Uhr fünfzehn, dann hast du dich auf die Aufsichtsratssitzung am Nachmittag vorbereitet."

„Kein Squash?"

Sie schaute in ihren Kalender und schmunzelte.

„Du findest das amüsant?"

„Nur ein bisschen." Sie drehte sich zu ihm um. „Du musst zugeben, Mister Immer-alles-unter-Kontrolle, Mir-entgeht-nie-etwas, dass es ein wenig komisch ist, wenn du so einen Lapsus erleidest."

„Wirklich sehr komisch. Aber genau das ist der Punkt. Mir entgeht nie etwas. Für mich besteht nicht der geringste Zweifel daran, dass Brad und ich letzten Mittwoch Squash gespielt haben. Aber offenbar existiert dieses Spiel nur in meinem Kopf."

„Es würde wohl nicht schaden, wenn du dir mal einen Tag freinehmen würdest." Sie rückte ihre Brille zurecht.

„Ich hatte gerade einen Tag frei. Letztes Wochenende. Cannon Beach. Schon vergessen?"

„Das stimmt." Shannon grinste. „Hat es geholfen?"

Micha schaute sie finster an. Sie marschierten zu den Aufzügen. Dabei quietschten ihre Tennisschuhe auf dem polierten Marmorimitatboden.

„Erzähl mir von dem Haus am Strand. Gefällt es dir? Gefällt es dir nicht? Irgendetwas dazwischen?"

„Es gefällt mir ein bisschen mehr, als ich es hasse." Er drückte den Knopf für das oberste Stockwerk.

„Das ergibt nicht viel Sinn."

„Da widerspreche ich dir nicht."

Shannon tippte sich mit dem Zeigefinger an die Lippe. „Julie hat mir gesagt, dass du es verkaufen willst."

„Ja."

„Soll ich einen Immobilienma-?"

„Nein."

Er schaute zu, wie die Stockwerknummern 16, 17 und dann 18 aufleuchteten. „Ich will es verkaufen. Aber ich muss mir die Gegend erst ein bisschen genauer ansehen und herausfinden, was man dafür bekommen kann."

„Ist das nicht der Job eines Immobilienmaklers?"

Natürlich war das so. Es war nicht logisch nachvollziehbar, dass er wieder nach Cannon Beach fahren wollte. Aber etwas an dem Haus war so … Er konnte das Gefühl nicht in Worte fassen.

„Tu mir bitte einen Gefallen. Streich an den nächsten vier Freitagen alle Termine aus meinem Kalender."

„Interessant." Sie zog eine Braue in die Höhe. „Dir gefällt es dort also doch."

„Nein." Micha schaute zur Decke hinauf. „Ich bin davon … fasziniert."

Er trat in sein Büro und öffnete den Terminkalender auf seinem Computerbildschirm. Er starrte ihn eine Minute lang an, und eine dünne Schweißschicht legte sich auf seine Stirn. Er schluckte zweimal und wandte den Blick nicht von seinem Bildschirm ab. Aber er konnte ihn noch so lange anstarren, es änderte nichts.

Das Squashmatch, von dem er genau wusste, dass er es mit Brad gespielt hatte, war verschwunden.

❖

Zwei Stunden später stand Micha an seinen Bürofenstern und betrachtete die Fähren, die das dunkelgrüne Wasser des Puget

Sound durchpflügten. Dasselbe Wasser brandete über den Sand in Cannon Beach. Er dachte unwillkürlich an schneeweiße Sanddollars, Sand, der unter seinen Schuhen knirschte, und an die riesigen Fensterfronten seines Hauses, die einen perfekten Ausblick auf das Meer boten.

Wenn Archie dieses Haus doch nur in Lincoln City oder Newport gebaut hätte! Dann würde er es für immer behalten.

Aber er legte es wirklich nicht darauf an, sich von Cannon Beach jedes Mal, wenn er mit den Füßen den Sand berührte, an den Tag erinnern zu lassen, der sein Leben zerstört hatte.

Shannon stand im Türrahmen. „Julies Meeting beginnt in fünf Minuten."

„Was?" Micha blinzelte und drehte sich schnell zu ihr herum.

„Willkommen zurück auf der Erde." Shannon deutete auf den Gang hinaus. „Julies Meeting."

„Ja, richtig." Er verließ sein Büro und traf an der Tür zum Konferenzzimmer auf Julie. „Bist du bereit?"

Julie lächelte. „Natürlich."

In den ersten paar Minuten ihrer Marketingpräsentation vor dem Direktorengremium von *RimSoft* hörte Micha ihr aufmerksam zu. Aber als Julie mit der Aufschlüsselung ihres Werbebudgets begann, gingen seine Gedanken auf Wanderschaft. Drei Minuten später tauchte eine Skizze von dem Haus in Cannon Beach und den umliegenden Bergen unter den schnellen Bewegungen seines Druckbleistifts auf dem Papier vor ihm auf.

„… und das *RimSoft*-Logo wird überarbeitet …", erklärte Julie weiter.

Es fehlte noch eine Sandburg. Und ein paar Türmchen. Perfekt. Vielleicht einige bunte Drachen, die am Himmel flogen. Eine gute Idee. Er sollte sich einen dieser hochmodernen Lenkdrachen kaufen. Es machte bestimmt Spaß zu lernen, wie man …

„Micha?" Julies Stimme riss ihn unsanft aus seinen angenehmen Gedanken. Sie und die Aufsichtsratsmitglieder schauten ihn an. „Hast du mir zugehört, Partner?"

Die Spitze seines Bleistifts brach ab, als er abrupt aufblickte. „Äh, ja. Entschuldige." Er legte seinen Bleistift weg und verschränkte die Arme vor sich. *Reiß dich zusammen. Julie braucht deine Unterstützung.*

Er warf einen Blick auf die Skizze. Es fehlte unbedingt noch ein Golden Retriever. Als Julie sich nach links drehte, um eine Frage zu beantworten, nahm Micha wieder seinen Stift und drückte zweimal. Die Spitze sprang heraus und wartete auf die nächsten Befehle. Micha hörte in genau dem Moment auf zu zeichnen, als Julie mit ihrer Antwort fertig war.

Als die Präsentation zu Ende war, sagte er tonlos „*Gute Arbeit*" zu Julie, die den Aufsichtsratsmitgliedern die Hände schüttelte. Sie schaute ihn stirnrunzelnd an.

Während er aus der Tür schritt, meldete sich sein Magen. Er besänftigte ihn mit einer Cola light und einem Truthahnsandwich – mit extra viel Mayo – aus der firmeneigenen Kantine. Als er in sein Büro zurückkam, lehnte Julie mit verschränkten Armen an seinem Schreibtisch.

„Ich weiß, dass du bei Meetings gern Bilder kritzelst, aber dieses Mal bist du zu weit gegangen. Ich schätze, du hast von meiner Präsentation maximal zwei Minuten mitbekommen. War dein geistiger Ausflug nach irgendwo interessant?"

Micha riss die Zeichnung aus seinem Notizblock und hielt sie hoch. „Hmm?"

Im Vordergrund war das Meer, dann der Strand mit zwei Sandburgen, einem Lenkdrachen und einem Golden Retriever, der einem Stück Treibholz nachjagte. Sein Haus bildete den Mittelpunkt des Bildes und war auf beiden Seiten von Bäumen umrahmt. Die Panoramafenster hatten genau die richtige Größe. Rauch stieg kräuselnd aus dem Kamin auf.

„Ich nehme an, das wird Teil der Broschüre, mit der du das Ding verkaufen willst?" Julie drückte die Arme noch fester an sich und lehnte sich zurück.

„Daran habe ich noch gar nicht gedacht. Ja, vielleicht."

„Erzähl mir nicht, dass du anfängst, dieses Haus zu mögen."

„Auf keinen Fall." Er starrte seine Zeichnung an. Archies Haus ging ihm einfach nicht aus dem Kopf. Es zog ihn an wie ein Magnet. Ja, Cannon Beach war mit sehr schmerzhaften Erinnerungen verbunden. Aber jetzt erfüllte es ihn auf eine Weise, die er sich selbst nicht erklären konnte, mit Vorfreude. Und dieses sonderbare Gefühl, das Haus zu kennen, ließ ihn immer noch nicht los.

„Ich muss dich etwas fragen." Micha legte die Zeichnung auf seinen Schreibtisch und strich sie mit beiden Händen glatt. „Ich will mir in den nächsten drei bis vier Wochen jeweils ein langes Wochenende freinehmen und etwas Zeit in Cannon Beach verbringen. Ist das für dich okay?"

„Wow." Julie versuchte zu lachen. „Ich wurde schon wegen einer anderen Frau abserviert, aber noch nie wegen eines Hauses."

„Komm doch mit." Er küsste sie auf die Wange.

„Willst du das?"

„Klar. Ja." Micha drehte sich wieder zu seiner Zeichnung herum. „Natürlich."

Sie schüttelte den Kopf. „Nein, tut mir leid."

„Warum nicht?"

„Weil ich dich kenne. Du willst dort sein." Julie trat an Michas Fenster und klopfte an die Scheibe. „Aber du willst mich nicht dabeihaben."

Micha lachte kurz. „Ich habe doch gerade gesagt, dass du mitkommen sollst."

„*Komm doch mit* ist etwas völlig anderes als *Ich will dich dabeihaben.*"

Micha sank auf seinen Stuhl. „Müssen wir immer diese Wortspielchen machen? Das ist ermüdend." Er beugte sich vor und wartete auf ihre Antwort. Sie sagte nichts.

„Also, gut. Ich will dich dabeihaben."

„Du verstehst es nicht, oder, Micha?"

Er seufzte. „Was willst du von mir?"

„Willst du das wirklich wissen?" Julie beugte sich so weit vor, dass sich ihre Gesichter fast berührten.

„Ja."

„Eine Entscheidung. Nimm dir deine drei bis vier langen Wochenenden. Einverstanden. Aber wenn sie vorbei sind, wäre es gut, wenn du mir sagen könntest, ob ich irgendwann in näherer Zukunft einen Ring von dir bekomme."

## Kapitel 6

FREIHEIT. SÜSSE FREIHEIT. Micha trat am Donnerstagabend um 18:30 Uhr aus seinem Büro und atmete tief durch. Frei von dem Druck, Julie eine Antwort geben zu müssen, zu der er noch nicht bereit war, frei von den ganzen Terminen. Er hatte die Hektik bei *RimSoft* immer geliebt. 70-Stunden-Wochen waren nie ein Problem gewesen. Aber das war vorbei. Jetzt könnte er sich gut an eine 40-Stunden-Woche gewöhnen.

Außerdem würde es ihm guttun, aus der bizarren Welt in Seattle wegzukommen. Das Squashspiel, das es anscheinend nur in seiner Erinnerung gab, und die 26.000 Kilometer, die sein Auto scheinbar allein zurückgelegt hatte, ließen ihm keine Ruhe. Ganz zu schweigen von dem gerahmten Titelblatt der *Inc.*, das von einer Sekunde auf die andere spurlos aus seinem Penthouse verschwunden war. Micha brauchte dringend Abstand zu alledem und konnte es gar nicht erwarten, nach Cannon Beach zu kommen. Wenn er am Morgen vom Rauschen des Meeres geweckt wurde, wäre er den unerklärlichen Geschehnissen in Seattle entflohen.

Er hatte keinen Plan für das Wochenende. Sein Leben in Seattle war so durchorganisiert und voller Termine, dass die Aussicht, nichts vorzuhaben, ihn einen Moment lang beunruhigte. Aber während sein Auto die Kilometer zurücklegte und Jack Johnsons entspannte Stimme ihn begleitete, gestand er sich zu, nicht zu wissen, was die nächsten drei Tage bringen würden.

Als er Astoria erreichte, schickte er ein schnelles Gebet zum Himmel. Das konnte nicht schaden. Bei den ersten beiden Anläufen blieben ihm die Worte ihm Halse stecken. Beim dritten Mal sagte er: „Gott, ich weiß nicht, ob du mich noch hörst. Aber dieses Haus … es zieht mich an. Es macht mir Angst. Beides gleichzeitig. Kannst du mir erklären, warum Archie das Haus ausgerechnet dort gebaut hat? Und warum in Seattle so sonderbare Dinge passieren? Ich …"

Er wusste nicht, was er noch sagen sollte. „Ich hoffe, du verstehst, was ich dir sagen will. Amen."

Gott schwieg, aber Micha hatte nichts anderes erwartet. Deshalb störte es ihn nicht.

Als Micha ankam, stellte er seine Taschen ab, ging geradewegs ins Schlafzimmer und ließ sich aufs Bett fallen. Er rührte sich erst um 7:00 Uhr am nächsten Morgen wieder.

Während er eine Tasse schwarzen Röstkaffee trank, schaute er den Seemöwen zu, die wie die Raumjäger bei *Star Wars* durch die Luft flogen. Fliegen zu können … das wäre ein Gefühl! Dieser Gedanke brachte ihn plötzlich auf eine Idee. Auf der Highschool war er die 800 Meter schneller gelaufen als irgendjemand zuvor an seiner Schule. In seinem letzten Schuljahr hatte er die Meisterschaft gewonnen, was in der Zeitung als außergewöhnliche Leistung gewürdigt worden war, da er erst zum zweiten Mal überhaupt an dem Wettkampf teilgenommen hatte.

Aber das hatte seinen Vater nicht beeindruckt. Nicht einmal, als das Lokalfernsehen einen Bericht über Micha brachte. Sein Vater hatte den Fernseher nicht eingeschaltet, als der Bericht gesendet wurde.

Er war seit Jahren nicht mehr gelaufen. Nicht weil es ihm keinen Spaß machte, sondern weil er keine Zeit hatte. Jetzt hatte er mindestens zwei Tage lang mehr als genug davon.

Er schlüpfte in eine Windjacke und lief in Richtung Süden zum Hug Point. Diese Stelle hatte er letzte Woche im Internet entdeckt. Der Hug Point wurde auch bei Ebbe vom Meer umspült. Ende des 19. Jahrhunderts hatten die Siedler, die sich an der Küste in Richtung Norden vorgearbeitet hatten, dieses Problem dadurch gelöst, dass sie ein großes Stück aus dem Felsen gesprengt hatten, der ins Meer hinausragte. Sie hatten die Stelle so weit geglättet, dass sie mit ihren Wagen durchkamen, und zum ersten Mal hatte man Material und Vorräte bis nach Cannon Beach bringen können.

Die Straße gab es immer noch und sie war begehbar. Aber nur bei Ebbe. Während des restlichen Tages brandeten Wellen gegen die Felsen und übergossen ahnungslose Touristen mit einer Salzwasserdusche.

Micha wollte die betonierten Stellen sehen, die das Meer noch nicht weggeschwemmt hatte, und laut Internet gab es gleich hinter den Überresten der alten Straße Höhlen und einen sehenswerten Wasserfall.

In weniger als einer halben Stunde erreichte er den Hug Point State Park. Er stellte sich vor, wie Kinder im Sommer unter dem Wasserfall oder in den Höhlen spielten. Die Gegend war perfekt für Familien. Aber nicht heute. Es war ein grauer Aprilmorgen, der dafür sorgte, dass Micha den ganzen Strand für sich allein hatte.

Wenigstens dachte er das.

Ein unerwarteter Regenschauer veranlasste ihn, in der größten Höhle Unterschlupf zu suchen.

Die Höhle dämpfte das Brausen der Brandung, und vom Prasseln des Regens war hier drinnen nichts zu hören. Es war, als hätte jemand die Welt auf stumm geschaltet. Es war auch unmöglich zu sehen, was außerhalb der Höhle vor sich ging. Er hätte als Einziger auf der Erde übrig sein können, ohne es zu wissen.

Die Höhlenwände waren fast schwarz und vor Nässe ganz glitschig. Über die Decke verlief ein Spalt, der am hinteren Ende breiter wurde und im Zickzack an der Wand nach unten lief. Aber es bestand kein Grund, sich Sorgen zu machen. Es wäre schon ein Erdbeben nötig, um die Höhle zum Einsturz zu bringen. Micha trat zwei Schritte näher zum Eingang.

Zehn Sekunden später kam ein Mann mit Baseballkappe, blauem Sweatshirt und kurzer, schwarzer Sporthose halb laufend, halb gehend auf ihn zu.

„Wow!" Der Mann zog sich seine Kappe vom Kopf und schüttelte die Regentropfen in den Sand. „Das erinnert einen an die Sintflut." Er drehte sich mit einem breiten Lächeln zu Micha herum. „Hey, ich heiße Rick." Der Mann reichte ihm die Hand.

Micha konzentrierte seinen Blick auf Ricks Augen. Sie waren meergrün und schauten ihn aufmerksam und gleichzeitig sanft an. Er war ein wenig größer als Micha, vielleicht 1,85 Meter, und hatte dichte, sandfarbene Haare, die anfingen, grau zu werden. Micha mochte ihn auf Anhieb.

Er stellte sich ebenfalls vor und schüttelte Rick die Hand. Nachdem sie sich über den Wetterbericht der nächsten Tage unterhalten hatten, fragte Micha Rick, ob er hier lebte.

„Ich wohne seit ungefähr einem Jahr hier."

„Und was machst du hier in Cannon Beach?"

„Ach, ich gehe am Strand spazieren, lese gute Bücher und schaue mir an verregneten Samstagabenden gern alte Filme an. Und dreimal in der Woche laufe ich oder unternehme Touren mit meinem Mountainbike. Das mache ich auch in meinem Alter noch." Rick richtete sich auf, zog sein Sweatshirt eng um seinen Bauch und klopfte zweimal mit der Handfläche darauf. „Ich muss etwas tun, um das hier unter Kontrolle zu halten."

Rick sah nicht so aus, als würde er im Geld schwimmen, und er konnte nicht viel älter als 50 sein. „Du bist in Rente?"

„Nein, ich muss noch mindestens zehn Jahre arbeiten. Mir

gehört die Tankstelle in der Stadt. Die meiste Zeit schraube ich hinten an den Autos herum und überlasse es den Jungen, vorne die Zapfsäulen zu bedienen. Wir gehören zu den wenigen Tankstellen, die tatsächlich noch Autos reparieren. Aber hin und wieder bin ich auch vorne und bediene die Leute. Das gibt mir Gelegenheit, Freunde zu treffen und Touristen kennenzulernen." Er schaute Micha mit zusammengekniffenen Augen an. „Du hast noch nicht in Seaside getankt, nicht wahr?"

Micha schmunzelte. „Nein." Er warf einen Blick auf Rick und drehte sich dann wieder zu dem strömenden Regen um, der über den Wellen niederging. „Ähm, als ich fragte, was du hier machst, meinte ich …" Er brach ab. Rick wusste ganz genau, was er mit seiner Frage gemeint hatte.

Rick grub mit seiner Schuhspitze eine Rinne in den Sand. „Ganz schön traurig, dass wir uns darüber definieren, was wir tun, um unseren Lebensunterhalt zu verdienen, statt damit, was uns lebendig macht."

Was uns lebendig macht? Was sollte das denn jetzt heißen? Es klang nach einem Spruch von einem dieser Motivations-Gurus, die er sich bei Softwarekongressen manchmal anhören musste. Micha schwieg, während der Regen weiter vor der Höhle auf den Sand prasselte. Nur gut, dass Rick nicht fragte, was *ihn* lebendig machte.

Was würde er auf eine solche Frage antworten? Keine Ahnung. In diesem Moment wurde ihm bewusst, dass etwas in ihm sehr, sehr tot war.

Rick brach als Erster das Schweigen. „Machst du hier Urlaub, oder bist du neu hierher gezogen?"

„Weder noch. Ich habe ein Haus geerbt. Ich bin davon leicht überrumpelt worden. Achthundert Quadratmeter Wohnfläche, direkt am Meer. Ich bin hier, um es mir anzuschauen, die Gegend zu erkunden und das Haus dann zu verkaufen. Es dürfte eine schöne Summe einbringen."

„Es gefällt dir nicht?"

„Ich liebe es." Micha hustete. Woher war *das* jetzt gekommen? Dass er das Haus liebte, hatte er sich bis jetzt nicht einmal selbst eingestanden.

„Aber du willst es trotzdem verkaufen?"

Micha wischte sich Schweiß und Regen aus der Stirn. „Wahrscheinlich. Ich habe mich noch nicht endgültig entschieden."

„Ah." Rick zog seine Windjacke aus und band sie sich um den Bauch. „Es ist ein tolles Haus."

„Du hast es gesehen?"

„Wenn es das Haus ist, das ich im Sinn habe, habe ich gesehen, wie es gebaut wurde. Gleich südlich des Arcadia Beach State Parks, richtig? Es wurde vor ungefähr einem Monat fertig."

„Ja, das ist das Haus."

Rick lächelte ohne den geringsten Anflug von Neid. Faszinierend. Micha hatte sich daran gewöhnt, von Menschen umgeben zu sein, die äußerlich lächelten, während das grüne Monster der Eifersucht in ihrem Herzen auf sein Geld und seinen Erfolg neidisch war.

„Ich habe mich darauf gefreut, den Besitzer kennenzulernen." Rick lächelte wieder so breit übers ganze Gesicht, dass seine Augen fast verschwanden. „Gefällt dir das Kleinstadtleben am Meer bis jetzt?"

„Es ist besser, als ich erwartet hätte." Micha rieb über seine kalten Arme und schaute auf die Brandung hinaus. „Selbst bei diesem Wetter."

Schweigen.

Er schaute Rick aus dem Augenwinkel an. Der Mann strahlte ein beinahe einschüchterndes Selbstvertrauen aus, und Micha ließ sich nie von irgendjemandem einschüchtern. Er hatte einen Blick für die Unsicherheiten anderer Menschen, die diese unter ihrem scheinbar selbstbewussten Auftreten verbargen. Die meisten führenden Manager, mit denen er es zu tun hatte, waren, egal, wie alt sie waren, in ihrem Inneren verängstigte kleine Jungen, die sich hinter einem falschen Image versteckten. Aber Rick? Sein Selbstvertrauen war echt.

Drei Minuten später hörte es auf zu regnen. Rick schüttelte Micha zum Abschied die Hand und lief langsam am Strand weiter. Micha ging fünf Schritte in die andere Richtung, bevor er sich umdrehte.

„Hey, Rick! Ich habe ein Autorätsel für dich. Mein Auto hat ohne mich über Nacht sechsundzwanzigtausend Kilometer zurückgelegt. Ist das möglich, ohne dass jemand meinen Tacho manipuliert hat?"

Ricks humorvolle Augen wurden ernst. Durchdringend. Einen Moment später waren sie wieder wie vorher. „Das ist selten, aber ja, ich habe so etwas schon gesehen."

„Was ist die Ursache dafür? Ein kaputter Tacho?"

„Die Ursache liegt viel tiefer." Rick wandte sich zum Gehen. „Vielleicht treffen wir uns wieder einmal, dann kann ich es dir erklären."

# Kapitel 7

ALS MICHA AM MONTAGMORGEN sehr früh bei *RimSoft* eintraf, ging ihm Ricks rätselhafte Antwort immer noch nicht aus dem Kopf. *Die Ursache liegt tiefer?* Bei einem *Auto?* Wann wollte er es ihm erklären? Vielleicht würde er nächste Woche versuchen, Ricks Tankstelle zu finden und eine Antwort von ihm zu bekommen.

Micha verbannte die geheimnisvolle Aussage vorerst aus seinem Denken und fuhr seinen Computer hoch. Wenn er um 5:00 Uhr morgens zur Arbeit kam, konnte er den Großteil seiner Arbeit erledigen, bevor die unvermeidlichen Probleme auftauchten, die sein schnelles Eingreifen erforderten.

Als Shannon um 8:00 eintraf, hatte er seine gesamte Arbeit für Montag und Dienstag erledigt.

Er streckte sich, stand auf und ging zu seinem Fenster hinüber, um zuzuschauen, wie die grauen Wolken draußen vorüberzogen und eine düstere Kulisse für die Fähren bildeten, die den Puget Sound durchquerten.

Er kehrte zu seinem Schreibtisch zurück. Als Nächstes stand auf seiner To-do-Liste: *Rafi Cushman wegen einer neuen Telefonanlage anrufen.* Nachdem er sich 20 Sekunden lang ein schepperndes Instrumentalstück angehört hatte, meldete sich Rafi.

„Hallo, Rafi. Micha Taylor hier. Ich wollte unser Gespräch bei J. B. Olsons Party vor zwei Wochen weiterführen.“

„Äh, ich erinnere mich, dass John eine Party gehalten hat, aber ich kann mich nicht erinnern, Sie dort getroffen zu haben, Micha. Ich weiß natürlich, wer Sie sind, aber ..."

„Wir haben uns darüber unterhalten, dass wir beide im selben Jahr mit der Uni fertig geworden sind. Und dass wir beide an der Highschool Les-Paul-Gitarren gespielt haben." Micha stöhnte innerlich. Wollte der Mann den Auftrag bei *RimSoft* oder nicht? Er hätte Shannon bitten sollen, ihn anzurufen. Dieses Gespräch war reine Zeitvergeudung.

„Es tut mir leid, aber ich kann mich wirklich nicht erinnern. Sind Sie sicher, dass Sie mit mir gesprochen haben?"

„Sie haben sich bei der Party wahrscheinlich mit sehr vielen Leuten unterhalten. Ich wollte eigentlich nur Ihr Angebot für eine neue Telefonanlage sehen."

„Klar, ich erstelle Ihnen gern ein Angebot."

Als das Gespräch zu Ende war, schüttelte Micha den Kopf. Unglaublich. Dieser Mann konnte sich nicht an ein Gespräch erinnern, das er vor zwei Wochen geführt hatte und das ihm einen gewinnträchtigen Auftrag einbringen könnte? Er musste völlig betrunken gewesen sein.

Als es am Mittwochabend 18:00 Uhr wurde, hatte er alles für diese Woche erledigt oder delegiert und fuhr einen Tag früher ans Meer.

Am Donnerstag weckte ihn die Meeresbrandung um 7:30 Uhr. Er rollte sich aus dem Bett, trank einen Kaffee und schaute lange den Wellen zu, die schäumend über den Strand rollten.

Nachdem er seinen Laptop eingeschaltet und den Aktienkurs von *RimSoft* überprüft hatte, lud er seine E-Mails herunter und überflog alle 50 in einer halben Stunde. Dann beantwortete er die drei E-Mails von Julie. Das war in zwei Minuten erledigt.

Wahrscheinlich hätte er sich mehr Zeit nehmen sollen, aber er schrieb unter jede „Ich liebe dich." Er hoffte, das würde genügen, wusste aber ganz genau, dass es das nicht tat.

Nachdem er nachgeschaut hatte, ob auf dem Sportsender etwas Interessantes kam, fuhr Micha in die Stadt, um Lebensmittel einzukaufen. Er warf einen Blick auf seine Tankanzeige. Fast leer. Der perfekte Vorwand, um zu Ricks Tankstelle zu fahren und das Gespräch von letzter Woche weiterzuführen.

*Ricks Tankstelle & Werkstatt* stand in tannengrünen Buchstaben auf einem Gebäude, dem sein Alter deutlich anzusehen war, obwohl es frisch gestrichen worden war, um die Spuren des nasskalten Winters an der Küste von Oregon zu überdecken.

Er stieg aus seinem BMW und schaute zu, wie ein flachsblonder Teenager, der höchstens 1,60 Meter groß war, sein Auto volltankte.

Micha schlenderte in die Werkstatt und sah, dass Rick unter einem Lexus lag. Bevor er Hallo sagen konnte, rollte Rick unter dem Auto hervor und verkündete mit seiner tiefen Baritonstimme: „Mit dir bin ich fertig."

Micha wollte sich erneut vorstellen. „Hallo, Rick, wir haben uns letzte Woche …"

„Was für eine angenehme Überraschung, dich zu sehen, Micha!" Rick setzte sich mit einem Grinsen auf. „Was machst du gerade?"

„Jetzt in diesem Moment?"

„Ja, jetzt in diesem Moment." Rick zog einen sauberen Lappen aus seiner Hosentasche und wischte sich das Öl von den Händen.

„Lebensmittel einkaufen."

„Musst du noch oder hast du schon?"

„Ich habe schon alles."

„Ausgezeichnet." Rick deutete mit dem Daumen auf den Lexus. „Da ich diesen Notfall behoben habe, müsste ich jetzt kurz nach Seaside hineinfahren. Willst du mitkommen?"

„Also, ich, äh …" Micha hätte fast gelacht.

„Tut mir leid, aber ich muss jetzt gleich los. Kommst du mit oder nicht?"

Ricks durchdringenden Augen konnte er nur schwer widerstehen. Außerdem würde er so Gelegenheit haben, ihn nach den tieferen Ursachen für sein Problem mit dem Tacho zu fragen. „Warum eigentlich nicht?"

„Schön." Rick wischte sich die Hände sauber, marschierte dann aus der Werkstatt und warf, ohne richtig hinzuschauen, den Lappen zehn Meter durch die Luft in eine große, rostige Tonne voller öliger Lappen. Als er bei seinem '89-er Ford ankam, deutete er darauf. „Das ist kein Luxuswagen wie deiner, aber ich garantiere dir, dass er nicht liegenbleibt."

Während sie losfuhren, rief Rick dem Jungen an der Zapfsäule zu: „Devin! Gibst du den Petersons Bescheid, dass ihr Lexus fertig ist? Und wenn Micha die Schlüssel im Zündschloss steckenlassen hat, könntest du sein Auto von der Zapfsäule wegfahren, ja?"

Devin nickte und hob seinen ölverschmierten Daumen in die Höhe.

Micha riss entsetzt die Augen auf.

Rick zwinkerte. „Keine Sorge, er macht sich vorher sauber."

Während sie auf den Highway 101 einbogen und in Richtung Norden losfuhren, fragte Rick: „Und, spielt in Micha Taylors derzeitigem Leben eine Frau eine Rolle?"

Eine zu große Rolle. Eine zu komplizierte Rolle. Zu viele Fragen, auf die er keine Antwort wusste. Warum musste Julie ihm plötzlich so viel Druck machen? Er liebte sie. Sie liebte ihn. Konnte es nicht noch eine Weile so bleiben?

„Ja."

„Willst du darüber reden?"

„Weiß ich nicht genau."

„Entschuldige, wenn ich einen wunden Punkt berührt habe."

Micha trommelte mit den Fingern auf seinem Knie herum. „Wir sind seit einem Jahr zusammen. Seit sechs Jahren sind wir Geschäftspartner. Sie ist eine tolle Partnerin."

„Siehst du eine gemeinsame Zukunft?"

Na, dieser Mann redete ja nicht um den heißen Brei herum. „Weiß ich nicht genau. Sie hat mir vor zehn Tagen ein Ultimatum gestellt. Sie will einen Ring."

„Willst du ihr einen anstecken?"

„Ich liebe sie."

Rick schob seine Baseballkappe zurück. „Danach habe ich nicht gefragt."

„Ich weiß es nicht genau." Micha lehnte sich auf seinem Sitz zurück. „Stopp, das ist eine Lüge. Ich weiß es genau. Ich bin mir sicher, dass ich noch lange nicht so weit bin, sie heiraten zu wollen. Ich wäre gern so weit. Wenigstens ein Teil von mir." Micha lockerte seinen Sicherheitsgurt. „Ich sollte so weit sein. Aber die Vorstellung, mich zu verloben, macht mich ..."

Micha starrte die weißen Striche auf der Mitte der Straße an, die unter Ricks Wagen verschwanden. Komisch. Er kannte diesen Mann kaum, und trotzdem erzählte er ihm von seinen Problemen mit Julie.

„*Ich komme mir vor wie in einem überfüllten Raum und schreie aus Leibeskräften nach Hilfe, aber keiner sieht auch nur zu mir hoch*", sagte Rick.

„Was?"

„Das ist aus *Titanic*. Kate Winslet alias Rose beschreibt ihr Leben, bevor Leonardo DiCaprio sie daraus befreit. Geht es dir wie Rose?"

Micha drehte sich zu seinem Seitenfenster herum. Er war nicht bereit, Rick sein ganzes Herz auszuschütten. „Ein sehr gutes Zitat. Woher hast du es?"

„Ich bin ein wandelndes Filmlexikon. Ich würde jedes Quiz gewinnen."

„Wirklich? Willst du mein Wissen testen?"

„Unbedingt." Rick grinste. „Bist du bereit?"

„Welches Jahrzehnt nehmen wir?"

„Wie wäre es mit dem, in dem du geboren wurdest?"

„Gut", nickte Micha.

„Der erfolgreichste Film 1986 und du bekommst nur einen Tipp."

„Ich brauche keinen Tipp. *Top Gun.*"

Rick lachte laut. „Beeindruckend! Nenn mir zwei Filme, die Tom Cruise drehte, bevor er durch *Top Gun* zum Star wurde."

Micha tippte sich an die Stirn, als müsse er sich konzentrieren. „Warte, warte. Wie wäre es mit *Die Outsider* und *Der richtige Dreh?*"

„Nicht schlecht."

Micha ging zum Gegenangriff über. „Nenn mindestens drei Schauspieler oder Schauspielerinnen in *Die Outsider*, die außer Cruise noch berühmt wurden."

Rick bog nach links auf den Parkplatz eines Autoteilegeschäfts ab, das noch älter aussah als seine Werkstatt. Er sprang mit einer Geschwindigkeit aus dem Auto, die man ihm bei seinem Alter und seiner Größe nicht zugetraut hätte. „Ich brauche nur fünf Minuten, um die Teile zu holen."

„Halt, mein Freund. Du darfst erst gehen, wenn du meine Frage beantwortet hast."

„Keine Pause, um die Teile zu holen?"

„Auf keinen Fall. Wer weiß, ob du da drinnen nicht im Internet nachschaust", erwiderte Micha.

Rick lachte, stützte die Ellbogen in das offene Fenster und steckte den Kopf herein. „Okay. Würdest du Diane Lane, Patrick Swayze, Rob Lowe und Matt Dillon gelten lassen?"

Rick verschwand in dem Laden, und Micha schüttelte den Kopf. Er fühlte sich zu diesem Mann hingezogen, als wäre er am anderen Ende eines gedehnten Bungee-Seils befestigt. Er hatte

Selbstvertrauen. Er war redegewandt. Er war intelligent. Warum betrieb er eine Tankstelle in einer Touristenstadt? Micha vermutete, dass er von wesentlich mehr eine Ahnung hatte als von Lichtmaschinen und Ölwechsel.

Als sie wieder auf den Highway 101 einbogen und nach Cannon Beach zurückfuhren, sagte Micha: „Wirst du mir jetzt endlich verraten, welche tieferen Ursachen dafür verantwortlich sein können, dass ein Tacho über Nacht sechsundzwanzigtausend Kilometer mehr anzeigt?"

Rick schwieg über eine Minute lang, bevor er sagte: „In jedem Moment treffen wir Entscheidungen. Diese Entscheidungen wirken sich auf jeden Bereich unseres Lebens aus. Ein Schmetterling, der mit den Flügeln schlägt, kann mehrere Tausend Kilometer entfernt einen Orkan auslösen."

„Den Schmetterlingseffekt kenne ich, aber, äh, wovon sprichst du eigentlich? Geht es hier nicht um mein Auto?"

„Eigentlich nicht."

„Okay." Micha starrte Rick an. „Worum dann?"

„Um dein Leben."

„Was ist mit meinem Leben?"

„Entscheidungen." Rick konzentrierte seinen Blick auf die Straße. Dieses Mal hielt sein Schweigen nur zehn Sekunden an. „Mehr dazu später. Lass dir Zeit, okay?"

Das war keine Frage; es war eine klare Anweisung.

Dieser Mann übte eine magnetische Wirkung auf ihn aus, aber Micha konnte das rote Warnschild, das sich vage in seinem Hinterkopf regte, nicht abschütteln. Es war eher ein Gefühl als irgendetwas Konkretes.

Auf dem Rest des Weges unterhielten sie sich über Sport, Lokalpolitik und die Geschichte von Cannon Beach. Als sie sich zum Abschied die Hand reichten, sagte Rick: „Können wir uns bald mal wieder treffen?"

„Klar. Das würde mich freuen."

„Mich auch." Rick klopfte Micha auf den Rücken und schritt in seine Tankstelle. „Mach dir keine Sorgen." Er drehte sich noch einmal zu Micha herum. „Die Antworten werden kommen."

Als er wieder im Haus war, vertiefte sich Micha so sehr in das Buch *Der Herr der Ringe*, dass der Himmel sich unbemerkt von nebligem Grau in das tiefe Schwarz einer bedeckten Aprilnacht verwandelt hatte, als er wieder aufsah. So entspannt, wie er seit Jahren nicht mehr gewesen war, ging er in sein Schlafzimmer. Trotz der unbeantworteten Fragen und obwohl er ganz in der Nähe des Ortes war, der ihm das Herz gebrochen hatte, erfüllte ihn Frieden.

Er wachte am Samstag erst um 9:00 Uhr auf. Wann war ihm so etwas das letzte Mal passiert? Das war schon zu lange her. Sein Leben bei *RimSoft* erlaubte ihm so etwas nie. Aber gehörte ihm nicht die Firma? Er konnte sich dafür entscheiden, aus dem Hamsterrad auszusteigen. Beherrschte er *RimSoft* oder beherrschte *RimSoft* ihn?

Er nahm sich nicht nur die nächsten drei, sondern gleich die nächsten sechs Freitage frei und hatte sich schnell eine neue Routine angewöhnt: Er arbeitete von Montag bis Donnerstag 10 bis 12 Stunden am Tag, fuhr am Donnerstag spätabends nach Cannon Beach und verbrachte dann das Wochenende damit, die Gegend zu erkunden, zu laufen und mit Rick im *Morris' Fireside* zu frühstücken.

Am Sonntagnachmittag tankte er an Ricks Tankstelle, bevor er nach Seattle zurückfuhr. Sein kurzer Tankstopp wurde immer zu mindestens einer Stunde, in der sie sich über die Geschicke von

59

*RimSoft*, Michas Beziehung zu Julie und den Reiz von Cannon Beach unterhielten. Rick hörte ihm immer mit echtem Interesse zu und fragte oft nach, um sicherzustellen, dass er ihn richtig verstanden hatte, aber so lange Micha ihn nicht ausdrücklich darum bat, hielt er sich mit Ratschlägen zurück.

Nach Michas endgültigem „Jetzt muss ich aber los" versuchte dann jeder, den anderen mit einer Frage zu einem Film dranzukriegen. Es gelang ihnen nie, aber sie versprachen sich, dass sie in der nächsten Woche eine Frage finden würden, mit der sie es schaffen würden.

Rick nahm inzwischen eine Stellung in Michas Leben ein, die nur wenige Menschen innehatten. Die beiden verband eine Freundschaft, an die keine Bedingungen geknüpft waren. Es fühlte sich wunderbar an. Sie waren nicht wegen seines Geldes oder Erfolgs zusammen, sondern einfach weil Rick es genoss, ihn kennenzulernen.

Es störte Micha nur ein wenig, dass Rick ihn irgendwie viel besser zu kennen schien, als er Rick kannte.

❖

Die Woche bei *RimSoft* war vollgepackt mit Meetings zur neuen Betaversion ihres Flaggschiffprodukts. Es war eine Achterbahnfahrt der Gefühle, da sie nicht wussten, ob die Tester und Kritiker von der neuen Software begeistert sein oder sie niedermachen würden, und Micha genoss jede Sekunde dieses Kampfes um den großen Sieg.

Julie und er trafen sich jeden Dienstag- und Mittwochabend zum Essen, aber ihre Frustration über sein neues Wochenendleben wuchs.

Am Mittwoch nach seinem sechsten Wochenende in Cannon Beach fuhren sie zum *Palisade*, durch dessen Fenster ihnen die Lichter von Seattle über den Puget Sound zublinkten.

Sobald sie saßen, verschränkte Julie die Arme vor sich und gönnte Micha keinen weiteren Aufschub. „Also, wie lautet deine Antwort?", fragte sie.

„Auf welche Frage?"

„Tu nicht so ahnungslos." Julie klatschte ihre Speisekarte auf den Tisch. „Du hast gesagt, dass es bei diesem Essen um unsere Zukunft gehen wird."

„Können wir nicht vorher bestellen?" Micha studierte die Speisekarte.

„Nein." Sie wartete, bis er sie anschaute. „Ich wollte von dir innerhalb von vier Wochen eine Antwort. Jetzt sind es schon sechs Wochen. Dieser Ort fesselt dich und lässt dich nicht mehr los."

„Das ist bei Seattle nicht anders."

„Aber zu Seattle gehöre ich. Zu Cannon Beach nicht."

„Du könntest aber dazugehören." Micha fuhr mit dem Finger über die Seite seines Wasserglases und wischte dann die Feuchtigkeit an der Tischdecke ab.

„Liebst du mich, Micha?"

„Ja."

„Willst du mich heiraten?"

Micha atmete tief ein und hielt die Luft an. Fünf Sekunden vergingen. Er wusste, dass das viel zu lang war. Diese Frage erforderte eine sofortige Antwort. „Ja."

Julie faltete ihre rostbraune Serviette zu einem sauberen Dreieck zusammen, legte sie auf ihren Teller und drückte die Falte mit zwei Fingern nach unten. Dann stand sie auf.

„Was machst du denn?"

„Du bist von diesem Ort wie besessen. Du hast gesagt, dass du Cannon Beach hasst, auch wenn du mir nicht verraten wolltest, warum, aber trotzdem fährst du immer wieder dorthin. Das ergibt keinen Sinn." Sie schlüpfte in ihren Mantel und knöpfte ihn bis ganz oben zu. „Ich brauche von dir eine Entscheidung. Und zwar sehr bald."

Sein Gesicht begann zu glühen, als Julie einfach ging. Micha war nicht sicher, ob das an den Blicken der Leute lag, die um ihn herumsaßen, oder daran, dass seine Antwort auf ihre Frage, ob er sie heiraten wolle, eine Lüge gewesen war.

Nachdem er darauf bestanden hatte, Geld dafür zu zahlen, dass sie zehn Minuten lang einen Tisch besetzt hatten, stieg er in sein Auto und schaute aus dem Fenster, ohne jedoch irgendetwas zu sehen.

Vielleicht sollte er einen Tag früher zum Strand fahren.

Cannon Beach wurde immer mehr zu seinem Zufluchtsort.

Solange er seine Kindheitserinnerungen von sich fernhalten konnte.

Und solange nicht noch ein neues Zimmer plötzlich auftauchte und ihn an seinem Verstand zweifeln ließ.

## Kapitel 8

JULIE HATTE RECHT. Er musste sich entscheiden, ob er eine gemeinsame Zukunft mit ihr wollte. Bald. Das war er ihnen beiden schuldig.

Am Samstagmorgen setzte sich Micha in seinen Ledersessel, betrachtete durch ein Fernglas den Horizont über dem Pazifik und wünschte, die Entscheidung wäre leicht. Ein Teil von ihm wollte mit Julie zusammen sein, aber wenn sie ihm die sprichwörtliche Pistole auf die Brust setzte, würde er sich wahrscheinlich eher für ein Leben ohne sie entscheiden.

Es stand außer Frage: Das Haus machte alles furchtbar kompliziert. Es wäre viel einfacher, das Haus abzustoßen, Julie zu heiraten und mit *RimSoft* weiterhin die Softwarewelt zu regieren.

Er müsste also von hier weggehen ... das war die logische Lösung. Aber war es die richtige Lösung? Er hatte keine Ahnung. Es war wie Tauziehen: *RimSoft*, Seattle und Julie standen auf einer Seite; das Haus, Cannon Beach und Rick waren auf der anderen Seite. Und Micha war das Seil.

Ein kühler Maiwind wehte durch die offenen Türen, die auf seine Terrasse hinausführten, und umgab ihn mit eiskalter Luft. Er nahm seine leere Kaffeetasse und schlurfte zur Küche. Als er aufblickte, wich alle Kraft aus seinen Fingern. Die Tasse glitt ihm aus der Hand und landete mit einem dumpfen Schlag auf dem Teppich. Seine Knie wurden weich, und er wäre beinahe zu

Boden gesunken. Im hinteren Teil der Küche befand sich eine offene Tür, und dahinter sah er einen Flur.

Einen Flur, der vorher nicht da gewesen war.

Micha taumelte durch die Küche und dann durch die offene Tür. Am Ende des Flurs befand sich eine weitere Tür. *Nicht schon wieder.*

*Atme.*

Vielleicht waren dieser Flur und diese Tür doch vorher schon da gewesen. Er dachte an seinen letzten Besuch zurück. War der Flur da gewesen? Nein. Auf keinen Fall.

Die Wände des Flurs waren goldfarben gestrichen und führten zu einer dunklen, getäfelten Holztür mit einem Messinggriff. Langsam schlich er zur Tür. Als er sie erreichte, bewegte er seine zitternde Hand langsam zum Türgriff und schob dann mit seinem kleinen Finger die Tür auf.

Sie schwang fast von selbst auf. Micha stieß einen leisen Pfiff aus. Die Decke und die Wände des Raums bestanden aus Glas und gewährten einen 180-Grad-Blick auf beide Seiten der Küste. Zwei Stühle aus irgendeinem tropischen Edelholz standen an den Panoramafenstern. Ein Bücherregal an der Rückwand enthielt Bildbände.

In der Mitte des kleinen Raumes stand eine Staffelei mit einer überdimensionalen Leinwand darauf. Daneben befanden sich unzählige Pinsel und Ölfarben, zusammen mit Skizzen und Fotos von verschiedenen Meereslandschaften.

Micha starrte die Leinwand an. Ein Fluss schlängelte sich an einem Meeresstrand entlang zwischen Felsen hindurch, die von den Winterstürmen glatt gerieben worden waren. Der Künstler hatte begonnen, jadegrüne Wellen zu malen. Berge ragten in der Ferne in die Höhe, und die groben Umrisse von Bäumen entlang des Ufers waren schon zu erkennen.

Das Bild sprach ihn an. Er konnte fast das Gurgeln des Baches hören, der über den Sand und die Steine plätscherte, und den

Wind spüren, der durch die Bäume strich. Micha fuhr den Rand des Strandes mit der Fingerspitze nach und fühlte die Erhebungen der Ölfarbe auf der Leinwand. Er stellte sich das weiche, körnige Gefühl vor, das man verspürte, wenn man mit den Händen durch warmen Sand fuhr.

Das Geschrei der Seemöwen, die am Himmel kreisten, erfüllte seine Ohren, und die Meeresbrandung mit ihrem lauten Tosen erklärte alles und verriet nichts.

Das war Kunst. Kein Foto konnte je so viele Gefühle und Sinneseindrücke wiedergeben wie ein solches Gemälde. Es war ein Vermächtnis. Es weckte in ihm die Sehnsucht danach, mehr zu schaffen als Computersoftware. Das war Kunst, für die es sich zu leben lohnte. In Micha entbrannte ein regelrechtes Feuerwerk der Freude, als er das Bild auf sich wirken ließ. Das Bild war noch nicht einmal zu einem Drittel fertig, und doch zog es ihn jetzt schon in seinen Bann.

Nach 20 Minuten verließ er das Zimmer. Beklemmung und Freude erfüllten ihn gleichzeitig. Dieses Zimmer war unglaublich. Aber es war da.

Er schloss die Tür. Dann stand er da und betrachtete die Oberfläche der Tür. Dieses Zimmer war ein Schatz. Er legte die Faust auf die Tür, dann öffnete er langsam die Finger und streckte sie so weit aus, dass sie wehtaten, als könnte er mit der Hand die ganze Tür bedecken. Die Oberfläche der Tür fühlte sich wie kühle Seide an.

Er schauderte und trat von der Tür zurück, ohne den Blick davon abzuwenden. So wunderbar das Atelier auch war, er musste trotzdem von hier wegkommen und versuchen, das Zimmer aus seinem Denken zu verbannen. *Ein* sonderbares Zimmer konnte er verkraften; aber zwei waren zu viel.

Er stürmte durch das restliche Haus, während ihm die Nackenhaare zu Berge standen. Alles andere war unverändert. Das half ihm allerdings trotzdem nicht, sich zu entspannen.

Ein Atelier. Okay. Ja, das Gemälde war faszinierend. Aber was kam als Nächstes? Eine Folterkammer? Noch schlimmer – was wäre, wenn er in ein Zimmer träte, das ihm lebhaft vor Augen führte, was vor 20 Jahren an dieser Küste passiert war?

Ehe er es verhindern konnte, tauchten die Bilder vor seinem geistigen Auge auf.

„Micha, Papa und Jack sind bald vom Einkaufen zurück. Wir haben also Zeit und können etwas zusammen spielen." Seine Mutter nahm ihre hellblaue Sonnenbrille ab und zwinkerte ihm zu.

Micha nahm den bunten Strandball, legte ihn auf einen kleinen Sandhaufen, nahm 10 Meter Anlauf und runzelte voller Konzentration die Stirn. Dann lief er auf den Ball zu und trat ihn fest. Ein leiser Schrei entfuhr ihm, als sein Fuß den Ball berührte und er über den Kopf seiner Mutter hinwegflog.

„Mama! Der Wind hat ihn erfasst! Er fliegt ins Meer!"

„Ich hole ihn."

„Aber das sind riesengroße Monsterwellen ..."

„Sie kommen dir viel größer vor als mir."

„Aber-?"

Seine Mutter blieb stehen und lächelte ihn an. „Mir passiert nichts, Micha. Wirklich nicht."

Micha riss sich von dem Abgrund los, der sich vor ihm auftat, und stopfte diese Erinnerung wieder in die Tiefe seines Herzens zurück.

Nein.

Er wollte das nicht. Niemals. *Netter Versuch, Archie.*

Er holte sich eine Cola light und schritt durch das Wohnzimmer, starrte den Kamin an, schaute dann aus dem Fenster und betrachtete die Sturmwolken, die sich über dem Meer zusammenzogen. Dann drehte er sich zu dem Gang um, der zum Atelier führte.

Er wollte den Verstand nicht verlieren. Am besten brachte er das Ganze hinter sich und verkaufte das Haus. Oder sollte er einfach verschwinden und nie wieder hierher zurückkommen? Das Haus aus seinem Denken verbannen. Die Sache mit Julie in Ordnung bringen und sein Leben in Seattle dort weiterführen, wo er es unterbrochen hatte. Sie wollte einen Ring; er wollte einen klaren Verstand.

Er würde es tun. Das Haus zum Verkauf anbieten und einen Hochzeitstermin festlegen. Micha nahm sein Handy, um Julie anzurufen; eine Sekunde später warf er das Telefon auf das dunkelgrüne Sofa vor seinem Kamin.

Unmöglich.

Julie hatte recht. Obwohl das mit seiner Mutter hier passiert war, ließ ihn dieses Haus nicht los.

Ihr Gespräch am Montag würde ein Ritt auf einem Pulverfass werden.

# Kapitel 9

AM MONTAGMORGEN KAM JULIE in Michas Büro marschiert. Sie sah aus wie ein Tiger, der seit einer Woche nichts mehr zu fressen bekommen hatte. Ihr Auftreten vermittelte ihm eine unmissverständliche Botschaft: Er war Hackfleisch.

„Hallo, wie geht's dir?"

Julie gab ihm keine Antwort.

Micha schob sich von seinem Computer weg und lehnte sich auf seinem Lederstuhl zurück. Sie schaute ihn durchdringend an. Ihre Lippen waren so fest zusammengekniffen, dass sie ganz weiß waren.

„Entschuldige." Er stand auf und kam auf sie zu. „Ich habe es vermasselt. Ich bin zu wenig auf dich eingegangen. Es tut mir leid und so weiter, okay?" Er lächelte sie an.

„Das ist nicht lustig. Es ist mir ernst, Micha."

„Ich weiß. Ehrlich. Ich war in den letzten Wochen emotional distanziert, und das tut mir leid." Er fuhr mit den Fingern an ihren Armen nach unten und nahm dann ihre Hände.

Julie riss sich von ihm los. „Was ist mit dir los? Du bist mein Geschäftspartner. Und mein Seelenverwandter, dachte ich. Für beides ist es notwendig, dass wir Zeit miteinander verbringen und miteinander sprechen. Und ich brauche eine Antwort wegen unserer Zukunft. Egal, wie diese Antwort lautet."

„Wir haben doch miteinander gesprochen." Er rieb sich den

Nacken, ging zur Getränkebar im hinteren Teil seines Büros und schenkte sich eine Cola light ein.

„E-Mails sind keine Gespräche. Wir haben seit unserem abgebrochenen Essen letzte Woche nicht mehr miteinander geredet. Erklärst du mir jetzt, was mit dir los ist?"

„Ich ..."

„Ich brauche eine Antwort. Willst du unsere Beziehung beenden? Denn diese Botschaft kommt laut und deutlich bei mir an."

„Nein. Natürlich nicht. Ich will dich nicht verlieren. Ich versuche nur ..."

„Nur was, Micha? Gefühlvoll mit mir Schluss zu machen?"

„Es ist schwer zu erklären." Er trat an die Fensterfront, drehte sich um und kehrte dann wieder hinter seinen Schreibtisch zurück. „Mich beschäftigen viele Dinge."

„Welche Dinge? Sag es mir."

Was konnte er ihr sagen? Dass er Cannon Beach hasste, weil dort seine Mutter gestorben war? Nein, das wusste niemand. Und dass er sich trotzdem seltsam zu Archies Haus hingezogen fühlte, weil es ihm so bekannt und sogar friedlich vorkam? Dass ein Teil von ihm sich weigern wollte, sich jemals seiner Vergangenheit zu stellen, aber dass ein anderer Teil von ihm vielleicht dazu bereit sein könnte? Sollte er ihr sagen, dass der Mann, der immer alles unter Kontrolle hatte und genau wusste, was er wollte, das plötzlich nicht mehr wusste?

„Ich kann nicht, Julie. Noch nicht. Aber ich werde es dir sagen. Vertrau mir bitte." Er berührte ihre Fingerspitzen, und dieses Mal entzog sie ihm ihre Hände nicht.

„Du musst es mir aber bald sagen. Sehr bald, okay?" Sie schmiegte sich in seine Arme, und er hielt sie fest.

Ein paar Minuten später schaute Micha ihr seufzend nach, als sie auf dem Gang verschwand. Er würde mit Cannon Beach bald fertig sein. Er brauchte nur noch ein wenig Zeit.

Aber er wusste genau, dass Zeit nicht das Einzige war, was er brauchte.

❖

Er brach erst am Donnerstagabend um 21:00 Uhr nach Cannon Beach auf, da ihn die Arbeit nicht früher losließ. Aber in Wirklichkeit war die Arbeit nur eine fadenscheinige Ausrede, um die Fahrt zu dem Haus hinauszuzögern, das ihn gleichzeitig anzog und abstieß.

*Nicht noch mehr neue Räume, Archie. Bitte.*

Am Freitagmorgen fuhr er zu Rick. Devin stand an der Zapfsäule und wischte seine Hände an einem Lappen ab, der schmutziger war als seine Hände.

„Ist jemand beim Chef im Büro?"

„Nein, gutes Timing", erwiderte Devin. „Gehen Sie ruhig rein."

Micha öffnete Ricks Tür und sah, dass er auf einem alten Lederstuhl saß und den Kopf gesenkt hielt. Ein unverständliches, aber leidenschaftlich klingendes Murmeln kam aus seinem Mund. Als Rick aufblickte, standen ihm Tränen in den Augen.

„Entschuldige. Ich wollte dich nicht stören bei … bei deinem …"

„Man nennt es Beten, Micha." Ein Seufzen und ein Lachen kamen gleichzeitig aus Ricks Mund.

„Du bist Christ? Willst du mich auf den Arm nehmen?"

Er bereute die Worte, sobald er sie ausgesprochen hatte. Ihm war klar gewesen, dass Rick Christ war, seit er ihm das erste Mal begegnet war. Es strahlte ihm aus allen Knopflöchern. „Dumme Frage. Natürlich bist du Christ. Das ist nicht zu übersehen."

„Wie geht es dir, Micha?" Rick stand grinsend auf und gab Micha fröhlich die Hand. „Es kommt mir vor, als wärst du ein ganzes Jahr nicht mehr hier gewesen."

„Mir auch."

Er hatte den Mann vor fünf Tagen das letzte Mal gesehen, aber es kam ihm wie fünf Wochen vor. Er verstand sich mit Rick so gut wie mit kaum einem anderen Menschen. Falsch. Wie mit *keinem* anderen Menschen. In seinen anderen Freundschaften spielte jeder irgendeine Rolle, um die Wahrheit zu verbergen.

So war es mit seinem Aufsichtsrat, seinen Angestellten, den wenigen Freunden, zu denen er noch Kontakt hatte, sogar mit Julie. Jeder spielte seine Rolle in dem Stück, sagte die richtigen Dinge, aber keiner wusste, wer der andere wirklich war. Aber in der Beziehung zwischen ihm und Rick sagte niemand einen einstudierten Text auf. Sie versteckten sich hinter keinen Masken. Rick trug nie eine Maske. Oder doch?

Etwas an dem Mann passte nicht. Etwas ... fehlte einfach. Jeder hatte Fehler, Schwächen, dunkle Flecken, wie auch immer man es nennen wollte. Aber Rick nicht. An ihm gab es nichts auszusetzen. Er war freundlich. Stark. Weise. Hatte einen prächtigen Sinn für Humor. Das machte Micha Angst.

Micha verdrängte diesen Eindruck. Dieser Mann war einer der besten Freunde, die er je gehabt hatte, und er kannte ihn kaum.

„Du betest viel?", fragte Micha.

„Jesus sagt, dass der Heilige Geist seine Nachfolger führen wird, und seine Nachfolger werden seine Stimme hören. Also tanke ich ein wenig Weisheit."

„Äh, ja. Ich hoffe, du tankst kräftig."

„Wie ist es mit dir?"

„Nein, ich nicht."

„Du hast Gottes Stimme früher gekannt. Aber deine Ohren haben sich mit anderen Dingen gefüllt. Du könntest wieder anfangen zuzuhören."

„Entspann dich, Rick. Vielleicht hat sich mein Glaube in den letzten Jahren ein wenig abgekühlt, aber ich glaube immer noch, dass es Gott gibt." Micha ließ sich auf einem Rohrstuhl nieder,

der protestierend quietschte. „Im Leben geht es um viel mehr als darum, in der Bibel zu lesen und zur Kirche zu gehen. Da draußen gibt es Welten, die erobert werden wollen. Ich habe meine Prioritäten nur ein wenig verschoben."

Rick schaute ihn nur an.

„Hey, wenn du denkst, im Leben ginge es um andere Dinge, würde ich das gern hören."

„Wirklich?" Ricks Mundwinkel zogen sich nach oben.

„Wirklich."

Rick beugte sich vor und schaute ihn mit leuchtenden Augen an. „Jesus kam, um Leben zu bringen. Leben in Fülle. Um Menschen heil zu machen. Um die Ketten zu zerbrechen, die um die Herzen der Menschen liegen, und um sie frei zu machen. Es geht ihm nicht um Regeln und Bestimmungen. Das wäre Religion. Ihm geht es um Freiheit und Freundschaft." Rick lehnte sich auf seinem Stuhl zurück. „Wie frei bist du, Micha?"

Micha schluckte – die Frage traf ihn wie ein Faustschlag. „Mein Leben hat sich verändert." Er setzte sich auf und legte die Hände auf seine Knie. „Das ist lange her."

„Oh, nein, mein Junge, das war erst vor einem Augenblick."

Micha schaute aus dem Fenster und suchte eine Antwort. Es gab keine. Die Ketten, die um sein Herz lagen, zerbrechen? Er war nicht mal sicher, ob es sein Herz überhaupt noch gab.

Als er nach Hause kam, schlüpfte er in einen Jogginganzug und unternahm einen langen Spaziergang am Strand. Am Ende des Spaziergangs setzte er sich auf einen Felsblock, der tiefe Narben von den langen Wintern am Meer aufwies, und schloss die Augen.

„Gott, was machst du mit mir? Ich dachte, wir würden uns verstehen: Du machst dein Ding; ich mache meins. Warum kannst du die Vergangenheit nicht in der Tiefe begraben lassen, wohin sie gehört? Du stellst mir eine Falle. Rick stellt mir eine Falle. Archie stellt mir eine Falle. Was willst du von mir? Was will dieses Haus von mir? Ich habe ein Leben. Ein Leben, das ich liebe."

Er brach ab. Was hatte es für einen Sinn, Gott anzulügen?

„Also gut. Vielleicht ist Seattle nicht perfekt, und vielleicht habe ich einen Teil meines Herzens verloren, und vielleicht hast du hier etwas in Gang gesetzt, das mir helfen wird … aber ich glaube nicht, dass ich das will. Nein, ich *weiß*, dass ich es nicht will."

Genug in sich hineingeschaut. Er stand auf und joggte zu seinem Haus zurück. Morgen würde er zu Fuß in die Stadt gehen. Ein paar normale Leute kennenlernen. Ein paar normale Gespräche führen.

Wenigstens hatte er das vor.

# Kapitel 10

AM SAMSTAGNACHMITTAG SCHLENDERTE MICHA in *Osburns Eisdiele* in der Main Street, um sich ein Eis zu kaufen.

Die Frau hinter der Theke füllte für den Kunden, der vor ihm an der Reihe war, zwei große Kugeln Nutella-Eis in eine Waffel, während Micha die zuckrig süße Luft einatmete und geduldig wartete.

Sein Blick wanderte zwischen den Comics an der Wand und der Bedienung mit den schulterlangen, dunkelbraunen Haaren hin und her. Eine widerspenstige Haarsträhne fiel ihr ins Gesicht. Winzige Grübchen unterstrichen ihr ungekünsteltes Lächeln. Sie war schön.

„Hallo. Was darf es sein?"

Micha schaute aus dem Fenster, beobachtete die Touristen, die den Bürgersteig entlangschlenderten, und dachte daran, wie radikal sich diese Welt von seinem Leben in Seattle unterschied.

„Eis! Will heute noch jemand ein Eis?" Die junge Frau tat, als rufe sie diese Frage allen Leuten zu, bevor sie sich wieder an Micha wandte. Ihr Lächeln erfüllte den Raum mit Wärme.

„Entschuldigung. Ja, ich will ein Eis." Er schaute sie an und sah in ihren Augen, dass sie sich amüsierte. Dann warf er einen Blick auf ihre Hände. Sie trug keinen Ring.

„Welche Sorte hätten Sie gern?"

„Sahnepralinen."

„Ah, ein relativ einfaches Eis, aber trotzdem mit genug Geschmack, um nicht als Vanille abgestempelt zu werden." Sie schob sich die Haare aus dem Gesicht, aber ohne Erfolg.

„Beurteilen Sie die Persönlichkeit anderer Leute immer danach, welches Eis sie essen?"

„Nur wenn sie in Gedanken gerade von weither zurückgekehrt sind."

Er lächelte in sich hinein. Die Frau war geistreich.

Sie bohrte eine riesige Kugel Sahnepralineneis aus dem Behälter und steckte sie in eine Waffel. „Neu in der Stadt?" Sie reichte Micha mit einem freundlichen Augenzwinkern seine Waffel.

„Sind das nicht alle Touristen?" Er reichte ihr über die Plexiglasscheibe einen Fünfdollarschein. Sie nahm das Geld, stieß mit der Hüfte an die Kasse, und die Schublade sprang auf.

„Sie sind kein Tourist." Sie schaute ihn mit ihren espressobraunen Augen herausfordernd an. Er wartete auf eine Erklärung, woher sie das wusste, aber sie griff in die Kasse und reichte ihm kommentarlos sein Wechselgeld.

„Und, wie lautet Ihr Vorname, Mrs Holmes?"

„Watson", sagte sie ohne ein Lächeln auf den Lippen.

Micha trat zur Seite der Kasse. „Wie kommen Sie darauf, dass ich kein Tourist bin?"

Sie begann, drei Kugeln Erdbeereis für den nächsten Kunden in eine Waffel zu füllen. „Die meisten Touristen bleiben übers Wochenende, eine Woche, vielleicht auch zwei. Dann fahren sie wieder nach Hause. Da Sie seit sechs oder sieben Wochen hier sind, ging ich davon aus, dass Sie nicht nur ein paar Fotos machen."

Micha blinzelte. „Und Sie wissen, dass ich seit sieben Wochen hier bin, weil … ?"

Sie schaute ihn an, zog einen Mundwinkel nach oben, gab ihm aber keine Antwort.

„Gehört Ihnen dieser Laden?" Micha probierte sein Eis.

„Nein. Warum wollen Sie das wissen?" Sie schaute zur Seite, um einem Kunden, der Vanillesahneeis bestellt hatte, sein Wechselgeld herauszugeben.

„Ich fühle mich verpflichtet, dem Besitzer zu sagen, dass ..."

„Der Besitzerin."

„Ich fühle mich verpflichtet, *ihr* zu sagen, dass ihre Angestellte Touristen ausspioniert."

„Damit kämen Sie nicht weit. Sie ist ebenfalls Geheimagentin."

Die Frau lächelte nicht, aber Micha grinste. Er hob anerkennend seine Eiswaffel. „Jedenfalls haben Sie recht."

Er drehte sich um und schlenderte immer noch lächelnd aus der Eisdiele. Er nahm sich vor, in nächster Zeit öfter ein Eis bei *Osburns* zu essen.

❖

Micha kam um 18:30 Uhr ins Haus zurück. Nach einer schnellen Joggingrunde zum Haystack Rock und zurück und einem noch schnelleren Abendessen bestehend aus Frühlingsrollen und Reis schlenderte er zu seiner Bibliothek. Er kam nie dort an.

Neben der Bibliothek befand sich eine neue Tür.

*Na toll, jetzt geht das schon wieder los.*

Micha blieb stehen, schob die Tür auf und tastete nach einem Lichtschalter. Als er ihn betätigt hatte, trat er vorsichtig ein. Der Raum roch wie ein Wintermorgen und fühlte sich unnatürlich still an. Die Stille war mehr als die Abwesenheit von Geräuschen. Sie fühlte sich an wie ein Panther, der jeden Augenblick angreifen würde. Aus dem Augenwinkel sah er, dass sich die hintere Wand bewegte. Nein. Oder doch?

Angst schwirrte wie eine Fledermaus durch sein Bewusstsein. Micha ging weiter hinein, entschlossen, nicht die Nerven zu verlieren. An einer Wand waren vom Boden bis zur Decke

76

Postschlitze angebracht, wie es sie in alten Bürogebäuden gab. Sonst war der Raum leer. Jeder Postschlitz war etwa 20 Zentimeter lang und einige Zentimeter hoch, und die vergilbte, weiße Farbe blätterte bei den meisten am Rand ab. Viele waren vollgestopft; andere enthielten nur einen einzigen Brief. Die Briefe waren vergilbt, einige wiesen Wasserflecken auf, an anderen waren die Ecken abgerissen.

Das Zimmer passte nicht.

Als er die Postschlitze erreichte, bewegte sich seine Hand im Zeitlupentempo auf das erste Blatt Papier zu. Kurz bevor er es berührte, sagte etwas in ihm: *Halt!*

Zu spät.

Sobald sein Zeigefinger das Papier berührt hatte, zog sich sein Magen zusammen, als springe er aus 3.000 Metern Höhe im freien Fall nach unten. Er drehte sich um und schaute zur Tür. Sie war zu. Er wusste, dass er sie offen gelassen hatte, aber das spielte keine Rolle. Micha zwang sich, ruhig zu bleiben, während er das zusammengefaltete Blatt öffnete. Mehrere Sätze, die auf das Papier gekritzelt waren, beschrieben Erinnerungen aus seiner Kindheit, die mit tiefen Verletzungen verbunden waren.

Sein Lieblingsspielzeugauto, das sein Vater zertrümmert hatte, als er sechs gewesen war.

Seine Lehrerin in der 4. Klasse, die ihn fast das ganze Schuljahr hindurch als „hirnlosen Micha" verspottet hatte, weil er ihre Aufgaben nicht verstand.

Ein Satz nach dem anderen zu Situationen, in denen er versagt oder verloren hatte oder bestohlen und verletzt worden war. Die Wunden schmerzten noch genauso wie damals.

Als er die Seite zur Hälfte gelesen hatte, trat er zurück und schaute nach oben. Es wäre besser gewesen, wenn er den Blick weiterhin auf das Papier gerichtet hätte.

Die Wand vor ihm war nun mit beweglichen Bildern bedeckt, die noch mehr Enttäuschungen aus seinem Leben darstellten. Er wandte sich nach rechts, um sie nicht sehen zu müssen. Vergeblich. Jede Wand – sogar der Fußboden – spielte verschwommene Szenen aus seinem Leben ab, als wäre jedes Mal eine Videokamera mitgelaufen und hätte jede Verletzung aus seiner Kindheit eingefangen.

Wie ein Mädchen, das ihm in der 7. Klasse versprochen hatte, mit ihm zur Tanzparty zu gehen, ihn dann wegen seines angeblich besten Freundes versetzt hatte.

Wie er von Brandon Kopec in seinem ersten Jahr an der Highschool immer wieder schikaniert worden war.

Wie er in der 10. Klasse den spielentscheidenden Pass vor der ganzen Schule verpatzte und danach von seinen Mannschaftskameraden wochenlang deswegen aufgezogen wurde.

Er ließ das Papier fallen, versuchte, sich an der Wand abzustützen, und kämpfte gegen den Druck, der sich wie ein Schraubstock um seinen Magen gelegt hatte. Gleichzeitig fasziniert und angsterfüllt schaute er zu, wie die Bilder schneller wurden und jetzt auch die Decke überströmten.

Wie er aus dem Basketballteam ausgeschlossen wurde, weil der Lieblingsspieler des Trainers die Lüge verbreitete, Micha hätte Pot geraucht.

Wie er von seinem Chef in der Schilderfabrik zur Schnecke gemacht und dann entlassen wurde, weil er einige Vorlagen verdruckt hatte. *„Du Idiot! Wie kann man nur so hirnlos sein!"* Sein Chef hatte eine halbe Minute lang geflucht, ohne Luft zu holen, und dabei seinen Finger wie ein Metronom gegen Michas Schlüsselbein getackert.

Micha sank auf den Boden und schnappte nach Luft. Er kam sich vor, als würden ihn meterhohe Brecher auf den Sand werfen. Während die Wellen auf ihn zurollten, schrie ein Teil von ihm: „Das ist nicht wahr!" Aber sein Körper wollte nicht hören. Er rappelte sich mühsam auf die Knie. Unmöglich.

Er wollte um sich schlagen. Auf irgendetwas einschlagen.

Maßloser Zorn und ein Gefühl der Wertlosigkeit rangen in ihm miteinander.

*Komm schon!* Er musste sich zusammenreißen. Er hob den Arm, als könnte er den Orkan an Gefühlen damit abwehren.

*Du musst dich konzentrieren. Das ... ist ... nicht ... echt!*

Aber es war echt.

Die Erinnerungen sprangen quer durch die Jahre vor und zurück und wurden immer schneller.

„Lass ihn in Ruhe!", rief er, als er sah, wie sein Basketballtrainer in der 5. Klasse sein jüngeres Ich anschrie, weil er im letzten Spiel der Saison einen Wurf verpatzt hatte.

Tränen traten ihm in die Augen, als er zuschaute, wie seine drei besten Freunde an der Highschool ohne ihn zu einem Alanis-Morissette-Konzert gingen und darüber lachten, wie sie Micha angelogen und abgewimmelt hatten.

Er schlug mit den Armen um sich. „Hilfe!"

Keine Antwort.

„Wenn du hier bist, dann hilf mir!"

Alle Bilder verschwanden.

Stille.

Es war vorbei.

Oder nicht?

Einen Moment später füllte eine Szene die ganze hintere Wand des Raumes aus. Ein neunjähriger Micha rannte über den Strand, stolperte, seine Lippen bebten, tiefe Sorgenfalten hatten sich in sein Gesicht gegraben.

„Nein." Ein Stöhnen kam über seine Lippen und verwandelte sich in einen kehligen Schrei. „Alles, nur das nicht. Bitte nicht."

„Komm zurück, Mama! Komm zurück!"

Micha sprang auf und ab, strengte sich an, um etwas auf dem Meer draußen sehen zu können. Dann drehte er sich panisch im Kreis und schrie in Richtung Norden den Strand hinauf: „Hilfe! Helft meiner Mama!"

Er wandte sich nach Süden und schrie wieder. Dann begann er, auf die Häuserreihe hinter sich zuzulaufen. Zwei schnelle Schritte. Er blieb wieder stehen, drehte sich um und lief dorthin zurück, woher er gekommen war, und schleuderte dabei mit seinen nackten Füßen Sand auf sein Spiderman-Strandtuch.

Dann erstarrte er. Er wusste nicht, in welche Richtung er laufen sollte. Was er tun sollte.

Michas Verstand rief weiter, dass das, was er hier sah, nicht echt war; sein Herz schrie lauter, dass alles absolut real war. „Das bringt mich um. Ich schaffe das nicht. Ich halte das nicht aus. Ich brauche dich, Gott." Die letzten Worte waren nur noch ein Flüstern.

Der junge Micha rannte immer noch mit zitternden Beinen und Tränen in den Augen am Strand auf und ab. Micha schaute jetzt zu, wie er wieder und immer wieder schrie.

Er legte sich auf die Seite und zog die Knie an seine Brust.

„Gott, hilf mir!"

Das Zimmer veränderte sich. Hoffnung tauchte wie ein Lichtstrahl am schwarzen Himmel auf. Der Schmerz ließ ein wenig nach. Das Atmen wurde leichter. Die Tentakel der Angst, die sich um sein Denken gelegt hatten, lösten sich. Aber nicht genug.

„Bitte hilf mir." Er wusste nicht, ob er das laut oder nur in Gedanken gesagt hatte.

Der Kampf ging weiter.

Der neunjährige Micha kniete jetzt schluchzend im Sand. Ein Mann sprintete an ihm vorbei in die Wellen hinein. Sein Vater.

„Zwing mich nicht, das anzuschauen!", rief Micha.

Er konnte das nicht ertragen.

Micha versank in der Dunkelheit.

In diesem Moment geschah es. Ein Lichtstrahl, dann Friede und ein Gefühl, das er seit Jahren nicht mehr erlebt hatte: die Gegenwart Gottes.

Stille. Dieses Mal blieb sie.

Der Friede breitete sich immer mehr aus, bis Micha vom Boden aufstehen und durch die Tür in die sternklare Nacht und zum Strand hinaustaumeln konnte.

Er erreichte den Sand, brach zusammen und ließ seinen Tränen freien Lauf.

❖

Als er aufwachte, stand die Sonne schon hoch am Himmel. Er vermutete, dass es schon mindestens 9:00 Uhr sein musste. Er rieb sich die Augen, rappelte sich auf die Beine und ging langsam ans Meer.

Mehrere Leute in leuchtenden Jacken schlenderten am Strand entlang. Drei Kinder ließen ihre bunten Drachen am Himmel fliegen und lachten, während sie kleine Sandwolken aufwirbelten und hin und her rannten, um ihre Fluggeräte in der Luft zu halten.

Dieses Bild ließ die letzte Nacht wie einen Traum erscheinen.

Vielleicht war es nur ein Albtraum gewesen.

Aber er wusste, dass es kein Traum gewesen war. Gott hatte ihn gerettet. Oder war er derjenige gewesen, der Micha in dieses Zimmer gestoßen hatte?

Aber er hatte Gott gespürt wie damals als Jugendlicher. Wenigstens glaubte er, dass es Gott gewesen war. Vielleicht war er es auch nicht.

Micha stand in der Gischt, und sein Magen zog sich zusammen. Vielleicht vor Hunger, möglicherweise bei dem Gedanken daran, wieder ins Haus zu gehen. Wahrscheinlich war es eine Kombination aus beidem. Der Gedanke, sich diesem Zimmer wieder auszusetzen, ließ ihm die Nackenhaare zu Berge stehen. Er ging 10 Minuten lang im flachen Wasser auf und ab. Er konnte unmöglich zulassen, dass ein Zimmer so über ihn bestimmte.

Während er sich mühsam wie ein Bergsteiger, der die letzten Meter zum Gipfel des K2 erklomm, zu seinem Haus schleppte, schob der Wind graue Wolken vom Meer heran und sperrte die Sonne aus.

Er trat ins Haus und ließ seinen Blick über den Kamin zur Wendeltreppe, die nach oben führte, zum Flur, zur Küche und wieder zum Kamin zurückwandern. Alles sah normal aus. Es fühlte sich sogar normal an. Nachdem er sich ein Brötchen und einen Apfel genommen hatte, trat er wieder auf die Terrasse hinaus.

Er brauchte einen Moment, um seine Gedanken zu ordnen.

Ein Windstoß begrüßte ihn und riss ihm fast das Essen aus der Hand. Der Wind musste eine Geschwindigkeit von 30 oder 40 Knoten haben. Einige Sekunden später setzte Regen ein, und schwere Tropfen prasselten auf ihn nieder. Familien und Liebespaare verließen im Laufschritt und mit Kapuzen auf dem Kopf den Strand. Ein Sturm zog auf. Micha schüttelte den Kopf. Das war das perfekte Bild für das, was in seinem Kopf ablief.

So bizarr das Zimmer auch war, er wollte kämpfen. Er wollte seine Angst vor der Vergangenheit besiegen. Er marschierte ins Haus und schritt geradewegs auf das Zimmer mit den Erinnerungen zu. Kalter Schweiß breitete sich auf seinem Rücken aus.

„Mach … keinen … Rückzieher. Du willst also, dass ich mich dem stelle, was vor zwanzig Jahren hier passiert ist, Archie? Einverstanden. Bringen wir es hinter uns."

Während er durch den Flur zur Tür ging, neigte Micha den Kopf und wischte sich den Schweiß, der auf seinen Handflächen stand, an der Hose ab.

Wenn er die Tür erreichte, würde er nicht zögern; er würde geradewegs hineingehen. Aber dazu bekam er keine Gelegenheit. Die Tür war verschwunden. Dort, wo sie gewesen war, war jetzt eine glatte Wand. Es gab keine Spur davon, dass es diese Tür je gegeben hatte.

Das war kein Trost.

Vielleicht hatte wirklich Gott mit ihm gesprochen. Vielleicht verlor er aber auch einfach den Verstand.

Ein lauter Donner rollte über das Haus, und gleich danach erhellte ein Blitz das ganze Zimmer. Micha machte sich nicht die Mühe aufzublicken.

Es war vorbei, oder? Er hatte sich dem Tod seiner Mutter gestellt, und das genügte. Es war erledigt. Er müsste nie wieder dorthin zurückkehren.

Wenn er das nur glauben könnte!

Er kramte in seiner Tasche. Ja, da war es. Er zog sein Handy heraus und rief den einzigen Menschen an, der vielleicht eine Ahnung davon haben könnte, was hier vor sich ging.

## Kapitel 11

„HALLO?"

„Rick, hier ist Micha." Er stand an seiner Fensterfront, hatte die Stirn an die Scheibe gedrückt und schaute zu, wie das Meer tobte.

„Hallo, Micha."

Micha sagte nichts. Jemandem zu erzählen, dass ein Haus lebendig war, gehörte nicht zu den Dingen, die man in der Wirtschaftswelt lernte.

„Bist du noch dran?"

„Ja, ich … ich muss mit dir reden." Micha ging zum Kamin hinüber und starrte die glatten Steine an. „Über mein Haus. Und über Gott."

„Okay."

Wo sollte er anfangen? Nicht mit dem Haus oder dem Erinnerungszimmer. Am besten fing er mit Gott an. „Ich denke, es ist Zeit, mich wieder mit ihm zu befassen. Vielleicht. Wenigstens ein bisschen."

„*Star Wars.*"

„Was?"

„Episode V, *Das Imperium schlägt zurück.* Yoda: *Tu es oder tu es nicht. Es gibt kein Versuchen.*"

„Du zitierst Yoda?"

Rick schmunzelte. „*Die Wahrheit ist die Wahrheit, ob sie aus dem Mund Gottes oder aus dem Mund Baals kommt.*"

„Sehr tiefschürfend."

„Dieser Satz stammt nicht von mir. Das hat George Mac-Donald gesagt."

„Wer?"

„Unwichtig. Willst du mir erzählen, was passiert ist?"

„Ja. Aber ich bin nicht sicher, wie viel ich erzählen will." Micha warf einen Blick auf die schwarze Asche im Kamin. Vielleicht sollte er wieder ein Feuer anzünden.

„Sag so viel, wie du willst. Aber sag auch nicht weniger", riet ihm Rick.

Als die Flammen um drei Holzscheite zum Kamin hinaufzüngelten, hatte Micha seinem Freund alles erzählt, außer der Szene mit seiner Mutter. Dafür aber von dem Schreinzimmer, dem Atelier, dem Erinnerungszimmer, und auch, dass er zu Gott geschrien hatte und dass er dann Gottes Gegenwart gefühlt hatte.

„Was ist mit mir los?", fragte Micha.

„Muss ich dir auf diese Frage wirklich eine Antwort geben?"

„Ja."

„Gott berührt dein Herz und zieht dich zurück zu sich."

„Ich bin nicht sicher, ob ich zurückgezogen werden will."

Schweigen am anderen Ende der Leitung.

„Gab es dieses Erinnerungszimmer nur in meiner Fantasie? Ich bin am nächsten Tag wieder hingegangen, und dann war es nicht mehr da. Sag schon, leide ich unter Halluzinationen oder verliere ich den Verstand?" Micha stand auf und ging zu der Stelle auf dem Flur zurück, an der das Erinnerungszimmer gewesen war. „Vielleicht steckt Gott hinter der ganzen Sache, aber ich will trotzdem nicht mehr in meinem eigenen Haus sein."

„Einstein vermutete, dass der Mensch höchstens ein Prozent des vorhandenen Wissens des Universums verstanden hat. Hältst du es für möglich, dass Gott mit den neunundneunzig Prozent, die wir nicht verstehen, unerklärliche Dinge tun kann?"

Micha seufzte. „Vielleicht."

„Dann vertrau ihm." Rick räusperte sich. „Aber ich muss zugeben: Wenn dieses Zimmer wirklich da war, dann hört sich das an, als hättest du ein sehr ungewöhnliches Haus. Und ich schätze, das ist erst der Anfang."

„Na toll."

Micha legte auf und warf ein paar Sachen in seine Sporttasche. Er wollte hier nicht übernachten. Ein ungewöhnliches Haus? Was für eine Untertreibung! Es wurde Zeit, nach Seattle zurückzufahren. Wieder in eine Welt zurückzukehren, in der alles normal und geordnet ablief. Eine Welt, in der er alles unter Kontrolle hatte.

❖

Die nächste Woche bei *RimSoft* lief reibungslos wie ein Uhrwerk. Jedes Meeting. Jedes Telefongespräch. Jeder Softwaretest.

Am späten Donnerstagnachmittag trat er an sein Bürofenster und schaute zu, wie kleine Regentropfen wie Ameisen an der Scheibe nach unten liefen. Sein Team lief wie ein Schweizer Uhrwerk. Präzise und effizient. So gut hatten sie noch nie dagestanden. *RimSoft* hatte gerade für dieses Quartal ein Umsatzwachstum von 23 Prozent bekanntgegeben. In der letzten Woche hatte ein Geschäftspartner Micha ein Abo für einen Logenplatz bei den *Seattle Seahawks* geschenkt. Ein anderer stellte ihm eine Italienkreuzfahrt für ihn und ein halbes Dutzend Freunde in Aussicht, wann immer er fahren wollte. Und die Marktanteile ihrer Produkte stiegen unaufhaltsam weiter.

Micha ging vor seinem Schreibtisch auf und ab und versuchte, sich wieder wie ein kleines Kind an Weihnachten zu fühlen. Das waren Geschenke für Erwachsene, die nur wenige unter dem Weihnachtsbaum fanden. Er sollte sich eigentlich freuen.

Seufzend setzte er sich an seinen Computer. Einige Sekunden später tauchte eine Satellitenaufnahme von Cannon Beach auf seinem Bildschirm auf. Nachdem er sein Haus einige Minuten lang von oben angeschaut hatte, schrieb er Shannon eine E-Mail, in der er ihr die Italienkreuzfahrt übertrug. Sie würde sie viel mehr genießen als er.

Er kratzte sich am Hinterkopf und stand auf. Dann ging er wieder auf und ab. Was war nur mit ihm los?

An diesem Wochenende blieb er in Seattle, um seine Routine zu unterbrechen. Das redete er sich ein. Aber in Wirklichkeit hatte ihn das Haus so erschreckt, dass er lieber in der Stadt blieb. Vielleicht hatte Rick recht, und Gott steckte dahinter. Aber vielleicht hatte auch sein Vater recht, und Archie hatte ihm eine Villa gebaut, in der es spukte und die ihn am Ende um den Verstand bringen würde.

Micha spielte am Samstag Basketball, und am Abend ging er allein ins Kino. Er hätte mit Julie gehen sollen. Warum hatte er sie nicht eingeladen mitzukommen? Sie war klug und schön und die perfekte Begleitung bei diesen Cocktailpartys, bei denen sie anscheinend immer die richtigen Leute traf, um für *RimSoft* noch mehr millionenschwere Verträge an Land zu ziehen. Eine ideale Geschäftspartnerin im Konferenzraum und bei zwanglosen Treffen. Sie passten perfekt zusammen. Und sie sahen auf dem Titelblatt von *Fast Company* großartig zusammen aus. Das perfekte Paar. Das perfekte Leben.

Im nächsten Monat würden sie auf dem Titelblatt von *Wired* sein.

Er versuchte, sich darüber zu freuen, dass er ganz oben angekommen war, aber die Freude flatterte davon wie ein aufgeschreckter Kolibri. Sein Leben mit *RimSoft* und Julie war wie eine Hollywoodkulisse: Perfekt aussehende Fassaden, jeder Grashalm befand sich an der richtigen Stelle; aber wenn man zur Rückseite herumging, sah man nichts als Balken und Gerüste, die die Fassaden aufrecht hielten.

❖

Am Montagmorgen ging Micha durch den Schmitz-Park. Ein grünes Paradies, das selbst viele Leute, die schon lange in Seattle lebten, nicht kannten.

Er setzte sich in die Mitte des Parks und betrachtete den riesigen Ahorn über sich. Eine kleine geflügelte Ahornfrucht taumelte langsam nach unten, als hinge sie an einem unsichtbaren Faden, und landete schließlich auf seinem Knie. Ein Gefühl tiefen Friedens, begleitet von Hoffnung und Abenteuerlust, überkam ihn. Ein Gefühl, das er in Seattle schon lange nicht mehr erlebt hatte.

Nachdem er ein paar Minuten spazieren gegangen war, rief er Shannon an.

„Du bist nicht im Büro", stellte sie fest.

„Ich gehe spazieren."

„Du tust was? Spazieren gehen? Du gehst spazieren?"

„Ja. In einem Park."

„Statt zur Arbeit zu kommen?"

„Ja." Micha schlenderte zu seinem Auto.

„Die Versuchung zu fragen, warum, ist einfach zu groß."

„Frag lieber nicht."

„Dann verrate mir wenigstens, ob du irgendwelche neuen Erkenntnisse über das Leben an sich und die Entwicklung neuer Software gewonnen hast."

„Ehrlich gesagt, ja. Und aufgrund dieser Erkenntnisse müsstest du für mich nachsehen, ob Julie heute zum Mittagessen Zeit hat. Oder zu einem Treffen am Nachmittag. Und wenn sie da auch keinen Termin freihat, dann zum Abendessen oder Frühstück und so weiter."

„Mein inneres Frühwarnsystem sagt mir, dass eine große Veränderung bevorsteht."

„Ja."

„Sollte ich ein Katastrophenkommando bestellen?"

„Das ist keine schlechte Idee."

Um 13:00 Uhr schritt er auf Julies Büro zu. Sein Herz schlug ein wenig schneller als normal. Es kam nicht alle Tage vor, dass man seiner Partnerin eine Atombombe auf den Schreibtisch legte.

Sie blickte nicht auf, als er eintrat.

„Wir müssen reden, Julie."

„Machst du jetzt offiziell mit mir Schluss?"

„Nicht so ganz."

Sie stand auf, trat zu ihm und trommelte dabei in einem schnellen Rhythmus mit den Fingern auf ihren Arm.

„Ich werde eine Weile von Cannon Beach aus arbeiten."

„Du machst was?" Julie kniff die Augen zusammen. „Sag das bitte noch mal."

„Ich teile meine Arbeitszeit auf und arbeitete zum Teil von dort und zum Teil hier. Aber hauptsächlich dort unten. Und ich reduziere meine Arbeitszeit."

„Das ist nicht dein Ernst."

Er beugte sich zu ihr vor. „Doch, Julie. Das ist mein Ernst."

Sie schritt zum Fenster und fuhr dann zu ihm herum. „Du bist verrückt! Schau dich doch um. Jetzt ist nicht der richtige Zeitpunkt, um langsamer zu treten. Du glaubst, du kannst aus der Ferne eine Firma leiten? Das wird herrlich funktionieren. Das stärkt das Vertrauen der Aktionäre bestimmt enorm. Wenn die Presse davon Wind bekommt, schießen unsere Verkaufszahlen sicher in exorbitante Höhen. Außerdem bedeutet das den Todesstoß für unsere Beziehung." Julie drehte sich wieder zum Fenster herum. „Ich wollte doch nur einen Ring."

„Ich mache nicht mit dir Schluss!", sagte Micha lauter, als er beabsichtigt hatte. Er rieb seine schwitzenden Hände an seiner Hose und schaute zur Zimmerdecke hinauf, als fände er dort die richtigen Worte. „Ich muss einfach von hier weg und über einiges nachdenken."

„Worüber willst du nachdenken? Diese Firma ist dein Leben."

Sie hatte recht. Seine ganze Identität war mit dieser Firma

verbunden, was seine Entscheidung gleichzeitig verrückt und aufregend machte. Was hatte er denn in Cannon Beach? Erinnerungen, die er vergessen wollte, ein großartiges, aber bizarres Haus, das ihn fast um den Verstand brachte, und einen Freund, der 23 Jahre älter war als er. Was zog ihn so sehr dorthin? Aber es zog ihn definitiv hin. Diese Gefühle waren so stark und so lebendig, wie er schon seit Jahren nichts mehr empfunden hatte.

Julie hielt die Handflächen hoch. „Tun wir so, als würde ich etwas so Idiotischem zustimmen, und tun wir so, als würdest du nicht mit mir Schluss machen. Was machst du mit deiner freien Zeit dort? Drachenfliegen lernen? Wieder anfangen zu malen? Kochen?!"

„Vielleicht."

„Ich meine es ernst."

„Ich auch."

Was würde er wirklich dort tun? Er konnte ja nicht den ganzen Tag am Strand joggen und sich mit Rick unterhalten. Nach drei Wochen würde er sich langweilen. Sein Leben war jahrelang so perfekt getaktet und so stark getrieben gewesen. Freizeit? Was war das? Sein iPhone war fast an seinem Körper angewachsen. Seine To-do-Liste und Shannons Terminkalender hatten in den letzten Jahren jeden Moment mit Zielen, Terminen und Meetings für die Firma gefüllt.

Julie trat seufzend auf Micha zu und ergriff seine Hände. „Schau mich an. Hier stehe nur ich. Keine Partnerschaft. Kein *RimSoft*. Keine Aktienkurse. Nur ich, bevor wir die Welt erobert haben. Sprich mit mir."

Sie schauten sich an. Micha versuchte, ihr mit seinem Blick zu sagen, warum er das brauchte. Julie fragte ihn mit ihrem Blick, wie er das, wofür sie alles gegeben hatten, einfach aufs Abstellgleis schieben konnte.

„Ich muss das machen. Ich muss eine Weile dort bleiben. Ich muss mir über einiges klar werden."

„Worüber willst du dir klar werden?"

„Ich weiß nicht genau. Vielleicht über Gott."

„Gott? Willst du mich auf den Arm nehmen?" Julie trat zurück und schaute ihn finster an. „Ich dachte, du hättest dieses Jesus-Freak-Zeug schon als Student aufgegeben."

„Dieser Ort, er ... er zieht mich an. Ich muss ... ich will es herausfinden ... Julie, komm mit mir nach Cannon Beach." Er schaute ihr in die Augen. „Schau selbst, was dort passiert. Was Gott tut."

„Wow. Gott hat sich eingemischt? Diesem Argument kann man nicht widersprechen. Und es ist völlig verrückt."

„Bitte komm mit."

Julie schloss die Augen. „Kennst du das Gedicht von den zwei Straßen, die mitten im Wald auseinandergehen? Du entscheidest dich für den einen Weg; ich nehme den anderen."

„Julie, nein."

Sie beugte sich zu ihm vor und küsste ihn auf die Wange. „Leb wohl, Micha."

❖

Micha kam gegen 17:00 Uhr in Cannon Beach an. Die Gefühle, die das Gespräch mit Julie aufgewühlt hatte, waren völlig verschwunden. Er hielt bei Ricks Tankstelle an, bevor er zum Haus weiterfuhr. Als Devin sich über Michas BMW beugte, um die Windschutzscheibe zu putzen, ging Micha leise zu Rick hinüber, der über den Motor eines Nissans gebeugt war.

„Hallo, Rick!"

Rick richtete sich so schnell auf, dass er sich fast den Kopf an der Motorhaube anstieß. „Was machst du so früh in der Woche schon hier? Hast du dich bei *RimWare* krankgemeldet?"

„*RimSoft.*"

„Nicht *RimWare*? Das wäre doch ein super Name für deine

Firma. Rim*ware*, Soft*ware*. Bist du sicher, dass sie nicht *RimWare* heißt?"

„Ganz sicher. Sie hieß schon immer *RimSoft* und wird immer so heißen."

Rick schaute ihn ein paar Sekunden lang an. „Wie du meinst." Er deutete zur Straße. Dann schlenderten sie zu einem kleinen Park, der nur wenige Meter von der Werkstatt entfernt war.

„Ich habe eine Entscheidung getroffen", erklärte Micha, als sie im Park angekommen waren und das Meer sehen konnten.

„Ja?"

Als Micha seinen Plan erläuterte, einen Teil seiner Arbeit für die Firma von Cannon Beach aus zu erledigen, zog ein Lächeln über Ricks Gesicht.

„Du bist nicht überrascht."

„Dieser Ort kann einen sehr anziehen." Ricks Grinsen wurde noch breiter.

„Sag mir, woher du das wusstest. Ich meine es ernst."

„Ich auch. Dieser Ort zieht bestimmte Menschen zu bestimmten Zeiten in ihrem Leben wie ein Magnet an." Rick verschränkte die Arme vor sich und drehte sich zum Meer herum.

„Es steckt noch mehr dahinter."

„Du hast alles: gutes Aussehen, Gesundheit, Geld, Erfolg, eine großartige Karriere." Rick wedelte mit den Armen in Richtung Wasser. „Aber vor langer Zeit hattest du mehr. Viel mehr. Du hattest Gott. Du warst ihm so nah, dass du wusstest, dass die anderen Dinge auf der Liste nicht zählen. Vielleicht ist Gott gerade dabei, deine Liste anzuzünden."

„Vielleicht will ich aber nicht, dass sie verbrennt."

„Die Entscheidung liegt bei dir. Überleg es dir gut."

Micha bedachte ihn mit einem schiefen Grinsen. „Komm schon, Rick. Sag, was du wirklich denkst."

Micha lachte, und Rick ging neben ihm her zu seiner Tankstelle zurück.

„Frühstück im *Fireside* am Samstag?", fragte Rick, als Micha in sein Auto stieg.

„Auf jeden Fall."

Rick schaute Michas BMW nach, bis er den Hügel hinaufgefahren war und aus seinem Blickfeld verschwand. „Und so beginnt Michas noch wildere Reise."

# Kapitel 12

AM FREITAG NAHM MICHA sein Mountainbike und fuhr in Richtung Norden.

Die Sonne brannte Löcher in den Nebel und erwärmte ihn innerlich und äußerlich. Es war der perfekte Tag für eine Radtour. Der perfekte Tag, um die junge Frau aus der Eisdiele zu treffen. Er lachte in sich hinein. Träumen war schließlich erlaubt.

Er fuhr den Berg hinauf, der den Haystack Rock überragte und auf dem die Häuser eng nebeneinander auf den Klippen standen. Die Stadt zog in einer halben Minute an ihm vorbei. Eine Minute später fuhr er über den Ecola Creek, bog nach rechts ab und fuhr die zwei Kilometer lange gewundene Straße hinauf, die zum Ecola State Park führte.

Als er sich in die erste Kurve legte, sah er aus dem Augenwinkel etwas. 50 Meter vor ihm spiegelte sich die Sonne auf einem anderen Fahrrad. Dunkelbraune Haare wehten im Wind, als die Fahrerin kurz den Kopf drehte.

Sie sah aus wie die Frau aus der Eisdiele.

Micha kniff die Augen zusammen und rief: „Hey, Watson!"

Sie drehte sich nicht um.

Micha beugte sich über den Lenker und strengte sich an, um sie einzuholen. Aber er kam ihr keinen Zentimeter näher, während er zwischen den Tannen hindurchfuhr, die die Straße säumten.

Als der Parkeingang auftauchte, betete er, dass sie nicht noch drei Kilometer weiter zum Indian Beach fahren würde, und war erleichtert, als sie links in den Ecola Park abbog. Er fuhr den Hang hinab zum Parkplatz, wo er sie auf einem Picknicktisch sitzend vorfand, die Arme um die Knie geschlungen und zum Tillamook Rock-Leuchtturm hinausschauend.

Sie schaute sich kurz um, als seine Fahrradbremsen quietschten, sagte aber nichts.

„Hallo." Micha ging mit wackeligen Schritten auf sie zu und hatte das Rad immer noch zwischen den Beinen. „Wir haben uns neulich in *Osburns Eisdiele* kennengelernt."

„Mister Pralineneis, wenn ich mich recht erinnere." Sie drehte sich zu ihm herum und lächelte ihn an.

„Schön, dass wir uns wiedersehen, Watson. Fährst du oft hierher?"

„Meistens nur außerhalb der Saison. Im Sommer sind hier zu viele Urlauber unterwegs, und es ist eine schmale Straße."

„Das habe ich gemerkt."

„Wohnst du direkt in Cannon Beach?"

„Nein, ein Stück südlich der Stadt", antwortete Micha.

„Ich bin Sarah Sabin."

„Micha Taylor."

Sarah nickte.

Sie schauten sich einen Moment unsicher an. Micha stieg von seinem Rad, lehnte es an den Picknicktisch und verlagerte sein Gewicht von einem Bein auf das andere.

„Willst du den Wanderpfad zum Strand runtergehen?", brach sie das Schweigen.

„Gern."

Aus Sarahs langen, muskulösen Beinen und ihrem Gang schloss er, dass sie nicht nur eine gute Radfahrerin war.

Der Haystack Rock, der einige Kilometer südlich von ihnen lag, bot einen atemberaubenden Anblick. Unter ihnen erstreckte sich ein rund 400 Meter langer Strand, der an einem kleinen Felsvorsprung endete, der ins Meer hineinragte. 30 Meter unter ihnen tauchten einige Otter aus dem Wasser auf und gleich wieder unter.

„Das ist der Crescent Beach", erklärte Sarah ihm. „Früher konnte man hier hinuntergehen. Doch vor ein paar Jahren hat ein Erdrutsch den Weg zerstört, und er wurde nicht wieder aufgebaut."

Teile des alten Holzgeländers, das zum Strand hinabgeführt hatte, waren immer noch zu sehen. Sie gingen schweigend weiter, bis sie eine flache Grasstelle fanden, auf die sie sich setzen und den herrlichen Blick auf den Haystack Rock vor ihnen und Cannon Beach in der Ferne genießen konnten.

Sarah rieb sich ihr linkes Knie. Als sie ihre Hand wegnahm, sah er darunter drei kleine Narben, eine auf jeder Seite ihrer Kniescheibe und eine in der Mitte.

Micha deutete mit dem Kopf zu ihrem Knie. „Was ist da passiert?"

„Vorderer Kreuzbandriss."

„Wie kam es zu der Verletzung?"

Sie ließ sich so lange mit ihrer Antwort Zeit, dass Micha sich fragte, ob sie ihn überhaupt gehört hatte. Als sie antwortete, waren ihre Worte nur ein Flüstern. „Es passierte bei den olympischen Vorentscheidungskämpfen 2002."

„Winterspiele? Ski?"

„Ja."

„Moment mal. Du bist *die* Sarah Sabin? Die auf dem Titelblatt der *Sports Illustrated* war? Die Skifahrerin, der mehr Goldmedaillen zugetraut wurden als jeder anderen Amerikanerin je zuvor?"

Sie drehte sich mit einem leichten Lächeln zu ihm herum und nickte. „Nachdem ich zweimal operiert worden war und über drei Jahre vergeblich ein Comeback versucht hatte, entschied ich, dass es Zeit war, ein anderes Leben anzufangen. Deshalb kam ich vor fünf Jahren hierher." Sie riss Grashalme aus, warf sie in die Höhe und ließ sie vom leichten Wind aufs Meer hinaustreiben. „Ich bin jetzt frei vom Leistungssport und von dem Druck und den Schuldgefühlen, die andere mir aufgeladen haben, weil ich ihre Träume zerstört habe."

„Du sprichst von deinem Vater?"

„Nein. Er war einer der wenigen, denen es wirklich egal war, welche Platzierung ich bei den Wettkämpfen erreichte. Er hat mich das Skifahren gelehrt und war die meiste Zeit mein Trainer. Er glaubte an mich, war mein Fan, hat mich aber nie zu etwas gedrängt, das ich nicht wollte. Er hat mich bedingungslos geliebt." Sarah wandte den Kopf ab. „Ich vermisse ihn sehr."

Ein Vater, der sein Kind bedingungslos liebte? Er hatte keine Ahnung, wie das war. Sie vermisste ihn? Sein Vater hatte jede Chance abgetötet, dass sich so ein Gefühl je in ihm regen könnte, als Micha noch ein Kind gewesen war. Trotzdem blinzelte er dreimal, bevor er etwas sagen konnte.

„Wie ist er gestorben?"

„An Krebs. Vor vier Jahren."

„Das tut mir leid. Auch das mit dieser Verletzung."

„Das muss dir nicht leidtun. Manchmal frage ich mich, was gewesen wäre, wenn es anders gekommen wäre. Aber ich bedaure nichts."

„Wie schaffst du das?"

„Gott wirkt alle Dinge zum Besten." Sie schaute aufs Meer hinaus. „Ohne den Unfall und den Tod meines Vaters würde ich jetzt in einer völlig anderen Welt leben. In einer Welt, die nicht gut für mich wäre. In einer Welt ohne Gott."

Michas Blick wanderte zu drei Seelöwen, die sich unter ihnen auf den Felsen aalten. Er kannte die völlig andere Welt, von der sie sprach. Es war die Welt, in der er lebte. Vielleicht war es doch keine so gute Idee, diese Frau besser kennenzulernen.

„So viel zu meinem Vater. Erzähl mir von deinem."

„Nein."

Sarah lachte. „Nein? Einfach nein? Du hast doch einen Vater, oder?" Sie lehnte sich auf die Ellbogen zurück und schaute zu ihm hinauf.

„Ja. Er lebt noch."

„Und ... ?"

„Er ist ein Tabuthema."

„Verstehe."

Na toll. Zuerst sprach sie von Gott, und jetzt fragte sie nach seinem Vater. Julie versuchte nie, ihn zu so tiefen Themen zu drängen.

Er angelte einen kleinen Zweig aus dem Gras und warf ihn in Richtung Wasser. „Wenn du seit fünf Jahren hier wohnst, musst du ja jeden kennen."

„Die Einheimischen sagen immer noch, dass ich neu hier bin, aber sie sind nett, und ja, ich kenne die meisten Leute." Sie zupfte an dem Silberring an ihrem Ohr und lächelte.

„Vielleicht könntest du mir ein paar Leute vorstellen. Ich würde gern mehr über die Gegend herausfinden, in der mein Haus steht. Über ihre Geschichte."

„Dein Haus?"

„Ich habe gleich südlich des Arcadia Beach State Parks ein Haus geerbt."

„Dort stehen sechs oder sieben Häuser. Könntest du es vielleicht ein bisschen genauer beschreiben?"

„Es steht direkt am Meer. Hilft dir das weiter?"

„Ach, dieses Haus. Natürlich!", lachte Sarah.

„Es ist schwer zu übersehen. Es hat ungefähr achthundert Quadratmeter Wohnfläche."

„Wow, so groß. Ich bin nicht sicher, ob ich es kenne."

Er wusste nicht, ob sie das als Scherz meinte oder nicht. Sie hatte bestimmt mitbekommen, dass ein so großes Haus in einer Kleinstadt wie Cannon Beach gebaut wurde.

„Du nimmst mich auf den Arm", schmunzelte Micha. „Es ist wahrscheinlich das größte Haus zwischen Astoria und Tillamook. Und ich meine, es steht wirklich direkt am Strand."

„Gibt das nicht nasse Füße, wenn die Flut kommt?"

„Nimmst du immer alles so wörtlich?"

Ein Grinsen zog über Sarahs Gesicht, und Micha musste ebenfalls lächeln.

„Also, wie bist du zu dem Haus gekommen?"

Sie sagte das ohne Neid oder Neugier. Das gefiel ihm. „Das ist eine lange Geschichte."

„Ich würde sie gern irgendwann hören."

Sie setzte ihn nicht unter Druck. Er hatte noch einen zweiten Freund in Cannon Beach gefunden. Hmm. Das könnte gut werden. Solange sie nicht über Gott oder seinen Vater sprachen.

„Wie wäre es mit einem Abendessen am Dienstag? Und einer kostenlosen Hausführung, bei der ich dir die Geschichte erzähle."

„Am Dienstagabend treffe ich mich immer mit dreiundzwanzig Männern und Frauen, die nicht mehr so mobil sind wie früher."

„Im Altersheim?"

„Es ist ein Wohnpark für die reifere Generation, bitte. Ich lese ihnen vor und lache mit ihnen." Sie schwieg einen Moment. „Manchmal weinen wir auch miteinander. Es klingt wie ein Klischee, ich weiß, aber mir bringen diese Abende mehr als den alten Leuten."

Micha überlegte, ob er sie an einem anderen Abend einladen sollte, aber Sarah kam ihm zuvor.

„Am Donnerstagabend habe ich Zeit, falls deine Einladung dann immer noch gilt."

Ihre schokoladenbraunen Augen blitzten ihn an, und er versicherte ihr, dass seine Einladung natürlich auch für Donnerstag galt.

Als er nach Hause fuhr, dachte er an Julie. Bestand für sie und ihn noch Hoffnung? Machte sie sich noch etwas aus ihm? Machte er sich noch etwas aus ihr?

Und was war mit Sarah? Er war doch noch nicht zu einer neuen Beziehung bereit. Micha schaltete in einen höheren Gang und trat in die Pedale.

Warum machte er sich solche Gedanken? Es war nur ein Abendessen.

## Kapitel 13

AM DONNERSTAG WACHTE MICHA früh am Morgen auf. Er wollte, dass das Abendessen perfekt wurde, und plante den ganzen Tag für die Vorbereitungen ein. Als die Sonne anfing, über dem Meer unterzugehen, hatte er alles so weit fertig, um der geheimnisvollen Sarah Sabin ein wunderbares Abendessen zu servieren.

Um 17:57 Uhr hallte die Türglocke durch das Haus. Micha warf einen Blick in den Spiegel, strich seine Haare mit beiden Händen glatt, schritt zur Tür und öffnete sie.

„Hallo, Micha", lächelte Sarah.

*Wow. Sie ist schön. Vergiss nicht, mein Junge, dass es zwischen dir und Julie noch nicht hundertprozentig aus ist. Sarah und du, ihr könnt nur Freunde sein, okay?* Der zarte Duft ihres Parfums zwang ihn, sich diesen Gedanken gleich noch einmal vorzusagen.

„Hallo, Sarah." Er bemühte sich, sie nicht anzustarren. Sie sah umwerfend aus.

„Kann ich reinkommen?"

„Natürlich, entschuldige."

Nachdem Sarah eingetreten war, schlenderte sie zu den Panoramafenstern. „Wow. Dieser Blick ist unglaublich." Sie schaute sich langsam in dem großen Raum um. „Das Haus gefällt mir auf Anhieb. Du hast es also von deinem Onkel geerbt?"

„Von meinem Großonkel."

Er nahm ihren Mantel und ging damit zum Garderobenschrank, um ihn aufzuhängen. Er hatte diesen Schrank noch nie geöffnet. Die Haken neben der Haustür hatten ihm bis jetzt genügt. Er kniff erstaunt die Augen zusammen. Ein Stapel Briefe lag auf der rechten Seite in einem Schrankfach. Er zog sie heraus. Sie waren mit einer Schnur zusammengebunden; die Kanten der Umschläge waren bei den oberen Briefen leicht vergilbt und unten etwas ausgeblichen. Als Absender oben auf dem Umschlag las er Archies Namen und Adresse, aber der Brief war an einen „Christopher Hale" adressiert. Mit kleineren Buchstaben stand darunter: „Zu Händen von Micha Taylor."

In seinem Kopf drehte sich alles. Er schaute die ersten fünf oder sechs Umschläge an. Die gleiche Adresse, der gleiche Absender. Er atmete scharf und stockend ein. Würden diese Briefe seine Fragen nach dem Haus beantworten? Das mussten sie. Endlich!

„Micha?"

Sarahs Stimme drang in die Welt ein, in die er gefallen war, und er riss sich von der Tür los.

„Entschuldige, ich habe nur gerade etwas gefunden ..." Er brach ab, da er nicht wusste, was oder wie viel er ihr erzählen wollte.

Zum Glück ging sie zu den großen Fenstern hinüber. „Du hast ihn nicht gekannt?"

„Wen?" Micha hatte immer noch Mühe, sich zu konzentrieren. Er legte die Briefe wieder in den Schrank zurück und schloss die Tür.

„Deinen Großonkel."

„Nein. Nicht einmal mein Vater weiß viel über ihn." Micha schwieg einen Moment. „Oder er will es mir nicht verraten."

Sarah schlenderte zu den Einbauregalen hinüber, die mit Hunderten von Büchern über Geschichte, Fotografie, Kunst, mit Romanen und Biografien vollgepackt waren, und legte den Kopf schief, wahrscheinlich, um die Titel zu lesen.

„Liebst du Bücher?", fragte Micha.

Sie nickte leicht. „Wenn du mir fünftausend Dollar geben und sagen würdest, dass ich damit machen kann, was ich will, würde ich schnurstracks in einen Buchladen gehen."

Micha ging in die Küche, entdeckte einen Kaffeefleck auf der Arbeitsplatte, wischte mit seinem Daumen darüber und leckte ihn ab. Sarah kam herüber, als er gerade damit fertig war.

„Nette Putzmethode."

„Dir entgeht nichts, was?" Micha schaute sie lächelnd an.

„Entschuldige. Ich sollte ein bisschen zurückhaltender sein." Sie setzte sich auf einen Ahornhocker neben der Arbeitsplatte.

„Kein Problem. Die meisten Frauen ..."

„... sind falsch und lächeln dir ins Gesicht, um dir dann ein Messer in den Rücken zu jagen. Das ist einer der Gründe, warum ich nie viele Freundinnen hatte. In der Schule war ich hauptsächlich mit Jungen befreundet."

„Du glaubst also nicht an die *Harry-und-Sally*-Regel?" Er trat an den Kühlschrank und holte zwei Cola light heraus.

„An was für eine Regel?"

„Die Regel, dass Männer und Frauen keine Freunde sein können. Hast du den Film noch nie gesehen?"

„Doch, ich habe ihn gesehen. Ich wollte das nie glauben, aber ich muss zugeben, dass es in den meisten Fällen stimmt."

„Das weißt du aus persönlicher Erfahrung?"

„Während der ganzen Zeit an der Highschool und am College habe ich den Kerl gefragt, ob es okay ist, wenn wir nur Freunde sind. Er versicherte mir jedes Mal: ‚Oh ja, nur Freunde', und am Ende hat er widerstrebend zugegeben, dass er die ganze Zeit heimlich in mich verliebt war."

„So sind Männer nun mal", gestand Micha. „Sie versprechen, nur Freunde zu bleiben, aber meistens fühlen sie sich von Anfang an zu der Frau hingezogen."

„Und was heißt das jetzt für uns?"

Micha taumelte an die Tür zur Speisekammer zurück, als wäre auf ihn geschossen worden, und lachte. „Ich beginne zu verstehen, was du eben im Hinblick auf die Zurückhaltung meintest."

„Du meinst meine Direktheit?"

„Ja." Er ging zu ihr hinüber, schenkte ihre beiden Gläser voll und setzte sich neben sie auf den Barhocker.

„Also, was heißt das jetzt für uns?" Das Lachen verschwand aus ihren Augen.

„Ganz einfach. Wir sind keine Freunde."

„Ach! Dann verrate mir doch bitte deine Definition für unsere Beziehung."

„Wir begegnen uns heute zum dritten Mal, also sind wir gute Bekannte. Ich habe zu Hause eine Freundin. Wenn ein Mann eine Freundin hat und die Person des anderen Geschlechts das innerhalb der ersten vier Begegnungen erfährt, darf er eine platonische Beziehung zu dieser Person aufbauen. Da ich es dir schon bei unserer dritten Begegnung sage, sind wir dem üblichen Zeitplan voraus und haben somit einen extrem guten Start erwischt."

Hatte er zu Hause eine Freundin? Nein. Julie hatte unmissverständlich klargestellt, dass es zwischen ihnen aus war. Er konnte es ruhig zugeben. Aber nicht laut.

„Dann trinken wir auf unsere gute Bekanntschaft." Sie zwinkerte ihm zu und hob ihr Glas.

Sie stießen so schwungvoll mit ihren Gläsern an, dass ein wenig Cola über den Rand schwappte.

Micha schlug vor, dass sie auf die Terrasse hinausgehen könnten. Während er neben Sarah über den braunen Teppich schlenderte, passte er sich wie selbstverständlich ihrem Rhythmus an, und das bewegte in ihm etwas, das er nicht beim Namen nennen konnte. Er hatte sich nicht in sie verknallt oder so. Er würde das Gefühl nicht einmal als *romantisch* bezeichnen. Das beste Wort, um es zu beschreiben, war *natürlich*. Völlig selbstverständlich. Beinahe ... vertraut.

„Wie ist es mit dir? Hast du einen Freund?"

„Ich habe den Männern abgeschworen." Sie schob sich die Haare hinter die Ohren. „Ich habe für sehr lange Zeit genug von Männern. Aus. Vorbei." Ein trotziger, ernster Blick trat in ihre Augen.

Micha versuchte zu lachen, aber das Lachen erstarb auf seinen Lippen, als Sarah sich abwandte. Er hätte von ihr keine so vehemente Aussage erwartet. Warum sagte sie das mit so viel Nachdruck?

Das Schweigen dauerte unangenehme zwanzig Sekunden.

„Äh, ist das ein Thema, das du gern ausführlicher erläutern möchtest?"

„Keine Chance." Sarah ging zur anderen Seite der Terrasse hinüber und lehnte sich ans Geländer.

Micha wartete ein paar Sekunden, bevor er zu ihr hinüberging. „Das Essen ist erst in einer Viertelstunde fertig. Was hältst du bis dahin von einer Hausbesichtigung?"

Sie schaute ihn lächelnd an, und das schwermütige Gefühl, das in der Luft gelegen hatte, verflog. „Ich würde das Haus gern sehen, aber was hältst du davon, wenn wir zuerst lieber einen kleinen Spaziergang am Strand machen?"

„Klar, es ist Ebbe. Ideal für einen kurzen Spaziergang."

Der Duft nach gegrilltem Hähnchen und Knoblauchkartoffeln begrüßte sie, als sie zehn Minuten später wieder hineingingen. Birne und Walnüsse auf Blattsalat bildeten den ersten Gang, gefolgt von Artischocken mit geschmolzener Butter, Engelshaarnudeln und dann das Hähnchen. Den Abschluss des Essens bildete das Bananenbrot.

„Beeindruckend", sagte Sarah mit einem leicht neckischen Unterton.

„Hey, komm schon. Vielleicht habe ich das Bananenbrot nicht selbst gemacht. Oder die Nudeln. Oder den Salat. Aber ich habe die Butter geschmolzen und das Hähnchen gegrillt."

„Das war ein Kompliment. Ehrlich. Die meisten Männer in unserem Alter brächten es nicht fertig, ein solches Essen auf den Tisch zu zaubern."

„Danke. Ich habe bis jetzt noch nicht viel gekocht, aber ich übe fleißig. Das ist eines der Dinge, die ich *irgendwann einmal, wenn ich Zeit habe*, machen wollte. Hier unten ist anscheinend *irgendwann einmal*."

„Und wie lang bleibst du *hier unten?*"

„Das ist eine gute Frage."

Sie gingen zum Kamin hinüber. Er deutete zum Sofa, aber sie entschied sich für den Fußboden vor dem Flusssteinkamin. Also kam er zu ihr und zündete ein Feuer im Kamin an, während sie sich unterhielten.

„Ich arbeite eine Weile von hier unten aus. Aber normalerweise wohne ich in Seattle. Ich fahre alle zwei Wochen hin, um mich zu vergewissern, dass alles reibungslos läuft."

Ihr Gespräch drehte sich danach um die Highschool, das College, Sport und Filme, die ihnen gefielen. Sie unterhielten sich eine ganze Stunde, bis Micha merkte, dass die meiste Zeit nur er erzählt hatte.

„Du bist gut." Er legte den Arm über seine Brust.

„In was?"

„Im Fragenstellen."

Sarah lächelte, sagte aber nichts dazu.

„Ich habe die ganze Zeit geredet. Und du hast fast nichts von dir erzählt."

„Ist das schlimm?", fragte sie.

„Nein, ich würde nur gern mehr über deine Geschichte wissen. Meine eigene kenne ich schon."

„Aber wie geheimnisvoll wäre ich denn dann?", grinste sie.

Micha schaute zu, wie die Flammen des Feuers nach oben züngelten und tanzten, während er über die Frau nachdachte, die hier neben ihm saß. Sie war klug und schön. Ein wenig verspielt. Und sie *war* geheimnisvoll. Sie hatte Selbstvertrauen, aber sie kokettierte nicht damit. Sie wusste, wer sie war, ohne ihm etwas vorzuspielen. Bei den meisten ersten Dates – ja, er gab zu, dass es ein Date war – hatte er erlebt, dass Frauen eine Rolle spielten und sich so perfekt wie möglich darstellten. Das machte er auch immer.

Selbst Julie und er spielten ihre Rollen und brachten sich in die beste Position. Es ging um Macht. Um Schutz. Aber dieses Mal war das anders. Sarah hatte ihn irgendwie entwaffnet, und er hatte mehr von sich erzählt, als er eigentlich wollte. Sie hatte fast nichts von sich erzählt. Warum hatte sie den Männern abgeschworen? Was hatte sie erlebt?

Der Feuerschein durchsetzte ihre dunkelbraunen Haare mit goldenen Strähnen, und er erlaubte sich, diesen Moment einfach zu genießen.

Später gingen sie auf die Terrasse hinaus. Ein Anblick, der an der Nordwestküste selten war, begrüßte sie: Sterne. Sie waren nicht überall zu sehen. Nur an ein paar Stellen durchbrachen sie die Wolken. Aber sie funkelten wie Diamanten auf schwarzer Leinwand.

Sarah drehte sich um und schaute das Haus an. „Ich verstehe, warum er dir das Haus geschenkt hat. Es erinnert mich an dich."

„Wie meinst du das?"

Sie bedachte ihn mit einem leichten Lächeln, als wäre das offensichtlich.

„Ich gebe zu, dass derjenige, der dieses Haus eingerichtet hat, genau meinen Stil getroffen hat."

„Es ist mehr als nur der Stil. Es ist wie du."

Sein Herz gab ihr recht, aber sein Verstand wollte das nicht wahrhaben. „Ich weiß nicht. Vielleicht. Aber wie ich schon sagte, die Sachen sind nicht von mir."

„Man muss etwas nicht besitzen, damit es einen widerspiegelt. Bist du noch nie in eine Galerie gegangen und hast ein Gemälde gesehen und gedacht: *Das bin ich*? Oder ein Musikstück hat etwas tief in deinem Inneren angerührt, von dem du nicht einmal wusstest, dass es da ist? Dir wird bewusst, dass es immer ein Teil von dir war; du hast es nur noch nie zuvor gehört."

Micha starrte sie an. Sie hatte gerade eine Stelle in seinem Herzen geöffnet, die sagte: *Du bist zu Hause.* Vielleicht hatte er es die ganze Zeit schon gewusst. Vielleicht war das der Grund, warum er sich nicht aufraffen konnte, das Haus zu verkaufen.

Er wandte sich ab. „Ja, dieses Gefühl kenne ich." Er fügte nicht hinzu, dass er dieses Gefühl jetzt in diesem Moment hatte. „Hast du Lust zu einem mitternächtlichen Strandspaziergang?" Es war spät, aber die Worte kamen aus seinem Mund, bevor er richtig nachgedacht hatte.

Er sah in ihren Augen, dass sie mit sich rang. Dann schüttelte sie den Kopf. „Das nächste Mal."

Micha brachte sie zu ihrem Auto. Er schaute ihr noch lange nach, nachdem ihre roten Rücklichter verschwunden waren.

Sie gab ihm das Gefühl, als durchbreche er an einem Sommermorgen auf Wasserskiern das Wasser; im Schatten war es kühl, aber die Sonne wärmte ihn minutenschnell; ein leichter Windhauch wehte durch die Luft; der Duft der Rottannen weckte in ihm den Wunsch, den Mount Rainier zu besteigen oder einen Sonnenuntergang über den Olympic Mountains zu genießen.

Diese Gefühle waren nicht gerade platonisch.

Während er zu seinem Haus zurückschlenderte und dabei einen kleinen runden Stein vor sich herkickte, überlegte er, warum Sarah wohl von Männern nichts mehr wissen wollte. Hatte ihr jemand das Herz gebrochen? Oder hatte sie zu viele schlechte Erfahrungen gemacht?

Und wie konnte sie sehen, wie gut das Haus zu ihm passte? Er hatte es selbst nicht in dem Umfang erkannt, in dem sie es gesehen hatte. Aber sie hatte recht. Sarah schien mehr Antworten zu haben als er. Er wäre für alles dankbar, was sie ihm zu dem Haus sagen konnte, da der alte Archie ihm keine Hinweise hinterlassen hatte.

Moment mal.

Archie.

Die Briefe!

Er sprintete zum Haus.

Endlich würde er ein paar Antworten bekommen. Die Briefe würden ihm sicher weiterhelfen.

## Kapitel 14

MICHA GING HINEIN und schritt geradewegs zum Garderoben-schrank. Er riss ihn auf und zog den Stapel aus dem Schrank-fach. Ja! Endlich Antworten.

Eine verblasste Visitenkarte ragte unter dem ersten Umschlag hervor. Eine Karte von Archie. Er zog sie heraus. Auf der Rück-seite befand sich eine handgeschriebene Notiz.

*Lieber Micha,*

*gratuliere! Du hast die Briefe gefunden. Wenn Chris sich an meine Anweisungen gehalten hat, dürfte das nicht zu schwer gewesen sein. Es gibt nur eine Regel: Lies sie in der richtigen Reihenfolge und lies nur einen Brief pro Woche. Nur einen einzigen.*

*Dein Großonkel Archie*

Micha schüttelte lächelnd den Kopf. Dieser Mann überraschte ihn immer wieder. Die Umschläge waren in der unteren rechten Ecke von 1 bis 19 durchnummeriert. Die Zahlen waren so klein, dass man sie fast nicht lesen konnte. Er schlenderte zu dem Pols-tersessel vor den Panoramafenstern, setzte sich und öffnete den ersten Brief.

*20. Oktober 1990*

*Lieber Micha,*

*unser erster gemeinsamer Brief in diesem Haus erfüllt mich mit Freude und gespannter Erwartung. Einige meiner Briefe werden länger sein; andere Male werden die Briefe kürzer ausfallen. Ich hoffe, alle machen dir auf dem Weg, den du jetzt eingeschlagen hast, Mut.*

*Wie ich in meinem Einleitungsbrief schon geschrieben habe, musst du dich entscheiden, ob du dich deiner Vergangenheit stellen willst oder nicht. Dich deiner Vergangenheit zu stellen heißt mehr als nur die Erinnerung an den Tod deiner Mutter zu verarbeiten. Im Zusammenhang mit ihrem Tod gibt es mehr, das du verarbeiten musst. Viel mehr.*

Mehr? Nein, das wollte er nicht noch einmal durchmachen. Nie wieder. Hatte er damit nicht endlich abgeschlossen? Aber er konnte nicht verhindern, dass ihm bruchstückhafte Erinnerungen immer wieder in den Sinn kamen: Sein Vater, der über ihm stand und immer wieder schrie: *„Was hast du getan, Micha? Was hast du getan?"*

Micha schob diese Erinnerung in die dunkle Ecke zurück, in die er sie seit 20 Jahren verbannt hatte. *Reiß dich zusammen!* Er schlug sich mit der Faust aufs Bein. „Komm schon, Archie, ich brauche etwas, das mehr Hoffnung enthält."

*Ich nehme an, du ahnst inzwischen, was das Haus ist. Wenn nicht, dann werde ich dich vielleicht ein wenig erschrecken.*

*Das Haus ist viel mehr als ein Haus und wird entscheidende Auswirkungen auf deine Zukunft haben, wenn du das zulässt. Das*

*Haus ist ein Teil von dir, und du bist in einem größeren Maß ein Teil des Hauses, als du dir vorstellen kannst. Ich habe es mit der Hilfe eines guten Freundes entworfen. Seine einzigartigen Fähigkeiten machen dieses Haus so außergewöhnlich.*

*Ich bete dafür, dass du neben der Heilung deines Herzens und den Anfechtungen, die damit einhergehen, auch Frieden finden wirst. Cannon Beach war schon immer ein Ort des Friedens. Ich vertraue darauf, dass das immer noch so ist. Ich rate dir, die Musik des Ozeans und die Schreie der Seemöwen und die Hoffnung, einen unbeschädigten Sanddollar zu finden, zu genießen.*

*Dein Großonkel Archie*

*P.S.: Vergiss nicht, Micha: Nur ein Brief pro Woche. Ich freue mich darauf, dich in sieben Tagen wieder zu treffen.*

Micha legte den Brief auf die Armlehne, lehnte den Kopf zurück und stieß ein leises Stöhnen aus. Antworten? Von wegen! Archie warf mehr Fragen auf, als er beantwortete. Das Haus war ein Teil von ihm? Was sollte das heißen? Er sollte sich noch mehr Dingen stellen als den schmerzlichen Erinnerungen an den Tod seiner Mutter? Das Erinnerungszimmer war noch nicht genug gewesen?

Vielleicht würde ihm der zweite Brief weiterhelfen. Ein Brief pro Woche? *Vergiss es, Archie.* Er wartete bestimmt nicht noch einmal sieben Tage auf den nächsten kryptischen Brief über das Haus und seine Geheimnisse.

Er schob den Zeigefinger unter die obere Lasche des zweiten Umschlags und hielt inne. Schlagartig war er wieder 7 Jahre alt und öffnete seine Geschenke am Tag vor Weihnachten, während der Rest seiner Familie noch im Bett lag und schlief. Er schüttelte die Schuldgefühle von sich ab und riss den Umschlag auf. Er war kein Kind mehr.

*24. Oktober 1990*

*Micha,*

*ich stecke ein wenig in einem Dilemma und weiß nicht genau, wie ich diesen nächsten Brief beginnen soll oder was für eine Vorwarnung ich dir mitgeben soll, bevor du die folgenden Worte liest. Denn sosehr ich mich auch bemühe, du wirst vom Inhalt dieses Briefes wahrscheinlich trotzdem schockiert sein.*

*Bevor ich zu dem Teil des Briefes komme, der diese Reaktion bei dir auslösen wird, will ich dir versichern, dass ich nur ein gewöhnlicher Mensch bin; wenn du diese Briefe liest, bin ich schon seit vielen Jahren bei meinem Herrn Jesus.*

Micha legte den Brief weg. Er war nicht in der Stimmung, sich schockieren zu lassen. Er hatte seit seiner Ankunft in Cannon Beach so viele Überraschungen erlebt, dass sie für ein ganzes Jahr reichten. Aber wie sollte er aufhören zu lesen?

*Ich weiß, dass du diesen Brief früher liest, als ich dir gesagt habe. Bitte tu das nicht. Halte dich an die Regel, nur einen Brief pro Woche zu lesen. Mir ist klar, dass das schwer ist. Du willst bestimmt vorauseilen und die Antworten auf deine Fragen sofort bekommen. Das ist eine Stärke, die Gott dir geschenkt hat: Du stürmst bei allem, was du tust, mit voller Energie los. Aber in diesem Fall ist es eine Schwäche und ein Hindernis auf dem Weg zur Wahrheit.*

*Bitte lass dem Prozess, den du in diesem Haus erlebst, die Zeit, die nötig ist, die Zeit, die du nötig hast.*

*Archie*

Michas Herz hämmerte wie verrückt. Er dachte, nach allem, was er hier schon erlebt hatte, könnte ihn nicht mehr viel überraschen, aber das ging zu weit. Wie hatte ein Mann vor fast 20 Jahren wissen können, dass er heute seine Anweisungen missachten und den zweiten Brief früher öffnen würde? Dafür gab es keine logische Erklärung.

Ein kalter Luftzug wehte durchs Zimmer, und das Ticken der Standuhr klang in Michas Ohren wie Kanonenschüsse.

Er schaute auf Umschlag Nummer 3 hinab. Der Umschlag forderte ihn spöttisch heraus, ihn aufzumachen. Er zog ihn heraus und riss ihn auf.

*25. Oktober 1990*

*Lieber Micha,*

*halte dich an meine Anweisung.*

*Archie*

Micha wurde ganz heiß. Er nahm Brief Nummer 4 und riss ihn aus reinem Trotz auf. Aber seine Hände zitterten, und er brauchte 30 Sekunden, bis er ihn lesen konnte. Als sein Blick auf das Blatt fiel, wurden seine Befürchtungen bestätigt:

*26. Oktober 1990*

*Lieber Micha,*

*ein Brief pro Woche. Vertrau mir.*

*Archie*

Micha schloss die Augen und atmete tief ein. Aus. Ein. Aus. Das war mehr als seltsam. Zuerst das Schreinzimmer, dann das Atelier, dann das Erinnerungszimmer und jetzt das. Wie war das möglich? Der Mann war seit 12 Jahren tot!

Schweiß lief ihm über die Stirn. Er warf einen Blick auf seine Armbanduhr. 1:00 Uhr. Zu spät, um Rick anzurufen.

Eine Woche später schritt Micha mit Brief Nummer 5 in seiner linken Hand auf die Terrasse hinaus. In seiner rechten Hand hielt er seinen Zedernbrieföffner wie ein Schwert, und sein Herz überschlug sich fast.

Er wollte den Brief draußen lesen. Denn nach allem, was er bisher erlebt hatte, musste er damit rechnen, dass der Brief ihn in den nächsten verrückten Raum hineinziehen würde. Auf diese Weise könnte er den Brief wenigstens verarbeiten, bevor er irgendeine neue, ungewollte Expedition startete.

Micha war klar, dass sich Gott nicht in die winzige Schachtel zwängen ließ, in die er ihn in den letzten Jahren zu stecken versucht hatte. Und dieses Haus war anscheinend das Schlachtfeld, auf dem diese Wahrheit ausgetragen wurde. Deshalb erwartete er etwas Außergewöhnliches, als er den Brief öffnete.

Er wurde enttäuscht.

*3. Dezember 1990*

*Lieber Micha,*

*ich nehme meinen Füller wieder zur Hand. Es ist wirklich ein seltsames Gefühl zu wissen, dass du diese Briefe, falls und wenn überhaupt, erst in vielen Jahren lesen wirst. Vergib mir. Ich schweife ab, dabei habe ich mir fest vorgenommen, das zu vermeiden.*

*Dein Herz ist etwas Heiliges und Wunderbares, Micha. Aus ihm fließt die Quelle des Lebens. Deshalb hat der weiseste Mensch, der je gelebt hat, gesagt, dass wir es unbedingt hüten müssen. Du erreichst es nicht mit deinem Verstand. Der Weg zum Herzen führt immer über den Heiligen Geist, und der Weg zum Heiligen Geist geht über das Herz.*

*Bist du reich, Micha? Um in jungen Jahren eine große Summe Geld zu besitzen, muss man andere Elemente des Lebens vernachlässigt haben. Oft vernachlässigen wir unser Herz. Das meinte ich in meinem allerersten Brief, als ich sagte, wenn du noch nicht 35 bist, dann hast du dein Herz nicht gut genug gehütet.*

*Egal, wie alt du jetzt bist, ich nehme an, dass du in diesem Haus schon einige ungewöhnliche Dinge erlebt hast. Einige haben dir vielleicht Angst gemacht. Aber wenn du diesen Brief liest, hast du dich entschieden, diesen Weg weiterzuverfolgen. Das zeigt, dass dein Herz wieder zum Leben erwacht.*

*Jetzt komme ich endlich zu dem, was ich dir in diesem Brief mitteilen will: Es ist dem Menschen nicht möglich, gleichzeitig dem Mammon und Gott zu dienen.*

*Mit großer Zuneigung*
*Archie*

Micha legte den Brief weg. Was für eine Neuigkeit! Er hatte diesen Satz immer wieder gehört, seit er als Jugendlicher Christ geworden war. *Die Liebe zum Geld ist die Wurzel allen Übels*, und lauter solches Zeug. Was hatte das mit ihm zu tun? Gut, er hatte schon viel Geld verdient. Bedeutete das, dass er dem Mammon diente? Auf keinen Fall. Er war noch zu jung, um so viel Geld zu besitzen? Zu Archies Zeit hatte ein junger Mann vielleicht nicht so leicht über Nacht zum Multimillionär werden können wie heute der Chef eines Softwareunternehmens.

Er seufzte und ging wieder ins Haus. Er konnte genauso gut schon für die Rückfahrt nach Seattle packen, auch wenn er erst am nächsten Nachmittag losfahren musste. 15 Tage waren vergangen, seit er angefangen hatte, von hier aus zu arbeiten, und am Freitag erwartete ihn ein Meetingmarathon.

Der Verkehr auf der I-5 war am Donnerstagabend nicht dicht, und er legte die Strecke nach Seattle mit 120 Stundenkilometern zurück, ohne die Fahrspur wechseln zu müssen. Als er Tacoma erreichte, war die Musik auf seinen CDs langweilig geworden, und er hatte genug von den Talkshows im Radio, die sich alle um die gleichen ermüdenden politischen Themen drehten.

Seine Gedanken wanderten zu Archies Brief. Er sollte sein Herz hüten? Was hieß das? Vor was sollte er es hüten? 99 Prozent der Menschen wollten den Erfolg und den Reichtum, den er sich erarbeitet hatte. Er musste sein Herz also auf höchster Geheimstufe hüten.

*„Der Weg zum Herzen führt immer über den Heiligen Geist, und der Weg zum Heiligen Geist geht über das Herz."* Archies Worte klangen wie etwas, das Rick sagen würde.

Micha verdrehte die Augen, drückte einen Knopf an seinem Lenkrad und hoffte, die Fragen, die ihm keine Ruhe ließen, würden von den Classic-Rock-Klängen übertönt.

„Gott? Ich bin offen dafür, das, was ich hier lernen soll, zu lernen. Würdest du mir vielleicht ein paar Antworten geben?"

Ein Gedanke schoss ihm wie ein greller Blitz durch den Kopf. *Mach dich bereit.*

# Kapitel 15

„SO, SO, MR TAYLOR. Willkommen bei *RimSoft*", sagte Shannon zu Micha, als er am Freitagmorgen an ihrem Walnussschreibtisch vorbeiging. „Wie nett, dass Sie unsere kleine Firma in diesem Monat mit Ihrem Besuch beehren."

„Haha." Micha blieb stehen, setzte sich auf den weinroten Lederstuhl neben Shannons Schreibtisch und suchte nach den richtigen Worten. Wenn Gott wirklich mit ihm gesprochen hatte und das „Mach dich bereit" von ihm gekommen war, musste es um *RimSoft* gehen. Und wenn jemand von seltsamen Vorgängen in der Firma wusste, dann war das Shannon.

„Ist hier irgendetwas Ungewöhnliches passiert? Gerüchte, die ich wissen sollte?"

„Nein, warum?"

Micha zuckte die Achseln. „Aus keinem bestimmten Grund."

Shannon drehte sich wieder zu ihrem Computer herum und schaute mit zusammengekniffenen Augen auf den Bildschirm. Aber ihr rechtes Ohr zog sich einen halben Zentimeter nach oben und verriet Micha, dass sie grinste.

„Du willst den Grund wissen."

„Nur, wenn du ihn mir verraten willst, Boss."

„Das Haus am Cannon Beach verändert mich. Vielleicht zum Guten." Micha lehnte sich auf seinem Stuhl zurück und strich seine Hose glatt. „Aber ich darf die Kontrolle über meine Welt hier nicht völlig verlieren. Und, äh, ich denke … ich meine, ich hatte das Gefühl, dass hier irgendetwas läuft, von dem ich nichts weiß. Ich wollte mich nur vergewissern, dass hier alles reibungslos läuft. Verstehst du?"

Shannon tippte auf die Uhr an Michas Handgelenk. „Eine Schweizer Uhr läuft nicht besser."

„Danke." Micha stand auf und zwinkerte ihr zu, bevor er in sein Büro ging.

Um 12:00 Uhr piepte Michas Laptop zweimal. Es war Zeit, nachzusehen, ob *RimSoft* an der amerikanischen Börse schön mitspielte. Er schob die Papiere der Bundeshandelskommission beiseite, die er unterschreiben sollte. Wenn ein Unternehmen größer wurde, wurde es ständig kontrolliert, egal, ob es etwas Illegales machte oder nicht. Vielleicht hatte *RimSoft* die Grenze des ethisch Erlaubten auch schon mal überschritten, aber nicht so sehr, dass sie die gegenwärtigen Schikanen verdient hätten.

Micha überprüfte den Börsenkurs von *RimSoft* dreimal am Tag – frühmorgens, mittags und am Nachmittag bei Börsenschluss. Er sagte sich, dass es nur ein Spiel sei, und dass es keine Rolle spiele, ob der Kurs oben oder unten sei. Am Anfang hatte das auch gestimmt.

Als *RimSoft* an die Börse gegangen war, hatte er zweimal in der Woche nachgeschaut – dienstags und noch einmal freitags kurz vor Börsenschluss. Aber nachdem die Aktien in die Höhe geschossen waren wie eine Rakete und sein Firmenwert ebenfalls, hatte er angefangen, täglich nachzuschauen, wie der Kurs stand.

Es hatte sich zu einer Besessenheit entwickelt.

Micha holte sich die aktuellen Börsenkurse auf den Bildschirm. *Was ist das?*

Er merkte, wie ihm das Blut aus dem Gesicht wich, und schüttelte den Kopf, als wäre er soeben aus einem Traum aufgewacht. Oder aus einem Albtraum. Er drückte aufgeregt auf eine Taste an seinem Telefon.

„Ja?"

„Was ist mit unseren Aktien los, Roger?"

„Hallo, Micha. Ich habe gehört, dass du ..."

„Was zum Kuckuck ist mit meinen Aktien los?" Micha stand auf und trabte hinter seinem Schreibtisch auf und ab, nahm aber den Blick keine Sekunde von der Freisprechanlage seines Telefons.

„Ich weiß nicht genau, was du meinst. Wir liegen einen ganzen Punkt über letzter Woche, und das Volumen ist gut. Die langfristigen Optionen an der Börse weisen auf ..."

„Einen Punkt höher als wann? Am Donnerstagnachmittag haben wir mit 83¼ geschlossen, und heute Morgen liegen wir bei 62¾? Warum hat mir keiner gemeldet, dass wir um ein Viertel gefallen sind?"

Roger seufzte am anderen Ende der Leitung.

„Bekomme ich eine Antwort?"

„Ich weiß nicht, worauf du hinauswillst, aber ..."

„Worauf ich hinauswill?" Micha riss das Telefon aus der Ladestation und knurrte ins Telefon: „Ich will wissen, warum mein Aktienwert gerade um fast fünfzehn Millionen Dollar gefallen ist! Ich will wissen, wie es möglich ist, dass die Aktien von Donnerstag bis Freitag um zwanzig Punkte fallen konnten. Ich will vom Leiter meiner Finanzabteilung eine Erklärung, warum Millionen von Dollar sich gerade in Luft aufgelöst haben!"

„Ich will einen Moment so tun, als meintest du das im Ernst."

„Ooookay ..." Micha zog das Wort in die Länge, während seine Knöchel ganz weiß wurden, weil er das Telefon so fest umklammert hielt. „Das wäre nett."

„Unsere Aktien standen nie höher als bei 74¼. Nie. Meine

Güte, wir liegen nur um fünf Punkte unter unserem Dreijahreshoch. Und es sieht so aus, als ob …"

Micha legte einfach auf und bewegte seine Computermaus.
Eine Grafik erschien auf seinem Monitor, die zeigte, dass das
Dreijahreshoch von *RimSoft* bei 72³⁄₈ lag; Das Minimum lag
bei 14.

Er drückte sich die Hände an die Schläfen und versuchte, dreimal tief durchzuatmen, aber ohne Erfolg. Er rief Shannon an
und befahl: „Ich brauche die Ausdrucke unserer Monatsberichte
über die Börsenkurse der letzten sechs Monate. Und zwar sofort."

„Sie sind alle auf dem Ser-"

„Die Ausdrucke, Shannon. Sofort!" Er knallte das Telefon in
die Halterung. 15 Millionen Dollar. Weg.

30 Sekunden später wurde etwas auf Michas Schreibtisch ge-
knallt. Als er aufblickte, hatte sich Shannon schon wieder um-
gedreht und marschierte kommentarlos zu ihrem Schreibtisch
zurück.

Er blätterte in den Berichten, obwohl er wusste, was er darin
finden würde. Aber er machte trotzdem nervös weiter und fegte
dann den Stoß von seinem Schreibtisch. In seinem Kopf hämmerte etwas vor Entsetzen wie verrückt, während die Blätter auf
den Boden segelten.

Micha nahm sein Telefon, doch es rutschte ihm aus den Fingern und fiel klappernd auf den Schreibtisch. Er hob es wieder
auf und drückte auf die Kurzwahltaste mit der Nummer 6.

„Hallo. *Ricks Tankstelle und Werkstatt.*"

„Devin, hier ist Micha. Ich muss mit Rick sprechen."

„Hey, Micha, schön, dass du anrufst. Was gibt's? Wie geht-?"

„Ich muss *jetzt sofort* mit ihm sprechen, Devin!"

„Oh, tut mir leid, er ist nach Seaside gefahren, um Ersatzteile
zu holen, die wir dringend brauchen, weißt du. Also, du musst
entweder warten oder mit mir sprechen, schätze ich."

„Sag ihm, dass er mich auf meinem Handy anrufen soll, sobald er wieder da ist, okay?"

„Klar, wird gemacht."

Micha rieb die Hände unruhig über seine Oberschenkel und starrte den Börsenticker an, der unten über seinen Bildschirm lief. Normales Volumen. Nichts Ungewöhnliches an der Börse. Die *RimSoft*-Aktien waren stabil und der Kurs schwankte nur minimal.

Micha las zwei Prognosen von Wall Street-Analysten. Alle sagten, dass *RimSoft*-Aktien ein guter Tipp seien, obwohl sie sich bei ihrem Höchststand bewegten. Nichts wies darauf hin, dass sie je bei 83 gelegen hatten.

Was war passiert? Er bat Gott, irgendetwas zu sagen. Zu tun.

Ein Schweißtropfen lief an seiner rechten Schläfe hinab. Er wischte ihn weg und starrte die Feuchtigkeit an seinen Fingerspitzen an. Nach dem dritten Schweißtropfen versuchte er es wieder bei Rick, aber ohne Erfolg.

Micha nahm seine Jacke und ging zur Tür. „Shannon, ich muss weg. Ich fahre nach Cannon Beach zurück."

„Du gehst schon wieder? Aber du bist doch gerade erst gekommen. Was ist mit den Meetings heute Nachmittag?"

Er war schon vier Schritte zum Aufzug gegangen, als ihre Frage den Nebel, der seinen Verstand einhüllte, durchdrang. „Was?" Er drehte sich um und machte einen halben Schritt zur Seite, um nicht zu stolpern.

„Geht es dir gut, Micha?"

Er schluckte und wehrte sich gegen die Panik, die auf ihn einstürmte. „Nein. Ich meine, ja, mir geht es gut."

Sie schürzte die Lippen, als wollte sie pfeifen, und schaute ihn mit zusammengekniffenen Augen an.

„Mir geht es gut, ehrlich. Ich bin in einer Woche wieder da, und dann halten wir die Meetings ab. Ich rufe dich am Montag an. Ich muss mich nur dringend um etwas kümmern." Der

Absturz des Börsenkurses musste einen Grund haben. Er würde ihn herausfinden.

„Die Lösung für deine Panikattacke findest du in Cannon Beach?"

„Ich melde mich am Montag." Er joggte zum Aufzug und hob die Hand, um auf den Knopf zu drücken. Aber er drückte ihn nicht. Stattdessen ging er zu Shannon zurück. „Entschuldige, dass ich dich angeschrien habe, als ich die Börsenberichte wollte. Ich bin … es ist nur so, dass …" Micha zwang seinen Blick, nicht länger über ihren Schreibtisch zu schweifen, sondern schaute sie direkt an. „Es gibt keine Entschuldigung. Ich habe mich wie ein Idiot benommen. Und das tut mir ehrlich, ehrlich leid."

Er ging aus seinem Gebäude und schaute nach links und dann nach rechts. Wohin sollte er gehen? Mit wem konnte er sprechen? Mit Julie? Auf keinen Fall! Das war bei der Spannung, die zurzeit zwischen ihnen herrschte, unmöglich. Außerdem, was wäre, wenn sie genauso reagieren würde wie Roger? Sie würde ihm vorwerfen, dass Cannon Beach ihn um den Verstand brachte, und würde die Sache vor den Aufsichtsrat bringen wollen.

Sollte er mit seinem Vater sprechen? Äh, ja, genau – tolle Idee. Sein Vater war ohnehin fest überzeugt, dass Archies Haus ihn in die Klapse bringen würde, und da er womöglich recht haben könnte, wollte Micha seinem Vater keine zusätzliche Munition liefern.

Andere Freunde kamen ihm in den Sinn, aber es gab keinen, dem gegenüber er sich wirklich öffnen konnte. Wie sollte er seinen Basketballfreunden erzählen, dass er gerade über 15 Millionen Dollar verloren hatte, ohne diese Aussage mit irgendwelchen nachvollziehbaren Beweisen untermauern zu können?

Er ließ seinen BMW an und verließ mit quietschenden Reifen den Parkplatz seiner Firma. Als er auf die I-5 bog, dachte er darüber nach, wie deprimierend es war, dass der einzige Mensch, dem er vertraute, ein Mann war, den er erst vor ein paar Wochen kennengelernt hatte.

Wenn ein Mensch auf dem Gipfel stand, brauchte er niemanden. Aber jetzt rutschte Micha den Berg hinunter und brauchte etwas, an dem er sich festhalten konnte.

Ricks Nummer leuchtete auf der Anzeige seines Handys auf, bevor er Longview erreichte. Er schaltete seine Freisprechanlage ein. „Endlich! Ich muss mit dir reden."

„Was ist los?"

„Ich bin auf der I-5 in Richtung Cannon Beach unterwegs und kurz davor, den Verstand zu verlieren", sagte Micha.

„Erzähl mir, was los ist."

„Als ich gestern unseren Aktienkurs kontrollierte, lag er bei über dreiundachtzig. Heute Morgen war er bei zweiundsechzig. Und alle bei *RimSoft* halten das für völlig normal."

„Keine Möglichkeit, dass du dich in Bezug auf gestern irrst?"

„Auf keinen Fall." Micha bog auf die Überholspur und beschleunigte seinen BMW.

„Die Papierausdrucke?"

„Sie haben sich … verändert."

„Verändert? Wie können sie sich verändert haben?"

„Ich habe keine Ahnung." Micha wechselte wieder auf die rechte Spur, um ein langsames Wohnmobil, das die Überholspur blockierte, zu überholen. „Aber ich *weiß*, dass die Aktien gestern über achtzig lagen, und heute tun sie das nicht mehr. Ich habe in weniger als vierundzwanzig Stunden fast fünfzehn Millionen Dollar verloren."

„Das ist viel Geld."

Etwas an Ricks Tonfall machte Micha hellhörig. „Du weißt, was los ist, nicht wahr?"

Rick schwieg. Deshalb fragte Micha noch einmal.

Schweigen.

„Komm schon, Rick! Du weißt doch etwas. Verrat es mir. Was ist los? Ich bin nicht verrückt. Aber das ist nicht das erste ..." Micha brach ab und rieb sich den Nasenrücken.

„Das erste was?"

„Mir sind schon mehr seltsame Dinge passiert. Dinge, die man nicht erklären kann."

„Was zum Beispiel?"

„Zum Beispiel, dass mein Auto plötzlich sechsundzwanzigtausend Kilometer mehr auf dem Tacho anzeigt. Du hast gesagt, dass wir darüber irgendwann sprechen werden. Oder dass vor zwei Monaten mein Squashpartner ein Spiel, das wir miteinander gespielt haben, völlig vergessen hatte und behauptete, es hätte dieses Spiel nie gegeben. Oder dass ich einen Mann anrief, mit dem ich bei einer Party über eine Geschäftsidee gesprochen hatte, und er konnte sich nicht erinnern, dass wir uns je getroffen haben. Wir haben uns bei dieser Party eine Viertelstunde unterhalten. So vergesslich bin ich nicht."

„Nein, das bist du nicht", schmunzelte Rick.

„Dass zwei völlig verschiedene Leute vergessen, dass sie mit mir zusammen waren, ist seltsam. Dass mein Auto auf geheimnisvolle Weise viele Kilometer zurückgelegt hat, ist bizarr. Aber dass die Aktien meiner Firma über Nacht um zwanzig Punkte fallen und niemand außer mir etwas davon weiß, ist nicht mehr seltsam. Es ist unheimlich."

„Also, eines weiß ich mit Bestimmtheit", sagte Rick. „Gott ist souverän. Mit anderen Worten: Er hat die Kontrolle, und er weiß, was er tut."

„Das ist nicht die Antwort, die ich haben wollte."

„Ich weiß. Du bist es gewohnt, die völlige Kontrolle und alle Antworten auf die Fragen in deinem Leben sofort zu haben. Dieses Mal flattern die Antworten knapp außerhalb deiner Reichweite vorbei. Es dauert eine Weile, sie einzufangen."

„Das ist alles? Ich brauche mehr, Rick."

„Und noch etwas ist ganz offensichtlich. Du solltest lieber mit Gott sprechen als mit mir."

„Hmpf."

Ihr Gespräch half ihm. Es half ihm bei Weitem nicht genug, aber es musste genügen. Während der restlichen Fahrt versuchte er abwechselnd, zu beten und seine Fantasie im Zaum zu halten. Einerseits glaubte er tatsächlich, dass Gott die Kontrolle hatte. Andererseits fragte er sich, was sich noch alles über Nacht völlig verändern konnte, wenn sich sein Börsenwert so schnell veränderte. Und verursachte Gott das alles, oder ließ er es nur zu?

Er musste das unter Kontrolle bekommen. Er musste die Aktien mit Adleraugen im Blick behalten. Die kommende Woche würde ein anstrengender Marathon werden.

# Kapitel 16

45 MILLIONEN GRÜNDE weckten Micha am frühen Montagmorgen.

Als die Börse um 6:30 Uhr öffnete, kam Micha von seiner Terrasse herein, während der Geruch des selbstgebrauten Espresso, den er in der Hand hielt, seine Sinne erfüllte. Er nahm seinen Laptop, ging ins Internet und richtete seinen Blick auf ein Diagramm, das den Börsenpreis der *RimSoft*-Aktie anzeigte. Er hatte seinen Laptop so eingestellt, dass er die Seite alle 15 Sekunden aktualisierte und Micha sofort wusste, wenn der Preis ungewöhnlich stark fallen sollte.

Eine Stunde verging, bevor er den Computer kurz verließ, und das auch nur, um sich eine Schüssel Cornflakes zu holen. Er nahm sie mit zu seinem Schreibtisch und löffelte die Cornflakes, ohne den Monitor aus den Augen zu lassen. Eine weitere Stunde verging, ohne dass sich etwas änderte. Als die Börse um halb zwei am Nachmittag schloss, lehnte er sich zurück und schloss seine blutunterlaufenen Augen.

Ermüdend.

Am Dienstag fielen die Aktien um zwei Punkte, am Mittwoch stiegen sie um drei Punkte, am Donnerstag lagen sie einen halben Punkt tiefer, und am Freitag um einen viertel Punkt höher. Als die Börse am Freitagnachmittag schloss, klappte Micha seufzend seinen Laptop zu. Kopfschmerzen pochten in seinen

Schläfen und strahlten bis in seinen Nacken aus. Endlich war es vorbei!

Es ging um mehr als um das Geld. Es ging um den Einfluss seiner Firma in der Computerwelt. Wenn die Aktienkurse knapp über 60 rangierten, war *RimSoft* nicht so einflussreich, und es war schwerer, wichtige Fusionen einzugehen.

Aber das war lange noch nicht alles. Er hatte sein Leben in diese Firma investiert. Blut, Tränen und viel Schweiß waren in *RimSoft* geflossen. Es schmerzte ihn, auch nur einen Teil davon zu verlieren. *RimSoft* gab ihm seine Identität, einen Bezugspunkt für sein Leben. Er war *RimSoft*; *RimSoft* war er.

Ja, Cannon Beach veränderte ihn. Es erweckte Teile von ihm zu neuem Leben, die er verloren geglaubt hatte, aber das konnte das dumpfe Gefühl nicht ersticken, dass ihm seine Welt in Seattle entglitt.

Am Samstagmorgen trank er eine Tasse Kaffee, schlenderte auf seine Terrasse hinaus und schaute zu, wie die Möwen im Wind dahinsegelten. Er machte sich Sorgen. Nicht um seinen Verstand. Nicht wirklich. Er wusste, dass er nicht verrückt wurde. Aber ihn quälten die Bilder von anderen Dingen, die sich von einer Sekunde auf die andere verändern könnten.

Eine Runde Laufen würde ihm jetzt sicher guttun.

Als er ins Schlafzimmer ging, um seine Sportsachen anzuziehen, fiel ihm das Atelier ein. Ja. Das wäre genau das Richtige, um auf andere Gedanken zu kommen. Als er die Tür öffnete, wusste er nicht, ob er Angst oder Freude empfinden sollte. Wieder wurde er von entscheidenden Veränderungen begrüßt. Ihm wurde schwindlig und er schwankte ein wenig.

Saftige Douglastannen bedeckten jetzt die Hänge auf dem Gemälde, und smaragdgrüne Wiesen lagen unter den dunklen Wipfeln. Der Himmel leuchtete in einem strahlenden Saphirblau. Dünne Wattewolken verteilten sich spärlich am Himmel. Der Künstler hatte mit dem Meer begonnen, aber es war noch zu früh, um sagen zu können, ob die Wellen nur verspielt waren oder stürmisch wüteten.

Er betrachtete das Bild eine halbe Stunde lang. Die Frage, was der Künstler als Nächstes entstehen ließ, bewegte sein Herz wie ein fesselnder Traum, der beim Aufwachen verblasst. Der Künstler könnte Menschen in das Bild malen, eine Sandburg, Drachen am Himmel ...

Als er schließlich das Atelier verließ, hatte er vor, sich fürs Laufen fertig zu machen. Einen Moment später ließ er diesen Plan fallen, da er wieder eine Tür auf dem Flur entdeckte, die er noch nie gesehen hatte. Sie wurde von kunstvollen Schnitzereien umrahmt: Bäume, deren Äste sich mit Schlangen, Wölfen und Adlern verbanden.

Wenn er diese Tür schon einmal gesehen hätte, würde er sich daran erinnern.

Die Tür ging einen Spaltbreit auf, und dahinter war es pechschwarz. Er spähte durch die schmale Öffnung. Licht aus dem Flur fiel auf die ersten ein bis zwei Meter des Teppichs und brach dann abrupt ab. Sonderbar. Micha schob die Tür zur Hälfte auf.

Auf der kleinen Fläche des Raums, die er sehen konnte, gab es keine Möbel. Nur einen Teppichboden, der in der Dunkelheit verschwand. Er hörte kein Geräusch, obwohl er das Gefühl hatte, dass es Geräusche geben müsste. Das Zimmer war zu still. Zu schweigsam. Bilder von dem Erinnerungszimmer gingen ihm durch den Kopf.

Ein leichtes Rascheln kam aus dem hinteren Teil des Raumes.

„Hallo?", rief Micha.

„Hallo, Micha", sagte eine Stimme aus der Stille.

Michas Herzschlag erhöhte sich schlagartig auf 180. Er taumelte rückwärts auf den Flur hinaus und stieß gegen die Wand hinter sich. Aber er lief nicht weg. Etwas an der Stimme ließ ihn wie angewurzelt stehen bleiben.

„Wer bist du?"

„Komm herein", lockte ihn die leise Stimme.

„*Wer bist du?*", rief Micha.

„Hey, komm herein." Die Stimme lachte leise. „Komm schon." Der Tonfall war locker und einladend. „Es gibt keinen Grund, jetzt auszuflippen."

Die Stimme kam ihm bekannt vor, als hätte er sie schon oft gehört. Er zögerte. Es gab keinen Grund, in dieses Zimmer hineinzugehen. Nein. Das stimmte nicht. Es gab viele Gründe hineinzugehen. Alles in diesem Haus hatte irgendeinen Bezug zu seiner geistlichen und seelischen Verfassung. Das hatte Archie in seinem ersten Brief mehr oder weniger auch so gesagt.

Aber das hier war anders. Es war das erste Mal, dass eine hörbare Stimme zu ihm sprach, ohne dass sie in eine Art Filmszene oder einen Traum eingebunden war. Und er erlebte keine Szene aus seiner Vergangenheit, sondern er hörte die Stimme in der Gegenwart und in diesem Haus. Es handelte sich nicht um ein verändertes Gemälde oder ein Zimmer mit Erinnerungen; es war eine echte, hörbare Stimme.

Micha bewegte sich langsam wieder nach vorn. Vorsichtig hob er einen Fuß über die Schwelle und stellte ihn ganz sachte ab. Sein anderer Fuß blieb auf dem Flur.

Wieder ein Lachen. Herzlich. Tröstlich. „Komm herein, Micha! Ganz. Ich verspreche dir, ich bin ein Freund. Ein engerer Freund, als du dir vorstellen kannst."

Er wagte sich einen weiteren Schritt in das Zimmer und blieb dann stehen. Das Zimmer fühlte sich vertraut an. Noch vertrauter als der Rest des Hauses. Es war, wie wenn man eine Telefonnummer hört und weiß, dass sie zu jemandem gehört, den man kennt, man kann sich aber nicht erinnern, ob diese Person jemand aus der Gegenwart oder aus der Vergangenheit ist.

„Jetzt, wo sich dein Herzschlag wieder normalisiert hat, könntest du doch ein wenig weiter hereinkommen, damit wir uns unterhalten können. Rechts neben dir steht ein bequemer Sessel."

Micha ging zwei langsame Schritte nach rechts und stieß mit dem Oberschenkel an den Sessel. In der totalen Dunkelheit konnte er nicht einmal seine Umrisse erkennen, aber er fühlte das weiche Leder. „Schon okay; ich stehe lieber."

„Verstehe", sagte die Stimme. „Ich wusste, dass es ein Schock für dich sein würde, wenn wir das erste Mal wirklich miteinander sprechen."

„Wer bist du?" Micha schaute mit zusammengekniffenen Augen in die pechschwarze Dunkelheit hinein.

„Ein Freund, der dich schon begleitet, seit du geboren wurdest."

„Warum habe ich dich dann bis jetzt noch nie gehört?"

„Du machst Witze, oder?" Ein Lächeln schwang in der Stimme mit. „Ich habe dein Leben lang mit dir gesprochen. Du kennst meine Stimme."

Ja, er kannte diese Stimme. Sie war ihm nicht nur irgendwie bekannt, sondern kam ihm vor wie ein Teil von sich selbst. Aber als er gerade dachte, er könne sie einordnen, huschte die Erinnerung in einen Winkel seines Kopfes, in den er ihr nicht folgen konnte. Micha flüsterte fast. „Ja, ich muss zugeben, dass mir etwas an deiner Stimme bekannt vorkommt. Aber dich kenne ich nicht."

„Doch, du kennst mich. Du kennst mich ganz genau. Genauso wie ich dich kenne."

„Wer bist du?"

„Lass deiner Fantasie einen Moment freien Lauf. Archie hat ein wirklich erstaunliches Haus gebaut. Ein Haus, in dem Dinge, die nur in Träumen passieren, jeden Tag geschehen. Ein Haus, das eine solche geistliche Tiefe besitzt, dass hier jeden Moment Wunder passieren." Die Stimme verstummte einen Moment. „Du weißt, wer ich bin."

Micha wusste es. Aber irgendwie konnte er es nicht glauben, und ein Teil von ihm wollte es auch nicht glauben. Es war zu seltsam, zu beunruhigend. Und doch wollte ein anderer Teil von ihm, dass dieses Unmögliche tatsächlich möglich wäre.

Schließlich antwortete er: „Du bist ich."

„Ja."

Micha hielt den Atem an. Dann atmete er stockend ein und sprach. „Du bist meine eigenen Gedanken, meine eigene Stimme, meine eigenen Eindrücke." Micha brach ab, da ihm bewusst wurde, wie entscheidend und völlig unerklärlich das war, was er gerade gesagt hatte. „Ich spreche ... mit mir selbst."

Die Stimme schmunzelte. „Seltsam, aber wunderbar, nicht wahr?"

Natürlich. Deshalb kam ihm die Stimme so bekannt vor. Er hatte sie wirklich schon sein ganzes Leben lang gehört. „Warum die Dunkelheit?"

„Das macht es leichter, miteinander zu sprechen. Dadurch wirst du nicht abgelenkt. Das ist so ähnlich wie beim Beten. Statt uns auf irgendetwas Sichtbares zu konzentrieren, kannst du, beziehungsweise können *wir* uns auf die Worte konzentrieren, die wir zueinander sagen, statt auf das komische Gefühl, uns selbst ins Gesicht zu starren."

„Warum kann ich dich hier hören, aber außerhalb dieses Hauses nicht? Mein ganzes Leben lang habe ich dich durch Gedanken und Eindrücke und Ideen gehört, aber noch nie so wie jetzt. Das ergibt keinen Sinn."

„Es ergibt sogar sehr viel Sinn. In diesem Haus bekommst du ein feineres Gespür für die geistliche Wirklichkeit. Das allein schon macht es dir leichter, mich zu hören. Du hörst die Stimme Gottes wieder, warum solltest du dann deine eigene Stimme nicht auch deutlicher hören?"

„Als ich Gottes Stimme das letzte Mal gehört habe, sagte er: ‚Mach dich bereit', und ich habe fünfzehn Millionen Dollar verloren."

Die Stimme antwortete nicht.

„Ich muss das erst mal verdauen." Micha wandte sich zum Gehen.

„Es war schön, endlich so mit dir zu sprechen", sagte die Stimme.

Micha vergewisserte sich, dass die Tür auch wirklich zu war.

An diesem Abend stand er auf dem Balkon vor seinem Zimmer im *Ocean Lodge Hotel* und roch den Rauch, der von einem Lagerfeuer am Strand zu ihm nach oben wehte. Er konnte nicht glauben, dass er so große Angst vor seiner eigenen Stimme hatte, dass er nicht in seinem Haus schlafen wollte.

Aber wie oft kam eine Stimme aus einem dunklen Raum und behauptete, sie wäre seine eigene? Aber vielleicht war es auch ein Geschenk, das seine Vorstellungskraft überstieg, und er sollte es einfach annehmen. Ja. Ein unglaubliches Geschenk. Er würde es einfach annehmen und die nächste Nacht wieder in seinem Haus verbringen.

Rick. Er würde mit Rick über die Stimme sprechen. Morgen Abend.

# Kapitel 17

ABER MICHA ERZÄHLTE RICK NICHTS von der Stimme. Er ging am nächsten Abend mit ihm in seine Gemeinde, und danach schlug Rick vor, dass sie noch ins *Lumberyard* essen gehen könnten. Micha wich seinen Fragen aus. Er dachte immer noch über die Gemeinde nach.

Jedes Mal, wenn Micha während des Gottesdienstes überlegt hatte, wie er Rick die Stimme beschreiben sollte, hatte ihn ein unerklärliches Grauen erfasst. Zweimal, als er ansetzte, es seinem Freund zu erzählen, zog eine spürbare Spannung über seinen Rücken, die sofort wieder verschwand, sobald er beschloss, nichts zu sagen. Klarer ging es nicht: Es war nicht der richtige Zeitpunkt. Zweifellos. Und Micha war nicht nach Smalltalk zumute.

Die Zimmer, die Dinge, die in Seattle verschwanden, der gefallene Börsenkurs, das alles war sehr seltsam, aber mit sich selbst zu sprechen? Er musste es als das benennen, was es war: Er hörte Stimmen.

Vielleicht verlor er doch den Verstand. Archie war vielleicht schizophren gewesen und hatte das Haus irgendwie so bauen lassen, dass es bei Micha ebenfalls Wahnvorstellungen auslöste. Vielleicht war es höchste Zeit, das Haus zu verkaufen und wieder in die Realität zurückzukehren.

Aber da war noch Sarah. Und vielleicht hatte Gott wirklich alles unter Kontrolle. Solange Micha vermeiden konnte, sich dem zu stellen, was noch schmerzlicher war als die Erinnerung an den Tod seiner Mutter, würde er bleiben.

„Kommst du noch mit ins *Lumberyard*?", fragte Rick.

„Nein, ich muss morgen früh aufstehen."

„Dein Tag beginnt mit dem Börsentag, was?"

„Entgeht dir eigentlich je etwas?" Micha schüttelte den Kopf und lächelte. „Ich will nur die Börsenkurse im Auge behalten."

„Die letzte Woche war nicht genug?" Rick legte einen Arm um Michas Schultern, während sie durch den dichten Nebel zu ihren Autos schlenderten. „Das war nur ein Scherz. An deiner Stelle würde es mir wohl genauso gehen."

Aber Rick war nicht an seiner Stelle.

Am Mittwoch piepte sein Computer dreimal und ein Erinnerungstext leuchtete auf: ARCHIES NÄCHSTER BRIEF!

Ach ja! Es war Zeit für seinen wöchentlichen Brief aus der Vergangenheit. Micha ließ sich auf dem Sofa vor seinem Kamin nieder und öffnete die kirschrote Schuhschachtel, in der er Archies Briefe aufbewahrte. Er nahm den nächsten Umschlag, der oben auf dem Stapel lag, und riss ihn auf.

*10. Februar 1991.* Als Archie diesen Brief geschrieben hatte, war Micha 10 Jahre alt gewesen. Er fand das immer noch komisch.

*Lieber Micha,*

*ich hoffe, dir gefällt das Haus. Vielleicht ist das nicht das richtige Wort. Genauer ausgedrückt: Ich bete, dass das Haus dich dazu bringt, zu dir zu kommen, und dass du auf dem Weg bist, wieder heil zu werden. Ich bete, dass du das zulässt. Das Haus wird dich herausfordern, ermutigen und dich an deine Grenzen bringen.*

*Höchstwahrscheinlich überrascht dich das inzwischen nicht mehr; aber falls du denkst, dass du bis jetzt sonderbare und unerklärliche Dinge erlebt hast, will ich dich der Fairness halber vorwarnen, dass noch ungewöhnlichere Dinge auf dich warten.*

Na toll. Es sollte noch bizarrer werden. Er konnte es kaum erwarten.

*Nach dieser Vorwarnung möchte ich dir noch einmal versichern, dass Gott souverän ist und alles unter Kontrolle hat, und dass ich für dich und dieses Haus und seine Wirkung auf dich viele Jahre lang gebetet habe. Aber das heißt nicht, dass es in dem Haus keine gefährlichen Stellen gäbe. Es gibt Gefahren. Es ist einfach so, dass wir von Zeit zu Zeit in prekäre Situationen geraten, um eine Lektion zu lernen, die Gott uns lehren will.*

*Dein Großonkel und leidenschaftlicher Unterstützer*
*Archie*

Micha legte den Brief weg. Warum konnte Archie nicht einfach einen Brief schreiben, in dem es hieß: „Gott ist gut, die Vergangenheit ist vorbei, die Zukunft ist strahlend hell, und es wird eine schöne Woche"? Michas Nerven waren aufs Äußerste gespannt, nachdem er die ganze Woche zugeschaut hatte, wie die Börsenkurse auf und nieder gehüpft waren. Er brauchte im Moment nicht noch eine Lektion. Er brauchte Entspannung.

An diesem Abend saß Micha auf der Terrasse und versuchte, an etwas anderes zu denken als an das Haus, die Börsenkurse, die Frage, worauf sein Leben zusteuerte, und die Ungewissheit, wie es mit Julie weitergehen würde. Er musste mit ihr sprechen.

Sie meldete sich beim zweiten Klingeln. „Hallo?"

„Hey. Was machst du gerade?"

„Warum rufst du an, Micha?"

„Ich will wissen, wie es mit uns aussieht."

„Sollte das nicht meine Frage sein?"

Er lehnte den Kopf zurück und klapperte geräuschvoll mit den Zähnen.

„Ich hasse es, wenn du das machst."

„Entschuldige." Micha starrte aufs Meer hinaus. „Ich kann mir keine bessere Geschäftspartnerin vorstellen als dich. Neben deinem angeborenen Geschäftssinn sehe ich wie ein Erstklässler aus. Du lässt nicht zu, dass Beziehungsprobleme uns daran hindern, Geld zu verdienen, du ..."

„Hör auf, Micha. Warum sagst du es nicht einfach?"

„Dass es aus ist? Du warst diejenige, die gegangen ist."

„Mir reicht es. Endgültig. Da du anscheinend nicht das Rückgrat besitzt, es zu sagen, werde ich es tun: Es ist vorbei."

Die Verbindung wurde unterbrochen.

Perfekt. Das machte das Leben bestimmt unkomplizierter.

Micha starrte auf die Wellen hinaus und versuchte herauszufinden, ob das, was gerade passiert war, gut, schlecht oder irgendetwas dazwischen war.

Schließlich ging er ins Medienzimmer. Er musste einfach auf andere Gedanken kommen. Eine Weile schaltete er sich durch die Fernsehprogramme und blieb dann an einem Film hängen, der so gewalttätig und brutal war, dass er nicht jugendfrei sein sollte. Ja, der Film war Müll. Aber das war ihm egal. Hauptsache, er konnte vor seiner inneren Unruhe und den Gedanken fliehen, die sich ständig im Kreis drehten.

Er ging ins Bett, sobald der Film zu Ende war, und dann lag er da und rieb sich den Nacken, bis ihm die Finger schmerzten. Vielleicht hätte er den Film doch nicht anschauen sollen. Seine Beine fühlten sich unruhig an, und die Decke drückte ihn wie eine Betonschicht nieder. Die ganze Nacht quälten ihn aufwühlende Träume.

Am Freitagmorgen ging es ihm besser, als er erkannte, wie er seine Sorgen um die Aktienkurse loswerden konnte: Mit einer Verkaufsorder, wenn der Kurs einen bestimmten Wert unterschritt.

Er würde eine Verkaufsorder auf alle seine Aktien erteilen, wenn ihr Wert unter 10 Prozent des aktuellen Börsenkurses fiel. Falls das Unerklärliche wieder passierte, würden seine Aktien automatisch verkauft und er hätte auf der Stelle den Wert seiner ganzen Aktien in bar. Mit einem Verlust, sicher, aber ein zehnprozentiger Wertverlust war besser als ein fünfundzwanzigprozentiger oder gar noch höherer Verlust.

Um 11:00 Uhr hatte er die Verkaufsorder fertig eingegeben. Um 11:15 Uhr piepte sein Terminkalender im Computer. *Radtour mit Sarah*. Sein Herz schlug schneller. Und das schon, bevor er aufs Fahrrad stieg.

❖

Sie trafen sich vor *Osburns Eisdiele* und fuhren in Richtung Norden. Sie hatten beschlossen, am Ecola Park vorbei zum Indian Beach zu fahren, um dort dann den Surfern zuzuschauen, wie sie die Wellen des Nordpazifiks meisterten. Als sie zu der Weggabelung kamen, die sie zum Indian Beach bringen würde, rang Micha keuchend nach Luft. Ganz anders als Sarah. Falls sie von ihrer früheren Hochleistungssportler-Kondition etwas eingebüßt hatte, merkte er davon nichts.

Als sie angekommen waren und sich einen Platz auf den windigen Klippen gesucht hatten, sagte Sarah: „Wie sehen deine Pläne aus, wenn du *hier unten* fertig bist?"

„Ich weiß nicht, wann ich hier unten fertig bin." Micha pflückte ein paar lange Grashalme und warf sie wie Pfeile aufs Meer.

„Das habe ich nicht gefragt."

„Ja, ich weiß." Micha lächelte, aber sie blieb ernst.

Um Zeit zu gewinnen, stand er auf, ging zu seinem Fahrrad und holte sich seine Wasserflasche. Er trank einen kräftigen Schluck und schaute mit zusammengekniffenen Augen zu, wie die Sonne sich immer wieder hinter den Wolken versteckte. Gerade, als er sich wieder neben Sarah setzen wollte, kam die Sonne so strahlend hell wie den ganzen Tag noch nicht hinter den Wolken hervor.

„Willst du zum Strand hinuntergehen?", fragte Micha.

„Ja, gern."

Sie stiegen den gewundenen Weg zu dem kleinen Strand hinab, der mit Felsbrocken in der Größe von Kleinwagen übersät war. Es war Ebbe, aber trotzdem war nicht viel Platz um die Felsen herum.

„Entschuldige, dass ich dir eben keine Antwort gegeben habe", sagte Micha. „Ich habe keine Ahnung, wie meine Pläne aussehen, wenn ich hier unten fertig bin. Ich schätze, ich gehe dann nach Seattle zurück und komme drei- bis viermal im Jahr zum Urlaub hierher. Zur Entspannung. Um eine neue Perspektive für mein Leben zu bekommen. Hast du eine bessere Idee?" Er sagte das mit einem lockeren Unterton, da er hoffte, ein wenig den Ernst aus dem Gespräch nehmen zu können. Der Versuch schlug fehl.

„Dir würde mein Vorschlag nicht gefallen."

„Ich würde ihn lieben."

„Nein, das würdest du nicht."

„Probier's aus."

„Bist du sicher?"

Micha nickte, obwohl er alles andere als sicher war und sich ein ungutes Gefühl in seiner Magengegend ausbreitete.

„Ich finde, du solltest jetzt sofort mit einem Plan beginnen."

„Was soll ich machen?"

„Zum Beispiel überlegen, wie du die Sache mit deinem Vater in Ordnung bringst."

Oh, Mann. Das hatte er davon! „Wie soll das funktionieren? Ich habe keine Beziehung zu meinem Vater. Und ich will auch keine. Und er will keine Beziehung zu mir. Aus. Vorbei. Ende des Plans."

Sarah setzte ihre Sonnenbrille auf. „Du brauchst keine Beziehung zu ihm, um das zu klären, was du klären musst."

„Ach, wirklich? Dann verrate mir doch bitte, Watson, was ich klären muss."

Sarah schaute zu ihm hinauf. „Vergib ihm, was er getan hat."

Micha verdrehte die Augen. Er sollte ein Buch schreiben: *Verschwörung in Cannon Beach.* Untertitel: *Wie ein nichts ahnender Softwarehersteller in den Hinterhalt gelockt und gezwungen wurde, sich seiner Vergangenheit zu stellen, die er längst begraben hatte.*

Das Problem war nur: Diese Vergangenheit wollte offenbar nicht begraben bleiben. Micha wich einer Welle aus, die die zurückkommende Flut über den Sand schickte.

„Entschuldige, ich habe zu viel gesagt." Sarah drehte sich um und ging weiter den Strand hinab.

Ja, das stimmte. Viel zu viel. Aber er hatte sie ja darum gebeten.

Sie stand 20 Meter von ihm entfernt, der Wind zerzauste ihre Haare und verdeckte damit ihr Gesicht, um es eine Sekunde später wieder freizuwehen. Als er auf sie zuging, drehte sich Sarah der Sonne zu, und Tränen liefen unter ihrer Sonnenbrille hervor.

Micha wartete, bis genau sieben Wellen den Sand hinaufgerollt und dann wieder zurückgewichen waren. „Alles okay?"

Sie gab ihm keine Antwort.

„Willst du darüber reden?"

Sie schluchzte und lachte gleichzeitig. Er griff in seine Hosentasche, fand ein hellblaues Taschentuch und zog es heraus.

Sie nahm es. „Du willst wissen, warum ich weine?" Die Frage war nicht an ihn gerichtet. Aber die Antwort. Sie warf einen Blick auf Micha, bevor sie sich wieder den Wellen zuwandte, die sich auf dem Sand brachen. „Weil ich seit vielen Jahren für dich bete und dafür, dass du die richtigen Entscheidungen triffst."

Damit drehte sie sich um und ging zu ihren Fahrrädern zurück. Micha beeilte sich, ihr so folgen. Während er hinter ihr durch den Sand stapfte, tanzten die Strahlen der Spätnachmittagssonne auf ihren Haaren und ließen sie golden aufleuchten. Ihm war klar, dass sie *Wochen* gemeint hatte, deshalb wartete er darauf, dass sie sich verbesserte. Aber sie tat es nicht.

„Wochen", sagte er leise. „Du meintest seit vielen Wochen."

Ihr Gesicht lief rot an. Sie blieb stehen, schaute ihn einen Moment an und marschierte dann weg.

„Nein", erwiderte sie, ohne sich umzudrehen. „Ich meinte seit Jahren."

# Kapitel 18

MICHA VERSUCHTE, dem drängenden Wunsch zu widerstehen, aber am Samstagnachmittag hielt er es nicht mehr aus und rief Sarah an, um sie zu fragen, was sie damit gemeint hatte, dass sie „seit Jahren" für ihn betete.

Er hatte sie am Freitag bei der Rückfahrt nach Cannon Beach schon danach gefragt, aber sie war ausgewichen. Falls sie jetzt zu Hause war, ging sie nicht ans Telefon, und bis zum Montagmittag hatte sie ihn immer noch nicht zurückgerufen. Er musste mit jemandem sprechen.

Ihm kam eine Idee, wie er auf die beiden Fragen, die ihm keine Ruhe ließen, Antworten bekommen könnte. Nachdem er Shannon angerufen und sich vergewissert hatte, dass bei *Rim-Soft* alles glattlief, klappte er seinen Laptop zu und fuhr in die Stadt, um einen Baumarkt zu suchen.

Um 13:00 Uhr stapfte er mit einer riesigen Taschenlampe, mit der man vermutlich das halbe Weltall ausleuchten konnte, unter dem Arm durch sein Haus. Er hatte seit seiner ersten Begegnung mit „der Stimme" noch dreimal mit ihr gesprochen, aber er war immer noch nicht ganz davon überzeugt, dass diese Stimme er selbst war. Er wollte nicht nur einfach eine Stimme hören. Besonders wenn er über heikle Themen sprach. Er wollte sehen, mit wem er sprach. Es war keine Stimme wie im *Zauberer von Oz*, die im ganzen Zimmer widerhallte; sie kam aus der Mitte des Raums, ein paar Meter von der Tür entfernt.

Die Stimme sagte, es müsse dunkel sein, und man könne sich nicht auf das Gespräch konzentrieren, wenn man sich selbst sah. Selbst wenn das stimmte, erklärte das nicht, warum das Zimmer pechschwarz war.

Er schleppte die Taschenlampe mit zu dem Zimmer, versteckte sie hinter seinem Rücken und legte die Hand auf den Türgriff. Dann drückte er die Tür auf.

„Schöne Taschenlampe, Micha."

Micha fragte: „Woher weißt du davon?"

„Das haben wir doch schon geklärt. Ich bin du. Du bist ich." Die Stimme lachte. „Du kannst aufhören, ständig zu zweifeln."

„Du weißt also, dass ich in ungefähr zwei Sekunden mit der Taschenlampe ins Zimmer leuchten werde?"

„Ja. Aber steck sie besser weg."

Micha richtete den Lichtschein direkt in die Mitte des Zimmers. Nichts. Das Licht hörte ungefähr nach einem Meter einfach auf, als träfe es auf eine schwarze Glasscheibe. Es spiegelte sich ein wenig, und er sah eine verschwommene Version von sich selbst mit der Taschenlampe in der Hand. Er ging zu dem Spiegelbild, streckte die Hand aus und erwartete, eine Fläche zu berühren. Aber seine Hand bewegte sich weiter wie durch dichten Nebel und verschwand in der Dunkelheit.

„Faszinierend, nicht wahr?", sagte die Stimme.

Micha antwortete nicht und richtete den Lichtschein nach rechts und nach links. Mit dem gleichen Ergebnis.

„Ich muss dir etwas sagen, das du wahrscheinlich nicht erwartet hast", sagte die Stimme. „Ich kann dich auch nicht sehen."

„Du nimmst mich auf den Arm."

„Nein. Es ist in beide Richtungen das Gleiche. So sonderbar es für dich wäre, mich zu sehen, wäre es auch für mich sonderbar, dich zu sehen."

„Dann erklär mir, woher du Dinge weißt, die ich nicht weiß. Wenn ich du wäre, müsste ich sie doch auch wissen."

„Ich verstehe, wie du auf diesen Gedanken kommst", sagte die Stimme. „Aber so läuft es nicht. Es geht hier darum, dass wir Dinge in Worte fassen und besprechen, die wir tief im Inneren wissen, aber noch nicht einmal vor uns selbst ausformuliert haben."

„Du bist also sozusagen eine tiefere Version von mir?"

„Das weiß ich nicht genau. Vielleicht. Aber du bist in anderen Bereichen genauso tief. Betrachte mich als den Micha, der alles mehr mit dem Gefühl wahrnimmt und mehr Zeit hat, sich die Dinge zu überlegen. Als einen Micha ohne die Begrenzung durch die Zeit." Die Stimme räusperte sich. „Vielleicht kannst du es dir auch so vorstellen: Ich bin mehr die rechte Hirnhälfte und du mehr die linke. Die Naturwissenschaft sagt, dass die rechte Hirnhälfte nicht fähig ist, Gefühle, Gedanken und Eindrücke in Worte zu fassen, aber hier, in dieser Situation, kann ich es. Die rechte Hirnhälfte, also ich, spricht mit der linken Hirnhälfte, also mit dir."

Zum ersten Mal ergab das mit der Stimme einen Sinn, und Micha begriff, warum dieses Zimmer ein Geschenk von Gott war. Micha hatte zugelassen, dass seine linke Hirnhälfte sein Leben so lange beherrscht hatte, dass die rechte Hirnhälfte – die kreative, emotionale, intuitive Seite – ziemlich verkümmert war. Jetzt war sie dank dieses Hauses wieder aufgetaucht und sprach so deutlich wie noch nie zuvor.

„Das klingt sinnvoll, findest du nicht?"

„Ja. Auf jeden Fall." Micha setzte sich zum ersten Mal in den Sessel, der in dem Zimmer stand. „Ich wünschte nur, ich könnte dich überallhin mitnehmen."

„Soll das ein Witz sein?" Die Stimme lachte. „Ich bin die ganze Zeit bei dir! Du musst dir nur die Ohren putzen, damit du mich besser hören kannst. Hier drinnen spreche ich mit Worten, draußen mit Eindrücken und Gefühlen."

„Alles klar, ich habe meine Ohren jetzt auf Empfang gestellt. Ich höre dich. Kannst du mir verraten, was es mit diesem Haus auf sich hat?"

„Glaub mir: Diese Frage beschäftigt mich auch sehr."

„Können wir über Sarah sprechen?", fragte Micha. „Warum hat sie gesagt, dass sie seit Jahren für mich betet?"

„Ach ja. Irgendwann werden wir sicher über Sarah sprechen. Ausführlich. Aber nicht jetzt. Nicht jetzt."

Micha erwachte am Mittwochmorgen mit einem einzigen Gedanken: *Archie-Tag.* Mit einer Tasse Kaffee und zwei Scheiben Marmeladentoast setzte er sich auf seine Terrasse. Er winkte dem Kitesurfer zu, der vor seinem Haus die Wellen durchschnitt. Dann zog er Brief Nummer 7 aus dem Umschlag und vergaß alles um sich herum.

*31. Mai 1991*

*Lieber Micha,*

*in Psalm 37 sagt David: „Freue dich über den Herrn; er wird dir alles geben, was du dir von Herzen wünschst." König Salomo sagte: „Wer von Gott nichts wissen will, dem stößt das zu, was er am meisten fürchtet; wer jedoch zu Gott gehört, bekommt, was er sich wünscht." Jesaja drückt es so aus: „Immer werde ich euch führen. Auch in der Wüste werde ich euch versorgen." Im zweiten Jahrhundert sagte der heilige Irenäus: „Der Ruhm Gottes ist der lebende Mensch."*

*Ich könnte endlos so weitermachen, aber das soll genügen. Unser himmlischer Vater ist der Schöpfer und Geber aller perfekten*

Gaben; Gaben, die man als Talente, Eigenschaften und Persönlichkeitsmerkmale beschreiben könnte, die jedes seiner Kinder auf einmalige Weise in sich vereint. Er freut sich, wenn er sieht, wie wir in diesen Talenten wachsen. Nicht um Ansehen oder Reichtum zu erlangen, da damit nur die dunklen Bereiche unserer Seele Nahrung bekommen, sondern einfach um der Freude willen, dass wir eine Gabe, die Gott uns geschenkt hat, nutzen und sie ihm damit zurückgeben. Daran freut er sich.

Welcher Vater würde sich nicht freuen, wenn sein Sohn oder seine Tochter bei den Olympischen Spielen eine Goldmedaille gewinnt? Ich glaube, bei unserem himmlischen Vater ist es genauso. Er wünscht sich, dass wir mit seinen Gaben etwas erreichen, damit wir uns mit ihm zusammen daran freuen können.

Der Dieb unserer Seelen wehrt sich nach Kräften dagegen. Er will uns ablenken oder uns davon überzeugen, dass wir selbst zu Ansehen kommen, wenn wir gute Leistungen anstreben. Oder, was noch hinterhältiger ist, er will uns zu Dingen verführen, die uns scheinbar mit Leben füllen, aber in Wirklichkeit lenken sie uns nur von den wahren Gaben ab, die unser himmlischer Vater in uns hineingelegt hat.

Um es klarer und konkreter auszudrücken: Gibt es etwas, das du früher sehr geliebt hast, aber schon lange nicht mehr gemacht hast? Fang wieder damit an. Wahrscheinlich entsprechen mehrere Interessen dieser Beschreibung, aber ich schlage dir vor, dass du mit dem anfängst, was dir als Erstes in den Sinn kommt. Wahrscheinlich ist es das, was du am Nötigsten brauchst.

In Liebe,
Dein Großonkel Archie

Micha legte den Kopf zurück, schaute zum Himmel hinauf und lachte. Darüber musste er nicht lange nachdenken. Die Antwort leuchtete wie eine Neonreklame hell vor seinem inneren Auge auf: *Steig ins Auto. Fahr nach Seaside oder Astoria und kauf dir eine Gitarre.*

An der Highschool hatte er jeden Tag zwei bis drei Stunden Gitarre gespielt. Er war in zahllosen Bands gewesen, von denen es keine zu großem Ruhm gebracht hatte, aber seine Liebe zu diesem Instrument und sein Wunsch, immer besser zu spielen, waren davon nicht getrübt worden. Am College hatte er jedoch nicht mehr so viel Zeit für die Musik gehabt, und als Julie und er *RimSoft* ins Leben riefen, hatte er seine Gitarren weggegeben.

Aber jetzt hatte er die Zeit und das Geld, sich dieser alten Liebe wieder zu widmen, und das Gitarrespielen entsprach eindeutig Archies Kriterien.

Er nahm seinen Schlüssel, warf einen kurzen Blick in den Spiegel im Flur, um sich zu vergewissern, dass er sich nicht noch schnell rasieren musste – und hielt abrupt inne. Das Spiegelbild hinter ihm stimmte nicht. Er drehte sich auf dem Absatz um.

Eine neue Tür.

Rick sagte, Gott sei in seinem Haus. Er glaubte das, aber das bedeutete nicht, dass er scharf darauf war zu erkunden, was sich hinter dieser neuen Tür befand.

Er ging auf Zehenspitzen zu der Tür und atmete mehrmals kurz und stockend ein, als fürchte er, wenn er tief einatmete, würde er das, was in diesem Raum war, auf sich aufmerksam machen. Michas Schläfen pochten. Adrenalin schoss durch seinen Körper, als er den Türgriff drückte und die Tür aufschob.

Sein Herz überschlug sich fast: Zehn, nein zwölf Akustikgitarren säumten die Rückwand: *Martins, Taylors* und *Ovations.* Zu den neun Elektrogitarren an der Seitenwand gehörten eine *Les Paul Sunburst* von 1959 und eine 69-er *Stratocaster.* An der

Rückwand befanden sich genug Aufnahmegeräte, um alles aufzunehmen, was das Herz begehrte.

Micha trat zu einer zwölfsaitigen *Martin D12-20* hinüber, nahm sie hoch, streifte sich das Band um und drückte die Gitarre an sich. Mit der linken Hand um den Gitarrenhals genoss er das altbekannte Geräusch, wenn die Finger über die Saiten glitten. Als er den ersten Akkord anschlug, schloss er die Augen und spürte förmlich, wie der tiefe, kräftige *Martin*-Sound die Luft erfüllte.

Nachdem er seine Version des Beatlessongs „Blackbird" gespielt hatte, stellte er die *Martin* beiseite, nahm die *Les Paul*, stöpselte sie ein und drehte die Lautstärke auf.

Gitarrespielen verlernte man anscheinend genauso wenig wie Radfahren. Es war mindestens vier Jahre her, dass er das letzte Mal eine Gitarre zur Hand genommen hatte, aber es kam ihm vor, als wäre es erst gestern gewesen. Er tauchte total in die Musik ein, schloss die Augen und ließ die Töne in seine Seele eindringen. Als er schließlich aufhörte zu spielen, wanderte sein Blick zu den Aufnahmegeräten hinüber. Warum eigentlich nicht?

Er bewegte die Schalter am Mischpult und probierte alles aus. Erstaunlich. Nicht wie schwer es war, sondern wie leicht es war. Er machte fast instinktiv das Richtige.

Bis 19:00 Uhr hatte er aus vier Instrumentalstücken mit Bass, Schlagzeug und Klavier die Begleitung für seine Gitarren erstellt und auf CD gebrannt. Er nahm die CD mit in die Küche und hörte sie sich an, während er Avocados für einen Guacamole-Dip zerdrückte.

Hörte er die Musik zum ersten Mal? Sein Kopf wusste, dass es nicht zum ersten Mal war, aber seine Gefühle wussten es nicht. Die Gitarrensoli rührten sein Herz so sehr an, dass er weinen musste. Er sank zurück und hielt sich an der Arbeitsplatte fest. Ein Gedanke kam ihm in den Sinn:

*Musik aus deinem tiefsten Inneren, aus deinem Herzen. So viele gute Dinge sind darin verborgen. So viel von meiner Herrlichkeit.*

*Dein Herz sehnt sich danach. Erinnere dich, Micha. Erinnere dich daran, wer du bist.*

An diesem Abend unternahm er einen langen Spaziergang am Strand und führte ein sehr langes Gespräch mit Gott.

❖

Als er am nächsten Morgen tanken fuhr, kam Rick zur Zapfsäule. „Wie ich sehe, hast du immer noch die Nummernschilder von Seattle."

„Ich wohne nicht auf Dauer hier. Außerdem bin ich erst seit drei Monaten hier."

„Wirklich? Es kommt mir viel länger vor, weißt du."

„Ehrlich gesagt kann ich das nicht wissen, da ich nicht du bin", entgegnete Micha mit einem, wie er hoffte, schiefen Lächeln.

Rick schob seine ölverschmierte Baseballkappe zurück und schaute ihn mit zusammengekniffenen Augen an. „Aber du bist lange genug hier, dass ich weiß, dass ich von dir normalerweise keine so bissige Bemerkung zu hören bekomme, es sei denn, etwas oder jemand hat dir heute Morgen kräftig das Frühstück versalzen."

„Ich muss mit dir reden."

„In meinem Büro?"

„Mein Magen wäre eher für das *Fireside*." Micha klopfte auf seinen Bauch.

„Mein Magen stimmt deinem zu. In zwanzig Minuten im *Fireside*."

Micha ging zu Fuß zu *Morris' Fireside* und rang mit sich, wie viel er Rick erzählen sollte. Er war immer noch nicht bereit, über die Stimme zu sprechen.

❖

„Wie schaffst du es, so sauber zu bleiben, wenn du den ganzen Tag mit Autos arbeitest?", fragte Micha, als Rick sich ihm gegenüber an den Tisch setzte.

„Ich bin ein Engel. Wir bleiben automatisch sauber."

Sie lachten.

„Also, schieß los. Was ist passiert?", sagte Rick.

„Ich glaube, ich verliere den Verstand. Nein, ich muss das in der Vergangenheitsform sagen: Ich habe den Verstand verloren."

„Du siehst aber noch ganz normal aus."

„Ist das ein gutes Zeichen?"

Rick schaute Micha an, stützte die Arme auf den Tisch und legte den Kopf leicht schief. Micha beschloss, mit einer schockierenden Aussage anzufangen.

„Ich glaube, mein Haus ist lebendig. Und es wird immer größer."

Rick schaute ihn nicht befremdet an oder tat, als hätte er nicht richtig gehört. „Erklär mir das genauer."

Nachdem die Kellnerin ihre Bestellung entgegengenommen hatte, erzählte ihm Micha von dem neuen Raum, dem Musikzimmer, und erinnerte Rick an das Erinnerungszimmer und das Schreinzimmer.

„Warum sagst du, das Haus werde immer größer?"

„Das Schreinzimmer könnte schon da gewesen sein, als ich das erste Mal im Haus war, aber das Erinnerungszimmer und das Musikzimmer waren definitiv vorher nicht da."

Ricks Augen wurden größer. „Sie waren vorher nicht da?"

„Genau."

Rick schaute sich im Restaurant um und beugte sich vor. „Du sagst also, die Zimmer waren nicht von Anfang an da?"

„Als ich das erste Mal hier war, ging ich durch das ganze Haus. Sie waren nicht da. Aber jetzt sind sie da. Ich kann sie nicht übersehen haben."

„Wow. Ich bin platt."

„Und das ist noch nicht alles. Das Musikzimmer ist nicht der einzige neue Raum. Jetzt gibt es auch ein Malatelier im Haus. Es war bei meinem ersten Rundgang definitiv auch nicht da. Dazu kommt, dass jedes Mal, wenn ich aus Seattle zurückkomme, an dem Bild auf der Staffelei weitergemalt wurde."

„Du meinst ..."

„Jemand muss kommen und an dem Bild arbeiten, wenn ich fort bin ... oder das Bild malt sich selbst. Ich lasse mich nicht so leicht einschüchtern, aber das ist mehr als sonderbar. Auch wenn du sagst, dass Gott in dem Haus ist, schließe ich nachts meine Schlafzimmertür ab." Micha atmete tief durch. „Als ob das irgendwas bringen würde."

Rick sah eher fasziniert als überrascht aus. „Warum wirfst du dann nicht einfach den Schlüssel weg und lässt das Haus zunageln? Oder verkaufst es?"

Michas Blick fuhr von seinem Kaffee hoch. „Auf keinen Fall!" Er war von der Vehemenz, mit der er das sagte, selbst überrascht.

„Warum nicht?"

Er starrte Rick an. Er wusste es nicht. Warum setzte er sich freiwillig dieser Situation aus? Er musste ja nicht bleiben. Er konnte sofort weggehen und brauchte nie wieder zurückzukommen. Oder er könnte das Haus verkaufen, wie er von Anfang an gesagt hatte, und sich ein anderes Haus anderswo an der Küste kaufen. Oder er könnte das Haus Rick überlassen.

Je länger er mit dem seltsamen Geschehen in Cannon Beach liebäugelte, umso mehr schienen sich diese Vorgänge auf sein Leben in Seattle auszuwirken. Auf keine gute Weise. Er könnte dafür sorgen, dass das alles aufhörte: die unbegreiflichen Vorkommnisse in Seattle, die Auseinandersetzung mit seiner Vergangenheit und die intensive Beobachtung seines geistlichen Lebens durch Gott oder Archie ... oder welcher Macht auch immer, die hinter der ganzen Sache steckte.

Aber so sonderbar die letzten drei Monate auch gewesen

waren, sie hatten doch auch etwas in ihm geweckt, das er noch nicht aufgeben wollte.

„Weil ich … wach gerüttelt wurde." Micha stützte den Kopf auf seinen Händen ab und schob sein Besteck zur Seite. „Und weil ich mich so lebendig fühle wie seit Jahren nicht mehr."

Ricks rechter Mundwinkel zog sich nach oben und er nickte fast unmerklich mit dem Kopf.

„Es ist, als hätte ich in diesen Zimmern Zugang zu den tiefsten Tiefen meiner eigenen Seele", sprach Micha weiter. „Ich erlebe darin einen kaum zu ertragenden Schmerz, aber auch eine unbeschreibliche Freude und Freiheit. Die Schmerzen sind die Hölle, aber die Freude ist großartiger als alles, was ich je erlebt habe. So etwas passiert sonst nur in Träumen. Ich komme Gott wieder näher, und das kommt mir so real vor … Aber ich weiß nicht, ob es real ist oder ob ich dabei bin, den Verstand zu verlieren. Im Ernst, ich glaube, ich stehe kurz davor …"

„Den Verstand zu verlieren? Nein. Und ich muss dir nicht sagen, dass es real ist. Das weißt du selbst. Hast du das alles schon jemand anderem erzählt?"

„Nein."

„Nicht einmal Julie?"

„Ich habe sie seit Wochen nicht mehr gesehen."

„Das habe ich nicht gefragt."

„Ich habe ihr gesagt, dass wir eine Pause brauchen, und sie hat mit mir Schluss gemacht."

„Hmm." Rick hielt seine Gabel auf halbem Weg zu seinem Mund in der Luft und schaute Micha direkt in die Augen. Er musste Micha nicht sagen, was er dachte. Micha wusste es.

„Du hast recht. Ich muss mit ihr sprechen. Einen sauberen Schlussstrich ziehen. Bald."

# Kapitel 19

MICHA TRAF SICH MIT JULIE am frühen Samstagabend in Chehalis, auf halber Strecke zwischen Seattle und Cannon Beach. Auf neutralem Boden. Es würde nicht leicht werden.

Er stieg aus seinem BMW und ließ seinen Blick über die Fenster des *Halfway Café* wandern. Sie saß bereits im hinteren Teil des Cafés an einem Fenstertisch.

Das *Halfway Café* war alt, und Micha vermutete, dass es früher ein Geheimtipp für günstiges Essen gewesen sein musste. Also bestimmt nicht nach Julies Geschmack.

„*Are You Lonesome Tonight?*", sang Elvis aus einer uralt aussehenden Musikbox. Hier konnte man sich immer noch für 25 Cent ein Lied aussuchen und träumen. Welches Lied würde er für sich und Julie aussuchen? Elvis sang gut, aber der Song weckte in Micha keine Gefühle. Vielleicht war das der Schlüssel: Er sollte seine Gefühle aus der Sache heraushalten.

Als er zu ihrem Tisch ging, blickte Julie auf. Ihre braunen Augen waren schön wie immer; die langen, blonden Haare golden wie immer.

„Hallo." Micha rutschte ihr gegenüber in der Nische.

„Hallo. Schöner Treffpunkt", sagte sie und verzog das Gesicht.

Eine Kellnerin mit einer Frisur direkt aus den 80-er Jahren kam an ihren Tisch. „Kann ich Ihnen etwas zu trinken bringen?" Sie sprach, als hätte sie einen Kaugummi im Mund.

„Eine Cola light bitte", sagte Micha.

„Darf es auch eine normale Cola sein, Schätzchen?"

„Klar", lächelte Micha.

Julie bestellte das Gleiche.

„Ich bin mit Ihren Getränken gleich wieder da." Die Kellnerin zwinkerte Micha zu.

„Du hast deinen Charme nicht verloren, was, Micha?" Julie schlug ihre Speisekarte auf.

„Was für einen Charme?" Er versuchte, nicht zu lachen.

Julie tauchte die Serviette in ihr Wasserglas und wischte ihre Seite des Tischs damit ab. „Seit ich dich kenne, warst du nie der Typ, der einfach irgendwo untätig herumhängt."

„Das stimmt."

„Und schon gar nicht an einem so abgelegenen Ort wie Cannon Beach. Es sind jetzt schon über drei Monate, und es ist kein Ende in Sicht. Was ist los? Du benimmst dich, als wolltest du, dass diese Scharade ewig so weitergeht."

„Es tut mir gut."

„Wie heißt sie?"

„Es gibt keine sie." Er schaute aus dem Fenster auf einen grauen 66-er Mustang und verschränkte die Arme vor sich. Vielleicht gab es doch eine sie. Aber er war nicht bereit, Sarah in diese Kategorien zu zwängen. Und sie war nicht der Grund, warum er sich so zu Cannon Beach hingezogen fühlte. Okay, vielleicht war sie *mit* ein Grund, aber sie war nicht der Hauptgrund.

Die Kellnerin kam mit ihren Getränken und nahm ihre Essensbestellung entgegen. Micha war dankbar für die Unterbrechung ihres Gesprächs. Aber die Pause in Julies Kreuzverhör dauerte nicht lange. Bisher hatte sie relativ harmlose Fragen gestellt. Aber jetzt beugte sie sich bedrohlich vor und stieß in einem abgehackten Flüstern hervor: „Wenn es keine sie ist, was ist es dann? Unser Leben lief doch so gut." Julie warf sich an ihre Stuhllehne zurück. „Jetzt hängst du in diesem Küstenkaff herum und erzählst mir, unsere Beziehung brauche eine Pause."

Sie schob ihr Besteck auf die Seite und beugte sich wieder vor. „Erklär mir, was an einem Haus am Strand so faszinierend ist, dass du neunzig Prozent deines Lebens dort verbringst."

„Du warst noch nie dort."

„Ich will auch nicht hin." Sie trank einen Schluck von ihrer Cola und knallte dann das Glas wieder auf den Tisch.

Kurz darauf kam ihr Essen. Beide stocherten lustlos darin herum. Micha spürte, dass Julie ihn beobachtete, als befänden sie sich in einer wichtigen Verhandlung.

„Du hast dich verändert."

Sie wollte ihn provozieren, sich zu verteidigen und ihr zu widersprechen. Aber sie hatte recht. „Ja, das stimmt."

Das nahm ihr den Wind aus den Segeln.

„Komm und schau dir das Haus an, Julie."

„Komm in dein Leben zurück. In unser Leben."

„Es ist noch nicht vorbei."

„Was ist noch nicht vorbei? Das Haus hilft dir, dich selbst neu zu entdecken? Herauszufinden, wer du bist? Soll das ein Witz sein? Ich habe mitgespielt, als du das am Anfang sagtest, aber jetzt sind über drei Monate vergangen und das ist nichts als eine leere Ausrede." Julie wedelte mit den Händen in der Luft herum. „Du willst dich selbst finden? Dann finde dich doch endlich!"

„Ich bin nicht mehr derselbe Mensch."

„Zu welcher Art Mensch auch immer du dich entwickelst, dieser Mensch bist nicht wirklich du. Der echte Micha erobert die Welt und ist auf dem Weg, einer der jüngsten Milliardäre der Welt zu werden. Wochenendausflüge in die Alpen oder nach Saint Tropez. Partys in Hollywood jedes zweite Wochenende. Hardware-Unternehmen, die darum betteln, mit *RimSoft* fusionieren zu dürfen."

Etwas regte sich in Micha. Etwas, das mit tiefer Überzeugung sagte, dass Julie recht hatte.

„Der echte Micha hat Selbstvertrauen, er weiß, was er will, und er liebt mich. Du kannst nicht länger in beiden Welten leben. Du musst dich für das eine oder das andere entscheiden. Nicht nächste Woche. Nicht morgen. Jetzt."

Die zwei Welten tauchten gleichzeitig vor seinem geistigen Auge auf. Die Welt des Hauses, das Meer, Rick und Sarah ... und die Welt in Seattle, *RimSoft* und Julie. Einen kurzen Moment lang waren beide Welten nebeneinander da. Dann verschob sich etwas.

Geschäftsreisen nach Italien, nach Australien, nach Neuseeland, Einladungen zu Filmsets, Hotelsuiten in Las Vegas, Softwareverträge, die ihnen viele Millionen einbrachten, die Titelblätter von Zeitschriften und Fernsehauftritte. Wie konnte er in Cannon Beach bleiben? Es war zu klein für ihn. Zu eng. Was hatte er sich nur gedacht? Ein Wochenende, ja. Ein ganzes Leben? Unmöglich.

Er stand an einer Weggabelung. Er musste sich entscheiden.

Mit neu geschärftem Blick schaute er Julie an. Sie war umwerfend. Intelligent. Eine bemerkenswerte Geschäftspartnerin. In letzter Zeit war sie etwas reizbar gewesen, aber das war seine Schuld. Er hatte sich nach Cannon Beach zurückgezogen und ihre Liebesbeziehung auf Eis gelegt. Sie traf keine Schuld.

Es war Zeit, nach Seattle zurückzukehren. Er musste Cannon Beach ja nicht ganz aufgeben. Gott handelte auch weiterhin. Aber das konnte auch in einem langsameren Tempo geschehen. In den letzten drei Monaten war er in seinem eigenen Unternehmen nur noch am Rande aufgetaucht. Er war nicht wirklich daran beteiligt gewesen.

Und ja, er vermisste den tosenden Applaus der Welt. Er hatte seine Welt nicht aufgegeben, aber er hatte sie eindeutig auf Eis gelegt. Ein Drängen tief in seinem Inneren forderte ihn auf, sich wieder in dieses Leben zu stürzen.

„Du kannst in diesem Geschäft nicht langsamer treten", redete Julie weiter. „Das weißt du genau. Wenn du auf der Stelle trittst, holt die Konkurrenz dich ein und du fällst zurück."

„Bin ich denn so wichtig?", lächelte er.

Julie erwiderte sein Lächeln nicht. „Micha, das ist kein Spaß. Spätestens in zwei Monaten verstehen die Aktionäre nicht mehr, warum du noch länger aus der Ferne diese Firma leiten willst. Der Aufsichtsrat stellt deine neue Arbeitsethik bereits infrage. Unsere Angestellten verbreiten Gerüchte über deinen Geisteszustand."

Das war keine Drohung. Sie hatte allen Grund, so etwas zu sagen. Außerdem hatte sie recht. Er musste sich entscheiden.

„Du hast recht." Micha bewegte sein Messer gegen den Uhrzeigersinn durch die Luft. „Es ist Zeit, mich zu entscheiden." Er rieb sich den Nacken. „Es wird höchste Zeit, zu meinem Leben in Seattle zurückzukehren."

„Ja!" Julie schlug mit der Hand auf den Tisch. „Wann?"

„In ein paar Tagen. Spätestens nächstes Wochenende."

Er würde das bizarre Leben hinter sich lassen, das er seit einigen Monaten führte. Und er würde nicht bis zum nächsten Wochenende warten. Sein Ausflug ins Fantasialand hatte lange genug gedauert. Er würde aus diesem Café gehen, sein Auto auf dem Parkplatz stehen lassen, in Julies Auto steigen und heute Abend wieder in Seattle sein. Das Imperium, das er sich dort aufgebaut hatte, wollte ihn zurück.

Micha nahm Julies Hände, zog sie zu sich heran, küsste sie und sagte ihr, dass er noch am selben Abend mit ihr zurückfahren würde.

Aber in dem Moment, in dem er dieses Versprechen laut aussprach, wurde sein Körper kalt. Es war eine Lüge. Seattle hätte nicht auf Dauer Bestand. Ein Bibelvers, den Sarah letzte Woche zitiert hatte, tauchte wie ein Delfin vor seinem geistigen Auge auf, der plötzlich aus dem Wasser springt:

„Das Fundament, das bei euch gelegt wurde, ist Jesus Christus. Niemand kann ein anderes oder gar besseres Fundament legen. Nun kann man mit den unterschiedlichsten Materialien weiterbauen. Manche verwenden Gold, Silber, kostbare Steine, andere nehmen Holz, Schilf oder Stroh. Doch an dem Tag, an dem Christus sein Urteil spricht, wird sich zeigen, womit jeder gebaut hat. Dann nämlich wird alles im Feuer auf seinen Wert geprüft, und es wird sichtbar, wessen Arbeit dem Feuer standhält. Hat jemand fest und dauerhaft auf dem Fundament Christus weitergebaut, wird Gott ihn belohnen. Verbrennt aber sein Werk, wird er alles verlieren. Er selbst wird zwar gerettet werden, aber nur mit knapper Not, so wie man jemanden aus dem Feuer zieht."

War *RimSoft* Gold und Silber oder Holz, Schilf und Stroh? Was würde bleiben, wenn Micha jetzt im Feuer geprüft würde? Falls das Hier und Jetzt in der Ewigkeit nachhallte, was für ein Echo hatte er erzeugt?

Während des restlichen Essens unterhielten sie sich über neue Produkte und darüber, welche Länder Europas sie bei ihrem nächsten Urlaub besuchen wollten. Micha spielte mit, obwohl sich eine spürbare Übelkeit in ihm regte. Als er die Rechnung zahlte und sie das Restaurant verließen, hatte er das Gefühl, sich übergeben zu müssen.

„Ich reserviere uns einen Tisch im *Toro*, um deine Heimkehr zu feiern." Julie war so begeistert, dass sie beinahe hüpfte. „Passt dir der Samstagabend?"

„Perfekt", antwortete Micha mit so viel Enthusiasmus, wie er überzeugend vorspielen konnte.

Sie gingen zu ihren Autos. Das Knirschen der roten Parkplatzsteinchen unter ihren Füßen schrie ihn regelrecht an, Julie die Wahrheit zu sagen: dass er am Samstagabend nicht zurückkommen würde. Und auch nicht am Samstag danach. Und auch nicht eine Woche später.

Micha blieb stehen und schaute zu, wie Julie noch vier Schritte weiterging, ehe sie stehen blieb und sich umdrehte.

„Was ist?"

Er schaute sie an, wandte den Blick ab und schaute sie dann wieder an. Ein Teil von ihm gehörte zu ihr. „Ich komme wahrscheinlich sehr lange nicht zurück. Vielleicht nie."

Sie schloss die Augen und ließ ihren Kopf in den Nacken sinken. „Ich weiß."

Dann kamen die Tränen. Er sah ihr dabei zu, wie sie, so schien es ihm, stundenlang weinte. Als sie ihn wieder anschaute, waren ihre Augen traurig. Zärtlich.

Sie trat mit der Fußspitze gegen einen Stein. „Ich habe es kommen sehen. Dieser Religionsmist ist es." Sie ging vor ihrem Auto auf und ab. Nach einer Weile blieb sie stehen. „Das ist es, nicht wahr? Du hast dich wieder auf diese ganze Jesussache eingelassen, mit allem, was dazugehört."

Micha ging zu ihrem Auto und lehnte sich daran. „Und du?"

„Spar dir solche Versuche. Ich habe nichts gegen Gott. Ich bin sicher, dass er für Kinder und sockenstrickende alte Damen prima ist, aber nicht für Leute wie dich und mich." Sie trat gegen ein Steinchen. „Warum tust du uns das an? Komm nach Seattle zurück!"

„Gott ist real."

„Das ist mir egal!"

Micha flehte sie mit den Augen an, aber sie ließ ihn nicht an sich heran. Er hatte keine Ahnung, was er sagen sollte. „Julie, wenn du nur ..."

„Vergiss es. Es ist schon okay." Sie trat auf ihn zu und küsste ihn auf die Wange. „Es war schön mit dir." Damit stieg sie in ihr Auto, ohne sich noch einmal umzudrehen.

Er hatte wieder einen Teil von Seattle verloren. Dieses Mal aufgrund seiner eigenen Entscheidung.

❖

Dichter Nebel hing über der Küste, als Micha nach Cannon Beach zurückkam. Der Nebel um sein Haus herum war noch dichter. Mitternacht. Es war zu spät, um mit irgendjemand anderem als mit sich selbst zu sprechen.

„Wie, findest du, ist es gelaufen?", fragte die Stimme.

„Es wird unangenehm werden, weiterhin gemeinsam die Firma zu leiten."

„Eigentlich nicht. Ihr habt sie seit Jahren nicht mehr wirklich miteinander geleitet. Du machst deinen Teil; sie macht ihren. Und knallhart gesagt: Julie könnte durchaus von der Bildfläche verschwinden. Das würde nur kurz für Unruhe sorgen, aber *RimSoft* würde das problemlos überleben."

„Das stimmt. Wahrscheinlich könnte die Firma ohne mich genauso überleben. Das hat Julie mit ihrer Frage auch angedeutet."

„Mit welcher Frage?"

„Dass ich mich für diese oder jene Welt entscheiden muss. Glaubst du, sie hat recht?"

„Nein. Ich glaube, wir können und wir sollten beides machen", sagte die Stimme.

„Wirklich?"

„Unbedingt. Wir sollten uns überlegen, wie wir unsere Gaben einsetzen könnten, um Gottes Pläne voranzubringen."

„Hmmm ... die Idee gefällt mir. Lass uns überlegen."

„Zuerst sollten wir über dieses Musikzimmer reden und das, was wir dort geschaffen haben."

„Das war nicht schlecht, was?", lächelte Micha.

„Unglaublich."

„Und was ist mit den Gedanken, die mir in den Sinn kamen? Mein Musikerherz lebt wieder auf."

„Ich glaube, die Gedanken waren von Gott, aber sie kamen bestimmt nicht aus deinem Herzen", sagte die Stimme. „Wir müssen sehr aufpassen, wenn wir auf Gottes Stimme hören, dass wir nicht gleichzeitig die Stimme des Feindes wahrnehmen."

„Ich kann dir nicht folgen. Was an dieser Erfahrung war vom Feind?"

„Ein kleiner Teil, Micha. Aber viel Wahrheit vermischt mit einer kleinen Lüge verführt einen noch mehr dazu, die Lüge zu glauben."

„Was für ein Teil?" Micha verschränkte die Arme vor sich und lehnte sich an die Rückseite des Zimmers.

„Jeremia sagt, dass das Herz ein böses und eigensinniges Ding ist."

„Okay."

„Und Gott vergibt. Aber sollten wir deshalb meinen, es kämen gute Dinge aus unserem Herzen? Nein. Das Wort Gottes sagt das ganz deutlich. Warum sollte der Psalmist beten: ‚Schaffe in mir ein reines Herz', wenn es nicht unrein wäre? Versteh mich nicht falsch: Die Bibel sagt, dass unsere Sünden schneeweiß gewaschen sind. Aber dürfen wir deshalb unsere Herzen als gut und heilig betrachten? Nein. Hier schleicht sich die kleine Lüge ein."

„Interessant", nickte Micha.

„Gott gibt uns einen Moralkodex, dem wir folgen müssen", sprach die Stimme weiter. „Wir müssen uns entscheiden, ob wir ihm folgen wollen oder nicht. Wenn wir uns entscheiden, uns nicht danach zu richten, sündigen wir und Gott vergibt uns. Aber nach unserem Herzen zu leben ist gefährlich. Wir haben das Wort Gottes bekommen, damit wir uns nicht von unserem Herz belügen lassen."

„Ich bin nicht sicher, ob Archie das genauso sieht."

„Ein Mensch kann getäuscht werden, Micha. Das Wort Gottes nicht. Deshalb müssen wir nach unserem Verstand und nicht nach unserem Herzen handeln. Wenn es ein Softwareprogramm gäbe, das uns helfen könnte, das immer zu hundert Prozent zu machen ..."

Es wurde still im Raum. Micha stand auf. „Warte mal – wäre das nicht eine geniale Idee?"

„Morgen. Es ist spät und ich bin müde."

„Ich auch. Bis morgen."

„Gut", sagte die Stimme. „Schlaf gut."

Bevor er einschlief, hatte Micha im Kopf schon die Grundlage für die Software ausgearbeitet. Er konnte es gar nicht erwarten, Rick von seiner Idee zu erzählen.

## Kapitel 20

EINE SOFTWARE, die Menschen dabei helfen könnte, den Willen Gottes zu erkennen! Rick würde von dieser Idee bestimmt begeistert sein.

Am Sonntagnachmittag marschierte Micha voller Tatendrang auf der Main Street in Richtung Norden zu Ricks Tankstelle. Noch bevor er die Werkstatt erreichte, erblickte er Ricks Baseballkappe, die ein Stück vor ihm immer wieder aus der Menschenmenge auf dem Gehweg herausragte.

Als Micha ihn einholte, sagte Rick: „Ich hatte gehofft, dass ich dich heute treffen würde."

„Das wollte ich auch gerade sagen."

„Warum, gibt es wieder etwas Neues von deinem Haus?"

„Nein, ich habe eine Idee, die die Beziehung der Menschen zu Gott revolutionieren wird."

„Wirklich? Das muss ich hören." Rick deutete zum Strand, und sie bogen an der nächsten Ecke nach links ab. Drei Minuten später ragte der Haystack Rock vor ihnen auf.

„Also, diese Idee musst du mir gleich erklären", sagte Rick, während sie in Richtung Süden weiterschlenderten. „Aber erzähl mir erst mal von deinem Gespräch mit Julie."

„Es war hart. Ich bin froh, dass es vorbei ist." Micha schwieg einen Moment. „Ein paar Minuten lang habe ich ernsthaft überlegt, nach Seattle zurückzugehen und dort zu bleiben."

„Zwei verschiedene Welten locken dich, was?"

„Ja. Und das brachte mich auf die Idee für eine neue Software."

„Das brachte dich was?"

Micha konnte sich vorstellen, dass Rick ihn anstarrte. Er drehte sich aber nicht um.

„Das und ein paar andere Dinge ... aber hör zu ..." Micha schaute weiterhin geradeaus und konzentrierte sich auf die Sandfläche, die sich vor ihnen erstreckte.

„Wenn wir doch ständig in verschiedene Richtungen gezogen werden und versuchen herauszufinden, was der richtige Weg ist, könnte man den Menschen doch die Lösung für jede Situation geben, in die sie in ihrem Leben geraten können. Ich möchte ein detailliertes Programm mit biblischen Prinzipien erstellen, nach denen man leben kann. Biblische Richtlinien, die den Kern der Software bilden – so eine Art *FAQ* fürs Leben, eine Abteilung mit häufig gestellten Fragen. Du hast ein Problem? Eine Situation, in der du nicht weißt, was du tun sollst? Gib sie in das Programm ein, und es wertet sie aus und sagt dir dann, was der richtige Weg ist; mit einem Bibelvers, der die Antwort begründet."

„Das ist dein Ernst?"

„Ja, das ist mein Ernst. Gott hat mir das Talent gegeben, Software zu entwickeln. Vielleicht soll ich diese Fähigkeit für ihn einsetzen. So ein Programm ließe sich bestimmt gut verkaufen."

„Das glaube ich gern." Rick schaute drein, als hätte er eine Nacktschnecke verschluckt.

„Es würde den Menschen helfen."

„Vielleicht hast du recht. Das klingt ... wunderbar. Umwerfend. Einzigartig."

Micha runzelte die Stirn. „Du machst dich über mich lustig."

„Nein, das ist genial. Wenn es ein solches Programm gibt, braucht ja niemand mehr sein Herz. Und auch keine lebendige Beziehung zu Gott." Rick hob ein Stück Treibholz auf und schleuderte es in die schäumende Brandung.

„Ich will damit doch nicht sagen, dass wir Gott abschaffen sollen. Ich sage nur, man könnte die Weisheit der Bibel und die Möglichkeiten der modernen Technik nutzen, um Menschen systematisch in die richtige Richtung zu weisen."

„Und wie ist es mit einer tieferen Beziehung zu Gott? Mit Vertrauen auf ihn? Und damit, dass sein Herz unser Herz kennt? Und dass unser Herz seines kennt? Dass wir seine Stimme erkennen und ihr nachfolgen?"

Micha beobachtete zwei Kitesurfer, die sich so hoch in die Luft tragen ließen, dass man vor dem Hintergrund der Spätnachmittagssonne nur noch ihre Silhouetten sah. „Gott gibt uns einen Moralkodex, nach dem wir leben sollen. Auf unser Herz zu hören ist gefährlich. Wir haben das Wort Gottes bekommen, damit wir uns nicht von unserem Herz in die Irre führen lassen."

„Wer sagt denn so was?" Ricks Stimme enthielt einen scharfen Unterton.

Michas Gesicht begann zu glühen. „Niemand. Ich habe nur mit mir selbst darüber gesprochen."

„Wirklich?" Rick trat vor Micha und schaute ihm durchdringend in die Augen. „Nur mit dir selbst?"

„Ja."

Rick nickte, drehte sich um und stapfte weiter. „Wir leben also nur nach der Bibel?"

„Der Mensch kann sich täuschen. Die Bibel nicht, oder?", sagte Micha, als er Rick einholte. „Wir müssen die Richtlinien befolgen, die sie uns vorgibt."

„Was machen dann die Christen auf der Welt, die keine Bibeln haben? Leben sie weniger richtig als du und ich?"

Micha wurde still.

„Die Bibel ist unser Fundament. Das ist wahr. Aber in den ersten fünfzehnhundert Jahren der Kirche gab es keine Bibeln für gewöhnliche Menschen, und lesen konnten sie erst recht nicht. Bibeln für Normalverbraucher gibt es erst, seit Gutenberg die Druckerpresse erfand. Wer hat diese Menschen dann vorher geführt? Wie erkannten sie die Wahrheit?"

„Willst du damit sagen, dass es keine absoluten Regeln gibt, nach denen wir leben?", fragte Micha.

„Ich will damit sagen, dass Jesus unser Vorbild ist und dass er sich nie von Regeln oder Formeln leiten ließ. Er ließ sich von Gott führen. Und Gott handelt selten zweimal auf die gleiche Weise. Das funktioniert nicht mit Formeln. Der Mensch würde das Leben mit Gott gern auf ein Regelbuch mit vorgefertigten Antworten reduzieren. Aber das ist es nicht, was Gott will: Du sollst keinen Alkohol trinken, nicht rauchen, nicht fluchen und keine unanständigen Filme anschauen. Wenn du das alles beherzigst, bist du Christ und dein Leben wird gelingen – ha, von wegen! Manche Gemeinden beurteilen wirklich nach diesen vier ungeschriebenen Gesetzen, ob jemand gerettet ist oder nicht. Aber ich glaube nicht, dass irgendetwas von diesen Dingen auch nur das Geringste mit einer echten Beziehung zu Gott zu tun hat. Glaubst du das denn?"

„Ich würde mich ehrlich gesagt schon fragen, was ich von jemandem halten soll, der Kettenraucher ist, flucht wie ein Kutscher, säuft wie ein Loch, Sexfilme anschaut und mir erzählt, er sei ein Nachfolger von Jesus."

„Ich auch." Rick bückte sich, um einen halben Sanddollar aufzuheben, und steckte ihn in seine Tasche.

„Du lässt diesen kleinen Widerspruch einfach so in der Luft hängen?", fragte Micha.

„Die Pharisäer waren die ultimativen Anhänger von Prinzipien und Regeln. Jesus nannte sie *getünchte Gräber*: Setz die richtige Miene auf. Sag das Richtige. Tu dies; tu jenes nicht! Jesus war ganz anders. Er sagte aus ihrer Sicht ständig das Falsche, hielt sich mit den falschen Leuten auf. Er verkehrte mit Prostituierten und Zöllnern. Er aß das Falsche, heilte am falschen Tag, saß ständig mit den falschen Leuten beim Essen." Rick hob den nächsten halben Sanddollar auf. „Deshalb beschimpften sie ihn als Trinker und Fresser. Als Freund der Sünder. Aber ihn interessierte nur eines: Er wollte etwas freisetzen, das vor langer Zeit verloren und vergraben wurde. Wie bei dir." Rick schaute Micha in die Augen. „Der wertvollste Schatz des Reiches Gottes."

„Und der ist was?"

Rick beugte sich vor und lächelte ihn an. „Dein Herz."

„Aber in der Bibel steht doch, dass das Herz böse und eigensinnig ist."

„Wirklich?"

„Du weißt, dass das stimmt, Rick! Gott vergibt uns und reinigt uns von der Sünde. Aber unser Herz soll gut sein? Warum sagte David: ‚Schaffe in mir, Gott, ein reines Herz', wenn es nicht unrein wäre? Unsere Herzen als etwas Gutes und Heiliges zu beschreiben wäre einfach nicht biblisch."

Ärger und Besorgnis zogen so schnell über Ricks Gesicht, dass Micha nicht sicher war, ob er richtig gesehen hatte.

„Man kann einen Menschen nicht von außen nach innen verändern. Und um einen Sohn Adams von innen nach außen zu ändern, muss Jesus in die Tiefe gehen und sein Herz verändern. Dann kommt auch die äußere Veränderung. Das bezeichnet man als Neuen Bund. Alles, sogar dein Herz, wird neu."

In Michas Kopf purzelte alles durcheinander. Rick klang genauso überzeugend wie die Stimme gestern Nacht. „Angenommen, du hast recht. Wie verändere ich mein Herz?"

„Du veränderst gar nichts! Erlaube deinem Herz, wieder an die Oberfläche zu kommen. Und dann lade Gott dazu ein, es zu verändern." Rick drehte sich zu Micha um, packte ihn an beiden Schultern und lächelte. „Und hüte es mit allem, was du hast." Dann marschierte er in die Richtung zurück, aus der sie gekommen waren.

Micha stand noch eine ganze Stunde da und schaute den Kite-surfern zu, bevor er in die Stadt zurückkehrte.

Als er in seine Einfahrt einbog, dankte er Gott, dass es bis zum Mittwoch – seinem Archie-Tag – nur noch drei Tage waren.

Rick. Die Stimme. Er war völlig verwirrt. Vielleicht würde Archies nächster Brief ihm helfen, Klarheit zu bekommen. Er brauchte sie dringend.

## Kapitel 21

DIE ZEIT FÜR ARCHIES BRIEF kam am Mittwoch sehr früh. Dafür wollte Micha sorgen.

Am Dienstagabend stellte Micha, bevor er müde ins Bett fiel, seinen Handywecker auf 00:01. Archie wollte, dass er eine Woche wartete, bevor er den nächsten Brief öffnete? Kein Problem. Um 00:01 war Mittwoch, und damit war eine Woche um.

Micha brauchte Antworten.

Er hatte in den letzten Tagen das Zimmer mit der Stimme gemieden, und Rick ebenso. Er bekam zu viele widersprüchliche Ratschläge. Blieb nur zu hoffen, dass Archies nächster Brief den Nebel, der seinen Verstand einhüllte, ein wenig lichten würde.

*13. Juli 1991*

*Lieber Micha,*

*als Kindern erzählte man uns vom bösen Wolf bei Rotkäppchen und der bösen Hexe beim* Zauberer von Oz. *In* Der Herr der Ringe *hat es Frodo mit dem bösen Sauron zu tun. Luke Skywalker muss in* Star Wars *der dunklen Seite der Macht gegenübertreten.*

*In jedem Comic-Heft gibt es einen Todfeind, den der Held ausschalten muss.*

*Warum gibt es in jeder Geschichte einen Bösen? Weil es in deiner Geschichte höchstwahrscheinlich auch einen gibt.*

*Satan und seine Helfer kämpfen gegen Gott und seine Engel, und wenn wir dem Erlöser Jesus Christus nachfolgen, richtet sich dieser Kampf auch gegen uns. Solange wir auf der Erde leben, stellt sich uns das Böse immer wieder in den Weg, um uns von dem Ziel abzulenken, das Gott schon vor Anbeginn der Welt für uns vorgesehen hatte.*

*Leider kann ich dir nicht sagen, wer der Böse in deinem Leben ist. Aber ich kann dir sagen, dass es sein Ziel ist, zu töten, zu stehlen und zu zerstören. Das Ziel dieses Angriffs ist immer unser Herz. Und es ist schwer, die Wahrheit klar zu erkennen.*

Micha legte den Brief weg und seufzte laut. Wenn er mit der Stimme sprach, hatte er den Eindruck, sie sage die Wahrheit. Wenn er mit Rick sprach, klangen seine Worte auch wahr. Wenn er Archies Briefe las, schienen sie voller Wahrheit zu sein. Aus welcher Richtung kam also die Lüge, die sich in sein Leben schlich?

Vielleicht war er Luke Skywalker und der Böse in seinem Leben war sein Vater?! Micha las weiter.

*Inzwischen sind fünf Wochen auf unserer gemeinsamen Reise vergangen, also nehme ich an, dass du diesem Feind schon begegnet bist.*

Das hörte sich so an, als ob Micha seinem Feind erst in seiner Zeit in Cannon Beach begegnet sei. Schloss das seinen Vater aus?

Micha ließ den Brief wieder sinken und starrte zur dunklen Zimmerdecke hinauf. Das war ein sonderbarer Gedanke. Seine

Gedanken rasten weiter, und er vermutete, dass dieser Feind vermutlich nicht auf den ersten Blick als jemand Böses zu erkennen war. Es war jemand, bei dem er es am wenigsten erwartete. Sarah? Wohl kaum. Archie? Unsinn. Rick? Unmöglich.

Aber dann fiel ihm sein Gespräch mit Rick am Strand wieder ein, und er wurde unsicher. Er spielte einen Moment mit diesem Gedanken, aber dann verwarf er ihn wieder. Nein. Unmöglich. Er kannte Rick zu gut. Oder vielleicht doch nicht? Aber wenn weder Archie noch Rick noch Sarah noch sein Vater es waren, wer dann?

Er las weiter.

*Ich spekuliere nur, aber ich nehme an, dass du diesem Feind fast automatisch vertraust, dass er einen Weg in dein Herz gefunden hat, mit dem du nicht gerechnet hast, und deshalb hast du auch keine Schutzmauer gegen ihn aufgebaut.*

*Natürlich sieht diese Person nicht böse aus, sondern gibt sich als dein Verbündeter aus. Aber, Micha, egal, wie er aussieht oder wie glatt seine Zunge ist – wenn sein Rat nicht mit dem Wort Gottes und der Weisheit des Heiligen Geistes übereinstimmt, darfst du ihn nicht in dein Herz lassen.*

*Sei vorsichtig. Pass gut auf. Prüfe die Geister.*

*Nichts kann uns von der Liebe Gottes durch Jesus Christus trennen.*

*Archie*

Micha warf einen Blick auf die Uhr auf seinem Nachttisch: 00:20 Uhr. Er war jetzt hellwach. Wieder einzuschlafen wäre ein Ding der Unmöglichkeit. Ein kalter Schauer lief ihm über den Rücken. Der Brief hielt ihn davon ab, jetzt mit Rick oder der Stimme zu sprechen. Was sollte er tun?

Sarah. Sie verwirrte ihn nie. Er sollte mit ihr sprechen.

Was machte sie wohl, wenn in fünf Stunden die Sonne aufging?

## Kapitel 22

SARAH SCHRITT IN EINEM SCHNELLEN TEMPO über den Sand. Sie trug zwei T-Shirts übereinander und darüber ein Kapuzensweatshirt. Hunger konnte sie ertragen. Müdigkeit? Nicht so schlimm. Aber frieren? Nein.

Der Flutkalender sagte, dass um 5:48 Uhr der erste Sonnenschein über den Hügeln im Osten zu sehen sein würde. Sarah schaute auf ihre Armbanduhr. Noch vier Minuten. Dies war ihre Zeit, um zu singen, nachzudenken, zu beten, zuzuhören. Es war ihre Zeit mit Gott. Sie blickte auf, als eine Stimme, die nicht viel lauter war als die Wellen, hinter ihr etwas rief.

„So früh am Morgen sieht man nicht viele Leute am Strand."

Sie drehte sich um und erkannte Rick, der ungefähr 20 Meter hinter ihr stand. Sarah lächelte. „Deshalb komme ich auch um diese Tageszeit hierher. Niemand stört die Stille. Es ist eine gute Zeit, um mit Gott zu sprechen. Und was machst du so früh hier?"

„Das Gleiche." Er kam mit langen Schritten auf sie zu.

Ein leichter Wind berührte sie. Es war, als könnte er sich nicht entscheiden, in welche Richtung er wehen wollte. Sarah drehte ihr Gesicht dorthin, wo in ein paar Sekunden die Sonne am Horizont erscheinen und den Strand in ihr goldenes Licht tauchen würde. Sie mochte Rick. Sie gingen in dieselbe Gemeinde und unterhielten sich oft eine Weile, wenn sie an seiner

Tankstelle tankte oder wenn sie sich zufällig in der Stadt begegneten. Doch durch Micha hatte sie noch einiges mehr über diesen Automechaniker erfahren, und die kleinen Gespräche mit ihm hatte sie im Laufe des Sommers immer mehr schätzen gelernt.

Während sie weiter über den Strand schlenderten, kam eine Welle weiter hinauf als die vorher. Sie wichen gleichzeitig zurück und schauten dann zu, wie das Wasser wieder ins Meer zurücklief.

„Darf ich dir eine persönliche Frage stellen?", fragte Rick.

„Ja, klar."

„Ich wollte mit dir über unseren gemeinsamen Freund sprechen." Rick nahm seine Baseballkappe ab und rieb sich seinen grauen Kopf.

„Micha?" Sarahs Gesicht wurde ganz warm, und sie antwortete, ohne Rick anzuschauen.

„Hast du gedacht, ich wollte über jemand anderen sprechen?", lachte Rick.

„Nein."

„Ich mag ihn, Sarah. Ich habe im Laufe der Jahre viele wie ihn erlebt. Aber trotzdem ist er ganz anders."

„Kannst du mir das genauer erklären?"

„Nicht wirklich. Du weißt wahrscheinlich, was ich meine."

Sie wusste genau, was er meinte.

Sie gingen zwischen drei Felsen, die die Ebbe freigelegt hatte, weiter in Richtung Meer. Sarah bückte sich und berührte behutsam einen roten Seestern, der sich halb unter einem Stein versteckte.

„Ich sehe erstaunliche Begabungen bei ihm." Sarah schaute zu, wie die Sonne auf den Wellen glitzerte. „Ich sehe auch einen Mann, der von Ketten gefangen gehalten wird, die er sich selbst angelegt hat, und der nicht einmal weiß, dass er nicht frei ist. Jemanden, der sich tief in seinem Inneren nach Freiheit sehnt. Der nicht weiß, wer er ist. Ich sehe den Mann, der er sein könnte. Vor allem aber sehe ich …" Sie schaute Rick an, bevor sie ihren Satz beendete. „… mich selbst."

„Vor deiner Verletzung?"

„Ja."

Der Wind wurde stärker, und Rick zog den Reißverschluss an seiner Windjacke zu.

„Was siehst du in ihm?", fragte Sarah.

„Das Gleiche wie du. Deshalb bete ich für ihn. Ich will ihm ein Freund sein. Jesus hat mich in sein Leben geführt, und ich gehorche."

Sie gingen weiter am Strand entlang und sahen nur hin und wieder einen Morgenjogger.

„Du fragst dich, ob du dich in Micha verlieben darfst, nicht wahr? Aber du hast Angst, verletzt zu werden."

Sie wandte sich ab und bat den Wind, ihre Tränen schnell zu trocknen. Woher konnte Rick das wissen? War es ihr so deutlich anzusehen?

„Du musst stark sein, Sarah. Halte dich an das, was Gott dir über Micha gesagt hat. Dräng nicht zu sehr, aber tritt auch nicht auf die Bremse." Rick blieb stehen.

Sarah ging weiter. Wie konnte Rick wissen, was Gott ihr gesagt hatte?

Wahrscheinlich wartete er auf eine Reaktion von ihr, die ihm zeigte, dass sie ihn gehört hatte. Sie schluckte und drehte den Kopf in den Wind. Sie hatte ihn gehört. Sie hatte ihn ganz genau gehört.

Als sie an diesem Nachmittag im Buchladen in einem Buch blätterte, sagte eine gedämpfte Stimme hinter ihr: „Wir haben zwar nichts dagegen, dass in unseren Büchern geblättert wird, aber wir haben ein strenges Zeitlimit, wie lange man in einem Buch lesen darf, ohne es zu kaufen."

Sarah drehte sich nicht um und sagte in einem gespielten Flüstern: „Dann müssen Sie mich jetzt wohl verhaften."

Dann drehte sie sich doch um. Als sie Micha vor sich stehen sah, hatte sie Mühe, ihren Herzschlag zu zügeln. Sie hatten sich seit fast zwei Wochen nicht mehr gesehen, und sie musste zugeben, dass sie ihn vermisst hatte. Sehr. Sie hatte ihn nicht zurückgerufen, als er sie wegen ihrer Bemerkung, dass sie seit Jahren für ihn bete, noch einmal angerufen hatte. Was sollte sie dazu sagen? Sie konnte es ihm doch nicht erzählen! Aber seitdem hatte sie jeden Tag gehofft, dass sie ihm zufällig über den Weg laufen würde.

Sarah schaute in seine blauen Augen und gestand sich ein, dass Rick recht hatte. Ihre Gefühle für Micha gingen tief. Sie hatte ihn nicht nur ein bisschen vermisst, sondern sie war dabei, sich in ihn zu verlieben. Eine Kundin neben ihnen ließ ein Buch fallen, und Micha bückte sich, um es aufzuheben. Das war eine willkommene Ablenkung, die Sarah ein paar Sekunden Zeit gab, um ihre Gedanken zu sammeln.

Gott zog Micha zu sich, das war eindeutig. Aber er musste immer noch die Entscheidung treffen, ob er Gott folgen wollte oder nicht, und das machte ihr Angst, denn sie sah, dass er sich gegen Gottes Anziehungskraft wehrte. Micha hatte ihr das selbst gesagt. So vieles in seinem Herzen hing noch an Seattle. Was wäre, wenn er sich am Ende nicht für sie und Cannon Beach, sondern für sein altes Leben entschied?

„Hey, wie läuft's so bei dir?" Micha richtete sich wieder auf und strich ihr eine Haarsträhne aus dem Gesicht.

„Gut. Und bei dir?"

„Auch." Seine warmen Augen zogen sie fast magnetisch an.

„Hast du Lust zu einem Strandspaziergang?"

„Klar."

Als sie am Wasser ankamen, gingen sie in Richtung Norden zum Ecola Creek. Eine sanfte Brise berührte ihre Gesichter, während der Sand unter ihren Füßen knirschte, aber der Wind brachte nur eine leichte Abkühlung. Der Strand war fast menschenleer. Drei Drachen tanzten im Wind, und in der Ferne stöberten zwei junge Familien in den Tümpeln, die die Ebbe unterhalb des Haystack Rock zurückgelassen hatte.

Sie schlenderten den Strand entlang und sagten nichts. Die Wellen begleiteten ihr Schweigen, bis Micha anfing zu reden.

„Ich muss dich etwas fragen. Keine Angst, es ist keine große Sache." Micha trat mit dem Fuß in den Sand. „Oder doch, eigentlich schon, aber es ist eine seltsame Frage, und ich weiß nicht, wo ich anfangen soll."

Jetzt kam es also. Sarah verkrampfte die Hände. Sie hatte damit gerechnet, dass er die Frage nicht fallen lassen würde, solange er keine Antwort bekam. Sie schaute ihn aus dem Augenwinkel an.

„Als du zum Essen bei mir warst, habe ich gesagt, dass du schön bist. Ich habe auf deine Antwort zuerst nicht reagiert, aber am nächsten Tag fiel sie mir wieder ein und ließ mir keine Ruhe."

Sie starrte mit pochendem Herzen auf den grauen Sand hinab. Das war nicht die Frage, die sie erwartet hatte. Diese war noch schlimmer. Sarah wusste genau, was er gleich fragen würde. An jenem Abend hatte sie sich verplappert, und sie hatte gedacht, sie würde ungeschoren davonkommen. Aber offensichtlich hatte sie sich getäuscht.

„Okay", flüsterte sie.

„Es war deine Reaktion, als ich sagte, dass du schön bist. Erinnerst du dich?" Micha blieb stehen.

Sie blieb ebenfalls stehen, ließ den Kopf hängen und schob einen kleinen Sandhügel zwischen ihren und Michas Füßen zusammen. „Angenommen, ich erinnere mich nicht."

„Du hast dich nach Julie und mir erkundigt."

Sarah nickte und schaute den Sand vor ihren Füßen an.

„Ich habe dir nie ihren Namen gesagt."

Sarah ging wieder weiter.

„Woher wusstest du, dass sie Julie heißt?"

Ihr Gesicht wurde warm. Sie spürte, dass Micha ihr folgte. Eine Schar Seemöwen schwebte kreischend über ihnen, als wollten sie Sarah auch auffordern, ihm zu antworten. Aber Micha war mit seinen Fragen noch nicht fertig.

„Und an dem Tag, an dem wir miteinander zum Indian Beach gefahren sind ... da hast du gesagt, dass du seit Jahren für mich betest. Das beschäftigt mich auch immer noch."

Na toll. Gleich zwei absolut unangenehme Themen! Sarah blieb stehen, drehte sich aber nicht zu ihm um, als sie sprach. Falls es irgendeine Hoffnung auf eine Zukunft mit Micha geben sollte, musste sie es ihm wohl oder übel sagen, aber seine Reaktion auf ihre eigentlich unerklärlichen Gründe wollte sie lieber nicht sehen.

„Als ich vor fünf Jahren nach Cannon Beach kam, stand ich eines Abends allein am Hug Point und schaute zu, wie die Sonne hinter dem Meer unterging. Ein unbeschreiblicher Frieden legte sich um mich, und in diesem Moment hatte ich das Gefühl, dass Gott mir etwas sagte. Etwas, das ich an manchen Tagen von ganzem Herzen glaubte. An anderen Tagen dachte ich, ich hätte mir alles nur eingebildet."

Sie zögerte. Sollte sie ausweichen oder mit der ganzen Wahrheit herausrücken? Sie entschied sich für Letzteres. „Gott sagte, dass ich mich eines Tages hier in Cannon Beach in einen Mann verlieben würde, den ich kaum kenne. Er befände sich auf dem Weg zurück zu Gott, und ich wäre ein Teil seines Weges. Dann sah ich so klar wie einen Blitz am schwarzen Himmel den Namen *Julie* vor meinem inneren Auge. Ich brauchte nicht lange, um zu begreifen, dass es irgendwo eine Julie gab, die zu diesem

Mann gehörte. Deshalb habe ich jahrelang gebetet ..." Sie brach ab. Was sollte sie noch sagen? Schweigend wappnete sie sich gegen Michas Reaktion. Hatte sie zu viel gesagt?

Seit jenem Essen in seinem Haus wusste Sarah, dass Micha dieser Mann war. Sie fühlte sich, ohne es logisch erklären zu können, unwiderstehlich zu ihm hingezogen. Na gut, so unerklärlich war es auch nicht – er würde ein wunderbarer Mann sein, wenn er sich für das Leben in Freiheit entschied!

Er war klug, hatte Humor, sah gut aus. Aber das, was sie zu ihm hinzog, war mehr. Es ging tiefer. Es kam von Gott. Rick hatte gesagt, dass sie nichts überstürzen, aber auch nichts verzögern sollte. Wie würde Micha auf ihre Antwort reagieren? Sie befürchtete, sie hatte damit alles ins Wanken gebracht.

Die Wellen waren so laut, dass sie nicht sagen konnte, ob Micha noch hinter ihr stand oder ob er leise weggegangen war.

Im nächsten Moment schoben sich seine Arme von hinten um ihre Taille und zogen sie zärtlich an seine Brust heran. Er strich ihr sanft die Haare aus dem Gesicht und küsste sie auf die Wange. Der Kuss war wie die ersten Strahlen der Morgensonne.

Sie drehte sich um, und dieses Mal küsste er sie auf den Mund. Warm. Zärtlich. Langsam. Eine lange Umarmung folgte, die sich wie eine warme Decke um sie legte und die Geräusche des Meeres, den Wind und alles andere auf der Welt ausblendete. Sie war zu Hause.

## Kapitel 23

IN DER NÄCHSTEN WOCHE unternahm Micha mit Sarah zwei Mountainbiketouren und ging dreimal mit ihr essen. Sie schauten in seinem Medienzimmer *Singing in the Rain*, *Casablanca* und *Stolz und Vorurteil* an. Danach gingen sie jedes Mal am Strand spazieren und küssten sich so innig, dass jeder, der ihnen zuschaute, rote Ohren bekam. Er sprach mit ihr stundenlang über das Haus; nicht über alles, aber er erzählte ihr so viel, dass sich die Dinge in seinem Kopf ordneten und sie ihm weise Ratschläge geben konnte.

Liebte er sie? Das wusste er nicht genau. Aber er mochte sie sehr, sehr gern.

Obwohl Sarah anscheinend das Gleiche für ihn empfand, meinte er manchmal eine gewisse Traurigkeit in ihren Augen zu sehen. Oder war es Angst? Er konnte es nicht genau erklären. Vielleicht war es beides. Als er sie danach fragte, sagte sie, es sei nichts. Doch er wusste, dass das nicht stimmte. Und er hatte das Gefühl, die Traurigkeit habe mit ihm zu tun.

Aber alles in allem empfand er, als der nächste Mittwoch kam, Frieden. Im Haus war nichts Ungewöhnliches passiert, und Shannon versicherte ihm täglich, dass bei *RimSoft* alles unter Kontrolle war.

Vielleicht hatte sein Leben eine Verschnaufpause eingelegt. Selbst Archies Brief war positiv und zuversichtlich.

*22. Juli 1991*

*Lieber Micha,*

*ich fühle mich gedrängt, dich zum jetzigen Zeitpunkt unserer gemeinsamen Reise auf ein bestimmtes Zimmer in deinem Haus aufmerksam zu machen. Es ist unvorstellbar wichtig und übersteigt jede Vorstellungskraft. Es ist ein Raum, der so wunderbar ist, dass ich ihn dir nicht beschreiben kann.*

*Aber das ist sowieso nicht nötig, denn ich glaube, dass du ihn, wenn du diesen Brief gelesen hast, bald finden wirst. Vergiss nicht, wozu Gott den Menschen geschaffen hat: Um ihn selbst immer besser kennenzulernen und um ihn ewig zu genießen.*

*In Ehrfurcht vor dem König*

*Archie*

*P.S.: Psalm 16,11: „Du zeigst mir den Weg, der zum Leben führt. Du beschenkst mich mit Freude, denn du bist bei mir. Ich kann mein Glück nicht fassen, nie hört es auf."*

Micha fand das Zimmer noch am selben Abend. Der Geruch, der unter der Tür hindurch nach außen drang, berauschte ihn: eine duftende Mischung aus Rosen und blühenden Apfelbäumen. Unter der Tür strahlte ein so helles Licht heraus, dass der Flur richtig dunkel wirkte.

Es gab keinen Türgriff. Deshalb hob er die Hand, um die Tür aufzuschieben. Aber bevor seine Hand das Holz berührte, hielt er inne. Hitze oder Kälte – er konnte es nicht genau sagen – strahlte von der Tür ab. Er berührte mit dem Finger das Holz und zog ihn wieder weg. Glühte die Tür oder war sie erfrischend kühl?

Er berührte sie wieder. Dieses Mal länger. Sie war kühl wie ein Bergsee an einem heißen Sommertag. Micha legte die ganze Hand auf die Tür, und da erfasste ihn ein so überwältigendes Gefühl, dass er vergaß zu schieben.

Es fühlte sich an, als würde mitten in seiner Seele ein Wasserfall entspringen. Er hatte das Gefühl, von einer tosenden Welle der Freude überflutet zu werden. Schwer atmend wich er von der Tür zurück.

Was auch immer hinter der Tür war, es konnte ihn umbringen. Aber er war nicht sicher, ob ihn das stören würde.

Er trat vorsichtig wieder einen Schritt vor, schloss die Augen, legte erneut die Handfläche auf die Tür und schob. Wieder konnte er nur staunen, als die Tür sich schmerzlich langsam nach innen bewegte. Dann blieb sie stehen. Er wich zurück und starrte die Stelle an, an der seine Hand gelegen hatte. Dort befand sich jetzt ein Abdruck seiner Hand; er war ein paar Zentimeter tief in die Tür eingegraben. Er konnte sogar seine Fingerabdrücke erkennen. Während er die Stelle anstarrte, verschwand der Abdruck wieder.

Surreal.

Sein Blick fiel auf das strahlende Licht, das unter der Tür herausströmte. Es sah fast aus, als sei es flüssig. Er trat zurück, prallte an die Wand hinter sich und sank langsam zu Boden. Staunend starrte er das Licht an, bis ihn der Schlaf übermannte.

Als er aufwachte, war das Licht verschwunden, und er versuchte, die Tür wieder aufzuschieben. Er berührte unnachgiebiges, gewöhnliches Holz. Und sie ging immer noch nicht auf.

❖

An diesem Abend saß Micha auf seiner Terrasse und schaute zu, wie die Sterne hinter einer Wolkendecke verschwanden, die vom Meer über das Land zog. Er schloss die Augen und lächelte.

Das Gefühl, dass er Sarah sehr, sehr gern hatte, war vorbei. Er hatte sich nicht nur in Cannon Beach verliebt. Er liebte Sarah aus tiefstem Herzen.

Die *RimSoft*-Aktien waren in den letzten zwei Wochen um zwei Punkte gestiegen, und die E-Mails zwischen Julie und ihm waren zwar nicht unbedingt herzlich, aber doch höflich.

Doch am Sonntagabend kam eine E-Mail, die ihm verriet, dass in Seattle nicht alles gut lief.

## Kapitel 24

MICHA SCHLUG AM MONTAGMORGEN auf die Schlummertaste an seinem Wecker und stöhnte. Es war immer noch mitten in der Nacht! Nach der E-Mail vom Vorabend musste er um 4:30 Uhr aufstehen, um pünktlich um 10:00 Uhr in der Firma zu sein und einen Mitarbeiter zu entlassen.

Er duschte mit geschlossenen Augen, war aber hellwach, als er in seinem Büro ankam und Shannon anknurrte. „Ich könnte jetzt gemütlich am Strand frühstücken. Warum tue ich mir das an?"

„Gute Frage, Boss. Das hätte auch jemand anders erledigen können."

Micha schüttelte den Kopf. „Wenn die Bundeshandelskommission zum Angriff bläst? Nein, das muss ich selbst erledigen."

„Er ist in zehn Minuten in Ihrem Büro."

Micha wandte sich schon ab, um in sein Büro zu gehen, doch dann drehte er sich noch einmal zu ihr herum. „Es ist die einzige Lösung, oder siehst du das anders?"

Shannon gab ihm keine Antwort. Ihre Miene sagte deutlicher, als sie es mit Worten sagen hätte können, dass er im Begriff war, einen Fehler zu begehen.

„Ich muss kurz telefonieren. Sobald ich damit fertig bin, kannst du ihn zu mir reinschicken." Er marschierte in sein Büro.

„Viel Spaß", sagte Shannon.

Um 10:15 Uhr trat Micha hinter dem Mann, den er gerade entlassen hatte, aus seinem Büro. Er versuchte, die Schuldgefühle, die in ihm tobten, wegzudrücken.

„Wie lief es?", fragte Shannon, sobald der Mann außer Hörweite war.

„Ganz gut." Aber Michas Gewissen ließ sich nicht zum Schweigen bringen. Er redete sich ein, dass das die übliche Geschäftspraxis sei, aber sein Herz wollte das nicht akzeptieren.

Am Abend rief er auf dem Weg zu seiner Penthousewohnung Sarah an.

„Wie ist es in Seattle?"

„Ohne dich ist es leer. Ich kann es nicht erwarten, zurückzukommen." Micha ließ seine Fenster nach unten, und die angenehme Kühle des Sommerabends erfüllte sein Auto.

„Wann kommst du zurück?"

„Morgen Nachmittag. Ich muss noch zwei Meetings hinter mich bringen. Ich dachte nur, ich rufe kurz an und sage Hallo."

„Hallo."

Sie lachten leise.

„Und, ist heute jemand Faszinierendes in die Eisdiele gekommen?"

„Ein paar Filmstars waren da."

„Im Ernst?"

„Nein."

„Du bist lustig", sagte Micha.

„Ich versuche, dich nicht zu langweilen. Wie deine Meetings. Gab es heute in der Softwarewelt irgendwelche größeren Bewegungen?"

Er musste unwillkürlich an die Kündigung denken. „Eigentlich nicht, aber wenn ich dich schon am Telefon habe, möchte ich dir eine hypothetische Frage stellen. Um deinen Geschäftssinn zu testen."

„Gut. Ich bin bereit."

„Angenommen, du müsstest einen Mann entlassen, um einige Probleme zu lösen, die im Grunde nichts mit ihm zu tun haben. Es muss schnell geschehen. Es ist die einzige Lösung. Aber er macht seine Arbeit ziemlich gut." Micha bog auf den Denny Way ein und fuhr in Richtung Westen weiter.

„Ziemlich gut?"

„Ja. Nicht überragend, nicht schlecht. Sagen wir, er bekommt die Note zwei."

„Ist er unehrlich? Zuverlässig? Bekommt er für seine Bemühungen die Note zwei oder für seine Arbeit?"

„Nein auf deine erste Frage, ja auf die zweite. Für die Arbeit bekommt er eine zwei, für seinen Einsatz eine eins."

„Er ist also ehrlich, zuverlässig und fleißig." Sarah schnaubte. „Dass du ihn entlassen willst, kann nur ein Witz sein, oder?"

„Nein. Warum?" Micha steckte seinen Kopfhörer ins andere Ohr.

„Weil es auf der Hand liegt."

„Dass du diesen Mann behältst?"

„Wie kommst du in dieser hypothetischen Situation dazu, ihm zu kündigen?"

Micha wurde still.

„Du spielst mit dem Leben eines Menschen."

„Bevor du mich verurteilst, solltest du dir ein paar Fakten anhören. Wir mussten das tun, um uns die Behörden vom Hals zu halten. Die Handelskommission behauptet, wir hätten gegen mehrere Monopolgesetze verstoßen. Das ist Unsinn. Diese Kündigung stellt die Kommission zufrieden, das Problem ist gelöst. Und glaub mir, für den Mann wird gesorgt. Wir zahlen ihm eine hohe Abfindung, und ich habe schon einen Freund angerufen, der mir versprochen hat, dass er ihn einstellt. Er wird dort mehr verdienen als bei uns."

„Du gibst ihm das Gefühl, versagt zu haben, aber da er eine neue Stelle bekommt und mehr Geld verdient, ist es okay?"

Micha bog rechts ab und fuhr zum Eingang des Seattle Centers. „Du siehst nicht den größeren Zusammenhang. Diese Entscheidung ist völlig logisch."

„Es ist mir egal, ob sie logisch ist, Micha. Es ist falsch."

„Es *ist* logisch, Sarah. Wir entlassen den Mann, und ein großes juristisches Dilemma und ein PR-Problem sind aus der Welt geschafft. Und der Mann ist finanziell bestens versorgt." Er bog in der Nähe des Kindermuseums auf einen Parkplatz ein, schob den Schalthebel auf Parken und zog den Schlüssel aus dem Zündschloss.

„Neunundneunzig Prozent Wahrheit vermischt mit einem Prozent Lüge ist trotzdem eine hundertprozentige Lüge. Immer."

„Du willst mich also nicht erklären lassen, warum es diesem Mann nicht das Geringste ausmacht?"

„Das spielt keine Rolle. Es ist nicht richtig. Jede Entscheidung, die wir treffen, bringt uns in der einen oder anderen Richtung ein Stück weiter. Du musst dich entscheiden, in welcher Welt du leben willst, und dann musst du dich in dieser integer verhalten. Du stehst immer noch mit einem Fuß in beiden und versuchst herumzulavieren. Gott stellt uns vor zwei Möglichkeiten: heiß oder kalt. Wer lauwarm leben will, wird ausgespuckt."

Micha biss sich auf die Unterlippe. „Es ist ja nun nicht so, dass dir deine reiche Erfahrung in der Geschäftswelt das Recht gibt, mich zu verurteilen. Hast du noch mehr moralische Vorträge auf Lager, die du mir halten willst? Zum Beispiel, dass ich mir die Zähne heiliger putzen soll?"

„Das gerade bist nicht du", erwiderte sie fast flüsternd. „Ich brauche deinen Sarkasmus nicht, und du hast es nicht nötig, so zu sein. Ich halte dir keine moralischen Vorträge, und das weißt du auch. Ich spreche von deinem Herzen. Was sagt dir der Heilige Geist, der in deinem Herz lebt, zu dieser Situation? Hast du ihn gefragt? Hast du auf seine leise Stimme gehört?" Sie seufzte. „Wir sehen uns, wenn du wieder hier bist."

„Sarah!"

Die Verbindung wurde unterbrochen.

Micha riss sich den Kopfhörer aus dem Ohr und schleuderte ihn auf den Beifahrersitz seines BMW. Was für eine ...! Schockiert über die Wut, die in ihm tobte, rief er sich selbst zur Räson. Er war normalerweise kein wütender Mensch. Charme, Humor, Überredungskunst, das waren die Waffen, mit denen er seine Firma und sein Leben führte. Aber Wut? Damit erreichte man nie etwas. Er hatte seine Wut und seinen Schmerz vor langer Zeit begraben.

Micha rieb über die Narbe an seiner linken Hand. Nein, das hier hatte jetzt nichts mit seinem Vater und dem zu tun, was er Micha nach dem Tod seiner Mutter angetan hatte. Das würde er nicht zulassen.

Einen Moment später stieg er aus seinem Auto und ging zum Springbrunnen in der Mitte des Seattle Centers. Das Wasser schoss 20 Meter in die Höhe, Kinder spielten ausgelassen und lachend in der kühlen Dusche, die auf sie niederging. Er sank auf eine Bank und befolgte Sarahs Rat.

„Gott, ich will die Wahrheit. Wie soll ich mich bei dieser Kündigung richtig verhalten? Es muss doch ..." Er sprach den Satz nicht zu Ende. Das war nicht nötig. Er seufzte, steckte die Hand in seine Hosentasche und holte sein Handy heraus.

„Ja?", meldete sich sein Personalchef.

„Hier ist Micha Taylor. Wann findet morgen das Abschlussgespräch statt?"

„Um zehn."

„Sagen Sie es ab."

„Was?"

„Wir entlassen ihn nicht. Rufen Sie ihn an. Sagen Sie ihm, wenn er bleiben will, wollen wir ihn zurückhaben. Wir werden eine andere Lösung für dieses Problem finden."

„Das ist eine überraschende Entscheidung. Ihnen ist bewusst, dass Sie damit das Risiko eingehen, einen beträchtlichen Anteil des Gewinns zu verlieren, den wir in den letzten zwei Jahren gemacht haben?"

Micha klimperte mit seinen Autoschlüsseln auf die Bank, auf der er saß. „Trommeln Sie das Team morgen um neun zusammen, damit wir eine Strategie entwickeln können."

Er legte auf und starrte die ausgebleichte Holzbank an. Dann beobachtete er zwei Seemöwen, die sich kreischend um eine verlassene Tüte Popcorn stritten, und einen Touristen, der die Vögel fotografierte.

Während sein Blick zwischen den Leuten und dem fast wolkenlosen Himmel hin und her wanderte, legte sich ein tiefer Frieden über ihn. Als ein junges Paar mit leuchtend roten Helmen auf Fahrrädern an ihm vorbeifuhr, drückte Micha eine Taste an seinem Handy.

„Hallo?"

„Ich noch mal."

„Hey", sagte Sarah.

„Ich finde, wir sollten eine Mountainbiketour machen."

„Bist du noch sauer?"

„Nein. Tut mir leid." Micha kniff die Lippen zusammen. „Danke, dass du den Mut hattest, mir die Wahrheit zu sagen."

„Gern geschehen."

„Also, hast du Lust zu einer Radtour?"

„Wie wäre es mit Freitag?", schlug Sarah vor.

„Perfekt." Er senkte die Stimme. „Ich vermisse dich. Und ich liebe dich."

„Ich dich auch."

Er ging zu seinem Auto zurück und wollte auf direktem Weg zu seiner Penthousewohnung fahren. Aber als er den Motor anließ, beschloss er, sich etwas zu suchen, das ihn von seinen Problemen ablenkte. Er hatte in Bezug auf den Angestellten zweifellos die richtige Entscheidung getroffen; aber das machte die

Frustration und die Dringlichkeit, eine neue Strategie zu entwerfen, nicht geringer. Vielleicht könnte er ins Kino gehen. Nein, er brauchte nicht schon wieder einen gewalttätigen Film. *Man ist, was man isst.* Vielleicht suchte er sich einfach ein Restaurant.

Wie er das früher gemacht hatte mit … Julie.

Am Morgen hatte Shannon ihm erzählt, dass es Julie gut gehe. Er hoffte, das stimmte. Vielleicht sollte er ihr wenigstens sagen, was er in Bezug auf die Kündigung beziehungsweise auf die Rücknahme der Kündigung entschieden hatte. Außerdem wäre es nicht schlecht herauszufinden, ob sie mit ihm sprechen würde oder ob sich ihre Kommunikationsbereitschaft auf E-Mails beschränkte.

Er fuhr die Mercer Street hinab, bog dann auf die I-5 ab und fuhr in Richtung Norden weiter. Seit seinem Treffen mit Julie im *Halfway Café* waren über zwei Wochen vergangen. Es war an der Zeit, sie wieder persönlich zu sehen.

Nach weiteren 10 Kilometern bog er in Richtung Westen nach Green Lake ab. Eine Welt, die er aus seinem Denken verbannt hatte, tauchte wieder vor ihm auf: Julie; ihre Wohngegend; ihr Haus; die vielen Stunden, die sie miteinander bei *RimSoft* verbracht hatten; das Gute, das Schlechte und das Wunderbare. Micha warf einen Blick auf seine Uhr: 18:50 Uhr. Wahrscheinlich hätte er vorher anrufen sollen, aber jetzt war er nun mal da.

Er klingelte und wartete. Die Tür wurde schwungvoll geöffnet und Julies vertraute Gestalt erschien: ihr attraktives Gesicht, die intelligenten Augen, ihre weichen, blonden Haare. Sie waren zwar nicht mehr zusammen, aber er wollte die Beziehung zu ihr nicht vollständig verlieren. Sie hatten zu viel miteinander durchgemacht, zu viel gemeinsam erreicht, wussten zu viel über die Geschichte des anderen, um alles einfach über Bord zu werfen. Falls sie dazu bereit war, wollte er, dass sie Freunde blieben.

„Ja, bitte?"

„Julie, hallo. Entschuldige, dass ich hier einfach auftauche, ohne vorher anzurufen. Ich war in der Nähe und dachte, wir könnten vielleicht kurz miteinander reden."

„Wer ...?"

„Es war mir ernst, als ich sagte, dass wir Freunde bleiben sollten. Und wir führen zusammen eine Firma. Wir sollten hin und wieder miteinander reden."

Sie runzelte die Stirn und beendete den Satz, den sie fünf Sekunden vorher begonnen hatte. „Wer sind Sie?"

„Alles klar. Ich verstehe." Micha lächelte. „Ich weiß, dass ich in den letzten drei Wochen sehr unkommunikativ war. Also habe ich diese Behandlung verdient. Aber ich wollte ..."

„Hören Sie zu, Freundchen, falls irgendjemand Sie dafür bezahlt, dass Sie das machen, muss ich Ihnen sagen, dass ich das überhaupt nicht komisch finde." Sie wollte die Tür zumachen, aber er stellte schnell den Fuß in die Tür.

„Was machst du denn?"

„Wenn Sie nicht sofort von meiner Tür verschwinden, hole ich die Polizei."

Micha zog seinen Fuß zurück, und sein Magen verkrampfte sich wie bei einer Achterbahnfahrt. Sie machte keine Witze. Julie wollte die Tür zuschieben, aber er hob schnell die Hände und verhinderte, dass die Tür ins Schloss fiel. „Warum machst du das?"

„Jake! Kannst du bitte kommen?" Sie wandte den Kopf ins Innere des Hauses. „Sofort!"

Micha wusste nicht, ob er schreien oder sich umdrehen und weglaufen sollte. Wahrscheinlich hätte er nichts von beidem tun können, selbst wenn er gewollt hätte. Der Schock über das, was hier geschah, lähmte ihn. Drei Sekunden später erschien der muskulöse, durchtrainierte Jake an der Tür. Er sah nicht so aus, als würde er viel Spaß verstehen.

„Hast du ein Problem, Kumpel? Brauchst du Hilfe?" Jakes

Unterton verriet deutlich, dass er nicht bereit war, irgendjemandem zu helfen.

„Nein, alles in Ordnung. Danke." Micha wandte sich an Julie. „Entschuldigung. Ich habe mich wohl im Haus geirrt. Aber es ist wirklich unglaublich, wie viel Ähnlichkeit Sie mit meiner alten ... einer alten Freundin von mir haben. Sie könnten Zwillinge sein."

Micha drehte sich um und ging. Das einzige Geräusch hinter ihm war Julies Tür, die zugeschlagen wurde. Er taumelte die Stufen hinunter und wäre fast mit dem Gesicht zuerst auf dem Gehweg gelandet. Während er die Schlüssel aus seiner Tasche kramte, musste er sich am Dach seines Autos abstützen. Sobald er im Auto saß, ließ er den Kopf auf das Lenkrad sinken, das er umklammerte, damit seine Hände nicht so zitterten.

Es musste eine Erklärung für das alles geben.

Nach ein paar Minuten schaute er wieder zu Julies Haus hinauf. Jake stand am Fenster und deutete mit dem Finger drohend die Straße hinab. Micha fuhr los.

❖

Während der Fahrt zu seinem Penthouse brauchte er drei Versuche, um die richtige Nummer zu wählen.

„Hallo?"

„Rick, hier ist Micha." Er schluckte schwer. „Wir müssen uns unterhalten."

„Was ist passiert?"

„Sie ist weg!" Er schlug mit der Faust aufs Lenkrad. „Julie ist weg."

„Soll das heißen, dass sie umgezogen ist? Oder verlässt sie die Firma?"

„Ich war bei ihrem Haus, um mit ihr zu reden, und sie hat sich benommen, als wären wir uns noch nie im Leben begegnet."

„Hat sie dich auf den Arm genommen?"

„Nein." Micha rieb sich kräftig über das Gesicht, während er von der I-5 in die Mercer Street einbog und mit quietschenden Reifen vor einer Ampel zum Stehen kam.

„Wie fühlst du dich?"

„Wie ich mich *fühle*? Willst du mich auf den Arm nehmen? Julie war sechs Jahre lang ein wichtiger Teil meines Lebens. Wir haben miteinander ein Imperium aufgebaut. Mit dir zu sprechen ist das Einzige, was mich im Moment davon überzeugt, dass ich nicht durchgedreht bin."

Eine Hupe ertönte hinter Micha. Er warf einen Blick auf die grüne Ampel und drückte aufs Gaspedal.

„Gott ist am Werk."

„Ich kann nicht mehr, Rick. In den letzten vier Monaten habe ich wirklich viele sonderbare Situationen und Ereignisse akzeptiert, aber das geht einfach zu weit."

„Gott ist am Werk", wiederholte Rick.

„Wo? Willst du damit sagen, dass er mir systematisch mein ganzes Leben wegnimmt?"

„Du kannst dafür sorgen, dass das aufhört."

„Wie denn?"

„Du weißt, wie."

„Ich brauche im Moment keine geheimnisvollen Andeutungen mehr. Ich brauche klare, verständliche Antworten."

„Dann entscheide dich, in welcher Welt du leben willst."

„Was?"

„Du lebst in zwei Welten, Micha. Gott zeigt dir, was ist und was sein könnte. Nicht in deiner Fantasie, sondern im echten Leben. Deine Entscheidungen wirken sich auf beide Welten aus. Du kannst dich nicht für die Freiheit in Cannon Beach entscheiden, ohne dass es einen Einfluss auf die Welt der Sklaverei in Seattle hat."

„Sklaverei? Wovon redest du da? Seattle repräsentiert für mich mehr Freiheit, als sich die meisten Menschen je vorstellen können."

„Warum bleibst du dann nicht einfach dort?"

Das Seattle Center zog verschwommen an ihm vorbei, und Micha warf einen Blick auf seinen Tacho. Er fuhr 40 Stundenkilometer schneller, als erlaubt war, und trat auf die Bremse. Ein Gespräch mit einem Polizisten wäre im Moment nicht das, was er wollte.

„Es können nicht beide Welten überleben", sprach Rick weiter. „Irgendwann musst du dich voll und ganz für die eine oder für die andere Welt entscheiden."

„Warum kann ich nicht beides haben?"

„Wann bist du wieder hier unten?"

„Ich muss mich morgen Vormittag mit meinen Abteilungsleitern treffen", murmelte Micha. „Also wahrscheinlich morgen am späten Nachmittag."

„Gut. Nimm dir den Abend Zeit, um dich wieder einzugewöhnen, und am Mittwochmorgen treffen wir uns."

Micha legte auf und versuchte, die Unruhe, die in ihm tobte, zu vertreiben. In seinem Kopf drehte sich alles. Nicht nur die Situation, die er gerade erlebt hatte, sondern auch Schreckensszenarien, was er noch alles verlieren könnte. Er hatte seine Aktien mit einer Verkaufsorder bei einem bestimmten Kurswert gesichert, aber wenn er Julie verloren hatte, konnte er möglicherweise auch sein ganzes Software-Imperium verlieren. Konnte Gott *RimSoft* einfach auslöschen?

Natürlich konnte er das. Micha schnaubte. Bei Gott war nichts unmöglich.

## Kapitel 25

SOBALD RICK SICH AM MITTWOCHMORGEN im *Fireside* an den Tisch gesetzt hatte, platzte Micha mit seiner ersten Frage heraus. „Was macht Gott mit mir? Ich versuche, ihm zu gehorchen, ich versuche, mich zu ändern, und dann habe ich gestern vor meinem ganzen Team völlig die Beherrschung verloren. So etwas ist mir noch nie passiert."

„Wirklich?"

„Ich habe sogar einen Schuh ausgezogen und ihn gegen das Fenster geschleudert."

„Wow."

„Ja, ich war völlig aus dem Häuschen."

„Wie wäre es jetzt mit etwas zu essen?" Rick schnupperte genüsslich. „Ich liebe den Geruch von Speck am Morgen."

Micha winkte ab. „Ich habe schon für uns beide bestellt. Das Essen müsste jeden Augenblick kommen."

„Also, was ist passiert?" Rick leerte den Inhalt von zwei Zuckertütchen in seine Kaffeetasse. Einige Sekunden später kam ihre Stammkellnerin mit dem Essen und Ricks Kaffee.

„Was passiert ist?", fragte Micha. „Das weiß ich ehrlich gesagt nicht genau. Plötzlich brach dieser Vulkan in mir aus. Ich habe mich wie ein Riesenidiot benommen und bin auf mein Team losgegangen, weil sie mich vor der Bundeshandelskommission schützen wollten. Und ich kann es mir einfach nicht erklären."

„Was kannst du dir nicht erklären?"

„Ich werde nie wütend. Wenigstens nicht so. Als ich das letzte Mal die Beherrschung verloren habe, war ich in der dritten Klasse! Ich werde vielleicht sarkastisch, aber ich laufe niemals rot an oder so. Neulich habe ich Sarah gegenüber am Telefon die Beherrschung verloren, und gestern passierte es wie aus heiterem Himmel wieder. Etwas in mir rief: ‚Was machst du da? Reiß dich doch zusammen!', und ein anderer Teil von mir hatte bei Tempo zweihundert auf Autopilot geschaltet und alles überrollt, was mir in den Weg kam. Und das hat mir auch noch gefallen." Micha schenkte sich mehr Kaffee ein. „Also, ich wiederhole: Was macht Gott mit mir?"

„Er gräbt tiefer auf der Suche nach deinem Herz", murmelte Rick mit einem Bissen Schinken-Käse-Omelett im Mund.

„Dadurch, dass er mich aus heiterem Himmel die Beherrschung verlieren lässt wie ein Fünfjähriger?"

„Eine solche Wut kommt nicht aus heiterem Himmel." Rick trank einen Schluck von seinem Kaffee.

„Was soll das heißen?"

„Das heißt, dass du im Laufe der Jahre anscheinend sehr gut gelernt hast, deine Wut zu vergraben – unter Sarkasmus, witzigen Sprüchen oder trockenen, beißenden Bemerkungen –, obwohl du die ganze Zeit tief in deinem Inneren vor Wut kochst."

„Weshalb koche ich denn?"

„Das weiß ich nicht. Aber der Heilige Geist, der das ganz genau weiß, sorgt dafür, dass diese Dinge jetzt an die Oberfläche kommen." Rick trank seinen Orangensaft zur Hälfte leer und machte sich dann über einen Muffin her, der vor Honig triefte.

„Würdest du mich bitte aufklären, warum er das macht?"

„Hast du ihn darum gebeten?"

Micha starrte Rick an, als ihm bewusst wurde, dass er tatsächlich etwas in dieser Richtung gebetet hatte. „Ich ... ich hätte nicht gedacht, dass mein Gebet so erhört werden würde."

„Das denken die wenigsten."

„Was kommt als Nächstes?"

„Um eine Wunde zu heilen, muss Gott sie an die Oberfläche bringen. Ich würde sagen, er hat dir heute ein Symptom gezeigt. Wenn du dazu bereit bist, wird er dir auch die Ursache zeigen."

„Wenn ich wozu bereit bin?"

„Irgendetwas hat diesen Wutausbruch ausgelöst. Wie du schon sagtest, etwas in dir konnte sich nicht beherrschen und musste einfach explodieren. Du musst also bereit sein, mit Gott tief in dein Herz zu schauen und die Ursache aufzudecken."

„Ich habe keine Ahnung, was das heißt."

„Das musst du auch nicht", lächelte Rick.

„Hier geht es um den Tod meiner Mutter, nicht wahr? Und um das, was mein Vater danach gemacht hat."

„Vielleicht. Ich weiß es nicht. Ich bin nicht Gott."

Als er nach dem Frühstück nach Hause kam, holte sich Micha einen Orangensaft, sank auf seinen Sessel auf der Terrasse und dankte Gott, dass Mittwoch war. Der Tag für Archies nächsten Brief. Er brauchte Antworten.

*11. August 1991*

*Lieber Micha,*

*hast du dich schon einmal gefragt, was die Festungen sind, von denen Paulus in seinen Briefen spricht? Ein Freund hat mir vor Kurzem folgende Erklärung dazu gegeben: Eine Festung ist alles, was uns von der Freiheit abhält, die wir in Jesus Christus haben können.*

*Im Johannesevangelium lesen wir: „Wenn wir den Sohn Gottes kennen, sind wir wirklich frei.“ Paulus sagt, dass uns Jesus Christus erlöst hat, weil er unsere Freiheit will. Er hat uns nicht freigekauft, damit wir wieder neue Verpflichtungen haben, sondern damit wir wirklich frei sind. Das ist ein aufwühlender und interessanter Gedanke. Wir müssen uns fragen, was die Festungen sind, von denen Jesus uns befreien will.*

*Die Antwort ist nicht schwer. Diese Festungen sind alles, dem wir in unserem Leben Raum gegeben haben, weil wir versuchen, unsere Wunden aus der Vergangenheit damit zu bedecken; seien es Wunden, die uns von Freunden, Familienangehörigen, Trainern oder Lehrern zugefügt wurden. Oder von unseren Eltern.*

Na toll, dachte Micha. Jetzt kommt es.

*Wenn wir uns der Wunde nicht stellen, mischen wir die verschiedensten Salben zusammen, mit denen wir den Schmerz betäuben und dann vergraben wollen. Das unermüdliche Streben nach Geld, das Streben nach Erfolg, nach der Anerkennung durch Menschen, Drogen, ungesunde Beziehungen, schneller Sex, selbst ein gestörtes Essverhalten. Die Liste ist lang, aber der Grund ist immer der Gleiche.*

*Wir versuchen, den Menschen, die uns verletzen, zu vergeben, aber damit behandeln wir nur die Symptome. Die Wunde bleibt bestehen. Nein, wir müssen die Wurzeln ausgraben und sie völlig entfernen, damit diese Festung nicht zurückkehren kann. Nur dann können wir vollständig vergeben.*

Er sollte also vergeben? Das war leicht. Das konnte er. Und er brauchte keine Wunde auszugraben, um jemandem zu vergeben. Solange dieser Jemand nicht sein Vater war.

*Ich bete dafür, dass du die Kraft hast, an die Wurzel zu gehen.*

Archie

*P.S.: Psalm 51,8: „Du freust dich, wenn ein Mensch von Herzen aufrichtig und ehrlich ist; verhilf mir dazu, und lass mich weise handeln!"*

Micha seufzte. Er spürte es. Gott wollte einige Ursachen ausgraben.

Er warf den Brief beiseite. Nein, danke. Rick sagte immer, er könne sich entscheiden. Dieses Mal entschied er sich für Nein.

An diesem Abend saß er in seinem Sessel, schaute aus dem Fenster und betäubte seinen Verstand mit einem Fantasy-Roman, um sich von der sonderbaren Begegnung mit Julie, seinem Wutausbruch bei *RimSoft* und dem, was auch immer Archie mit „an die Wurzeln gehen" meinte, abzulenken. Seine Flucht wurde nach sieben Seiten unterbrochen, als etwas Buntes rechts neben ihm aufleuchtete und seine Aufmerksamkeit auf sich zog.

Auf dem Bücherregal, das um den Kamin herum gebaut war, stand ein Foto, das ihm bisher noch nie aufgefallen war. Eine Jungenmannschaft schaute sich ein Spiel der *Seattle Mariners* an. Die Jungen trugen alle ihre Mannschaftstrikots. Die Kamera hatte sie von hinten eingefangen. Er drehte das Bild um und suchte nach irgendwelchen Hinweisen. „Wildcats 91" stand auf der Rückseite des Fotos. Das war der Name seiner Mannschaft als Kind gewesen.

Er steckte das Foto in die Tasche seiner Jeans, setzte sich wieder in den Sessel und kehrte zu seinem Roman zurück. Mehrere

Stunden lang weigerte er sich erfolgreich, sich auf dieses neue ungelöste Rätsel einzulassen.

Micha dachte nicht mehr an das Bild, bis er sich auszog, um ins Bett zu gehen. Er zog das verknitterte Foto aus seiner Hosentasche und starrte es an. Es konnte ein Bild von irgendeiner Kindermannschaft in Seattle sein, die im Stadion war, um den Großen beim Spiel zuzuschauen. Zwölf Kinder. Einige waren zu groß, einige zu klein für die Trikots, die sie für diesen Frühling und Sommer vereinten. Aber etwas an dem Bild ließ ihm keine Ruhe. Er lehnte es an seine Nachttischlampe, vergrub sich unter seiner Decke und schlief ein, ohne noch über irgendetwas nachzudenken.

Bis der Traum begann.

Er stand in einem Flur. In seinem Haus? Micha war nicht sicher. Ein graues Licht drang durch die Fenster ins Zimmer und verriet ihm, dass die Nacht bald der Morgendämmerung weichen würde. Er ging langsam durch den Gang, ohne ein Geräusch auf dem dicken, braunen Teppich zu verursachen.

Aus der ersten Tür rechts von ihm fiel Licht auf den Flur. Gedämpfte Geräusche waren hinter der Tür zu hören. Micha drückte sein Ohr an die Tür. Ja. In diesem Zimmer weinte jemand.

Er berührte die Tür, und das Weinen hörte auf, als hätte jemand die Stummtaste einer Fernbedienung gedrückt. Micha schob die Tür auf und trat ein. Helles Tageslicht begrüßte ihn. Er hielt sich die Hände vor die Augen, bis sie sich an das Licht gewöhnt hatten. Der Geruch nach Hotdogs stieg ihm in die Nase, während er die lauten Rufe hörte: „Komm schon, du musst den Ball treffen!"

Er saß irgendwo. Langsam ließ er die Hände sinken und schaute sich um. Er saß auf der Tribüne eines Baseballfeldes, Popcorn war vor seinen Füßen verstreut, und um die 50 Leute saßen neben ihm auf der Tribüne.

Eine Kindermannschaft spielte. Er warf einen Blick auf die Anzeigetafel. Die Mannschaft, die Aufschlag hatte, lag mit einem Punkt vorne.

Das war die Chance, von der jeder Junge träumte.

Die Niederlage, vor der jedem Jungen graute.

Der Junge mit dem Schläger war von durchschnittlicher Größe. Er war 8, vielleicht 9 Jahre alt. Er stand mit dem Rücken zu Micha; seine dunklen Haare lugten unter dem Helm hervor, und er umklammerte den Schläger, als könnte er ihn damit zwingen zu treffen.

„Du musst den Ball treffen!", schrie der Trainer. „Du darfst nicht danebenschlagen. Jetzt!"

Der Pitcher holte aus und warf den Ball.

Der Junge machte einen Satz auf den Ball zu, holte aber nicht mit dem Schläger aus.

„Gleichstand!", rief der Schiedsrichter.

Der nächste Ball würde alles entscheiden.

Der Gegner holte wieder aus. Er warf wieder. Der Ball flog wieder.

Der Junge mit dem Schläger machte wieder einen Satz auf den Ball zu.

Der Ball landete im Handschuh des Fängers.

„Dritter Schlag und Sieg!", rief der Schiedsrichter. „Das Spiel ist vorbei!"

Aber für den Jungen mit dem Schläger war es nicht vorbei. Er ließ den Schläger auf den Boden fallen und drehte sich zu seinem Trainer herum. Der Mann schritt wutentbrannt auf ihn zu.

Micha keuchte. Seine Kehle fühlte sich an wie in einem Schraubstock, und das Blut wich aus seinem Gesicht. Er hätte es kommen sehen müssen, aber er hatte es so lange vergraben gehabt. Das war der Tag, an dem es passiert war. Sechs Wochen, nachdem seine Mutter gestorben war.

„Du Idiot! Was hast du dir nur dabei gedacht? Du hast nicht einmal mit dem Schläger ausgeholt! Weißt du, was du in diesem Schädel hast? Weißt du das? Ich weiß es! Ich weiß genau, was da drinnen ist. Absolut nichts. Überhaupt nichts. Null Komma null. Du bist eine absolute Null!"

Der Trainer riss sich seine Kappe vom Kopf und schleuderte sie auf den Boden. „Du hast keinen Mumm! Du hättest doch wenigstens den Schläger *hinhalten* können. Wie hast du diese Chance nur so kläglich verschenken können?"

Der Trainer packte das Kind vorn an seinem Trikot. Es zerriss, als er kräftig daran rüttelte und das Kind auf den Boden warf.

„Es tut mir leid …"

„Ich kann nicht glauben, dass du mein Sohn bist."

Das Gesicht des Jungen war aschfahl. Er versuchte noch einmal zu sagen, dass es ihm leidtat, aber der Trainer forderte ihn schroff auf, den Mund zu halten. Eine dritte Entschuldigung, wieder die Aufforderung, den Mund zu halten. Als das Kind sich zum vierten Mal entschuldigen wollte, holte der Trainer mit seinem Klemmbrett aus und knallte es dem Jungen auf den Kopf. Das Brett zerbrach in der Mitte. Der Junge fiel nach vorne und rang nach Luft.

„Du hast dieses Spiel ruiniert. Du ganz allein bist daran schuld, dass wir verloren haben." Der Vater des Jungen drehte sich auf dem Absatz um, ging zwei Schritte, dann drehte er sich noch einmal um und deutete mit dem Finger auf ihn. „Genauso wie du deine Mutter getötet hast und ganz allein schuld daran bist, dass wir sie verloren haben."

Im nächsten Moment verschwand alles: der Trainer, die Leute auf der Tribüne, die Baseballschläger und Bälle, das Popcorn, alles. Sogar das Tageslicht.

Ein silberner Vollmond erhellte das Baseballfeld, das Gras und den Jungen, der 20 Meter von Micha entfernt auf dem Spielfeld kauerte.

Micha stand von seinem Sitz auf der Tribüne auf und ging auf den Jungen zu. Das war nur ein Traum. Es war nicht real. Es konnte nicht real sein.

Der Junge saß mit dem Rücken zu Micha im Gras. Das zerrissene Trikot lag neben ihm; auf dem Trikot lag sein Handschuh. Falls er Micha näher kommen hörte, zeigte er es nicht.

Micha ging neben dem Kind in die Hocke und holte tief Luft. Er wusste, dass er jemandem, den er sehr gut kannte, in die Augen schauen würde.

„Hey. Ich heiße Micha. Wie heißt du?"

Der Junge drehte sich um.

*Wach auf!* Er wollte das nicht durchmachen.

„Die anderen sagen Flash zu mir. Wahrscheinlich, weil ich schnell laufen kann." Der Junge starrte ins Gras, während Micha sich neben ihn setzte.

„Das ist ein guter Name."

Sie saßen nebeneinander im Gras, ohne etwas zu sagen.

„Ich habe das Spiel gesehen."

„Ja", sagte Flash. „Ich habe nicht mal mit dem Schläger ausgeholt."

Micha fühlte, wie eine spürbare ... Gegenwart in ihm sprach: *Ich bin hier.*

„Warum hast du mich hierhergebracht?", fragte Micha.

*Du weißt warum.*

„Um mir Heilung zu bringen?"

*Ja. Um ein gebrochenes Herz zu heilen und einen Gefangenen zu befreien. Willst du frei sein?*

„Ja." Micha sah, wie Flash die braunen Bänder an seinem Handschuh lockerte und sie dann wieder festzog. „Mir tut das, was heute passiert ist, sehr leid."

Als Flash sprach, musste Micha sich anstrengen, um ihn zu verstehen. „Ich will nicht mehr leben." Flash zupfte an seinem Handschuh.

Während die Worte in seinen Ohren widerhallten, verblasste der Traum, als wolle ihn etwas wecken. Ein Teil von ihm wollte nachgeben, wollte von dem Schmerz frei werden. *Wach einfach auf.*

„Ich bin so allein. Ich bin die ganze Zeit allein, seit Mama gestorben ist."

*Wach auf!*

Nein. Er musste sich dem Schmerz stellen, er musste das zu Ende bringen.

In diesem Moment brach jedes kleine Detail jenes Tages aus dem tiefsten Inneren seines Herzens heraus. Nicht der Tag, den er jetzt sah, sondern der Tag, an dem das ganze Grauen begonnen hatte.

Das Baseballfeld verschwand, und er stand am Strand und schaute zu, wie er mit 9 Jahren seine Mutter bat, seinen Strandball zu retten.

„Mama! Der Wind hat ihn erfasst! Er fliegt ins Meer!"

„Ich hole ihn."

„Aber das sind riesengroße Monsterwellen …"

„Sie kommen dir viel größer vor als mir."

„Aber wenn … ?"

Seine Mutter blieb stehen und lächelte ihn an. „Mir passiert nichts, Micha. Wirklich nicht."

Sie liefen zum Wasser, während der Wind den Ball immer weiter aufs Meer hinauswehte. Micha versuchte zu lächeln.

„Mach dir keine Sorgen, Schatz. Es sind nur ein paar Kraulzüge, dann habe ich ihn." Seine Mutter lief ins Wasser, und die Wellen gingen ihr bald bis zur Hüfte. „Bleib, wo du bist. Ich bin gleich wieder da."

Aber sie kam nicht zurück. Nie wieder.

„Nein", wimmerte Micha, als seine Mutter gegen die reißende Flut ankämpfte, die sie rasend schnell aufs offene Meer hinauszog. „Mama, wohin schwimmst du? Mama, komm zurück!"

Wieder sah sich Micha, wie er am Strand entlanglief und rief: „Hilfe! Helft meiner Mama!" Er ging zwei Schritte auf die Häuser hinter sich zu. Einen Schritt nach links. Einen nach rechts. Dann erstarrte er und wusste nicht, in welche Richtung er gehen sollte. Was er tun sollte. Er stand zitternd und schluchzend am Strand.

Die Zeit schien im Zeitlupentempo zu vergehen, bis sein Vater an der kleinen Düne erschien, hinter der er und sein Bruder das Auto geparkt hatten. Einen Moment später ließ sein Vater die Tasche mit den Lebensmitteln fallen und sprintete zum Strand hinunter, an Micha vorbei und ins Meer hinein.

Micha stellte sich auf Zehenspitzen und versuchte, das Wimmern zu unterdrücken.

Schneller! Warum konnte sein Vater nicht schneller schwimmen? Ihr würde nichts passieren. Sie würde zurückkommen. Sie hatte es versprochen.

25 Minuten später trugen Sanitäter den leblosen Körper seiner Mutter vom Strand und schoben ihn in den Krankenwagen, der neben dem Auto seines Vaters stand. Die graue Decke, die sie über sie gelegt hatten, flatterte im Wind.

Sein Vater drehte sich zu ihm herum. Sein Gesicht war weiß und ungläubig. „Wie konnte das passieren?"

„Ich ... ich weiß nicht."

„Sag es mir!"

„Mama und ich haben gespielt und ... mein Ball ... er flog ins Wasser ..." Micha schaute zum Himmel hinauf, auf den Sand, wieder zum Himmel hinauf. „Und ... und ... und ich habe Mama gefragt, ob sie ihn holen könnte, und sie hat gesagt ... und sie lief ins Meer ... und ..."

„Warum hast du nicht ... ?"

„Ich wusste nicht, was ich ..."

„Warum hast du keine Hilfe geholt?"

„Ich habe es versucht, Papa, ich habe es versucht, aber ... ich hatte solche Angst."

„Du hättest jemanden finden müssen!"

„Ich wollte ... aber ich konnte mich nicht bewegen."

„Was hast du nur getan?" Sein Vater packte Micha an den Schultern und schüttelte ihn kräftig. *Was hast du getan?"*

Tränen traten ihm in die Augen und liefen in kleinen Bächen über seine Wangen.

Dann drehte sein Vater sich um und ging weg.

„Papa?" Micha stolperte hinter ihm her. „Papa!"

„Lass mich in Ruhe." Sein Vater schaute nicht zurück.

Micha lief. Irgendwohin. Vor Tränen konnte er nichts sehen.

Sein Fuß blieb an einem Stück Treibholz hängen, das aus dem Sand herausragte, und er stürzte. Ein scharfkantiger Stein schaute ein Stück aus dem Sand heraus.

Er versuchte, den Sturz mit den Händen abzufangen, und er schrie nicht, als die scharfe Spitze eines Steins seine linke Handfläche aufschlitzte.

Der Schrei kam einen Moment später, als die Schmerzen in seiner Hand entbrannten und das Blut aus dem tiefen Riss tropfte, der unten an seinem Zeigefinger begann und über seine Handfläche bis zu seinem Handgelenk verlief.

Zehn Minuten später fand er seinen Vater, der mit dem Rücken an das Vorderrad seines Autos gelehnt dasaß und mit leeren Augen vor sich hinstarrte.

„Ich habe mir wehgetan, Papa."

Sein Vater schaute Michas Hand lange an. 30 Sekunden, vielleicht eine ganze Minute. Dann schaute er zum Meer hinaus. „Tut mir leid, aber damit musst du selbst klarkommen." Er stand auf und öffnete die Autotür. „Ich fahre zum Krankenhaus."

Micha setzte sich hin und sah zu, wie sein Vater und sein Bruder wegfuhren. Irgendwann trocknete das Blut an seiner Hand. Und irgendwann trockneten auch die Tränen in seinem Gesicht.

In diesem Moment veränderte sich sein Herz.

Sechs Wochen später bekam es auf diesem Baseballfeld

den endgültigen Todesstoß. *Genauso, wie du deine Mutter getötet hast.*

„Es tut mir so leid, Flash."

Der Junge sagte nichts.

Er war mit seinen 9 Jahren ganz allein auf der Welt. Niemand wollte ihn lieben, niemand wollte sich um ihn kümmern. Ab diesem Tag hatte er sein Leben selbst in die Hand genommen: die guten, die schlechten und die abscheulichen Teile seines Lebens.

„Du glaubst, es gibt niemanden, der dich liebt", sagte Micha.

„Es gibt auch niemanden."

„Du hast das Gefühl, verlassen zu sein, völlig allein zu sein."

Flash nickte. „Ich bin völlig allein." Die Worte waren ein Flüstern.

Tränen liefen dem Jungen übers Gesicht und verwandelten sich in ein herzzerreißendes Schluchzen. Micha zog Flash an sich, und sie weinten miteinander.

Die Tränen versiegten schließlich, und ein Hoffnungsschimmer bahnte sich einen Weg in die Schmerzen, bis die Hoffnung stärker wurde als die Traurigkeit. Heilung setzte ein.

„Jetzt ist es besser", sagte der kleine Micha. „Aber wahrscheinlich werde ich es nie vergessen."

Micha hatte es nie vergessen. Wie sollte er das je vergessen können? So sehr er sich auch bemüht hatte, es war geblieben. Jener Tag am Strand hatte diesen Tag auf dem Baseballfeld und so viele andere ähnliche Szenen ausgelöst, während er unter der Ablehnung seines Vaters aufgewachsen war.

*Bist du bereit?*, fragte die Gegenwart in ihm.

„Ja."

*Bringen wir die verwundete Stelle dorthin zurück, wo sie hingehört.*

„Flash?", sagte Micha. „Jesus will mit dir sprechen."

„Okay."

*Ich werde dich nie verlassen, Flash. Niemals. Du bist nicht allein.*

*Ich bin bei dir. Ich war immer bei dir, und nichts kann uns trennen. Nichts. Weißt du das?*

Flash nickte.

*Und ich liebe dich mit einer Liebe, die nie aufhören wird. Glaubst du das?*

Flash nickte wieder. Große Tränen liefen aus den Augen des Jungen, als er auf Michas Schoß kroch und seine dünnen Arme um Michas Hals schlang. Er hielt sein jüngeres Ich stundenlang fest.

*Jetzt bist du dran, Micha.*

„Was? Ich? Ich kann meinem Vater nicht vergeben."

*Das verlange ich auch nicht von dir. Das kommt später. Jetzt musst du erst einmal jemand anderem vergeben, und das wird dir große Heilung bringen.*

„Wem?"

*Dir selbst.*

„Was soll ich mir vergeben?"

*Du hast sie nicht getötet. Das ist eine Lüge, die du viel zu lange geglaubt hast. Du hättest nichts tun können, um sie zu retten. Diese Lüge müssen wir jetzt enttarnen.*

„Ich weiß, dass ich sie nicht getötet habe; ich war neun, als ich das glaubte."

*Dein Verstand weiß die Wahrheit, aber dein Herz glaubt diese Lüge immer noch. In diesem Bereich deines Lebens bist du noch neun. Wir müssen diesen Teil deines Herzens heilen. Bist du dazu bereit?*

In dem Traum begann Micha zu sprechen.

Am nächsten Morgen wachte Micha um 6:30 Uhr auf und konnte sich nur noch vage an den Traum erinnern. Aber der Traum verschwand nicht langsam aus seinem Bewusstsein, wie es bei den meisten Träumen der Fall ist. Es lief genau anders herum. Nach zwei Minuten war jede Nuance der Begegnung mit dem jüngeren Micha unauslöschlich in sein Gedächtnis eingebrannt.

Die Heilung, die er im Traum erlebt hatte, hatte ihn in der Tiefe seines Herzens berührt. Aber war sie real?

Er sann darüber nach, während er zu seinem Kraftraum ging. Er war hellwach, also konnte er auch ein wenig trainieren.

Auf dem Weg zum Kraftraum ging er in die Bibliothek, um sich ein Buch über das Kajakfahren aus dem Regal zu holen. Das war die perfekte Möglichkeit, um sich in den Pausen zwischen den einzelnen Übungen die Langeweile zu vertreiben. Als er ans Bücherregal trat, blieb er abrupt stehen. Etwas stimmte hier nicht. Die Bibliothek hatte immer nur eine Tür gehabt. Aber jetzt befand sich an der anderen Wand eine neue Tür.

Mit laut pochendem Herzen ging er langsam darauf zu. Es bestand kein Zweifel: Das war die Tür aus seinem Traum. Er zögerte nicht. Er musste wissen, was sich dahinter befand.

Hinter der Tür war kein Baseballfeld, kein Gras. Es war nur ein kleiner Raum mit einem einzigen Halogenscheinwerfer, der auf ein Baseballtrikot von den *Wildcats* gerichtet war. Nummer 11. Sein Trikot.

Seine Finger strichen ganz vorsichtig über das Shirt. Der Riss in der Mitte des Trikots war verschwunden. Nichts wies darauf hin, dass es je einen Riss gehabt hatte.

Als Micha auf den Boden sank, legte sich ein Frieden über ihn, wie er ihn noch nie erlebt hatte. Er umhüllte ihn wie ein warmer Sommerwind. Micha öffnete seine linke Hand und fuhr so vorsichtig mit dem Finger über seine Handfläche, als berühre er die Wange eines Neugeborenen. Er keuchte. Dann kam ein leises Lachen über seine Lippen.

Zum ersten Mal seit 20 Jahren tat es nicht weh, die Narbe zu berühren.

Er schaute auf die Uhr an der Wand: 6:45 Uhr. Um 6:48 Uhr war er auf dem Highway 101 unterwegs zu Ricks Werkstatt.

# Kapitel 26

MICHA WAR ÜBERZEUGT, dass Rick viel mehr über das Haus wusste, als er ihm verriet. Es wurde Zeit, mehr von ihm zu erfahren, besonders über das Zimmer mit dem *Wildcats*-Trikot.

Um 7:05 Uhr schaute Micha zu, wie Ricks Wagen in die Tankstelle bog.

„Du kommst zu spät", rief Micha, als Rick aus seinem Auto stieg.

„Wozu?"

„Zum Frühstück. Hast du Zeit?"

„Wenn wir weiter so oft miteinander essen gehen, brauche ich bald einen neuen Gürtel", schmunzelte Rick.

Ihre Stammkellnerin kam mit Stift und Block an ihren Tisch.

„Französischer Toast mit Rühreiern. Wurst und …"

„… angebratener Speck über den Eiern. Ich weiß, Rick. Micha?"

„Eier Benedikt. Danke." Micha lächelte. „Auf der Speisekarte stehen noch andere Sachen als französischer Toast mit Rühreiern."

„Welche Speisekarte?" Rick führte seine Kaffeetasse an seinen Mund und schaute ihn über den Rand hinweg an. „Wie geht es Sarah?"

Micha konnte sich ein Grinsen nicht verkneifen. „Wir haben in letzter Zeit oft zusammen gegessen. Haben uns Filme angeschaut. Sind am Strand spazieren gegangen. Wir laufen gemeinsam. Wir verbringen viel Zeit miteinander. Und wir telefonieren oft."

„Hast du das L-Wort schon ausgesprochen?"

„Ja, auf jeden Fall", lachte Micha.

„Und was gibt es Neues im Château Taylor?"

Als Micha ihm von dem *Wildcats*-Zimmer erzählt hatte, sagte Rick nur: „Das klingt gut", und rührte seinen Kaffee um.

„Das klingt *gut*?", schnaubte Micha. „Wolltest du nicht eher sagen: Das klingt bizarr?"

„Wieso?"

„Willst du mich auf den Arm nehmen? Jeder andere würde sagen, dass ich reif für die Klapse bin. Wann hat dir das letzte Mal jemand erzählt, dass er sich selbst als Kind getroffen hat?"

„Ist es deshalb bizarr?" Rick legte den Kopf schief. „Oder nur eine seltene Erfahrung?"

„Beides vielleicht. Ich weiß es nicht. Mir passieren Dinge, die im echten Leben nie passieren. Du könntest mir endlich erzählen, was los ist, Rick! Ich weiß, dass du mehr weißt, als du mir erzählst."

„Woher willst du wissen, dass das nicht im echten Leben passiert ist?"

„Ich habe geträumt."

„Josef hat auch geträumt, als ihm ein Engel erschien und ihm sagte, dass er sich nicht von Maria trennen solle. Und was ist mit dem Trikot, das nicht mehr zerrissen ist?"

Micha schüttelte nur den Kopf und nahm einen Bissen von seinem Toastbrot.

Rick sprach weiter. „Während du dich mit diesem neuesten Zimmer beschäftigst und herauszufinden versuchst, ob es gut oder schlecht ist, solltest du auf jeden Fall den Früchtetest machen."

„Welchen Früchtetest?"

„Jesus sagt, dass wir die Dinge an ihren Früchten erkennen. Was ist die Frucht, die aus dieser Sache hervorgeht? Bist du jetzt freier?"

„Okay, du hast recht."

„Als Jesus sagte, dass er gekommen ist, um die zu heilen, die zerbrochenen Herzens sind, hat er das auch so gemeint, weißt du?"

„Das erklärt also, warum Teile von mir …"

„… kaputt sind und repariert werden müssen."

Rick ertränkte seinen Toast in Ahornsirup, achtete aber peinlich genau darauf, dass der Sirup seine Wurst nicht berührte. „Du hast dich gefragt, warum du in deiner Firma die Beherrschung verloren hast? Jetzt weißt du es. Du würdest nie von einem Basketballprofi verlangen, mit einem gebrochenen Bein zu spielen. Aber du, mein Junge, du blutest seit Jahren wie verrückt und tust so, als wäre nichts. Alle Menschen haben Wunden, die geheilt werden müssen." Rick trank einen Schluck von seinem Kaffee. „Das erklärt einiges, oder?"

„Angenommen, du hättest recht. Welche anderen Teile von mir müssen repariert oder geheilt werden?"

„Woher soll ich das wissen?", lachte Rick. „Das weiß nur Gott."

Während Micha nach Hause fuhr, betete er, auch wenn er nicht wusste, ob er dieses Gebet wirklich ernst meinte: „Okay, Herr. Du willst an meinem Herzen noch mehr reparieren? Bitte sehr. Tob dich aus!"

❖

Am nächsten Morgen trat Micha in sein Schlafzimmer und stellte fest, dass eine neue Tür gleich neben dem Wäscheschrank aufgetaucht war.

Noch ein Raum. Er gewöhnte sich langsam fast daran.

Micha war sicher, dass die Tür vorher nicht dagewesen war, aber sie war so klein, dass die winzige Möglichkeit bestand, dass er sie übersehen haben könnte. Als ob er sich besser fühlen würde, wenn er sich das einredete!

Es war kaum eine Tür, eher ein Durchschlupf, nur ungefähr 80 Zentimeter hoch und 60 Zentimeter breit, oben abgerundet und ohne Griff. Aber trotzdem eine Tür. Es gab nichts, an dem er ziehen konnte. Deshalb ging er auf die Knie und schob die Tür auf.

Er steckte den Kopf hinein, sah aber nichts. Nach ein paar Sekunden kam ein Geräusch auf ihn zu, das sich anhörte wie ein riesiger Rasenmäher, der einen steilen Hang hinauffuhr. Dann ertönten Stimmen – Männerstimmen, die schrien, um sich bei dem Lärm Gehör zu verschaffen.

„Hallo?", rief er in die Dunkelheit hinein. Keine Antwort.

Micha kroch weiter. Als sein Kopf durch die Tür ragte, schaute er in das Innere eines kleinen Flugzeugs ohne Sitze. Ein großer, dunkelhaariger Mann, den er auf Anfang 60 schätzte, rief ihm über den Lärm des Flugzeugmotors zu: „Na, fertig?"

Der Mann grinste breit und schaute Micha mit seinen bernsteinfarbenen Augen durchdringend an. Gurte gruben sich in seine Schultern, und als er die Hand hob, fühlte er, dass er eine Fliegerbrille aufhatte.

Fallschirmspringen.

Micha schaute in die Gesichter der anderen. Keine Frage: Sie erwarteten, dass er springen würde. Schnell rutschte er rückwärts, wollte wieder auf den Flur seines Hauses hinaus, aber er stieß mit den Fersen gegen etwas. Er drehte den Kopf und starrte den kalten, grauen Stahl an, der seine Nikes berührte. Die Tür, durch die er gekommen war, war verschwunden.

„Wohin schaust du, Mann?", schrie der große Mann mit unüberhörbarem australischem Akzent.

„Zu der Tür, durch die ich gekommen bin! Wo ist sie?"

Der Australier lachte und deutete zu der offenen Tür vor ihnen. „Durch diese Tür sind wir alle hereingekommen, und durch diese Tür springen wir auch alle hinaus!"

Micha drückte sich an die Stahlwand des Flugzeugs, und sein Körper war plötzlich ganz gefühllos. Er hatte grässliche Höhenangst. Mit 11 Jahren war er von einem Baum gefallen und hatte danach fünf Wochen im Krankenhaus gelegen. Sich auch nur vorzustellen, er würde aus diesem Flugzeug springen, war ein Ding der Unmöglichkeit.

„Auf keinen Fall! Ihr könnt gern springen, wenn ihr so verrückt seid. Aber ich bleibe hier."

„Wie du willst, Mann. Aber in meinen Augen ist eher jemand verrückt, der 325 Dollar zahlt und dann in letzter Sekunde kneift."

Ein kristallblauer Himmel umrahmte den Mount Rainier, der in der Ferne leuchtete. 3.000 Meter unter ihnen bewegten sich Autos wie Ameisen im Zeitlupentempo über die bleistiftdünnen Straßen. Auf keinen Fall. Wenn er sprang, hatte er keine Kontrolle, keinen Einfluss darauf, ob sich der Fallschirm öffnete oder nicht. Aber tief in seinem Inneren regte sich ein Widerspruch.

*Tu es.*

„Also? Kommst du jetzt?"

Das passierte nicht wirklich. Er war immer noch in seinem Haus in Cannon Beach. Aber sein Kopf wurde von seinem Herz übertönt, das ihn anschrie, dass es ganz sicher real war. Das Flugzeug, der Himmel, die Gefahr, die Angst – alles war erschreckend echt. Dann regte sich ein anderer Eindruck in seinem Herzen.

*Mach es. Riskiere es.*

Seine Beine schmerzten irgendwie und er schaute nach unten. Seine Finger waren dort, wo sie sich wie eiserne Krallen in seine Oberschenkel bohrten, ganz weiß.

Der große Mann schaute ihn aufmerksam an. „Hey, lass wieder Blut in deine Hände fließen und gönn deinen Beinen eine Pause. Du brauchst sie, wenn wir landen." Der Australier schaute ihn mit einem freundlichen, wissenden Blick an.

Micha löste seinen Griff, während er zuschaute, wie der andere, der offensichtlich zum ersten Mal sprang, sich bereit machte. Der Mann drehte sich zu Micha herum. „Warum springst du?"

„Ich habe keine Ahnung."

„Genau!", lachte der andere Springer. „Im Ernst, ich glaube einfach, dass ich es tun muss. Mein Herz hämmert wie ein Presslufthammer, aber das hier ist etwas, das man im Leben einfach gemacht haben muss. Großes Risiko, großer Lohn. Weißt du, was ich meine?"

Micha wusste, was er meinte.

Der Mann und sein Tandemfallschirmspringer rutschten über den Boden der Cessna, dann schoben sie sich bis zum Rand der Tür.

„Bist du so weit?", fragte sein Tandempartner.

Der Mann nickte und schaute ihn mit einem wilden Blick an. „Sag mir, dass es gut ausgehen wird!"

„Es wird gut ausgehen."

„Nein! Sag es mir immer wieder."

Sein Tandempartner lachte. Einen Moment später sprangen sie aus dem Flugzeug. Trotz seiner Angst zwang eine unerklärliche Faszination Micha, ihnen nachzuschauen, und er beobachtete, wie die beiden immer kleiner wurden.

„Also, Mann, wir müssen uns jetzt entscheiden. Entweder wir springen in den nächsten fünfzehn Sekunden, oder es ist zu spät. Springen wir?"

Micha schloss die Augen und zwang sich zu einer Entscheidung. Jede Faser seines Körpers schrie: „Nein!" Warum sollte er etwas riskieren, das nicht einmal real war? Was würde er damit beweisen? Er würde Nein sagen und hoffen, dass dieser Albtraum damit beendet wäre und er wieder aus diesem „Raum" käme und in die normaleren Zimmer seines Hauses zurückkehren konnte.

„Noch zehn Sekunden. Springen wir?"

Er drehte den Kopf zu ihm herum, um Nein zu sagen, aber das Wort wollte ihm nicht über die Lippen kommen. Und sein Kopf nickte.

„Du wirst begeistert sein." Der große Mann klopfte ihm auf den Rücken.

Micha rutschte zur Tür hinüber. „Egal, ob es real ist oder nicht, Herr, lass mich nicht sterben!"

„Gutes Gebet, Mann!", schrie der Australier. „Also, ich zähle bis drei. Bei drei springen wir. Du musst dich mit aller Kraft abstoßen. Dann breitest du die Arme und Beine aus, und wir fliegen wie die Adler."

Micha nickte. Er glaubte, sein Herz zu hören, das das Dröhnen der Motoren übertönte und dreimal schneller schlug als normal.

„Eins. Zwei. Drei. Los!"

Er stieß sich kräftig ab. In diesem Moment veränderte sich sein Herz. Er gab die Kontrolle aus der Hand. Nur der Glaube blieb. Der Glaube, dass die Gurte, die ihn mit dem Australier verbanden, nicht reißen würden. Der Glaube, dass der Fallschirm aufgehen würde. Dass es die richtige Entscheidung gewesen war zu springen.

Die Welt stellte sich auf den Kopf, als würde er in einer riesigen Achterbahn Saltos vollführen. Der Wind krachte ihm ins Gesicht und zerrte an seiner Kleidung, und sein Magen krampfte sich unter dem vielen Adrenalin, das durch seinen Körper schoss, zusammen.

Die Angst verschwand. Für sie war kein Platz mehr. Die Geschwindigkeit berauschte ihn, und das unbeschreibliche Gefühl, mehrere Tausend Meter über und unter sich nichts als Luft zu haben, schüttelte ihn, ließ ihn wieder los, um ihn einige Sekunden später noch kräftiger zu packen.

„Huuaaaaaa!" Er stieß den Schrei aus, ohne sich dessen zu schämen. Micha sauste mit 200 Stundenkilometern im freien Fall nach unten.

Der Fallschirm öffnete sich, und er schwebte mit nichts als 1.000 Metern Luft zwischen den Sohlen seiner Turnschuhe und dem grünen Winterweizen da unten weiter. Er schaute den Mount Rainier an, der wie ein riesiger, weißer Sandhaufen vor ihm lag.

Er hatte es getan.

Die Stille überraschte ihn. Der Motorenlärm des Flugzeugs, das Sausen des Windes, alles war jetzt verstummt.

„Und?" Sein Begleiter klopfte ihm auf die Schulter.

„Ich habe mich noch nie im Leben so lebendig gefühlt."

„Dieses Gefühl ist beim Fallschirmspringen nichts Ungewöhnliches. Was sonst gibt dir dieses Gefühl, wirklich lebendig zu sein, weil du alles riskierst?"

Cannon Beach gab ihm das Gefühl, lebendig zu sein. *RimSoft* aufzubauen hatte ihm das Gefühl gegeben, lebendig zu sein. Es war ein großes Risiko gewesen. Nein, eigentlich stimmte das nicht. Er war jung gewesen und hatte nichts zu verlieren gehabt. Aber jetzt? Er hatte viel, das er verlieren konnte. Und er hatte nicht den Wunsch, das, was er sich erarbeitet hatte, zu riskieren.

„Wenn du stirbst, nimmst du nichts mit. Du könntest also lieber ein paar Schätze im Himmel sammeln", sagte der Australier. „Du musst dein Leben riskieren, um es zu retten."

*Ein Fallschirm springender Prediger*, dachte Micha.

„Genug Theologie, Micha. Der Boden kommt immer näher. Wir müssen uns auf die Landung vorbereiten."

Nach der Landung stellten sie sich zu den anderen Springern, um ein Gruppenfoto zu machen. Dann gingen sie zu Michas Auto. Der Australier legte den Arm um Michas Schulter und drückte ihn kräftig. „Ich bin stolz auf dich. Du hast dich gut gemacht ..."

Bei den letzten drei Worten verschwand der Akzent des Australiers, und Micha drehte sich zu ihm um und wollte ihn anschauen. Doch er war fort. Das Einzige, was um seine Schultern lag, war eine schwere Decke. Er saß auf seinem Ledersessel und verfolgte ein Baseballspiel auf dem großen Fernsehbildschirm in seinem Schlafzimmer.

Er warf die Decke beiseite und lief eilig zu der kleinen Tür. Sie ging ganz leicht auf. Dahinter befand sich kein Flugzeug, kein Motorenlärm – nichts als ein kleiner Schrank und ein Tuch, das um etwas Rechteckiges gewickelt war.

Es waren Fotos, die mit einem Gummi zusammengehalten wurden. Als er das erste Bild anschaute, entfuhr ihm ein Keuchen: Eine Gruppe Männer stand vor einem Flugzeug und hielt ein Schild hoch mit der Aufschrift: *WIR FLOGEN WIE ADLER!* 2. September 1996.

Micha war einer der Männer.

Er schaute das T-Shirt an, das er jetzt trug, und berührte es mit der Hand. Es war dasselbe T-Shirt, das er auf dem Foto anhatte. Eine Erinnerung meldete sich. Ein paar Monate vor seinem 16. Geburtstag hatten ihm seine drei besten Freunde ein vorzeitiges Geschenk überreicht: einen Gutschein für einen Fallschirmsprung. Aber als der Tag gekommen war, hatte seine Höhenangst gesiegt und er war zu Hause geblieben. Das hatte er immer bedauert.

Aber jetzt hatte das Haus diesen Tag Wirklichkeit werden lassen.

Dieses Zimmer brachte eine andere Art von Heilung. Eine Wunde war durch den wahnwitzigen Schritt, aus einem Flugzeug zu springen, geheilt worden. Es war die greifbare Form eines lange vergrabenen Wunsches.

Es war Zeit, einen anderen Sprung zu wagen.

Er ging in das Zimmer mit den Mahagonimöbeln, das er in Cannon Beach als Büro benutzte, und rief Shannon unter ihrer Privatnummer an. Er bat sie, so bald wie möglich eine Aufsichtsratssitzung einzuberufen.

Micha wollte aus einem weiteren Flugzeug springen.

## Kapitel 27

VIER TAGE SPÄTER, am Dienstagmorgen um 10:00 Uhr, räusperte sich Micha und schaute im Konferenzraum von *RimSoft* in die Gesichter seiner Aufsichtsratsmitglieder. Das würde unangenehm werden.

„Liebe Freunde, auch wenn Julie noch nicht hier ist, möchte ich jetzt anfangen. Sie haben bestimmt viele Fragen, und ich will bis Mittag fertig sein. Also fangen wir …"

„Wer ist denn Julie?", fragte Shannon.

Michas Magen fühlte sich an, als hätte er drei Stunden in der Achterbahn gesessen. In den letzten Wochen hatte er jedes Mal, wenn ihm Julie in den Sinn kam, diesen Gedanken zum Schweigen gebracht. Und jetzt hatte er unabsichtlich das Problem auf den Tisch gebracht und musste sich damit vor den Augen seines Leitungsgremiums auseinandersetzen.

Julie und er waren seit dem Studium befreundet gewesen. Sie hatten zusammen ein großes Unternehmen aufgebaut, sie hatten jahrelang miteinander Freude, Trauer und Erfolge geteilt. Sie würde immer einen Teil seines Herzens besitzen. Aber er nahm in ihrem Herzen nicht mehr den geringsten Platz ein. Ein weiterer Teil seiner Welt in Seattle hatte sich in Nichts aufgelöst.

„Wer ist Julie?", wiederholte Shannon.

Michas Gesicht glühte, und sein Verstand raste auf der Suche nach einer Antwort auf Hochtouren.

Sein ältester Mitarbeiter kam ihm zu Hilfe. „Michas ursprüngliche Partnerin in der Firma hieß Julie. Sie war ungefähr zwei Jahre dabei und verschwand dann. Ich habe ein paar Wochen, bevor sie ging, hier angefangen." Er wandte sich an Micha. „Ich bin wahrscheinlich einer der wenigen, die sich noch erinnern, dass es sie überhaupt gab, nicht wahr?"

„Ja, das wissen nur noch Sie und ich." Micha hustete und zwang sich zu einem schwachen Lachen.

In seinem Kopf drehte sich alles. Julie war also für eine Weile ein Teil seines Lebens und ein Teil von *RimSoft* gewesen. Warum hatte sie sich dann nicht an ihn erinnert, als er vor ihrem Haus gestanden hatte?

„Micha?", fragte Shannon.

„Ja, Entschuldigung, ich war in Gedanken woanders." Er legte die Hände auf den Konferenztisch. „Das ist einer der Gründe für dieses Meeting. Ich arbeite jetzt seit sechs Jahren daran, *RimSoft* aufzubauen, das Unternehmen voranzutreiben und zu vergrößern. Ich habe in diesen sechs Jahren insgesamt nur drei Wochen Urlaub gemacht. Meine eigene Entscheidung, das gebe ich gern zu. Aber jetzt reicht mir das nicht mehr. Ich brauche eine Pause. Eine lange Pause."

Er trank einen großen Schluck Kaffee.

„Dass ich in den letzten zwei Monaten von Cannon Beach aus gearbeitet habe, hat mir geholfen herauszufinden, was mir wirklich wichtig ist. Jetzt will ich noch einen Schritt weitergehen. Am Ende wird mich das zu einem besseren Unternehmensleiter machen und ich werde *RimSoft* dadurch mehr nützen als je zuvor."

In der nächsten Stunde beantwortete Micha Fragen nach seiner geplanten Auszeit.

„Wie lange wollten Sie wegbleiben?", fragte ein Aufsichtsratsmitglied.

„Ist Ihnen klar, wie sich das auf die Aktienkurse auswirken kann?", wollte ein anderer wissen.

„Die Softwarewelt verändert sich zu schnell, um sich eine längere Auszeit gönnen zu können", protestierte ein anderer.

„Das ist keine gute Entscheidung. Shannon, reden Sie ihm das bitte aus", mischte sich einer seiner leitenden Mitarbeiter ein.

Am Ende beruhigte er die Bedenken seines Aufsichtsrats und legte die Parameter für die Zeit fest, in der er weg wäre. Seine zwei Vizepräsidenten und Shannon würden die täglichen Geschäfte erledigen. Einmal im Monat würden Micha und die drei in einer Konferenzschaltung miteinander telefonieren, um alle größeren Entscheidungen zu besprechen, bei denen seine Stimme nötig war. Abgesehen davon würde er sich aus allen Geschäften bei *RimSoft* zurückziehen. Keine Telefonate, keine E-Mails, keine Kommunikation außer über Shannon, und auch mit ihr nur, falls wirklich ein Notfall vorlag.

Micha überquerte um 17:30 Uhr an diesem Abend die Bundesstaatsgrenze nach Oregon und hielt am Fort Stevens State Park an, um am Strand spazieren zu gehen und nachzudenken, bevor er nach Cannon Beach zurückfuhr. Er hatte das Wrack der *Peter Iredale* seit Jahren nicht mehr gesehen. War das Schiff inzwischen noch tiefer in den Sand an der Nordpazifikküste abgesackt?

Nicht sehr, wie sich herausstellte. Er fand eine abgelegene Stelle, von der aus er zuschauen konnte, wie die Sonne im Meer versank. Hier bat er Gott, ihn zu leiten, da er seine Führung dringend benötigte.

Er hatte dem Aufsichtsrat gesagt, dass er eine Auszeit brauche, aber er fragte sich, ob Gott ihm eine Auszeit gönnen würde. Micha bestritt seit Monaten in Seattle und in Cannon Beach einen emotionalen Marathonlauf, und er war erschöpft. Hatte er die Strecke denn immer noch nicht ganz zurückgelegt? Konnte er seinem Verstand und seinem Herz nicht die Chance geben, sich wenigstens einen Tag lang auszuruhen?

Nachdem er zehn Minuten gebetet hatte, gab er es auf. Von Gott kam keine Antwort.

Als er die Augen wieder aufschlug, erregte ein buntes Stück Papier seine Aufmerksamkeit, das rechts neben dem Holzbrett, auf dem er saß, aus dem Sand ragte. Es war das Deckblatt einer Zeitschrift: *Coast Life*. Das Blatt wies deutliche Verwitterungsspuren auf, aber es war die Juli-August-Ausgabe des letzten Jahres.

Er wollte es schon weglegen, als sein Blick auf einen Namen in der unteren linken Ecke fiel. Taylor. Er schaute genauer hin. Der Vorname war verschmiert, aber er konnte ihn trotzdem entziffern. Micha. Darunter sah er noch deutlicher die Schlagzeile: Aufsteigendes Talent. Ein Exklusivinterview.

Micha kannte jede Zeitschrift, die ihn schon einmal interviewt hatte, und *Coast Life* war eindeutig nicht dabei. Er joggte zu seinem Auto zurück, stieg ein und fuhr zur Bibliothek von Seaside.

Sein Leben im Bizarroland war um ein neues Kapitel erweitert worden.

✧

„Gute Zeitschrift", bemerkte der Bibliothekar in Seaside, als Micha nach der Zeitschrift fragte. „Aber leider hatte sie zu wenige Leser. Sie ging vor neun Monaten pleite."

„Haben Sie noch irgendwelche alten Ausgaben?"

„Vielleicht." Der Bibliothekar schmunzelte. „Das Problem ist, dass viele vergessen, dass sie eine Zeitschrift, die sie in der Bibliothek ausgeliehen haben, auch wieder zurückbringen sollten." Micha lächelte höflich. Der Bibliothekar trat hinter der Theke hervor. „Ich schaue schnell nach."

Als er zurückkam, wusste Micha die Antwort schon, bevor er etwas sagte. „Es ist keine mehr da, nicht wahr?"

„Tut mir leid. Wie ich schon sagte: eine gute Zeitschrift."

Zu viele Fragen. Nicht genug Antworten.

Der Marathon ging weiter. In Sprintgeschwindigkeit.

Er brauchte Erklärungen, nicht noch mehr Fragen.

Während er zum Highway zurückfuhr, beschloss er, in Astoria ins Kino zu gehen. Er wollte sich einen Film anschauen, um auf andere Gedanken zu kommen.

❖

Als der Film zu Ende war, verließ Micha das *Astoria Cineplex* und zog sich seine Baseballkappe tiefer in die Stirn. Er rieb sich die Hände an seinen Shorts ab und schaute zweimal nach links und rechts, bevor er über den Parkplatz lief, auf dem er sein Auto abgestellt hatte.

Er rutschte in sein Auto und beugte sich über sein Lenkrad. Was war nur mit ihm los? War es denn ein Verbrechen, ins Kino zu gehen?

Er drehte den Schlüssel, und sein Auto erwachte schnurrend zum Leben. Als er auf die Straße einbog, versuchte Micha, seinen Griff um das Lenkrad zu lockern. Der Film war ein bisschen anrüchig gewesen, der Humor ein wenig derb, und es wurde ein wenig Haut gezeigt, na und? Wie sollte er sonst einen Moment vor der Wirklichkeit fliehen?

Trotzdem konnte er das Gefühl nicht von sich abschütteln, er hätte gerade etwas gestohlen und könnte es nicht zurückbringen. Als er nach Hause kam, ging er in das Zimmer, um mit sich selbst darüber zu sprechen.

„Wie geht es dir?", fragte die Stimme, als Micha in die Dunkelheit trat.

„Ich war heute Abend im Kino."

„Ja."

Schweigen.

„Schlechte Entscheidung." Micha lehnte sich neben der Tür an die Wand. „Ich wusste es und bin trotzdem hingegangen."

„Wird das je aufhören?"

„Gott vergibt uns unsere Schuld, oder?"

„Der Hebräerbrief beunruhigt mich."

„Was?"

„Im Hebräerbrief, Kapitel zehn steht, wenn wir weiter sündigen, nachdem wir die Wahrheit erkannt haben, haben wir kein Opfer mehr für unsere Sünden."

Micha beugte sich vor. „Was heißt das?"

„Vielleicht einfach das, was da steht. Wir *wissen*, dass es ein Film ist, den wir nicht anschauen sollten, aber so oft gehen wir trotzdem ins Kino. Vielleicht gibt es dafür keine Vergebung. Ich weiß es nicht. Es beunruhigt mich nur."

Michas Unruhe wuchs. Seine Vorsätze, keine solchen Filme mehr anzuschauen, gingen ihm durch den Kopf. Gegen diese Vorsätze verstieß er immer wieder.

Er verließ das Zimmer und zog die Tür kräftig hinter sich zu. Auch wenn er noch so oft mit sich selbst sprach, war es immer noch ein bisschen sonderbar zu hören, wie seine Stimme aus einem stockdunklen Raum kam.

Morgen würde er einen Weg finden, die Sache in die Hand zu nehmen und dieses Laster ein für alle Mal loszuwerden.

## Kapitel 28

AM NÄCHSTEN MORGEN weckten ihn die Strahlen der Augustsonne um 6:30 Uhr. Der Kinofilm von gestern Abend hing ihm noch nach, und er stöhnte, während er seine Jogginghose anzog, seine Schuhe schnürte und sich zur Tür hinausschleppte, um zur Strafe zu schwitzen.

Er lief nach Norden zum Haystack Rock und trieb sich gnadenlos an. Nach ein paar Minuten rang er nach Luft, weigerte sich aber, dem Wunsch seines Körpers nach weniger Tempo nachzugeben.

Nachdem er geduscht und gefrühstückt hatte, begann er, in einer Biografie von C. S. Lewis zu lesen. Es half nichts. Er nahm seine Bibel und las aus reiner Willenskraft eine ganze Stunde darin. Die Worte fühlten sich wie heißer Sand in seinem Kopf an.

„*Du schaffst das nicht*", ging es ihm durch den Kopf, und er wusste, dass diese Worte stimmten. Die Gebete, die er zum Himmel schickte, prallten wie Squashbälle von der Zimmerdecke ab. Diese ganzen Schuldgefühle gingen zu weit. Es war schließlich nur ein Film gewesen! Trotzdem fragte er sich, warum er diese Sache nicht in den Griff bekam.

Micha fuhr den Highway hinab bis nach Newport und verbrachte den Tag damit, in Drachengeschäften und Kunststudios zu stöbern, um sich irgendwie abzulenken.

Als er nach Hause kam, war es spät, und er wollte sofort in sein Schlafzimmer gehen. Dabei entdeckte er den neuen Flur. Er war kurz, vielleicht zwei Meter lang. Eine dicke Mahagonitür mit kunstvollen Schnitzereien, die fast wie Buchstaben einer fremden Sprache aussahen, befand sich am Ende des Flurs.

Er ging darauf zu und zögerte dann. Obwohl er inzwischen fest glaubte, dass Gott das alles hier minutiös geplant hatte, wurde Micha jedes Mal nervös, wenn er ein neues Zimmer fand.

Faszinierend.

Beängstigend.

Nur weil Gott dahintersteckte, bedeutete das nicht, dass ihm nichts passieren würde.

Er trat langsam auf die Tür zu und vermutete, dass die Buchstaben hebräisch waren. Es gab keine Klinke. Er schob an der Tür. Sie war unverrückbar wie ein Stein. „Herr, wenn du mich hörst: Soll ich hineingehen?"

Nichts.

Er ließ es lieber sein. Als er ein paar Minuten später ins Bett fiel, versuchte er zu lesen, aber das Buch glitt ihm nach wenigen Sekunden aus den Fingern, und der Schlaf übermannte ihn.

Als der Traum kam, stand er vor der neuen Tür und fragte sich, wie er hineinkommen sollte. Dann verwandelte sich seine Umgebung in eine Art bewegliches Dalí-Gemälde, und die Tür, der Teppich und die Wände verschmolzen miteinander.

Als sich endlich nicht mehr alles um ihn drehte, stand er in einem schwach erhellten Raum und starrte die Rückseite einer Tür an. Er wusste sofort, wo er war – auf der anderen Seite der Tür, im Inneren des neuen Zimmers. Ein kleiner Fernseher verbreitete ein schwaches, grünliches Licht. Trotz des dämmrigen Lichts sah er, dass das Zimmer mit allen möglichen Stapeln vollgestellt war.

Während er nach dem Lichtschalter tastete, strömte ein Lichtschein unter der Tür hindurch ins Zimmer. Das Licht reichte aus, um ihm zu zeigen, woraus die Stapel in dem Zimmer bestanden.

DVDs vom Boden bis zur Decke. Alle beschriftet und alphabetisch geordnet. Filme, Serien und Fernsehshows, angefangen vor 20 Jahren bis hin zu dem Film, den er gestern Abend gesehen hatte. Jede fragwürdige Abfolge von Bildern, der er je erlaubt hatte, in seine Seele einzudringen.

Die Zimmerdecke sah aus, als wären Tausende von Zigaretten darin geraucht worden, und ein dicker Dunst hing in der Luft, als hätte der Rauch sich nie vollständig aufgelöst.

Als es an der Tür klopfte, wollte sein Herz stehen bleiben. Das Licht am unteren Rand der Tür wurde noch heller, als würde ein Dimmerschalter immer weiter aufgedreht.

„Wer ist da?", fragte Micha besorgt.

„Jemand, der dir helfen möchte." Das Licht unter der Tür wurde noch heller.

Ein herrlicher Duft drang unter der Tür herein. Es roch nach Blumen und Eichen und einem sprudelnden Bach mitten im Sommer.

Michas Puls raste. „Hier willst du bestimmt nicht hineinkommen." Er hielt mit beiden Händen die Tür zu.

„Warum nicht?"

„Weil das hier ein Zimmer ist mit ... in dem ich ..."

„Ich weiß, was in dem Zimmer ist. Es ist alles vergeben."

Michas Hände zitterten. Nur einer konnte vergeben.

Er drehte sich wieder zu den DVDs herum. Ein schreckliches Schamgefühl erfüllte ihn, und ihm graute davor, die Tür zu öffnen. Es spielte keine Rolle, dass *er* da draußen sowieso von diesem Zimmer wusste. Es spielte keine Rolle, dass ihm vergeben war. Aber er konnte sonst nirgendwohin gehen.

„Also gut!" Er zog die Hände widerstrebend von der Tür zurück, als wären sie mit zähflüssigem Zement beschmiert.

„Die Tür lässt sich von dieser Seite hier nicht öffnen. Du musst mich hineinlassen."

Micha streckte die Hand nach der Tür aus und erstarrte. Bilder von dem Zorn, mit dem er gleich überschüttet werden würde, strömten auf ihn ein. Die Ablehnung und die Verachtung, die er ernten würde. Die niederschmetternde Enttäuschung in *seinen* Augen. Micha graute vor der Strafe, die kommen musste. Die Gedanken sprangen wie Gummibälle durch seinen Kopf, während er sich wappnete, die Augen schloss und die Tür langsam und zögernd öffnete.

Er trat ins Zimmer und schritt zur Rückwand, ohne Micha überhaupt anzuschauen. Bevor er die Wand erreichte, zog er ein Schwert, das so viel Licht ausstrahlte wie die Signalleuchten von tausend Leuchttürmen. Er bewegte es so schnell über den DVD-Stapel an der Wand, dass Micha dem Lichtbogen nicht folgen konnte. Es blitzte, als das Schwert zuschlug und die DVDs verschwanden und eine Tür zum Vorschein kam. Sie war mit dicken Eisenketten behängt, und sechs alt aussehende Riegel an der Tür versperrten den Weg.

Die Augen des Einen funkelten, als er sich umdrehte und Micha zuzwinkerte. Er hob sein Schwert und ließ es wie einen Blitzstrahl nach unten zucken. Als der zweite Schlag kam, bildeten sich erste Risse in den Riegeln und den Ketten. Beim dritten Schlag mit dem Schwert leuchtete ein weiterer heller Lichtstrahl auf, und die Eisenriegel und Ketten sprangen auf. Ein beißender Geruch begleitete die Zerstörung, aber er verschwand rasch, und der Duft von Tannennadeln erfüllte den Raum.

„Bist du bereit?" Er deutete auf die offene Tür.

Micha ließ den Kopf hängen. „Ich schäme mich so … die Filme … Es tut mir so leid. Ich habe nur …"

„Mich interessieren die Filme nicht, Micha. Mich interessiert dein Herz."

Er schaute ihn verwirrt an. „Aber diese Filme …"

„Sind größtenteils Müll. Nicht mehr und nicht weniger."

Micha wartete auf eine scharfe Zurechtweisung. Aber es kam keine.

„Aber das muss ich dir nicht sagen. Das weißt du selbst. Der kritische Punkt ist, warum du sie angeschaut hast; nicht, was darin vorkommt."

„Das verstehe ich nicht."

„Ich möchte, dass du in deinem Innersten die Wahrheit erkennst, Micha. Es gibt Stellen in dir, die geheilt werden müssen. Weil dir an diesen Stellen die Wahrheit fehlt und du eine Entscheidung treffen musst."

„Ja, aber …"

„Wir müssen da hineingehen." *Er* deutete wieder zu der offenen Tür.

Angst drang fast spürbar aus dem Zimmer. „Was ist da drinnen?" Micha trat einen Schritt zurück.

„Komm und sieh selbst."

„Ich kann nicht." Micha starrte die Öffnung an. Er war sicher, dass es große Schmerzen mit sich bringen würde, da hineinzuschauen.

„Doch, du kannst."

Es war nur ein Traum. Das war alles nur ein Traum.

Micha trat durch die dämmrige Öffnung. *Er* ging neben ihm her. Sie standen auf einem Flur, der mindestens 20 Meter lang war. Eine Leinwand bedeckte das andere Ende. Während sie darauf zugingen, erwachte die Leinwand zum Leben.

Eine junge Frau lag in einem Krankenhausbett und hielt ein Neugeborenes in den Armen. „Ist er nicht wunderbar?"

„Perfekt", sagte der Mann.

Die Frau lachte, während sie das rosa Gesicht anschaute, das aus der blauen Baumwolldecke herauslugte. „Du wirst bald mehr in ihn verliebt sein als in mich."

„Ich werde diesen kleinen Micha von ganzem Herzen lieben, aber ich werde ihn nie mehr lieben als dich. Auf keinen Fall." Der Mann fuhr mit dem Zeigefinger über die Wange der Frau. „Nie mehr als dich."

„Was wollen wir als Nächstes haben?", fragte die Frau. „Noch einen Jungen oder sollten wir lieber ein Mädchen bekommen?"

„Können wir uns das denn aussuchen?"

„Natürlich." Die Frau reichte dem Mann das Baby, der es zärtlich in seinen Armen wiegte.

Die Szene verblasste, als ein neues Bild die Leinwand ausfüllte.

Ein kleiner Junge versuchte, in einem Garten auf eine Douglastanne zu klettern. Sein Vater saß auf einem weiß-grün gestreiften Stuhl, hatte eine Limonade in einer Hand und die Tageszeitung in der anderen.

„Papa! Papa!"

„Hmm?", erklang es hinter der Zeitung.

„Glaubst du, das kann ich?"

Die Zeitung sank nach unten. „Was?"

„Hinaufklettern! Auf den Baum klettern!"

Der Vater faltete die Zeitung zusammen und warf sie auf den Boden. „Natürlich kannst du das. Aber vorher brauchen wir etwas." Sein Vater nahm die Kamera, die neben dem Stuhl lag. „Wir müssen diesen Moment festhalten, findest du nicht?" Sein Vater zwinkerte ihm zu und hielt sich dann die Kamera vor das Auge. „Bereit!"

Der Junge streckte sich zu einem Zweig, aber der Ast unter seinem Fuß brach, und er fiel auf den Betonboden. Kleine, rote Bäche liefen über seine beiden Knie.

„Micha!" Sein Vater lief besorgt auf ihn zu und zog ein Papiertaschentuch aus seiner Hosentasche. „Hier, lass dir helfen." Er streichelte dem Jungen den Rücken. „Ist wieder alles gut?"

Der Junge nickte, während ihm sein Vater das Blut von den Knien wischte.

Die Szene verblasste, aber die Leinwand wurde nicht schwarz.

Ein Hämmern ertönte, bevor eine Szene von einem Jungen erschien, der ein Baumhaus baute. Der Boden war bereits fertig und eine Wand war auch schon errichtet. Ein zwölfjähriger

Micha sprang von dem Baumhausboden und ging zu einer zweiten Wand hinüber, die im Gras lag.

Die Sonne funkelte auf dem Golfschläger seines Vaters, mit dem er Schaumstoffbälle auf einen Eimer in 10 Metern Entfernung schlug.

Micha hievte die Wand hoch und mühte sich ab, um sie zu seinem Bruder hinaufzuschieben.

Als die Wand zu wackeln begann, sagte Micha: „Könntest du mir bitte helfen?"

Sein Vater holte weiter mit seinem Golfschläger aus und sagte teilnahmslos: „Du wirst dich verletzen, Junge, und dann musst du selbst sehen, wie du ins Krankenhaus kommst. Eine dumme Idee, dieses Ding zu bauen. Das beweist nur wieder einmal, dass du kein Hirn hast."

Während die Szene wieder schwarz wurde, wurde Michas Gesicht kalt. Ein lange vergrabener Schmerz drang an die Oberfläche, als noch mehr solcher Erinnerungen auftauchten. Das Bild auf der Leinwand veränderte sich wieder.

Ein alter Toyota fuhr mit quietschenden Reifen um die Ecke und ließ die Herbstblätter durch die Luft wirbeln. Das Auto bog zu schnell in die Einfahrt des kleinen Hauses, aber der Mann, der mit verschränkten Armen vor der Tür stand, rührte sich nicht vom Fleck, als der Fahrer bremste und aus dem Auto sprang.

„Hallo, Papa! Ich habe es gekauft. Was hältst du davon?"

„Wie viel hast du dafür bezahlt, Junge?"

„Siebzehnhundert. Er wollte zweitausend Dollar. Ich finde, ich habe also ein gutes Geschäft gemacht. Und, Mann, dieses Auto fährt richtig gut!"

„Nein, Junge, fünfzehnhundert wären ein guter Preis gewesen. Aber siebzehnhundert Dollar für dieses Auto ist zu teuer."

„Aber es ist mein erstes …"

„Junge, du hast einen dummen Fehler gemacht. Wieder einmal. Aber es wurde ja nicht viel Schaden angerichtet."

Die Szene verblasste und eine neue Szene tauchte auf.

Auf der Leinwand ging ein dichter Regen über einem Stadion nieder, das mit blauen und roten Schirmen gefüllt war. Sportler drängten sich in kleinen Gruppen neben der Aschenbahn. Einige wenige zogen Trainingsanzüge an oder aus, da sie sich entweder für das Rennen bereit machten oder gerade fertig waren.

Am anderen Ende der Aschenbahn bogen neun Läufer um die Kurve: Die drei Führenden lieferten sich ein knappes Rennen, die anderen lagen weiter zurück. Zwei der Führenden setzten gleichzeitig zum Schlussspurt an. Der dritte wartete einen Moment länger. Micha wusste, wer gewinnen würde: Der Läufer, der als Letzter zum Schlussspurt ansetzte. Das war er, beim Achthundertmeterlauf im Kampf um die Washington-Meisterschaft. Das Ergebnis fiel ganz knapp aus. Am Ende wurde der Sieger aufgrund des Fotos ermittelt. Aber er hatte gewonnen. Landesmeister im Achthundertmeterlauf.

Ein Grauen ergriff ihn. Er wusste, was als Nächstes kommen würde. Die Szene veränderte sich, und er sah sich in das Haus seines Vaters gehen. Sein Bruder Jack kam mit einem breiten Grinsen im Gesicht aus der Küche. „Hey, Bruderherz. Nicht schlecht. Du hast sie alle versenkt!"

Nachdem er in Jacks Hand eingeschlagen hatte, drehte sich Micha zu seinem Vater um.

Sein Vater saß in seinem 25 Jahre alten beigefarbenen Sessel, ohne irgendeine Regung zu zeigen.

„Ich habe es geschafft, nicht wahr, Papa?"

„Das war gut, ja. Aber da der Rekord nicht gebrochen wurde, warst du offensichtlich nicht gut genug. Eigentlich hast du also verloren."

Ein Teil von ihm bedauerte, was danach passiert war. Ein Teil nicht. Tränen traten in seine Augen, als er seinem Vater den Mittelfinger zeigte und in sein Zimmer stürmte. Das war der Tag, an dem er sich geschworen hatte, dass er so bald wie möglich von zu Hause ausziehen und mit seinem Vater nichts mehr zu tun haben wollte.

Micha sank auf die Knie. Der Damm brach und der Schmerz floss aus ihm heraus. *Er* kniete sich neben ihn und zog ihn mit seinen starken Armen an seine Brust. „Lass es heraus. Alles."

Ein herzzerreißendes Schluchzen kam aus Michas Mund, als ihn die Trauer mit voller Wucht traf.

„Wonach hast du dich gesehnt, seit deine Mutter starb, Micha?"

„Das weiß ich nicht."

„Doch, du weißt es. Ich habe dich diese schmerzlichen Wunden aus einem bestimmten Grund noch einmal durchleben lassen."

„Er hat sich um uns gekümmert, nachdem Mama tot war. Wir hatten immer ein Dach über dem Kopf und Essen auf dem Tisch, und er hat mir sogar Sachen gekauft, die ich nicht unbedingt brauchte."

„Was hast du hören wollen?"

„Er war immer um 17:30 Uhr von der Arbeit zu Hause; er kaufte mir ordentliche Kleidung; er …"

„Was hast du hören wollen?"

Während Micha versuchte, die Worte zu formulieren, regte sich ein überraschendes Gefühl in ihm: Wut. Ungebeten. Unerwartet. Und nicht aufzuhalten. „Ich hasse ihn! Er hat mich zerstört. Er hat mich im Stich gelassen! Warum konnte mich mein Vater nach dem Tod meiner Mutter nicht mehr lieben? Nicht einmal für einen Augenblick. Hätte es ihn umgebracht, wenn er ,schönes Auto' gesagt hätte? Ich habe den Achthundertmeterlauf gewonnen! Ich habe *alle* geschlagen. Aber es war nicht gut genug." Seine Stimme war nur noch ein Flüstern. „Warum konnte er mich nicht wenigstens ein bisschen lieben?"

„Dein Erfolg wird diese Frage nie beantworten."

„Ich wollte nur, dass er sagt: ,Ich bin stolz auf dich. In dir steckt das Zeug zu einem Mann.'"

„Du hast diesen Schmerz mit Arbeit und Filmen betäubt. Du hast dein verletztes Herz hinter Geld und Erfolg versteckt."

Die Tränen flossen weiter.

„Dein Herz brach immer wieder, und du hast versucht, es mit den Mitteln dieser Welt zu kitten. Aber damit kann man den Schmerz nur betäuben; dadurch heilen die Wunden nicht. Du warst gefangen. Du hast dein Herz an dunklen Stellen versteckt. Aber ich bin gekommen, um die zu heilen, die gebrochenen Herzens sind, und um die Gefangenen zu befreien."

„Ich bin deiner nicht würdig."

„Das ist eine Lüge, die dir der Feind deiner Seele einredet." Er lächelte. „Du bist ein Überlebender, und du bist würdig, weil ich in dir bin. Es ist Zeit, dass du das glaubst. Ich bin stolz auf dich, Micha. Ich bin so stolz auf dich."

Die Worte sanken in sein Herz und wuchsen. Sie wuchsen so schnell, dass er nicht wusste, ob er die Gefühle, die aus ihm herausplatzen wollten, noch länger zurückhalten konnte. Er war ein Kind Gottes, in Gottes Familie, in sein Reich und in seine Herrlichkeit aufgenommen. Er wurde geliebt. Ihm war vergeben. Für alle Zeit, für alle Ewigkeit. Erstaunlich.

„Die Schatzkammer meines Reiches sind die Herzen der Menschen, die zu mir gehören. Lass das bis in die Tiefe auf dich wirken. Hör genau hin: Dein Herz ist die Schatzkammer meines Reiches. Ich habe alles getan, um es zu befreien. Und ich liebe dich mit einer unvorstellbaren, unauslöschlichen Liebe."

Der Herr hielt ihn weiterhin fest.

„Jetzt ist es Zeit, dass du deine Wut auf deinen Vater loslässt." Er drehte sich herum, bis er vor Micha kniete und ihm die Hände hinhielt.

„Das kann ich nicht."

„Doch, das kannst du. Du musst dich nur dafür entscheiden."

„Nein."

„Es ist Zeit, deine Wut loszulassen."

Micha begab sich auch auf die Knie.

„Es ist Zeit zu vergeben."

Micha streckte die Hände aus und legte seine Handflächen in die seines Herrn und öffnete sein Herz dem reinigenden Feuer, das ihn ergriff.

Nach einer Weile sagte der Herr: „Jetzt komm."

Michas Schritte wurden langsamer, als er auf das DVD-Zimmer zuging.

„Du hast eine Frage?", sagte der Herr.

„Was ist mit den DVDs?"

„Ach ja. Schauen wir sie uns an, ja?"

Der Herr ging zum Regal hinüber, zog eine heraus und warf sie Micha zu. „Das ist ein guter Film."

Die DVD schwebte wie im Zeitlupentempo auf ihn zu. *Braveheart*. Micha schaute zu ihm, aber er war fort. Dann schaute er die DVD wieder an, und sie löste sich zusammen mit dem Zimmer auf.

Er fuhr aus dem Schlaf hoch. Er riss die Augen auf und schaute aus dem Fenster. Der Morgen dämmerte.

Der Traum!

Er rollte sich aus dem Bett und blieb mit dem Fuß an der Bettdecke hängen. Hektisch zappelnd befreite er sein Bein und stürmte zu dem Flur, den er gestern Abend entdeckt hatte. Die Tür war immer noch da. Sie war immer noch zu. Aber sie hatte sich verändert. Die hebräische Inschrift war jetzt übersetzt:

*Ich will vor dir hergehen und einebnen, was sich dir*
*in den Weg stellt.*
*Ich werde Bronzetore zerschmettern und Eisenriegel zerbrechen.*
*Und ich gebe dir Schätze, die im Dunkeln verborgen sind –*
*geheime Reichtümer.*
*Das alles tue ich, damit du weißt, dass ich der Herr bin,*
*der Gott Israels, der dich bei deinem Namen ruft.*
(Jesaja 45,2–3)

Micha legte zwei Finger an die Tür und drückte. Sie glitt geräuschlos auf. Er ging direkt zur Tür an der Rückseite des Zimmers. Sie war fort, und es gab keinen Hinweis darauf, dass es hier je eine Tür oder das Zimmer dahinter gegeben hatte. Filmplakate bedeckten die Wände. Auf ihnen waren große Schlachten und Liebesgeschichten abgebildet, und die Regale waren voll mit Filmen.

Die Tränen kamen wieder. Aus Freude. Weil er frei war.

Die Ketten waren zerbrochen, und der Weg zur Schatzkammer war frei.

Er musste mit sich über diese Freiheit sprechen.

Micha stieß einen Freudenschrei aus und rannte zu dem Zimmer, in dem seine Stimme war.

## Kapitel 29

SOBALD MICHA DIE TÜR ÖFFNETE, sprach die Stimme: „Hey, Mann, ich hatte gehofft, dass du bald kommen würdest. Das war ja ganz schön aufregend."

„Unglaublich."

„Erzähl es von Anfang an. In allen Einzelheiten."

„Aber du kennst doch alle Einzelheiten. Wir waren doch zusammen dort." Micha lachte. „Warum willst du es noch einmal hören?"

„Weil ich es dann auf mich wirken lassen kann, ohne darüber nachdenken zu müssen. Und wenn es laut ausgesprochen wurde, wissen wir es beide und können uns besser daran erinnern."

Also erzählte Micha die ganze Geschichte von der Tür, dem Traum, der Heilung seiner Wunden, dem Aufwachen und der Entdeckung, dass alles real war. Er schilderte, wie vermeintlich unüberwindliche Ketten in seinem Herzen bezwungen und zerstört worden waren.

Als er geendet hatte, blieb die Stimme lange still. Als sie sprach, war sie nicht viel lauter als ein zögerndes Murmeln. „Mir kommt ein Gedanke. Etwas, das wir vielleicht berücksichtigen sollten."

Micha fühlte sich überrumpelt. Er hatte Aufregung, Begeisterung, Freude, ja sogar Lachen erwartet. Er wollte mit der Stimme feiern. Stattdessen hörte er Entmutigung und sogar einen Anflug von Verzweiflung in der Stimme.

„Wir müssen mit dieser Heilungserfahrung im *Wildcat*-Zimmer und den Erfahrungen gestern Nacht sehr vorsichtig sein. Womöglich passiert so etwas noch einmal", sagte die Stimme.

„Warum sollten wir nicht wollen, dass diese Dinge weitergehen, bis wir von allen Ketten frei sind?"

„Vielleicht sollten wir das wollen. Vielleicht auch nicht. Wir sind eindeutig in einen Bereich hineingestolpert, den man, vorsichtig formuliert, als ‚das Unbekannte' beschreiben könnte. Einen Bereich voller Verwirrung und Spekulationen. Und möglicherweise sogar Täuschungen."

„Wovon redest du da? Ich bin nicht verwirrt." Micha schüttelte den Kopf. „Ich bin so frei und so begeistert von Gott wie noch nie zuvor in meinem Leben."

„Es gibt die verschiedensten Arten von Träumen, Micha. In den meisten Fällen sind Träume das Produkt unseres Unterbewusstseins, das versucht, die sichtbare Welt zu begreifen. Meistens versucht unser Hirn einfach, die Vorgänge des zurückliegenden Tages zu verarbeiten. Und manchmal können Träume sogar ein dunkler Bereich sein, in dem der Feind versucht, uns zu täuschen."

„Willst du damit sagen, diese Erfahrungen wären eine Täuschung? Auf keinen Fall! Gott hat in der Bibel immer wieder durch Träume gesprochen und Träume benutzt, um …"

„Ja, das ist hundertprozentig wahr, und ich will das auch nicht abwerten. Aber die Bibel wurde im Laufe mehrerer Jahrhunderte geschrieben, und wie oft in dieser langen Zeit hat Gott durch Träume zu Menschen gesprochen? Achtmal? Neunmal? Und jedes Mal war das bei wichtigen Ereignissen. Ich sage damit nicht, dass Gott nicht durch Träume zu uns sprechen könnte. Das ist auch zur jetzigen Zeit möglich. Aber ist es nicht anmaßend zu sagen, er hätte durch einen Traum mit uns gesprochen, wenn es dafür nicht wirklich einen Beweis gibt? Wenn wir Träume für bare Münze nehmen, ohne sie wirklich zu prüfen, fallen wir möglicherweise auf eine tödliche List des Feindes herein."

Micha trat vor. „Einen Tag zuvor konnte ich das Zimmer nicht betreten. Jetzt kann ich hinein und alles hat sich darin verändert. Drastisch. Und du sagst, das wäre nicht wirklich geschehen?"

„Hörst du, was du gerade gesagt hast, Micha? Das Zimmer hat sich in deinem *Traum* drastisch verändert. *Vor* dem Traum warst du nicht dort. In Wirklichkeit war das Zimmer immer gleich. Der einzige Unterschied ist, dass du vorher nicht hineinkommen konntest. Jetzt kannst du hinein. Nur weil sich das Zimmer in deinem Traum verändert hat, bedeutet das nicht, dass es sich in Wirklichkeit verändert hat."

„Aber die Veränderung in *mir* ist real."

„Ich behaupte ja nicht, dass es keine Veränderung gegeben hätte. Ich denke, unser Gehirn hat etwas Wunderbares gemacht, als es uns eine Geschichte erzählte, während wir schliefen. Aber wir müssen das, was passiert ist, im Licht der Bibel und nicht im Licht unserer Gefühle prüfen."

„Du willst damit sagen, dass meine Gefühle nicht zählen?", fragte Micha. „Dass sie kein Beweis dafür sind, dass sich in meinem Herzen etwas verändert hat?"

„Gott ist kein Gott der Wohlfühlpsychologie, sondern ein Gott der Wahrheit und Moral. Diese Beschäftigung mit sich selbst und der eigenen Befindlichkeit, die gerade anscheinend modern ist, ist gefährlich. Im Leben geht es nicht um dich; es geht um Gott. Und jedes Mal, wenn wir unsere Energie auf etwas anderes als auf die Ausbreitung des Reiches Gottes konzentrieren, bringen wir das Reich des Feindes voran."

Micha saß wie benommen da. Das, was er im Filmraum erlebt hatte, war zweifellos die stärkste geistliche Erfahrung seines Lebens gewesen, und seine eigene innere Stimme stellte infrage, dass diese Erfahrung von Gott gewesen war?

„Du sagst also, es lohnt sich nicht, Freiheit anzustreben? Jesus sei nicht gekommen, um die, die gebrochenen Herzens sind, zu heilen, und die Gefangenen zu befreien?"

„Freiheit ist natürlich erstrebenswert. Aber wir erreichen diese Freiheit nicht, indem wir uns nach innen wenden und uns darauf konzentrieren, uns selbst zu heilen, uns gut zu fühlen. Sie kommt, wenn wir von uns selbst wegsehen und auf die Menschen zugehen, die Gott noch nicht kennen. Wenn Jesaja sagt, dass Gott die Gefangenen befreit, meint er damit sicher nicht, dass wir von allen Verletzungen und Wehwehchen aus unserer Kindheit frei werden. Wir sind eine neue Kreatur; das Alte ist vergangen. Das ist die Wahrheit, an der wir festhalten müssen und auf der wir stehen müssen."

Ein gequältes Lachen kam über Michas Lippen.

„Wir müssen diese Verletzungen hinter uns lassen und dem Ruf nach vorn folgen. Wir sollen nicht ewig in der Vergangenheit herumwühlen. Wie die Bibel sagt: ‚Ich bin kein Kind mehr und ich lege alles Kindliche ab.' Die Gefangenen zu befreien bedeutet, dass wir frei sind von der Sünde und dem Teufel, und dass wir frei davon sind, die Ewigkeit getrennt von Gott verbringen zu müssen. Amen und nochmals amen."

„Aber Rick sagt . . ."

„Wir sind uns einig, dass Rick nett und oft weise ist. Aber er ist auch nur ein Mensch. Er weiß auch nicht mehr Antworten als irgendein anderer. Seine Meinung ist interessant und manchmal wahr. Aber die *wirklichen* Antworten liegen immer im Wort Gottes. Zeig mir eine Stelle in der Bibel, wo es heißt, dass wir in die Vergangenheit gehen und persönliche Wunden heilen sollen. Wenn wir das in der Bibel finden, sollten wir nicht mehr damit aufhören. Aber du wirst nichts davon in der Bibel finden, weil es nämlich nicht drinsteht."

Die Stimme schwieg, und Micha wusste nicht, wo er anfangen sollte.

„Aber der Vers an der Tür …"

„Dieser Vers wird leicht aus dem Zusammenhang gerissen und falsch gedeutet. Diese Verse sprechen von Israel und davon, dass Gottes Volk das Land einnimmt und Gott die Nationen erobert. Es ist keine persönliche Botschaft an diejenigen, die in ihrem Leben schwere Zeiten durchmachen. Tut mir leid. Ich wünschte, es wäre wirklich die Botschaft, die du in diesen Vers hineingedeutet hast, aber das ist nicht der Fall."

In Michas Kopf drehte sich alles. Seine Verwirrung wurde immer größer. Er hatte das Gefühl, als wäre die Luft im Zimmer dünner geworden und der noch verbliebene Sauerstoff weigere sich, in seine Lungen zu gelangen. Der Traum hatte ihm mehr Freiheit gebracht, seinen Glauben gestärkt und ihm eine größere Hoffnung auf die Liebe Gottes geschenkt, als er je erahnt hätte. Und das sollte falsch sein?

„Du meinst also, wir sollten überhaupt keine Gefühle haben?"

„Nein, nein, nein, natürlich sollen wir Gefühle haben." Die Stimme lachte. „Ich sage nur, dass wir uns darüber klar werden müssen, was Gefühle sind. Eben nur Gefühle. Keine zuverlässigen, soliden Beweise für Gottes Wirken. In der Bibel steht, dass wir einen Verstand bekommen haben und dass wir nach diesem Verstand leben sollen. Wir sollen mit unserem Verstand und nicht mit unseren Gefühlen ‚jeden Gedanken gefangen nehmen'."

Micha seufzte und wandte sich zum Gehen.

„Du gehst schon wieder?"

„Ich muss über vieles nachdenken."

„Ich liebe dich, Micha."

Micha knallte die Tür zu dem Zimmer zu. Er begann, sich zu hassen.

❖

Spät an diesem Donnerstagabend joggte Micha am Strand entlang, um wieder einen klareren Kopf zu bekommen. Das Gespräch mit der Stimme hatte ihn völlig verwirrt, und er spielte beide Seiten der Diskussion durch, ohne zu einer Lösung zu kommen.

Aber der Abend barg einen Hoffnungsfunken: Er hatte Archies Brief absichtlich nicht am Tag zuvor gelesen. Jetzt war er froh, dass er gewartet hatte. Er brauchte eine gute Nachricht.

*28. August 1991*

*Lieber Micha,*

*heute muss ich das Wort Gottes für sich selbst sprechen lassen. Dieser Brief wird also kurz ausfallen.*

*„Seht euch einmal unter den Völkern um! Ja, schaut genau hin, und ihr werdet aus dem Staunen nicht mehr herauskommen! Was ich noch zu euren Lebzeiten geschehen lasse, würdet ihr nicht für möglich halten, wenn andere es euch erzählten" (Habakuk 1,5).*

*Gott übersteigt jede Vorstellungskraft, Micha, und er zieht dich zu sich hin.*

*Vertraue ihm. Suche ihn.*

*Archie*

Augenblicklich verzog sich die Verwirrung, die sein Gespräch mit der Stimme ausgelöst hatte, wie Nebelschwaden in der Wärme der strahlenden Morgensonne. Frieden erfüllte Micha, und ein Bild von dem Raum, den er als „das strahlende Zimmer" bezeichnete, weil das Licht unter der Tür herauszufließen schien, erfüllte ihn.

Ja. Er wollte einen zweiten Versuch wagen.

Er lief die Wendeltreppe zwei Stufen auf einmal nehmend hinauf und stand wenige Sekunden später vor der Tür. Er setzte sich auf die andere Seite des Flurs und schloss die Augen. Frieden schwebte von der Tür her auf ihn zu wie Schneeflocken, die nur ein wenig schwerer waren als die Luft. Er legte sich auf ihn und zog in sein Herz ein.

Bilder erfüllten seinen Geist: Szenen von einem Kind, das in einem Park unter schützenden Ahornbäumen spielte und dessen Mutter irgendwo in der Nähe war. Szenen, die ihm erlaubten, ohne irgendwelche Sorgen oder Probleme zu schweben. Er fühlte sich wie ein Kind, dessen einzige Frage war, wie hoch es schaukeln könne oder wie schnell sich das Karussell drehen würde.

Sonnenstrahlen strömten durch die Ahornblätter über ihm und machten die smaragdgrünen Blätter so lebendig und saftig grün, wie er es nicht für möglich gehalten hätte. Das Bild veränderte sich, und er stand in einer Kathedrale aus hohen Mammutbäumen, zwischen denen ein tiefer, kalter Fluss verlief, der vor der schweigenden Majestät der Bäume ganz klein wirkte.

Jedes Mal, wenn er zur Tür kam, erfüllten ihn dieselben verblüffenden Gefühle und Bilder, aber bis jetzt waren seine Versuche einzutreten jedes Mal erfolglos geblieben.

Micha stand da, streckte die Hand aus und berührte die Tür. Er fuhr zurück. Erstaunlich. Er spürte keinen Widerstand. Nachdem er sich von dem Schrecken erholt hatte, drückte er wieder und schaute zu, wie seine ganze Hand in der Tür verschwand, bis das Holz sein Handgelenk umschloss, als wäre die Tür aus Wasser. Er lachte und bewegte seine Hand über die ganze Tür, konnte sie aber nicht tiefer hineinbringen als bis zu seinem Handgelenk. Während er sie bewegte, durchströmte ihn ein tiefer Friede.

Wenige Sekunden später verwandelte sich die Tür wieder in

gewöhnliches Holz, und Micha lehnte seinen Kopf daran. Er sehnte sich danach, dieses Zimmer zu betreten. „Wann, Herr?"

*Bald.*

❖

Am nächsten Abend trafen Micha und Rick sich am Haystack Rock, und sie gingen in Richtung Süden den Strand hinab, schauten zu, wie die Augustlagerfeuer brannten, und atmeten den Geruch von gegrillten Marshmallows ein. Er wollte Rick so gern von dem Traum erzählen, aber das hätte bedeutet, dass er ihm auch von der Stimme erzählen müsste, und dazu war er immer noch nicht bereit. Stattdessen fragte Micha seinen Freund nach seiner neuesten Theorie über das „strahlende Zimmer".

„Bei deinem Versuch herauszufinden, was es mit dem strahlenden Zimmer und mit dem ganzen Haus auf sich hat, hast du meiner Meinung nach eine fundamentale Frage übersehen", sagte Rick.

„Und die wäre?"

„Die Geschichte des Hauses."

„Welche Geschichte? Das Haus ist noch nicht einmal ein halbes Jahr alt."

„Ich meine, wer es gebaut hat."

„Archie, das weißt du doch." Zwei Jogger, ein Mann und eine Frau, liefen in Richtung Norden an ihnen vorbei. Micha musste unbedingt wieder mit Sarah laufen gehen. Vor ein paar Tagen waren sie zusammen unterwegs gewesen, aber er hatte das Gefühl, als hätte er sie seit Monaten nicht mehr gesehen.

„Archie hat es gebaut? Du sagst also, ein Mann, der seit zwölf Jahren tot ist, hat dir vor einem Dreivierteljahr ein Haus gebaut? Das finde ich reichlich seltsam." Rick zwinkerte ihm zu. „Klar, Archie hat das Geld und die Anweisungen hinterlassen, wie es gebaut werden sollte, aber da er nicht mehr gelebt hat,

hat jemand anders seine Anweisungen befolgt. Und wenn dieser Mensch nicht in den letzten sechs Monaten gestorben ist, kannst du ihn höchstwahrscheinlich irgendwo ausfindig machen."

„Das stimmt. Aber die ganzen Dokumente, die klarmachen, dass das Haus und Grundstück mir gehören, verraten nicht, wer es gebaut hat. Wie soll ich also diesen geheimnisvollen Mann finden?"

„Das ist doch ziemlich offensichtlich, findest du nicht?"

Micha schüttelte den Kopf.

„Du hast gesagt, Archies Briefe waren an einen Chris Soundso adressiert, nicht wahr?"

„Ja."

„Ich würde vermuten, dass Archie die Briefe geschrieben und diesem Chris geschickt hat, damit er sie in deinem Haus versteckt, wenn es fertig ist. Da Archie also nicht mehr lebt, würde ich an deiner Stelle dem guten Chris einen Besuch abstatten, um herauszufinden, ob er noch lebt. Wenn ja, kann er bestimmt ein wenig Licht auf die ganze Sache werfen."

Micha legte den Kopf mit einem, wie er vermutete, verblüfften Blick zur Seite. Natürlich. Warum war er nicht selbst darauf gekommen?

Gleich am nächsten Morgen würde er versuchen, Chris Hale anzurufen und Antworten auf seine Fragen zu bekommen.

## Kapitel 30

DAS TELEFON KLINGELTE AM SAMSTAGMORGEN am anderen Ende der Leitung viermal, und Micha stellte sich schon darauf ein, eine Nachricht auf Chris' Anrufbeantworter zu hinterlassen. Aber beim fünften Klingeln meldete sich jemand. „Hallo, hier ist Chris Hale." Die Stimme klang entspannt, herzlich und angenehm tief.

Micha war der Mann sofort sympathisch. „Hallo, Mr Hale. Ich heiße Micha Taylor. Ich glaube, wir haben einen gemeinsamen Freund. Archie Taylor war mein Großonkel."

„Hallo, Micha. Es ist herrlich, deine Stimme zu hören." Chris klang überhaupt nicht überrascht.

„Sie haben meinen Anruf erwartet?"

„Das wäre zu viel gesagt. Aber ich habe gehofft, dass du dich eines Tages melden würdest."

„Sie kannten Archie?"

„Oh ja, ich kannte ihn sehr gut. Er war einer der besten Freunde, die ich je hatte. Er starb kurze Zeit nachdem meine Frau gestorben war. Puh, das war ein Jahr. Mit Abstand das schwerste Jahr meines Lebens."

„Das tut mir leid."

„Ach, es ist über zwölf Jahre her." Chris schmunzelte. „Und die Chancen stehen gut, dass ich den beiden bald Gesellschaft leiste. An manchen Tagen vermisse ich Archie immer noch sehr. Und Sarah noch mehr."

„Ihre Frau hieß *Sarah?*" Micha brachte die Worte nur mühsam über die Lippen.

„Ja, ist das so ungewöhnlich?"

„Nein, es ist nur so, dass ich … Mr Hale, könnten wir uns treffen?"

„Darüber würde ich mich sehr freuen. Aber nur, wenn du aufhörst, Mr Hale zu mir zu sagen."

Drei Tage später stand Micha auf der Veranda von Chris Hales Villa in Seattle. Das Klingeln der Türglocke war längst verhallt, ohne dass jemand zur Tür kam, und Micha schaute auf seine Uhr. 16:00 Uhr. Genau pünktlich. Er hob gerade die Hand und wollte noch einmal klingeln, als eine Stimme hinter der Tür rief: „Danke für deine Geduld. Ich bin schon fast da."

Chris begrüßte Micha mit einem breiten Lächeln und legte ihm beide Hände auf die Schultern. „Willkommen, Micha!"

„Danke für Ihre Einladung, Mr Hale."

„Es ist mir ein Vergnügen, Mr Taylor."

„Ach ja, richtig." Micha grinste. „Danke für deine Einladung, Chris."

Chris führte ihn ins Wohnzimmer. Der Schaukelstuhl, in den Micha sich setzte, war alt, aber bequem, und die Schwarz-Weiß-Fotos an den Wänden und die alten Bücher, die die Regale säumten, verbreiteten eine angenehme Atmosphäre.

Chris entschuldigte sich kurz und verschwand in der Küche. Kurze Zeit später kam er mit zwei Gläsern Eistee und einem vollen Krug zurück. Nachdem sie sich ein paar Minuten gemütlich unterhalten hatten, erklärte Chris: „Wie ich sehe, bist du in der Lage, geduldig Smalltalk zu machen, aber wir sollten jetzt zur Sache kommen. Wahrscheinlich platzt du fast vor Fragen über deinen Großonkel."

„Ja, ich habe schon ein paar Fragen."

„Ein paar?" Chris zog mit einem belustigten Stirnrunzeln die Brauen in die Höhe.

„Ein paar Dutzend."

„Ich beantworte dir so viele, wie ich kann, aber erzähl mir erst, welche Erfahrungen du bis jetzt mit dem Haus gemacht hast."

Obwohl er Chris instinktiv vertraute, war Micha nicht sicher, wie viel er erzählen sollte. Er beschloss, einige der übernatürlichen Aspekte des Hauses anzusprechen, ohne zu viele Einzelheiten zu verraten. Als er mit seinen Schilderungen fertig war, hatte sich der Sonnenfleck auf dem alten Ledersofa einen guten halben Meter weiter bewegt. Das machte ihm erneut bewusst, wie entscheidend sich sein Leben seit dem Tag verändert hatte, an dem Archies Brief aufgetaucht war.

Als er fertig war, nickte Chris nur.

„Also, was ist das Geheimnis des Hauses … meines Hauses?"

„Geheimnis?"

„Warum ist es so … übernatürlich? Wo ist der Zusammenhang zwischen dem Haus und mir? Warum hat Archie es für mich bauen lassen? Wusste er, dass dort sonderbare Dinge passieren würden?"

„Erste Frage: Gott ist Gott. Zweite Frage: Überall. Dritte Frage: Weil Gott es ihm aufgetragen hat. Vierte Frage: Ja."

„Verstehe", lachte Micha. „Alles klar, ich höre auf, dich mit fünf Fragen gleichzeitig zu bombardieren. Würdest du mir vielleicht erzählen, wie du und Archie euch überhaupt begegnet seid?"

„Gern." Chris drückte den Tabak in seiner Pfeife mit seinem kleinen Finger fest, zündete ihn an und lehnte sich dann auf seinem Sessel zurück. „Ich habe Archie bei der Marine kennengelernt. Er war der beliebteste Mann auf dem Schiff, obwohl niemand aus ihm schlau wurde. Er erzählte auf jeden Fall die besten Witze. Was die körperlichen Anforderungen auf einem Marineschiff anging, war er nicht der Beste, aber niemand strengte sich mehr an als er, und natürlich respektierten ihn die meisten seiner Kameraden dafür. Ich war damals ziemlich schüchtern und deshalb überrascht, als er sich eines Tages in der Offiziersmesse zu mir setzte. Er schaute mich direkt an und fragte: ‚Willst du mehr vom Leben haben?'"

Der Rauch aus Chris' Pfeife stieg kräuselnd zur Decke hoch, und Micha beobachtete, wie Chris in Erinnerungen schwelgte. Er schmunzelte und schüttelte leicht den Kopf. „Ich habe Archie erst mal nur angestarrt. Diese Frage war ziemlich direkt, und ich wollte lachen, war aber zu unsicher und traute mich nicht. Es gab kein ‚Hallo, wie geht's? Ich heiße Archie.' Das Erste, was er zu mir sagte, war: ‚Willst du mehr vom Leben haben?' Viele Fragen schossen mir durch den Kopf, aber ich entschied mich für die Wahrheit und antwortete mit Ja."

Wieder lachte Chris. „Da fing er mitten in der vollen Offiziersmesse an, mir zu erzählen, dass Jesus auf die Erde gekommen ist, um mich zu Gott zurückzuführen und um mich zu befreien. Natürlich habe ich ihn angeschaut, als käme er direkt aus der Klapse, aber ich habe ihm trotzdem die nächste Frage gestellt: ‚Frei wovon?' Und weißt du, was seine Antwort war? Er sagte nichts! Er lächelte mich nur an. Archie wusste wahrscheinlich, dass ich die Antwort auf diese Frage selbst kannte. Es gab so vieles, von dem ich frei werden musste, dass ich gar nicht wusste, wo ich anfangen sollte."

Chris brach ab und schaute Micha direkt an. „Du weißt, was ich meine, nicht wahr? Archie hat an mir gearbeitet, und ich schätze, ich habe ihm auch ein bisschen geholfen. In den vier Jahren, die wir zusammen bei der Marine waren, wurden wir enge Freunde. Mehr als nur Freunde, wir wurden Brüder." Chris' Augen wurden feucht. „Aber ich bezweifle sehr, dass du gekommen bist, um zuzusehen, wie ich sentimental werde." Er strich über seine Sessellehne. „Archie hat eine bemerkenswerte

Karriere in Architektur hingelegt. Er war sehr, sehr gut. An der Universität von Washington benutzt man noch heute ein paar von seinen Entwürfen, um den Studenten zu zeigen, wie sie den Gebäuden, die sie entwerfen, ein Gefühl von Freiheit verleihen."

„Freiheit war sein großes Thema, nicht wahr?"

„Wenn man sich auf eine einzige Sache konzentrieren will, ist Freiheit doch eine ziemlich gute Wahl, findest du nicht?" Chris beugte sich vor und faltete die Hände. „Er liebte es einfach, Leuten deutlich zu machen, dass man für etwas Größeres leben kann als das nächste Baseballspiel oder den nächsten Urlaub. Er half für sein Leben gern Menschen dabei, ihr Ziel zu finden."

„Ich wünschte, ich hätte ihn gekannt." Michas Bedauern war größer denn je. „Wenn es aber nicht Archie war, wer hat dann den Bau des Hauses überwacht?"

Chris lächelte, und plötzlich begriff Micha. Warum war er nicht schon früher darauf gekommen? Er schüttelte den Kopf. „Du hast eine bemerkenswerte Arbeit geleistet."

„Gefällt es dir?"

„Es fühlt sich an, als wäre es ein Teil von mir. Ich habe mich noch nirgends so sehr zu Hause gefühlt."

„Das freut mich. Und Archie würde sich erst freuen, wenn er das hören könnte! Inzwischen ist die Baufirma *Hale & Söhne* eigentlich nur noch *Söhne*, aber an deinem Haus war ich noch tatkräftig beteiligt."

„Es ist perfekt."

„Gut, gut." Chris schaute Micha einige Sekunden lang an, bevor er weitersprach. „Archie hatte nie eigene Kinder, wie du wahrscheinlich weißt. Es hat sich einfach nicht ergeben, obwohl ich weiß, dass er gern eine Familie gehabt hätte. Aber dieses Leben ist nicht perfekt, nicht wahr? Als dein Vater heiratete und dich bekam, hat Archie viel gebetet. Er hat ständig von dir geredet, weißt du?"

Micha schwieg verblüfft.

Chris stopfte wieder seine Pfeife und zündete sie an. „Ich weiß nicht genau, warum, aber Gott hatte Archie eine große Zuneigung zu dir geschenkt."

Micha schaute ihn nachdenklich an. „Das verstehe ich nicht. Wenn mich Archie so mochte, warum habe ich ihn dann nie kennengelernt?"

„Doch, du hast ihn kennengelernt. Allerdings nur ein einziges Mal, kurz bevor er starb."

„Was?" Micha riss den Kopf hoch.

„Bedauerlicherweise hat er dir damals nicht gesagt, wer er war, da er sich die Chance nicht verbauen wollte, dich wiederzusehen. Er befürchtete, dass du es deinem Vater erzählen würdest. Und du weißt ja, was dein Vater von Leuten hält, die gläubig sind. Besonders von Archie."

„Ich habe meinen Vater einmal gefragt, was er eigentlich gegen Christen hat. Das war ein Fehler, den ich kein zweites Mal gemacht habe."

Chris nahm seine Brille ab und rieb sie an seiner Hose sauber. „Nach dem Unfall deiner Mutter haben einige religiöse Bekannte deines Vaters ihn zu einer Art Bibelkreis oder so etwas eingeladen. Aus Respekt vor dem Glauben deiner Mutter ging er hin. Anfangs war es ganz okay. Sie ließen ihn über seinen Schmerz sprechen und beteten für ihn. Aber bald fingen sie an, ihn um Geld für ihre Gemeinde zu bitten. Er sagte Nein, aber sie diskutierten mit ihm und behaupteten, dass Jesus das von ihm wolle, dass deine Mutter das auch gewollt hätte. Das war natürlich alles andere als christlich." Chris seufzte.

„Er entwickelte in der Folge eine Abneigung gegen Christen. Und diese Abneigung wurde immer schlimmer. Kurze Zeit später kam Archie für kurze Zeit aus Europa zurück, wo er damals lebte, um zu sehen, ob er für dich, deinen Vater und deinen Bruder irgendetwas tun könne. Er kam zu einem deiner Baseballspiele ..."

„Doch nicht etwa zu *dem* Spiel?"

„Doch, genau zu dem. Am nächsten Tag stellte Archie deinen Vater zur Rede, weil er dich so schrecklich behandelt hatte. Sie sprachen auch über Gott, und dein Vater meinte, Gott habe ihm deine Mutter gestohlen. Archie versuchte, ihm zu erklären, dass Gott so nicht ist, und vieles andere. Doch das Gespräch lief nicht gut. Dein Vater wollte danach nichts mehr mit Archie zu tun haben, weil er ihm die Wahrheit ins Gesicht gesagt hatte, vor allem über sein Verhalten dir gegenüber. Und sein Hass auf Gott und die Christen war noch mehr gewachsen."

Micha versuchte, das, was Chris ihm gerade erzählt hatte, zu verarbeiten. Das erklärte so vieles. Archie hatte versucht, ihn vor seinem Vater zu beschützen!

„Du kanntest meinen Vater?"

„Nein, nein. Ich weiß nur das, was Archie mir erzählte. Aber jetzt verstehst du vielleicht, warum jeder, der mit Gott zu tun hat, auf Daniels Schwarzer Liste steht." Chris beugte sich vor und füllte Michas Glas neu mit Eistee.

„Die Puzzlestücke fügen sich langsam zusammen."

„Deshalb hat dein Vater Archie auch nie in deine Nähe gelassen, als er wieder in die USA zurückkam. Das ist wirklich schade."

„Aber du sagtest doch, Archie hätte mich einmal getroffen."

Chris setzte sich aufrechter hin und nickte. „Eines Tages sagte Archie: ‚Ich mache etwas Verrücktes und versuche, Micha zu treffen.' Ich fragte: ‚Wie willst du das anstellen?', aber er gab mir keine richtige Antwort. Er sagte nur, Gott würde ihm dabei helfen."

„Wie alt war ich damals?"

„Du musst ungefähr sechzehn oder siebzehn gewesen sein. Archie kam zurück und sagte, dass er jetzt wisse, dass du es in dir hast. Was auch immer *es* war. Er war stolz auf dich, weil du ein Risiko eingegangen warst. Er sagte, ihr hättet darüber gesprochen, dass du Schätze im Himmel sammeln solltest."

Michas Herz schlug plötzlich schneller, und eine Frage sprudelte aus ihm heraus: „Was hat Archie bei der Marine gemacht?"

„Oh, er war Kommunikationstechniker. Er saß am Funkgerät und schrieb Briefe und Memos; er konnte ziemlich gut mit Worten umgehen."

„Hat er sonst noch etwas gemacht?"

„Nicht für die Marine." Chris schaute zur Decke hinauf. „Das einzige andere Erwähnenswerte in diesen Jahren war, dass er aus Flugzeugen sprang, sooft es ging. Er und ein Freund von ihm waren total verrückt aufs Fallschirmspringen. Er liebte das und wurde ziemlich gut darin."

„Sprach Archie mit einem australischen Akzent?" Micha hatte das Gefühl, sein Herz schlage jetzt 200-mal pro Minute.

Chris' Gesicht leuchtete auf. „Ja! Woher weißt du das, Micha?"

In Michas Kopf drehte sich alles. Was war in diesem Zimmer beziehungsweise Flugzeug in Cannon Beach wirklich passiert? War das Fallschirmspringen etwa echt gewesen? Wenn ja, wann hatte es stattgefunden? Hatte er eine Zeitreise zurück in die Vergangenheit gemacht, als er dieses Zimmer betreten hatte, oder war alles nur in seinem Kopf passiert, und Archie hatte es außerhalb der Zeitgrenzen auch erlebt? Aber …!? Als Micha gerade dachte, bei dieser Reise, auf der er sich befand, könnte ihn nichts mehr schockieren, passierte das!

Chris' Stimme holte ihn in die Gegenwart zurück und zwang Micha, die Fragen beiseitezuschieben, die ihm keine Ruhe ließen. „Es tut mir wirklich leid, das sagen zu müssen, aber ich muss unser Gespräch für heute beenden."

Micha stimmte widerstrebend zu. „Ich habe jetzt zwar noch mehr Fragen als am Anfang, aber ich bin dir sehr dankbar, dass du dir so viel Zeit für mich genommen hast."

„Gern geschehen, Micha. Und wir sprechen ein anderes Mal weiter. Ich weiß, dass Archie sehr stolz auf dich wäre. Es klingt so, als hättest du den schmalen Weg eingeschlagen, den nur wenige gehen."

„Mir scheint inzwischen, es ist der einzige Weg, der nicht in einer Sackgasse endet."

„Ja, das stimmt." Chris ergriff Michas Hände und lächelte breit. „Vielen Dank für deinen Besuch."

Micha ging zur Tür. Dann drehte er sich um und schaute noch einmal in Chris' Wohnzimmer. Mehrere Schwarz-Weiß-Fotos säumten die Rückwand. Ein Bild von Archie in einem Boot, auf dem er jünger aussah als im Flugzeug, stach ihm ins Auge. Chris stand neben ihm und daneben noch ein anderer Mann. Das ... das konnte doch nicht sein! Der Haarschnitt war anders, und er hatte eine Brille mit Drahtgestell auf, aber der Mann sah fast genauso aus wie ...

„Wer ist das neben Archie?", stammelte Micha. „Er sieht ganz genauso aus wie ...""

„Lass es, Micha." Chris nahm ihn am Arm und führte ihn zur Tür. „Irgendwann werden alle Fragen dieses Lebens beantwortet werden. Aber jetzt noch nicht. Wenn alle jetzt schon beantwortet würden, wären wir nicht mehr neugierig."

Während er von Chris' Haus wegfuhr, dachte Micha über dieses Gespräch nach. Jetzt verstand er Archies Motivation, das Haus zu bauen, auch wenn das nicht erklärte, wie er Michas Entscheidungen hatte vorhersehen können oder warum das Haus so übernatürlich war.

Micha bog auf die I-5 und tauchte in den Strom der Autos ein. Ein Teil von ihm wollte weiter nach Süden fahren, aber seine pragmatischere Seite behielt die Oberhand, und zwanzig Minuten später nahm er widerstrebend die Ausfahrt zur Union Street und fuhr zu seinem Apartmentblock.

Das bekannte Summen begrüßte ihn, als er seinen Schlüssel umdrehte und in die Eingangshalle trat. *Richtige Entscheidung*, dachte er, während er zu den Briefkästen hinüberschlenderte. Er war erschöpft. Er wollte nur noch zu seinem Penthouse hochfahren und ins Bett fallen.

Micha hatte die Penthousesuite gekauft, als das Haus noch im Rohbau gewesen war. Deshalb hatte er sich unter anderem auch aussuchen können, welchen Briefkasten er haben wollte. Normalerweise waren sie in alphabetischer Reihenfolge angeordnet, aber da man ihn schon fragte, hatte er sich den Briefkasten oben rechts ausgebeten. Er holte seine Post normalerweise so automatisch aus dem Briefkasten, dass er kaum noch hinschaute. Schlüssel einstecken. Briefkasten öffnen. Post herausholen. Briefkasten schließen.

Aber dieses Mal funktionierte es nicht.

Micha seufzte und versuchte es noch einmal, und diesmal schaute er das Schlüsselloch aufmerksam an. Der Schlüssel glitt problemlos hinein. Er wollte sich nur nicht umdrehen lassen. Micha beugte sich vor und las den Namen an seinem Briefkasten. Dort, wo *Micha Taylor* stehen sollte, stand klar und deutlich *Mr und Mrs C. Murphey*.

Panik beschlich ihn, und Schweißtropfen standen auf seiner Stirn.

Dafür musste es einen logischen Grund geben.

Aber er wusste, dass es keinen gab.

Er holte sein Handy heraus und rief den Verwalter des Gebäudes an. Es klingelte fünfmal. Sechsmal. *Komm schon.*

„Hallo."

„Phil!"

„Ja."

„Micha Taylor hier."

„Mr Taylor. Es ist immer schön, Sie zu hören! Was kann ich für Sie tun?"

„Sie können mir sagen, was mit meiner Wohnung los ist!"

„Was stimmt damit nicht, Mr Taylor?"

„Der Name auf dem Briefkasten für die Penthousesuite." Micha schloss die Augen und rieb sich die Stirn.

„Ja?"

„Da steht nicht mein Name."

„Ja?"

„Finden Sie das nicht ein wenig seltsam, Phil?"

„Nein, aber was wollen Sie damit sagen, Mr Taylor? Dass Sie in ein höheres Stockwerk ziehen wollen?"

„Ob ich in ein höheres Stockwerk ziehen will? Wohin wäre das denn? Wie kann man höher als ins einundzwanzigste Stockwerk ziehen, wenn das Gebäude nur einundzwanzig Stockwerke hat?"

„Sie wollen also ins Penthouse, ja? Oh-oh ... als Mr Murphey das ganze einundzwanzigste Stockwerk kaufte, sagte er, dass er es nie wieder hergeben würde. Ich weiß, dass Sie mit Ihrer Firma jetzt reich sind und dass man mit Software viel Geld verdient, aber ich kann Ihnen leider nicht helfen. Ich glaube, Mr Murphey gefällt es, das ganze Stockwerk zu besitzen."

Micha hatte Mühe, nicht zu hyperventilieren.

„Aber Mr Taylor, das neunzehnte Stockwerk ist doch auch ganz schön. Von dort hat man auch eine schöne Aussicht und es ist frei. Sie können gleich morgen umziehen, wenn Sie wollen. Hundertfünfundachtzig Quadratmeter, genauso viel, wie Sie jetzt haben. Glauben Sie, das würde passen? Ich kann Ronie gleich morgen früh anrufen und ..."

„Wo wohne ich jetzt, Phil?"

„Ich verstehe Sie nicht."

„Bitte. Sagen Sie mir einfach, wo ich wohne."

„In Ihrer Wohnung, Mr Taylor."

„Welches Stockwerk?"

„Im achten Stock. Da, wo Sie immer gewohnt haben. Geht es Ihnen gut?"

„Ja. Danke." Micha klappte das Handy zu und fuhr mit dem Finger über die Briefkästen. Saxxon, Swenson ... Taylor.

Er öffnete den Briefkasten und zog den Inhalt heraus. Drei Briefe fielen auf den Boden, aber das interessierte ihn nicht. Er schaute vier andere Umschläge schnell hintereinander an. Auf allen stand die gleiche Adresse: Micha Taylor, 4210, 2nd Street, 8. Stockwerk, Seattle, WA 98717.

Er glitt langsam an der Wand nach unten. Als er auf dem Fußboden angekommen war, stützte er seinen Kopf in beide Hände und hielt ihn lange fest. Als er schließlich wieder aufstand, stieg er in den Aufzug und drückte den Knopf für den 8. Stock. Schließlich musste er irgendwo schlafen.

Als er die Wohnung betreten hatte, schaute er sich langsam um. Bizarr. Nichts hatte sich verändert. Absolut nichts – abgesehen von der Kleinigkeit, dass er jetzt statt im 21. im 8. Stock wohnte. Dieselben Möbel. Dieselben Bilder. Dieselben Bücher. Dieselbe Kaffeekanne mit dem kleinen Sprung auf der rechten Seite.

Er schlief nur schlecht ein und wachte bald wieder auf. Stöhnend schaute er auf die Uhr in seinem Schlafzimmer: 5:43 Uhr. Das war zu früh, um Rick anzurufen und das Gespräch, das er schon gefühlte unzählige Male mit ihm geführt hatte, zu wiederholen. Wenigstens war Mittwoch. Archie-Tag.

Er nahm seinen Kaffee und den Umschlag mit Brief Nummer 12 mit hinaus auf den Balkon. Er konnte die glänzende Wasseroberfläche des Puget Sound sehen. Aber als er sich setzte, versperrte ihm das gegenüberliegende Gebäude die Sicht.

„Komm schon, Archie!" Er brauchte etwas Solides, etwas aus Archies Vergangenheit, das Licht auf seine Zukunft warf. Zähneknirschend öffnete er den Brief.

*2. September 1991*

*Lieber Micha,*

*wie du weißt, sagte Jesus, dass wir uns entscheiden müssen, ob wir bereit sind, unser Leben aufzugeben. Aber wie du zweifellos entdeckt hast, ist das in der Theorie leichter als in der Praxis, nicht wahr?*

*Dein altes Leben bricht unter dir weg, und es gibt keine Garantie, dass etwas anderes seinen Platz einnehmen wird. Das tut mir leid. Ich wünschte, ich könnte dir sagen, dass dieser Weg, auf dem du dich befindest, ein Happy End hat. Aber normalerweise ist das nicht der Fall. Das liegt meistens an unserer Neigung, uns andere Definitionen davon einzubilden, was ein glückliches Ende wäre, als der Vater es für uns vorgesehen hat.*

*Und vergiss nicht, dass es ein Prozess ist. Ein Prozess, den du durch deine Entscheidungen beschleunigen oder verlangsamen kannst.*

*Ich bete dafür, dass du dich weise entscheidest.*

*Archie*

Micha schloss seufzend die Augen. Als er sie wieder aufschlug, fiel sein Blick auf ein Plakat an der gegenüberliegenden Hauswand, das für eine neue Ausstellung im Kunstmuseum von Seattle warb.

Archies Brief glitt ihm aus der Hand und segelte zu Boden. Das war es! Das war der Zusammenhang. Es war die ganze Zeit vor seinen Augen gewesen!

20 Minuten später saß er in seinem BMW und fuhr nach Cannon Beach zurück.

Das Gemälde in seinem Haus in Cannon Beach war der Schlüssel.

## Kapitel 31

DER KIES KNIRSCHTE, als Micha am Mittwochnachmittag in seine Einfahrt fuhr und auf die Bremse trat. Er machte sich nicht die Mühe, die Autotür zu schließen, bevor er zum Haus stürmte. Er ignorierte auch den prasselnden Regen. Seine Gedanken waren auf eine einzige Sache konzentriert: Er wollte zu dem Bild.

Als er die Tür zum Atelier aufriss und hineinmarschierte, sah er die Veränderungen sofort. Die kleine Klippe war jetzt vollständig gemalt, und das Haus, das darauf stand, nahm allmählich Formen an. Die goldenen und rostbraunen Farbtöne am Strand gingen makellos ineinander über, und die Sonne war jetzt auch fertig.

Während Micha das Bild auf sich wirken ließ, begriff er, dass er heute Morgen mit seiner Erkenntnis richtig gelegen hatte. Ganz einfach. Und so offensichtlich! Jedes Mal, wenn ein Stück in Seattle zerbrach, kam das Gemälde seiner Fertigstellung einen Schritt näher. Zwei Welten. Wie eine Waage, bei der man auf einer Seite Gewicht auflegt und bei der dadurch die andere Seite nach oben steigt.

Micha wollte unbedingt das fertige Gemälde sehen. Er fühlte sich so stark wie nie zuvor zu dem Bild hingezogen; er hatte das Gefühl, als wäre ein Teil von ihm in dem Bild enthalten. Aber wie viel von Seattle würde er opfern müssen, bevor dieses Bild fertig war?

❖

„Bist du da?", fragte Micha, als er in das Zimmer mit der Stimme trat.

„Ich bin immer da", sagte die Stimme.

„Was ist hier los? Hast du eine Ahnung? Ich brauche eine Perspektive."

„Ich finde, wir sollten mit Rick sprechen."

„Warum? Würde er denn etwas anderes sagen als das, was er immer sagt? ‚Du musst durchhalten. Stark bleiben. Gott steht hinter der ganzen Sache.'"

„Gott *steht* hinter der ganzen Sache, Micha."

„Ich weiß. Ich sage ja nur, dass Rick wie immer sagen wird, dass Gott alles in der Hand hat und dass er weiß, was er tut. Ich hätte aber gern ein paar konkrete, greifbare Antworten."

„Aber wo bleiben dann Hoffnung und Glaube? Im Römerbrief heißt es, wenn wir das, worauf wir hoffen, bereits sehen, ist es keine Hoffnung. Aber wenn wir darauf harren ..."

„Das Problem ist ja nicht, dass ich vom Penthouse in den achten Stock umgezogen bin", polterte Micha aufgebracht.

„So? Was ist denn dann das Problem?"

„Dass ich keine Ahnung habe, wo das alles enden soll."

„Was ist das Schlimmste, das passieren könnte?"

„Keine Ahnung." Micha ging zwei Schritte nach links, drehte sich um und ging zwei Schritte nach rechts.

„Dann müssen wir anfangen, logisch zu denken", sagte die Stimme.

„Das heißt?"

„Es ist offensichtlich, dass jedes Mal, wenn hier etwas Entscheidendes passiert, sich auch in Seattle etwas Entscheidendes verändert. Wenn wir hier etwas gewinnen, verlieren wir dort etwas."

Micha nickte, ohne stehen zu bleiben.

„Wenn wir also wollen, dass in Seattle nichts mehr passiert, müssen wir dafür sorgen, dass hier in Cannon Beach nichts mehr passiert."

„Alles klar, Einstein. Und wie soll ich das anstellen?"

„Das weißt du genau", sagte die Stimme.

„Ich gehe nach Seattle zurück und bleibe dort?"

„Ja."

Micha blieb stehen und schaute geradewegs in die Dunkelheit hinein. „Und mein Leben hier unten hört einfach auf?"

„Nein. Wer sagt, dass du ganz aufhören musst, hierher zu kommen? Niemand. Warum sollten wir nicht ab und zu herfahren? Alle fünf oder sechs Wochen?"

„Aber wenn dadurch die Entdeckungen, die Veränderungen in meinem Herzen, die Fertigstellung des Gemäldes langsamer vorankommen?"

„Dann läuft eben alles ein wenig langsamer. Na und? Das Bild wird trotzdem weitergemalt. Den wichtigsten Teil haben wir bereits geschafft. Wir haben wieder zu Gott zurückgefunden. Und hey, das war ein ganz schöner Ritt! Wäre es nicht sogar ganz gut, wenn der Rest der Reise ein wenig langsamer geht?"

Micha rieb sich mit beiden Händen den Nacken.

„Wir müssen unser Leben in Seattle wieder auf die Reihe bringen", sagte die Stimme.

„Ich weiß nicht. Und wenn Gott möchte, dass ich hierbleibe?"

„Du willst hierbleiben, während unsere Welt in Seattle auseinanderbricht? Wie lange? Bis alles, wofür wir gearbeitet haben, fort ist? Also, ich weiß nicht ... Klar, wir müssen Gottes Willen gehorchen, aber es ist ziemlich schwer, ein parkendes Auto zu lenken."

„Aber wenn Gott sagt, dass ich eine Weile parken soll?" Micha drehte sich um und ging zur Tür. „Danke für die Verwirrung."

Als er hinausging, seufzte die Stimme.

*Willkommen in meiner Welt,* dachte Micha.

❖

Am nächsten Morgen rief Micha Shannon an, um sich zu erkundigen, wie alles lief.

„Hallo, Fremder. Wie ist der Strand?"

„Weiß! Und wie geht es dir?"

„Hier läuft alles gut", sagte Shannon. „Es ist nett, deine Stimme zu hören, aber du wirst erst in eineinhalb Wochen zu deiner Stippvisite erwartet. Vermisst du uns denn schon?"

„Ob ich euch vermisse? Ja, ehrlich gesagt, dich schon. Du bist eine gute Freundin, Shannon."

Als diese Worte aus Michas Mund kamen, war er selbst überrascht. Überrascht, dass er sie gesagt hatte, und überrascht, dass er so lange gebraucht hatte, um sie zu sagen. Sie war wirklich eine gute Freundin. Wie eine ältere Schwester und Mutter in einer Person. „Aber sonst vermisse ich nicht viel. Mir gefällt es hier. Ich mache positive Veränderungen durch."

„Das freut mich für dich. Du klingst auch, als ginge es dir gut."

Nach einigen Routinefragen über die Firma versicherte Shannon ihm, dass alles glattlief und dass alle darauf vorbereitet waren, bei ihrer geplanten Konferenzschaltung am Donnerstag nächste Woche mit ihm zu sprechen. Als Micha auflegte, seufzte er erleichtert auf. Vielleicht hatte sich die Lage in Seattle ja stabilisiert.

Eine tiefe Erleichterung erfüllte ihn.

Während er seine Laufschuhe zuband, dachte er an sein Gespräch mit der Stimme zurück. Vielleicht hatte die Stimme recht. Warum sollte er nicht alle fünf oder sechs Wochen hier vorbeischauen? Oder einmal im Monat? Gott konnte trotzdem an ihm arbeiten. Waren langsame Veränderungen nicht auch oft die nachhaltigsten? Er musste schließlich kein Rennen gewinnen.

Wenn seine Entscheidungen und sein Handeln in Cannon Beach sich auf Seattle auswirkten, warum sollte er dann nicht mehr Zeit dort verbringen und dafür sorgen, dass er diese Veränderungen zumindest etwas mehr unter Kontrolle hatte?

Sarah könnte zwischen seinen Besuchen in Cannon Beach nach Seattle kommen und ihn besuchen. Andererseits hatte Shannon gesagt, dass alles gut lief. Musste er dann sofort zurück?

Er ging zum Strand hinaus und betrachtete den Himmel. Es sah nach Regen aus, aber es störte ihn nicht, im Regen zu laufen. Das Wetter würde andere Leute vom Strand fernhalten und er könnte mit seinen Gedanken allein sein.

Er dachte über die Kehrseite der Medaille nach. Es war das erste Mal seit der Firmengründung, dass er wirklich Zeit für sich hatte. Solange der Aufsichtsrat ihm freigab, konnte er sich diese Zeit auch nehmen. Was war denn das Schlimmste, das passieren konnte? Er könnte in der Erdgeschosswohnung landen, aber er hätte immer noch Aktien im Wert von mindestens 45 Millionen Dollar, die er jederzeit problemlos zu Geld machen konnte.

Er würde noch ein paar Tage in Cannon Beach bleiben, dem Aufsichtsrat bei der Konferenzschaltung erklären, was er machte, und versuchen, die Zeit am Meer zu genießen.

Kaum hatte er die Entscheidung getroffen, vorerst noch hierzubleiben, als ein dumpfer Schmerz durch seinen linken Knöchel schoss. Dumpf, aber trotzdem so stark, dass er strauchelte und im Sand landete.

Er setzte sich auf und rieb sich mit beiden Händen den Knöchel. Dann drehte er ihn nach links und rechts. Die Schmerzen waren nicht übermäßig schlimm, aber doch so stark, dass er nicht weiterlaufen konnte.

Auf dem Rückweg belastete er hauptsächlich sein linkes Bein. Für Alterserscheinungen war es noch ein bisschen zu früh; es musste also etwas anderes sein. Vielleicht eine Zerrung? Nachdem er den Knöchel eine Stunde lang mit einem Eisbeutel gekühlt hatte, wickelte er einen Verband darum und legte seinen Fuß den Rest des Tages hoch.

An diesem Abend ging er früh ins Bett. Der Knöchel war bis zum Morgen bestimmt wieder in Ordnung.

So war es auch. Das Problem kam erst zurück, als er am Freitagnachmittag wieder versuchte zu laufen. Der Knöchel schmerzte wieder, aber dieses Mal viel schlimmer als vorher. Und dieses Mal war es auch am nächsten Morgen noch nicht besser. Und auch nicht am übernächsten.

Als Sarah und er am Sonntagabend nach einem gemeinsamen Essen und anschließendem Kinobesuch zu seinem Auto zurückgingen, sagte sie: „Willst du mir erzählen, was passiert ist?"

„Was meinst du?"

„Warum du humpelst, auch wenn du den ganzen Abend versuchst, es zu verbergen."

„Ich bin neulich am Strand gelaufen, und auf einmal waren diese Schmerzen da."

„Hast du dir den Fuß vertreten?"

„Nein, es kam aus dem Nichts."

„Also, ich weiß ja, dass Machos so etwas nicht gern hören, aber warum gehst du nicht zu meinem Arzt und zeigst ihm deinen Knöchel?"

„Das ist vielleicht gar keine so schlechte Idee. Danke, dass du dich so um mich sorgst, Sarah."

„Das mache ich doch gern."

Er zog sie an sich und gab ihr einen langen, zärtlichen Kuss. Während sie in seinen Armen lag, runzelte er die Stirn und versuchte, das nagende Gefühl zu ignorieren, dass sein Besuch beim Arzt nicht so angenehm ausfallen würde.

## Kapitel 32

AM MONTAGMORGEN KURZ NACH 11:00 UHR betrat ein Arzt das Wartezimmer der Praxis in Cannon Beach. Er klopfte mit seinem Klemmbrett an seine Hand und grinste Micha an.

„Hallo! In Ihrer Krankenakte steht, dass Sie Micha Taylor heißen und ein Freund von Sarah sind. Freut mich, Sie kennenzulernen, und so weiter."

Micha lächelte. Sarah hatte nicht gesagt, was für ein netter Typ ihr Arzt war. „Guten Tag, Dr. McConnell."

„Kommen Sie bitte mit in mein Sprechzimmer. Dann schauen wir uns an, wo es wehtut."

Als sie Platz genommen hatten, wollte der Arzt wissen, was passiert war.

„Als ich vor ein paar Tagen laufen war, traten plötzlich wie aus dem Nichts diese dumpfen Schmerzen in meinem linken Knöchel auf. Es schien keine große Sache. Ich habe den Fuß ein paar Tage geschont und eigentlich damit gerechnet, dass bald wieder alles normal sein würde."

„Aber so war es nicht?" Dr. McConnell nickte und schaute auf sein Klemmbrett. „Wann sind Sie geboren?"

„1980."

„Knapp über dreißig, und das Alter macht sich schon bemerkbar!", lachte der Arzt. „Hatten Sie solche Probleme schon früher?"

„Nein, noch nie."

„Sie haben sich den Fuß in letzter Zeit nicht angestoßen, verdreht, sind gestürzt oder so etwas?"

„Nein."

„Alles klar. Dann werden wir jetzt mal röntgen und schauen, was das Röntgenbild zum Vorschein bringt." Der Arzt ging zur Tür und drehte sich noch einmal zu Micha um. „Bald wissen wir mehr über Ihr rechtes Rad."

„Sie meinen, mein linkes Ra … Bein."

„Sie sind gut, Mann." Der Arzt deutete auf Micha und lachte wieder. „Ich kann mir vorstellen, warum Sarah Sie mag."

Zehn Minuten später bat der Arzt ihn wieder zu sich ins Behandlungszimmer.

„Das große Geheimnis ist gelüftet. Aber ich muss Ihnen zuerst eine kurze Frage stellen, um sicherzugehen, dass ich in Bezug auf diesen Knöchel die richtige Schlussfolgerung gezogen habe."

Micha nickte.

„Sie treiben regelmäßig Sport, nicht wahr?"

„Ich laufe vier- bis fünfmal in der Woche unten am Strand."

„Da haben wir es. Rätsel gelöst." Der Arzt lächelte, als hätte er einen großen Kriminalfall abgeschlossen.

„Verraten Sie mir, was Sie herausgefunden haben?"

„Na, aber klar!" Der Arzt schlug Micha kräftig auf den Rücken und lachte. „Die Röntgenbilder zeigen, dass Sie Ihren Knöchel vor einiger Zeit mal ziemlich lädiert haben. Er war an zwei Stellen gebrochen, es könnten auch Bänder gerissen gewesen sein, wie diese zwei kleinen Metallschrauben vermuten lassen. Sehen Sie?" Der Arzt tippte mit einem Stift an den Bildschirm. „Bei einem einzigen Röntgenbild kann man nicht mit Bestimmtheit sagen, wo das Problem liegt. Um hundertprozentig sicher sein zu können, bräuchte man einen Kernspin, aber auch so ist der Fall ziemlich eindeutig."

Während der Arzt auf die Stelle deutete, an der die Schrauben auf der Röntgenaufnahme deutlich zu sehen waren, wurde Micha am ganzen Körper heiß, und er hatte das Gefühl, gleich in Ohnmacht zu fallen.

„Wer auch immer Sie damals operiert hat, er hat wirklich gute Arbeit geleistet, mein Freund. Jedenfalls haben Sie jetzt Schmerzen, weil Sie den armen alten Knöchel hier an der Küste, wo die feuchte Luft in die Knochen zieht und sie steif macht, ein bisschen zu stark strapazieren."

Während der Arzt sprach, stieg die Hitze auch in Michas Gesicht. Er hatte in seinem ganzen Leben noch nie eine Verletzung am Knöchel gehabt, geschweige denn eine Operation. Aber er starrte die Röntgenaufnahme an, die unübersehbar den alten Bruch und die zwei Schrauben in seinem Fuß zeigte. Entweder handelte es sich bei der Aufnahme nicht um seinen Knöchel, oder etwas sehr Sonderbares passierte hier.

Schon wieder.

„Sind Sie sicher, dass das mein Knöchel ist?"

„Ganz sicher!" Der Arzt schmunzelte.

„Besteht die Möglichkeit herauszufinden, wann ich operiert wurde? Und wo?"

„Geht es Ihnen gut, mein Junge?" Dr. McConnells Lächeln verschwand. „Sie erinnern sich nicht mehr daran?"

„Nein."

Der Arzt wollte noch etwas sagen, unterließ es dann aber. Stattdessen betrachtete er seine Notizen, ohne wirklich darin zu lesen. Schweiß rann von Michas Oberkörper hinab.

Nach einigen beklemmenden Sekunden setzte sich der Arzt vor Micha hin, faltete die Hände und stützte die Ellbogen auf die Knie. Seine fröhliche Lockerheit war verschwunden. „Hören Sie zu, Micha. Sie scheinen ein intelligenter Kerl zu sein, aber es ist ziemlich ungewöhnlich, dass Sie eine solche Sache vollkommen vergessen haben."

Micha atmete lange und langsam aus. „Ich habe noch nie an Amnesie gelitten. Ich hatte noch nie einen Gedächtnisverlust und wüsste auch nicht, dass ich mal einen Schlag auf den Kopf abbekommen hätte oder Ähnliches. Und ich schwöre Ihnen, ich wurde noch nie an diesem Knöchel operiert. Ich hatte bisher an keinem Fuß irgendeine Verletzung."

Der Arzt starrte Micha endlose Sekunden lang an, ohne etwas zu sagen. Schließlich stand er auf und setzte wieder seine ungezwungene Miene auf.

„Also gut. Wenn Sie der Sache auf den Grund gehen wollen, könnten wir ins Internet gehen und uns die nötigen Informationen besorgen."

Der Arzt führte Micha durch einen kurzen Gang in ein Büro, das von Fotos von dem Arzt, seiner Frau und zwei jungen Mädchen beherrscht wurde. Er bedeutete Micha, sich auf das Ledersofa an der anderen Wand zu setzen.

Trotz seines rustikalen Erscheinungsbildes kannte der Mann sich am Computer bestens aus. Nachdem er Micha nach seiner Sozialversicherungsnummer und seinem zweiten Vornamen gefragt hatte, flogen seine Finger über die Tastatur, und die Maus klickte wie Popcorn, das in der Pfanne aufspringt. Keine fünf Minuten später hatte er gefunden, was er suchte.

„Alles klar, hier haben wir es. Alles, was wir über den Gesundheitszustand von Micha Taylor wissen wollen."

Der Arzt schaute mit zusammengekniffenen Augen auf den Bildschirm. Dann lehnte er sich zurück und stieß einen leisen Pfiff aus. „Puh, ich kann Ihnen keinen Vorwurf daraus machen, dass Sie das lieber vergessen wollten. Dieser Bruch war ein Knaller, und dazu haben Sie sich ein Band gerissen. Das tat sicher weh." Der Arzt drehte sich zu Micha herum. „Der Physiotherapeut hat mindestens drei bis vier Monate mit Ihnen an der Reha gearbeitet. Wollen Sie mir immer noch erzählen, dass Sie sich an nichts erinnern können?"

„Nein, ich erinnere mich an überhaupt nichts." Doch dann regte sich eine leichte Übelkeit in ihm, und in diesem Moment erinnerte sich Micha. Wenigstens ein Teil von ihm erinnerte sich. Kleine Erinnerungsfetzen tauchten am Rand seines Bewusstseins auf. Er wusste es, aber er wusste es doch nicht, als handele es sich um das Erlebnis eines anderen, von dem er irgendwann einmal vage, bruchstückhafte Einzelheiten gehört hatte.

„Wo wurde ich operiert?", fragte Micha. Eine Sekunde später wusste er die Antwort. Bevor der Arzt es sagte, nickte er: „In Portland, nicht wahr?"

„Es kommt langsam wieder, was?"

„Ich habe nie in Portland gelebt. Warum sollte ich mich dort operieren lassen?"

„Aber Sie erinnern sich daran?"

„Ja. Nein." Micha hielt sich die Schläfen. „Ich weiß es nicht."

„Es geht mich ja nichts an, Partner, aber vielleicht brauchen Sie nicht nur für Ihren Knöchel, sondern eher für Ihren Kopf ärztliche Hilfe. Ich kenne einige wirklich gute Leute, die auf so etwas spezialisiert sind."

Micha versuchte zu lächeln und reichte dem Arzt die Hand. „Falls ich das in Erwägung ziehe, sind Sie der Erste, dem ich es sage. Danke für Ihre Hilfe bei meinem Knöchel."

Als Micha nach Hause kam, ging er in das Zimmer mit der Stimme. „Okay, sag mir bitte, ob du dich daran erinnerst, dass wir uns den Knöchel verletzt haben."

„Ja und nein. Ich erinnere mich nur an Bruchstücke. Genauso wie du. Nicht mehr."

„Wir müssen der Sache auf den Grund gehen."

„Das heißt?", fragte die Stimme.

„Das heißt, wenn wir beide uns bruchstückhaft daran erinnern, dass unserem Knöchel etwas passiert ist, ist unserem Knöchel vielleicht wirklich etwas passiert."

„Der sichtbare Beweis dafür liegt ja eindeutig vor", schmunzelte die Stimme.

Micha ging vor der Tür auf und ab; drei Schritte nach rechts, Wende, drei Schritte nach links. „Aber wessen Leben soll das gewesen sein? Jedenfalls nicht unseres. Das kann doch nicht sein, wenn die Operation in Portland durchgeführt wurde und wir nie dort gewohnt haben."

„Aber wenn wir den Schmerz in unserem Knöchel fühlen …?"

„… dann ist klar, dass irgendwann in unserem Leben etwas passiert ist, das auf den Röntgenbildern sichtbar wird und diese Schmerzen verursacht."

„Genau", sagte die Stimme.

„Woher kommt also dieses andere Leben? Wenn es nur in meinem Kopf existiert, dann habe ich den Verstand verloren, und wir haben unsere Antwort. Aber die sichtbaren Beweise werden ja immer mehr."

„Wie das Titelblatt dieser Zeitschrift."

Micha blieb stehen. Er schloss die Augen, setzte sich und lehnte sich an die Wand. „Ich sitze in dieser Arztpraxis, ohne mich an irgendeine Fußverletzung erinnern zu können. Dann, bevor ich gehe, sehe ich plötzlich kleine Bruchstücke – eine halbe Sekunde Physiotherapie, dann ein kurzes Bild von einem Footballspiel, bei dem es vermutlich passiert ist. Aber ich kann dir nicht sagen, wann oder wo das war. Dann sehe ich mich mit Krücken, aber nur für einen Moment. Dann ist alles vorbei, und ich kann nicht sagen, ob diese Bilder echte Erinnerungen sind oder ob ich alles nur erfunden habe. Weißt du, wir müssen wohl langsam die sehr reale Möglichkeit in Betracht ziehen, dass wir verrückt sind."

„Wir sind nicht verrückt."

„Wirklich? Meinst du denn, dass Leute, die den Verstand verlieren, sich dessen voll bewusst sind, wenn es passiert?"

„Vertrau mir, Micha. Wir haben den Verstand nicht verloren."

„Was dann?", seufzte Micha.

„Es ist ganz einfach. Wie ich schon sagte: Wir entscheiden uns für ein weises Vorgehen und sorgen dafür, dass in Seattle alles glattläuft. Wir fahren hin und bleiben eine Weile dort."

„Aber Gott ist jetzt wieder das Wichtigste in meinem ganzen Leben. Und du sagst, dass ich ihn in einen Schrank sperren und hierlassen soll? Und was ist mit Sarah? Wir sind inzwischen ein bisschen mehr als nur gute Freunde."

„Ich wiederhole, was ich schon mehrmals gesagt habe: Wir brauchen ja nicht ganz aufhören, hierherzukommen. Ich schlage nur vor, dass wir eine Pause machen. Wen kümmert es schon, wenn der Aufsichtsrat uns so lange freigestellt hat? Diese lange Zeit hier bringt uns um. Fahren wir nach Hause, bringen alles wieder unter Kontrolle und sorgen dafür, dass dieses Parallelleben aufhört und alles wieder zur Ruhe kommt."

„Und wann sollen wir wieder hierherkommen?"

„Wenn wir dazu bereit sind. Vielleicht in einem Monat. Vielleicht in zwei Monaten. Wir werden merken, wenn es so weit ist."

Micha schüttelte den Kopf und schnaubte. „Für dich ist das leichter."

„Wirklich?"

„Du hast dich nicht so sehr auf diese ‚Heilung der gebrochenen Herzen und Befreiung der Gefangenen'-Nummer eingelassen wie ich. Du fühlst nicht das, was ich fühle. Für dich ist es leichter, das alles aufzugeben."

„Vielleicht kannst du aber auch leichter als ich sehen, wie unsere Welt in Seattle langsam verschwindet", sagte die Stimme.

„Zum jetzigen Zeitpunkt fällt es mir weder bei Seattle noch bei Cannon Beach leicht, es aufzugeben."

„Wir geben Cannon Beach nicht auf. Wir kommen jedes zweite Wochenende hierher. Oder jedes dritte."

Micha starrte in die Dunkelheit hinein. Die Stimme widersprach sich, und Micha verstand nicht, warum. Vielleicht lag das an dem bizarren Umstand, dass die Stimme er selbst war und seine eigene Unsicherheit das Gespräch ein wenig schizophren machte. Was auch immer der Grund war, Micha war müde, und sein Knöchel tat immer noch weh.

Vielleicht sollte er aufhören, auf sich selbst zu hören. Vielleicht sollte er einfach tun, was er wollte. Vielleicht sollte er für immer in Cannon Beach bleiben.

Unmöglich. Er konnte das, was er sich in Seattle geschaffen hatte, nicht einfach aufgeben.

Sollte er bleiben? Oder sollte er gehen?

Er brauchte ein Zeichen.

## Kapitel 33

ALS MICHA AM NÄCHSTEN MORGEN auf die Veranda vor seinem Haus hinaustrat, entdeckte er eine Schachtel, die in weißes Papier eingewickelt war und auf der ein weißer Sanddollar lag. Er schlug die kleine Karte auf, die an einer Seite hing, und lächelte.

*Micha,*
*das ist für dich.*
*In Liebe,*
*Sarah*

Er nahm die Schachtel mit auf seine Terrasse. Die Meeresbrandung bildete die perfekte Hintergrundmusik, während er sie öffnete. In der Schachtel fand er einen kleinen Delfin, der aus Teakholz geschnitzt war. Micha lächelte. Perfekt. Er hielt ihn in der Hand, während er das Telefon herausholte und Sarahs Nummer wählte.

„Hallo?"

„Kann ich vorbeikommen?", fragte Micha.

„Du hast mein Geschenk gefunden?"

„Du bist umwerfend, Sarah."

„Danke, du auch. Und ja, bitte komm vorbei!"

Sie verbrachten den Tag zusammen. Sie unterhielten sich

ausgiebig, lachten viel, gingen am Strand spazieren und suchten später *Morris' Fireside* auf, um kurz etwas zu Abend zu essen … und blieben dreieinhalb Stunden. Danach unternahmen sie einen weiteren Spaziergang am Strand und zählten die Lagerfeuer.

„Ich sehne mich nach zwei Dingen", sagte Micha, während sie Hand in Hand zum Haystack Rock schlenderten.

„Nach was?"

„Nach gegrillten Marshmallows und nach mehr Zeit mit dir."

„Das ist eine schlechte Assoziation, Micha. Wirklich schlecht." Sarah legte den Kopf an seine Schulter. „Aber die Idee ist trotzdem gut."

Zwanzig Minuten später saßen sie vor Michas Haus auf der Klippe, grillten Marshmallows über einem Lagerfeuer und verspeisten sie mit Crackern und Schokolade.

„Mit dunkler Schokolade schmecken sie noch besser", sagte Sarah.

„Auf keinen Fall." Micha steckte sich seinen dritten Marshmallowcracker in den Mund.

„Wenn du eines Tages heiratest, dürfen sich deine Kinder dann selbst aussuchen, was sie mögen? Dürfen sie selbst entscheiden, ob sie Milchschokolade oder dunkle Schokolade essen wollen?"

Micha steckte den nächsten Marshmallow auf seinen Grillstab und hielt ihn über die Glut. „Wie viele Kinder willst du?"

Sarah schaute ins Feuer und schluckte. „Wer sagt, dass ich überhaupt welche will?"

„Niemand. Aber falls du welche willst?"

Sarah zog die Haut eines gegrillten Marshmallows ab und brachte die weiße Masse darunter zum Vorschein. „Drei. Einen Jungen, ein Mädchen und eins, das sich selbst aussuchen darf, was es werden will."

„Klingt perfekt." Micha ließ die herrliche Verlegenheit auf sich wirken, die er über das empfand, was sie da eben gesagt hatten, ohne es zu sagen, und lächelte. Er fragte sich, was Sarah gerade dachte. Aber eigentlich fragte er sich das nicht. Er wusste es. Wenigstens hoffte er es.

Als er seinen vierten Marshmallowcracker verspeist hatte, zog er Sarah an sich heran und gab ihr einen Kuss, der noch lange auf seinen Lippen nachklang. „Mein Leben wäre ohne dich furchtbar unvollständig."

„Meins ohne dich auch." Sie vergrub den Kopf an seiner Brust und hielt ihn fest.

Micha ging an diesem Abend mit einem so guten Gefühl ins Bett, wie er es seit Tagen nicht mehr gehabt hatte. Das Zusammensein mit Sarah machte ihn immer ruhiger. Er hatte ihr gesagt, dass sein Leben ohne sie unvollständig wäre, aber eine bessere Beschreibung war eigentlich, dass sie sein Leben vervollständigte, wie das noch keine andere Frau gekonnt hatte. Wenn er das nächste Mal in Seattle war, musste er unbedingt mal bei einem Juwelier nach Verlobungsringen schauen.

Sarah, seine Beziehung zu Gott, seine Freundschaft mit Rick, die Schönheit von Cannon Beach ... *RimSoft* konnte warten. Oder nicht?

Das Problem war, dass er das nicht mit Bestimmtheit wissen konnte. Teile seiner Welt in Seattle konnten sich in Luft auflösen, ohne dass er es überhaupt mitbekam, solange er nicht dort war. Ein Anflug von Angst schlich sich in sein Denken.

Archies nächster Brief war hoffentlich gut.

*13. September 1991*

*Lieber Micha,*

*wieder schreibe ich dir heute nur einen Vers aus der Bibel. Dieser Vers ist voller Macht und Sehnsucht. „Dann ist Gott selbst dein kostbarer Schatz, dann bedeutet er dir mehr als alles Gold und Silber" (Hiob 22,25).*

*Wenn du diesen Bibelvers in dein Herz dringen lässt, wirst du bestimmt wissen, in welches Zimmer du gehen sollst. In diesem Zimmer ist der Schatz des Reiches Gottes. Ich sage es noch einmal: Der Schatz des Reiches Gottes befindet sich in diesem Zimmer.*

*Mit Gottes grenzenloser Liebe zu dir,*
*Archie*

Micha saß lange auf seiner Terrasse und dachte über diesen Vers nach. Er wollte aufspringen und in das strahlende Zimmer laufen, aber er beherrschte sich, da er wusste, dass er den Vers, den Archie ihm gegeben hatte, nicht einfach lesen, sondern ihn verarbeiten und auf sich wirken lassen sollte, bevor er danach handelte.

Nach einer Stunde stand er auf, ging ins Haus und stieg die Treppe hinauf zu der Tür, durch die er so gern eintreten wollte. Das Zimmer hatte seinen Verstand, seine Gefühle und die Tiefen seines Herzens gepackt. Er zweifelte nicht daran, dass er darin Antworten finden würde.

Seit er vor zwei Wochen teilweise hineingekommen war, hatte es keine Fortschritte mehr gegeben. Er war seitdem nicht einmal mehr so weit gekommen, und die Tür war weiterhin aus gewöhnlichem Holz. Aber mit Archies Brief und dem Vers als Unterstützung hoffte er, dass er dieses Mal vollständig eintreten konnte.

Als er oben an der Treppe ankam, nahm er eine Bewegung auf der Oberfläche der Tür wahr. Farben bewegten sich wie eine sich langsam drehende Galaxie aus Gold und Silber. Es kostete ihn große Mühe, weiterzugehen, so als klebten seine Füße in Honig fest. Sobald der Zeigefinger seiner linken Hand die Tür berührte, wurde er von einem See aus Wärme erfasst, und er schloss unwillkürlich die Augen.

Frieden erfüllte ihn. Es gab keine Sorgen, keine Probleme, nur ein überwältigendes Gefühl von Richtigkeit und Liebe, als umgebe ihn eine grenzenlose, greifbare Freude, die mit jedem Moment tiefer in seinen Körper eindrang. Er bewegte sich vor, einen Schritt, zwei, drei, als wäre die Tür flüssig. Aber er war immer noch nicht in dem Raum.

Und er war auch nicht mehr auf dem Flur.

So unmöglich es auch schien, er stand *in* der Tür. Es war ein Gefühl, als befände er sich unter Wasser. Die Temperatur war auf unwirkliche Weise zwischen warm und kalt. Die Tür schien sich um ihn herum zu bewegen, und obwohl seine Augen geschlossen waren, spürte er, dass das Licht mit jedem Schritt, den er tat, heller wurde.

Er streckte die Finger weit auseinander und bewegte sie. Ja, die Materie um ihn herum war wie Wasser. Er wollte weitergehen, aber es ging nicht. Wenige Sekunden später baute sich ein leichter Druck vor ihm auf und schob ihn rückwärts auf den Gang hinaus, sanft wie eine Mutter, die ein schlafendes Kind in sein Bett legt, nachdem sie es in ihren Armen in den Schlaf gewiegt hat.

Er schlug die Augen auf. Die Tür war wieder normal, und nichts wies auf das hin, was gerade geschehen war. Trotzdem hatte er den Eindruck, dass er dieses Zimmer bald vollständig betreten würde.

❖

Als Micha den Strand entlangging, traf er eine Entscheidung. Er musste in Cannon Beach bleiben. Seine Stimme hatte unrecht. Egal, was in Seattle vielleicht passierte, es lohnte sich nicht, dafür das zurückzulassen, was Gott hier bewirkte. Ja, er würde irgendwann nach Seattle zurückfahren und dort nach dem Rechten sehen, aber für den Moment würde er weiter von hier aus arbeiten.

An diesem Abend aß Micha Fettuccine mit Meeresfrüchten und Räucherlachs, während er sich mit Rick über das strahlende Zimmer unterhielt.

„Du weißt, was in dem Zimmer ist, nicht wahr?“, sagte Micha.

„Ja, vielleicht. Aber ich würde alles kaputt machen, wenn ich es dir erzähle.“ Rick lächelte. „Diese Entdeckung musst du selbst machen. Außerdem könnte es sein, dass ich mich irre.“

Ricks Zuversicht war ermutigend, aber es frustrierte Micha, dass er diesen Prozess nicht beschleunigen konnte. Gott ließ sich nicht hetzen. Das hatte er kapiert. Aber wie lange musste er noch warten? Eine Woche? Einen Monat? Er wollte die Entdeckung *jetzt* machen!

Während der Heimfahrt versuchte er sich einzureden, dass seine Welt perfekt sei, aber die Angst in seinem Hinterkopf erlaubte ihm das nicht. Micha spürte, dass etwas auf ihn zukam. Etwas, das alles andere als perfekt war.

# Kapitel 34

MICHA WAR ÜBERZEUGT, dass Rick genau wusste, was sich in dem strahlenden Zimmer befand. Aber wie konnte er Rick dazu bringen, es ihm zu verraten?

Am Donnerstagnachmittag schlenderte Micha durch die Main Street und beschäftigte sich mit dieser Frage, als ihn eine Stimme aus seinen Gedanken riss und in eine völlig neue Richtung lenkte.

„Micha?"

Er kannte diese Stimme. Micha drehte sich um. Eine Frau in Khakishorts und einem blauen Oberteil eilte auf ihn zu. Sie schob einen Kinderwagen; sie war offensichtlich die Mutter des Kindes, das darin lag.

„Du bist es wirklich, Micha! Das ist ja ein Ding! Ich habe mich immer gefragt, ob wir uns irgendwann zufällig treffen würden. Aber ich habe nie erwartet, dass es tatsächlich passiert, und jetzt ..." Die Frau lachte. Dann fiel sie Micha um den Hals und drückte ihn an sich. „Entschuldige, ich rede zu viel. Es ist nur so ... so überwältigend, dich zu sehen. Meine Güte, wie lange ist es her? Viel zu lange."

Micha konnte nur hoffen, dass die Frau nicht merkte, dass das Grinsen in seinem Gesicht völlig unecht war. Kannte er sie? Ihre Stimme war ihm vertraut, aber sie? Moment mal ... vielleicht ... Während er ihr in die Augen schaute, schossen

Erinnerungsfetzen durch seinen Kopf wie Szenen aus verschiedenen Fernsehsendungen aus der Kindheit, die alle völlig aus dem Zusammenhang gerissen waren und nichts miteinander zu tun hatten.

Die Frau fuchtelte mit der Hand vor seinem Gesicht herum. „Hallo? Geht es dir gut?"

„Nein, ich meine, ja. Alles klar." Er zwang sich zu einem Lachen. „Ich bin nur so überrascht, dich zu sehen."

„Ja, ja, das kann ich mir denken. Nach so langer Zeit, nicht wahr? Wir haben uns damals versprochen, dass wir in Kontakt bleiben wollten." Die Frau hielt die Faust mit abstehendem Daumen und kleinem Finger in die Höhe, als hätte sie ein Telefon in der Hand. „Aber nein, keiner von uns hat den anderen angerufen. Aber so ist das Leben. Oh Micha, du siehst gut aus! Erzähl mir, was bei dir so läuft! Was hast du aus deinem Leben gemacht? Wohin hat es dich getrieben, nachdem wir uns getrennt hatten?"

Weitere Erinnerungen meldeten sich. Nächtliche Spaziergänge mit ihr irgendwo an einem schmalen Strand … am Meer? Ja. Wie lange war das her? Sieben, acht Jahre? Mehr? Weniger? „Ich lebe in Seattle. Ich habe dort eine Softwarefirma aufgebaut."

„Du nimmst mich auf den Arm. Software? Wirklich? Das haut mich wirklich um. Ich hätte nie geglaubt, dass du diese Richtung einschlägst. Du hattest doch eine so große Leidenschaft für deine …"

„Wäääähhhh." Das Baby unterbrach sie mit einem durchdringenden Weinen, und erst jetzt registrierte Micha den Mann, der hinter der Frau stand.

Ein kurzer Blick auf das perfekt gebügelte Polohemd, die makellose braune Hose und die gerunzelte Stirn des Mannes verriet Micha, dass dieser Kerl einer von der eifersüchtigen Sorte war und von der offensichtlichen Begeisterung der Frau über die Begegnung mit Micha nicht angetan war.

„Äh, Schatz, du bist nicht allein hier", sagte der Mann.

Die Frau verzog kurz das Gesicht, bevor sie sich zu dem Mann umdrehte. „Entschuldige. Schatz, das ist Micha Taylor. Wir waren vor vielen Jahren miteinander befreundet; ich habe dir wahrscheinlich schon von ihm erzählt. Micha, das ist mein Mann, und das hier ist mein kleiner Prinz." Sie hob das Baby aus dem Kinderwagen und setzte es auf ihre Hüfte.

„Leidenschaft wofür?", fragte Micha.

„Was?"

„Leidenschaft wofür?", wiederholte er.

„Entschuldige, ich kann dir nicht ganz folgen."

„Du hast gesagt, dass du überrascht bist, dass ich eine Softwarefirma gegründet habe, wegen meiner Leidenschaft für ..."

„Ach so. Ja, ja", lachte sie, legte das Baby wieder in den Kinderwagen und wickelte es in eine dunkelblaue Decke. „Erzähl mir nicht, du hättest es aufgesteckt. Ich hätte mir nie vorstellen können, dass du deinen Traum aufgibst!"

Während sie ihre E-Mail-Adressen austauschten, versuchte er, die Puzzlestücke zusammenzufügen. Er könnte sie nicht noch einmal fragen, da ihr Mann wie eine puritanische Anstandsdame hinter ihnen lauerte.

„Wir müssen weiter, Micha. Es war schön, dich zu treffen. Gib deinen Traum nicht auf."

„Was *war* der Traum?"

„Als wüsstest du das nicht!", lachte sie und schob den Kinderwagen weiter.

Konnte ihm denn niemand eine klare Antwort geben?

Als Micha zurückkam, ging er durchs Haus, ohne ein klares Ziel zu haben, und hoffte auf irgendeine Form der Inspiration, auf Antworten. Schließlich stand er in dem Flur, der zum Atelier führte.

Eine gute Idee. Er könnte nachsehen, ob sich etwas an dem Gemälde verändert hatte.

Er schob die Tür auf. Das Bild tauchte in seinem Blickfeld auf. Es wies eindeutig Veränderungen auf; leichte, aber entscheidende Veränderungen. Die Umrisse von zwei Menschen waren am linken Rand des Bildes dazugemalt worden, und in der Nähe des Wassers sah es aus, als würde ein kleiner Junge eine Sandburg bauen.

„Nimm mich mit in dieses Bild, Herr."

Der nächste Gedanke folgte schnell. Was hatte er in Seattle verloren?

Micha rief Shannon an und wartete mit einer fadenscheinigen Begründung für seinen Anruf auf. Sie erklärte ihm zum wiederholten Mal, dass bei *RimSoft* alles gut lief. Vielleicht irrte er sich. Vielleicht war die Vollkommenheit wie ein Schmetterling auf seinem Leben gelandet und würde für immer bleiben. Etwas beruhigt, aber trotzdem mit einem unbehaglichen Gefühl legte er auf. Egal, was er sich einredete, er konnte das Gefühl nicht abschütteln, dass sich eine Katastrophe anbahnte.

Nach dem Essen legte sich Micha auf die Polsterliege im Wohnzimmer und versuchte einzudösen. Er war müde vom Nachdenken, müde vom Beten, müde von dem Versuch herauszufinden, was Gott mit ihm vorhatte.

In seinen beiden Leben.

Er war fast eingeschlafen, als das Telefon klingelte. „Ja?"

„Hallo", sagte Sarah.

„Auch hallo. Ich habe gerade an dich gedacht."

„Etwas Schönes?"

„Etwas Wunderbares." Micha lächelte mit geschlossenen Augen. Er stand auf, schlenderte zu dem Sofa vor dem Kamin hinüber und ließ sich rückwärts auf die weichen Kissen fallen, die darauf verteilt waren.

„Hast du Lust auf etwas ganz Tolles?", fragte Sarah.

„Ist das eine rhetorische Frage?"

„Ja."

„Was hast du vor?"

„Das Kunstfestival in Nehalem. Was hältst du davon, wenn wir an diesem Wochenende hinfahren und es uns anschauen?"

„Klingt gut!"

„Wie wäre es mit morgen, es sei denn, du hast etwas anderes vor."

„Und wenn ich etwas vorhabe?" Micha schlenderte in seine Küche.

„Dann sag ihr, dass du leider eine andere liebst."

„Du bist echt witzig …"

„Danke."

„… manchmal", beendete Micha seinen Satz. „Soll ich dich um elf abholen?"

„Ausgezeichnet."

Micha legte auf und lächelte. Er war eindeutig verliebt. So verliebt, dass er den Rest seines Lebens mit Sarah verbringen wollte.

✲⋅          ❖

Das Kunstfestival wartete mit über 30 Ausstellungsständen voller Bilder, Schnitzarbeiten und anderen Sachen auf. Einige waren mit Waren überfrachtet, andere hatten gerade die richtige Menge an Angeboten.

Sie schlenderten an Trockenblumengestecken, handgemachten Brettspielen und Duftkerzen vorbei, bevor sie an einem Stand mit Gemälden stehen blieben. Die Künstlerin saß mit dem Rücken zu ihnen auf einem großen Holzhocker. Sie war in die Anfänge eines neuen Bildes vertieft: ein ausgetrocknetes Flussbett in den Bergen.

„Gefallen dir die Bilder?" Sarah deutete auf die Ausstellungsstücke.

„Ja. Und dir?"

„Sie sind nicht ganz mein Stil."

„Und was ist dein Stil?"

„Das sag ich dir, wenn ich ihn sehe", erwiderte Sarah.

Micha schaute ihr nach, wie sie wegging, und merkte gar nicht, dass er sich nicht von der Stelle gerührt hatte. Er betrachtete immer noch das Bild. Sarah kam wieder zu ihm zurück. „Warum gefallen dir diese Bilder so sehr?"

„Sie regen mich irgendwie an. Sie schaffen Eindrücke in meinem Kopf. Und ihre Technik fasziniert mich."

„Ihnen fällt an meinem Bild etwas auf, ja?" Die Künstlerin sprach mit ihnen, ohne sich umzudrehen. Sarah und Micha lächelten sich an und formten gleichzeitig tonlos mit den Lippen die Worte: *„Gute Ohren."*

„Ja, mir fällt einiges auf", antwortete Micha.

„Verraten Sie es mir?"

„Ihr Bild erinnert mich an LaQues Arbeiten, so, wie Sie die Schatten einsetzen, und an Thomas Glovers Blick fürs Detail."

„Gut! Sehr gut. Ich habe die Arbeiten von beiden eingehend studiert. Sind Sie Kunstsammler oder selbst Maler?"

„Nein, nein. Keins von beidem." Micha senkte den Blick. „Ehrlich gesagt weiß ich gar nicht, woher diese Bemerkung gerade kam."

„Gedanken müssen von irgendwoher kommen. Durchschnittlichen Laien sind diese zwei Künstler kaum bekannt. Und der Stil der beiden unterscheidet sich stark voneinander. Deshalb ist es ungewöhnlich, dass Ihnen ihr Einfluss auf meine Arbeit auffällt. Sie haben viel Ahnung vom Malen, nicht wahr?"

„Ähm … danke. Ich wünsche Ihnen weiterhin viel Erfolg."

Als sie weggingen, stieß Sarah Micha den Ellenbogen in die Rippen.

Er sprang einen Schritt zur Seite. „Hey! Aua!"

„Muss ich jetzt Kunstkritiker zu der Liste mit deinen

Fähigkeiten hinzufügen?" Sie lachte, warf die Arme um seinen Hals und küsste ihn.

„Nein."

„Was meinst du mit Nein? Diese Malerin war ehrlich überrascht. Und beeindruckt. Offenbar weißt du ziemlich gut über Kunst Bescheid, wenn du sagen kannst, von welchen Künstlern sie beeinflusst wurde."

Micha runzelte nur die Stirn und ging weiter.

„Micha?"

„Ich weiß ehrlich nicht, woher das kam." Er drehte sich um und rieb sich mit beiden Händen über das Gesicht. „Im Ernst. Aus irgendeinem Grund kannte ich diese Namen einfach und habe ihren Stil in diesem Bild gesehen. Aber jetzt ist es wieder weg. Ich kann mich nicht einmal mehr genau erinnern, was ich gesagt habe."

„Was?"

„In der einen Sekunde schaue ich dieses Bild einfach an wie jeder andere; und in der nächsten leuchtet eine Glühbirne in meinem Kopf auf und – wumm! – ich weiß, wer ihren Stil beeinflusst hat und kenne ihre Namen. Genauso klar und deutlich, als wenn es sich um Software handeln würde. Ein Fenster geht auf, und ich sehe eine andere Welt." Micha schnippte mit den Fingern. „Und genauso schnell ist es wieder fort. Das Fenster geht zu, und ich bin wieder ich."

„Und das geht so seit …?"

„Seit drei Monaten." Micha blieb stehen und schaute Sarah direkt an. „Und es geht immer schneller."

„Immer schneller?"

„Es passiert immer häufiger." Micha ging in Richtung Strand.

„Willst du darüber sprechen?"

Micha blieb wieder stehen. „Ja. Ich weiß, dass ich damit ein großes Risiko eingehe, aber ich erzähle dir alles, was passiert ist, okay?"

Sarah nickte.

„Erinnerst du dich daran, dass du mich neulich abends fragtest, wie meine geistliche Reise verläuft? Wie es mir dabei geht? Also, wenn du viel Zeit hast, erzähle ich es dir. Aber ich warne dich: Es ist eine lange Geschichte."

„Warum gehst du damit ein großes Risiko ein?"

„Weil du, wenn ich fertig bin, entweder denken wirst, dass Gott auf eine ziemlich seltsame, schöne und unglaubliche Weise bei mir am Werk ist – oder dass ich völlig durchgedreht bin."

Sarah berührte seinen Unterarm. „Ich *weiß* ja schon, dass Gott ständig auf seltsame und unglaubliche Weise wirkt. Deine Geschichte muss also wirklich sehr ungewöhnlich sein, wenn ich dich für verrückt halten soll."

„Das könnte wirklich passieren. Versprich mir, mir nicht zu sagen, dass ich verrückt bin, wenn ich fertig erzählt habe – auch wenn du es denkst."

„Einverstanden. Jetzt fang bitte endlich an und spann mich nicht länger so auf die Folter."

Als sie den Strand erreichten, setzten sie sich auf eine Düne, und Micha erzählte Sarah alles – angefangen bei dem Tag, an dem Archies Brief bei *RimSoft* eingetrudelt war. Er beschrieb das Erinnerungszimmer, das Schreinzimmer, das Fallschirmspringen, das Atelier und das Filmzimmer, den Raum mit dem *Wildcats*-Trikot, sogar das strahlende Zimmer, das er nicht betreten konnte.

Er erzählte ihr, wie das gerahmte Titelblatt der *Inc.* von seiner Wand in Seattle verschwunden war, dass er mit Brad *nicht* Squash gespielt hatte und dass er bei einer Party einen Mann namens Rafi *nicht* getroffen hatte. Dass Julie aus seiner Geschichte verschwunden war, dass er das Titelblatt von *Coast Life* mit seinem Namen darauf gefunden hatte und dass sein Knöchel von einem Augenblick auf den anderen die Folgen einer schweren Verletzung und Operation aufwies.

Er berichtete, wie er auf der Straße eine frühere Freundin getroffen hatte, an die er sich nicht erinnern konnte, dass der Börsenkurs seiner Firma gefallen war, ohne dass jemand das seltsam fand, dass ihm vorher das Penthouse gehört hatte und seine Wohnung sich jetzt plötzlich nur noch im 8. Stock befand. Und dass sein Auto an einem Tag so viele Kilometer zurückgelegt hatte, wie man normalerweise in einem ganzen Jahr fährt.

Als er fertig war, schleuderte Micha mit dem Fuß ein wenig Sand in die Luft. „So. Glaubst du, ich bin verrückt?"

„Ich glaube, Gott hat hier ganz eindeutig die Finger im Spiel. Aber ich frage mich, ob du das genauso siehst."

„Natürlich glaube ich, dass er dahintersteckt. Warum zweifelst du daran?"

„Mir ist klar, dass du das mit deinem Verstand glaubst. Aber weißt du es auch in deinem Herzen?"

Micha antwortete nicht.

„Wenn man sich auf Gott einlässt, geht es um alles oder nichts. Neunundneunzig Prozent genügen nicht. Entweder, oder."

„Worauf willst du hinaus?"

Wenn du von den Dingen sprichst, die du verloren hast – von dem gefallenen Aktienkurs, von dem Penthouse, von den -zig-tausend Kilometern mehr auf deinem Tacho –, dann hört es sich an, als hättest du deinen besten Freund verloren."

„Natürlich bin ich davon nicht begeistert", knurrte Micha und fuhr mit den Händen durch den Sand. „Zeig mir einen Menschen, der so etwas toll fände. Mein Leben ist wie ein Tornado, und ich bin vom Auge des Sturms weit entfernt. Ich habe konkrete Ereignisse in meinem Leben verloren, von denen ich *weiß*, dass sie passiert sind, und habe andere gewonnen, von denen ich weiß, dass sie nicht passiert sind."

„Aber diese Dinge *sind* passiert, Micha."

„Wie meinst du das?"

„Wie kannst du leugnen, dass etwas so Eindeutiges wie ein gebrochener Knöchel nicht wirklich passiert wäre, wo du doch selbst die Röntgenaufnahme gesehen hast? Oder das Titelblatt der Zeitschrift?"

„Das kann ich nicht leugnen."

„Also ist es real? Dieses andere Leben?"

„Keine Ahnung." Micha rieb sich die Augen und seufzte.

„Ich werde dich jetzt endgültig verwirren." Sarah beugte sich vor und ergriff seine Hände. „Aber vielleicht hilft es dir zu akzeptieren, dass dieses andere Leben, von dem du vermeintlich nur kleine Bruchstücke erlebst, tatsächlich real ist."

„Einverstanden."

„Ich erinnere mich, dass du es mir erzählt hast."

„Was habe ich dir erzählt?"

„Das mit deinem Knöchel. Die Verletzung. Du hast mir erzählt, wie es passiert ist."

„Wo war ich denn während dieses angeblichen Gesprächs?" Micha starrte sie an.

„Wir haben vor ungefähr einem Monat darüber gesprochen. Du hast mir erzählt, dass du dir deinen Knöchel ruiniert hast, als du vor ungefähr sechs Jahren beim Footballspielen unglücklich auf dem Fuß eines anderen Spielers gelandet bist. Deshalb ist mir das leichte Humpeln aufgefallen und deshalb war ich nicht überrascht, als du mich nach einem guten Arzt gefragt hast."

Micha schlug auf den Sand. „Genau davon spreche ich! Findest du nicht, dass ein bisschen Panik berechtigt ist, wenn mein Leben in den letzten viereinhalb Monaten so bizarr geworden ist?"

„Ich gebe zu, dass es ungewöhnlich ist."

Micha schaute sie ungläubig an.

„Also gut, mehr als ungewöhnlich, aber Gott hat in deinem Leben doch wirklich erstaunliche Dinge getan, seit du hierher gekommen bist."

„Einverstanden."

„Vertraust du ihm also wirklich oder nicht? Sind diese bizarren Veränderungen ein Teil seines Plans oder nicht? Glaubst du, dass du, egal, was passiert, dein Leben nicht unter Kontrolle haben musst, weil Gott alles unter Kontrolle hat?"

Er gab ihr wieder keine Antwort.

„Ich glaube, für dich ist das alles deshalb so schwer, weil du immer noch daran hängst."

„Woran?"

„An deinem vermeintlich geordneten Leben." Sarah stand auf, wischte sich den Sand von ihrer Jeans und hielt ihm die Hand hin, um ihn auf die Beine zu ziehen.

Micha starrte sie an. „Jedenfalls weiß ich, dass du gut für mich bist, auch wenn du mich manchmal in den Wahnsinn treibst."

„Das nehme ich jetzt mal als Kompliment", lächelte Sarah.

Im Auto war es für den größten Teil der Rückfahrt nach Cannon Beach still. Sarah war ungewöhnlich schweigsam – einfühlsam wie immer. Er brauchte Zeit, um ihr Gespräch zu verarbeiten, und sie gab ihm diese Zeit. Vielleicht wäre es angenehmer gewesen, wenn sie gesprochen hätte. In der Stille musste er sich ihren Worten stellen, und wie gewöhnlich hatte sie recht. Eine Welle der Frustration überrollte ihn.

Er wurde es müde, dass sie ihn ständig so bedrängte, dass sie ihn zwingen wollte, sich damit auseinanderzusetzen, dass …

Vielleicht wäre er ohne sie besser dran.

*Was?*

Er blinzelte überrascht, dass dieser Gedanke plötzlich so stark da war. Sarah aufgeben? Niemals. Verrückter Gedanke. Er schüttelte den Kopf, wie um diesen Gedanken aus seinem Kopf zu vertreiben.

Während sie durch den Arch Cape-Tunnel fuhren, hielt Micha den Atem an, eine Gewohnheit, die er noch aus seiner Kindheit beibehalten hatte. Das passte ja perfekt auf sein Leben: Er bewegte sich durch die Dunkelheit und hielt den Atem an und wartete, was als Nächstes passieren würde.

Morgen würde er etwas unternehmen, um sich von seinem dualen Leben abzulenken. Etwas so Aufregendes, dass er keine Zeit zum Nachdenken hätte.

Etwas, das wahrscheinlich ein wenig idiotisch war.

## Kapitel 35

ALS MICHA AM SONNTAGMORGEN AUFWACHTE, war er immer noch fest entschlossen, sich von seinem nervenaufreibenden „Doppelleben" abzulenken. Kajakfahren im Meer wäre die perfekte Ablenkung. Er hatte in einem Buch davon gelesen und beschlossen, dass heute der ideale Tag war, um es mit den Wellen an der Küste von Oregon aufzunehmen. Er hatte so etwas zwar noch nie gemacht, und vielleicht war es ein wenig riskant, aber wie schwer konnte es schon sein?

Zehn Minuten später stand er im *Surf Shop* und schaute sich die Kajaks an. Er brauchte wohl auch einen Neoprenanzug. Obwohl es erst Anfang September war, lag die Wassertemperatur höchstens bei 10 bis 12 Grad, und Micha hatte nicht die Absicht zu erfrieren.

„Haben Sie das schon mal gemacht?", fragte der Verkäufer, als er den Betrag in die Kasse eingab.

„Ja." Micha dachte an die Zeit zurück, als er als Kind auf der ruhigen Oberfläche des Lake Union in Seattle herumgepaddelt war. „Klar. Warum?"

„Da draußen kann es ein wenig stürmisch werden. Nicht, dass Sie von den Wellen überrascht werden."

„Ich komme schon klar." Aber er war ganz und gar nicht so zuversichtlich, wie er klang.

❖

Er wollte im Oswald West State Park, der 15 Autominuten südlich von Cannon Beach lag, ins Wasser gehen. Er hatte gehört, dass es dort zum Kajakfahren ideal sei. Der Indian Beach gleich nördlich des Ecola State Parks lag zwar näher, aber hier war die Bucht breiter, hatte weniger Felsen, die man umfahren musste, und hoffentlich waren hier auch weniger Leute, die seine ersten Versuche beobachten würden.

Ein feiner, gleichmäßiger Regen fiel, als er auf den Parkplatz einbog. Als er sein Kajak abgeladen hatte, hatte der Wind aufgefrischt und wehte jetzt mit mindestens 25 Stundenkilometern.

Der Fußmarsch zum Strand war länger, als er gedacht hatte, aber die Schönheit der Natur machte die Anstrengung wett. Massive Douglastannen schirmten den Regen fast vollständig ab, und die Stille des Waldes erfüllte ihn mit einem Gefühl von Frieden. Das einzige Geräusch war ein Fluss, den er auf grob gebauten Holzbrücken zweimal überquerte.

Kurz bevor er die Bucht erreichte, blieb er vor einem Schild stehen, das verkündete: *„Ungewöhnlich hohe Wellen, tiefes Wasser und starke Strömungen. Wir raten zu besonderer Vorsicht.“* Micha warf einen Blick auf die Bucht und dann wieder auf das Schild. Kein Problem. Er würde aufpassen.

Als er den Strand erreichte, war der Wind noch stärker geworden, aber es fiel nur noch ein feiner Nieselregen. Er wartete ein paar Minuten, um zu Atem zu kommen, und beobachtete die stürmischen Wellen. Lächelnd schaute der sein Kajak an. Er fühlte sich lebendig. Und allein.

Während er die Abdeckung befestigte, sah Micha, wie eine Mischung aus Sand, Wasser und Schaum um seine Knöchel spielte. Die Wellen bewegten sich leicht von Nord nach Süd. Deshalb plante er, gegen die Strömung zum nördlichen Ende der Bucht hinauszupaddeln und sich dann von den Wellen wieder in die Mitte der Bucht treiben zu lassen.

Ein netter Plan.

Er durchschnitt die erste Wellenfront, als wäre das Wasser geschlagene Sahne. Überraschend schnell fand er in einen guten Rhythmus, aber mit dem zweiten Wellenansturm hatte Micha ziemlich viele Probleme. Sie waren stärker als erwartet und wollten sein Kajak zur Seite abdrängen. Aber er kämpfte sich weiter. Sein Atem wurde angestrengter und seine Augen wurden vor Konzentration ganz schmal.

Der Regen wurde wieder kräftiger, und auch der Wind legte an Stärke zu. Die sanfte Berührung des Nieselregens wich einem starken Guss, der wie Nadelstiche auf sein Gesicht und seine Unterarme prasselte. Aber er war fest entschlossen, weiterzupaddeln, und ließ sich durch nichts von seinem Vorhaben ablenken.

Die nächsten hohen Wellen kamen bedrohlich schnell auf ihn zu, und die Worte des Kajakverkäufers schossen ihm durch den Kopf. *„Nicht, dass Sie von den Wellen überrascht werden."*

Ein Teil von Micha wollte die intelligentere Entscheidung treffen und ans Ufer zurückfahren, aber eine lautere Stimme zog ihn weiter aufs Meer hinaus. Er sehnte sich danach, wieder ein Leben mit hohen Risiken und großen Belohnungen zu führen. Wie damals, als er *RimSoft* gegründet hatte. Er hatte dieses Gefühl, ganz und gar lebendig zu sein, beim Fallschirmspringen erlebt, ja. Aber das jetzt war keine zweite Realität, in die Gott ihn geführt hatte. Dieses Abenteuer erlebte er hier und jetzt. Mitten in seinem Leben. Er wollte das. Er brauchte es. Es rührte etwas in ihm an, das größer war als er selbst.

Eine große Welle brach über ihm. Das war nicht die harmlose Welle, die er erwartet hatte, sondern eine drei Meter hohe Mauer, wie er sie vom Ufer aus gesehen, aber ignoriert hatte. Micha strengte sich an, um sein Kajak direkt in die Welle hineinzusteuern, verfehlte das Ziel aber knapp. Es waren nur einige Grad, aber das genügte, dass das ganze Gewicht des Wassers auf ihn niederstürzte.

Er rang nach Luft. Im nächsten Moment setzte das Meer zum Angriff auf seine Nase und seinen Mund an und wollte in seine Lunge eindringen. Dann folgte ein wildes Durcheinander aus Purzeln, Schlagen und Ziehen. Die Welle riss ihn aus seinem Kajak und drückte ihn auf den Meeresgrund hinunter.

Fünf Sekunden kamen ihm vor wie eine Ewigkeit. Hektisch suchte er das Licht, der einzige Hinweis darauf, wo oben und unten war. Der stärkste Teil der Welle ging über ihn hinweg. Micha bemühte sich mit aller Kraft aufzutauchen.

Ihm ging die Luft aus.

Endlich erreichte er die Wasseroberfläche und rang keuchend nach Luft.

Die nächste Welle brach sich über ihm, und er wurde wieder in die Tiefe gezogen und bewegte sich mit einem Salto zum Meeresgrund hinab, wo er sich den Fuß an einem scharfen Felsen aufschlitzte. Der Gedanke an Haie schoss ihm durch den Kopf, wurde aber sofort wieder in den Hintergrund gedrängt, weil er seine ganze Energie darauf verwenden musste, den nächsten Atemzug zu bekommen.

Er tauchte wieder auf und schwamm mit kräftigen Bewegungen aufs Ufer zu. Seine einzige Überlebenschance bestand darin, lange genug durchhalten zu können, um die kleineren Wellen näher am Ufer zu erreichen und sich dann von ihnen ans Ufer tragen zu lassen.

Micha ging wieder unter, aber der Sog war dieses Mal weniger stark. Seine Hoffnung wuchs.

Er würde es schaffen.

Wenn nur die Felsen nicht wären.

Scharfkantige Felsen säumten die gesamte Südseite der Bucht. Die Wellen schoben ihn darauf zu, viel schneller, als er es vom Ufer aus eingeschätzt hatte.

Der Strand war höchstens 50 Meter entfernt, aber die Felsen waren im Weg, und die Wellen waren immer noch fast zwei Meter hoch und besaßen die Kraft, ihn hinzuwerfen, wohin sie wollten. Er wurde von einer unnachgiebigen Strömung erfasst, die ihn an die Felsen zu schmettern drohte.

Panik ergriff ihn. Gleichzeitig versuchte er, die Angst im Zaum zu halten. Wenn er in Panik geriet, hatte er nur geringe Überlebenschancen. Eine Stimme in ihm schrie: *„Gib auf!"*

„Nein!", wehrte er sich nach Kräften. „Herr, hilf ...!", aber die Worte wurden erstickt, als die nächste Welle ihn in die Tiefe riss und ihn noch näher auf die Felsen zuschleuderte.

Plötzlich geschah das Unglaubliche. Die nächste Welle trieb ihn in Richtung Norden und nicht nach Süden. Rechts neben ihm glitt ein zerklüfteter, scharfkantiger, schwarzer Felsen nur wenige Zentimeter an seinem Gesicht vorbei. Wie war das möglich? Dann kam noch eine Welle, die ihn ebenfalls in Richtung Norden, weg von den Felsen und näher zum Strand trug. Ein Frieden, der stärker war als alle Wellen, die ihn herumwarfen, überrollte ihn. Tief aus seinem Inneren sagte eine andere Stimme: *„Schau nach oben."*

Am Ende des Strandes, direkt vor den Bäumen, stand eine Gestalt in einem olivgrünen Regenmantel. Micha konnte wegen der Kapuze, die einen Schatten auf das Gesicht warf, nicht erkennen, wer es war. Er konnte nicht einmal sehen, ob es ein Mann oder eine Frau war. In dem Moment, als er hinschaute, drehte sich die Person um und verschwand zwischen den Bäumen. Michas Blickfeld wurde von der nächsten schwarzen Wasserwand verschlungen, und er wurde wieder ein Stück weiter ans Ufer getrieben.

Danach erinnerte er sich an nichts mehr.

Als Micha die Augen aufschlug, sah er die Bäume am Rand des Strandes, die sich scharf vom dunkelgrauen Himmel abhoben. Kleine Rinnsale aus Meerwasser umspülten ihn, aber die Wellen waren jetzt weit hinter ihm. Die Frage, wer da am Strand gewesen war, schoss ihm durch den Kopf, als er sich auf Hände und Knie stützte, einen Moment wartete und sich dann hochrappelte.

Er wusste, dass zwischen der Person, die er gesehen hatte, und seiner Rettung ein Zusammenhang bestand. Ohne die Gestalt im Regenmantel hätte sein Leben vermutlich auf dem Grund des Meeres geendet.

Er richtete sich auf und ging dann mühsam zu der Stelle hinüber, wo sein Lebensretter gestanden hatte, da er hoffte, einen Fußabdruck im Sand, irgendeinen Hinweis auf die Identität dieser Person zu finden, die seinen Kampf mit dem Meer bezeugt hatte. Der Sand war vom Regen festgeklopft, und ein Abdruck von einem Stiefel oder Turnschuh musste leicht zu erkennen sein.

Aber nirgends war eine Spur von einem Fußabdruck zu sehen.

❖

Einen Kilometer nördlich des Ecola Creek ragte ein Kap ins Meer hinaus und machte einen Fußmarsch zum Crescent Beach nur bei Ebbe möglich. Deshalb waren hier nicht viele Menschen unterwegs.

Aber Micha und Rick standen am Dienstag früh genug auf, um diesen Felsen in dem nur wenige Zentimeter hohen Wasser, das ihre Laufschuhe umspülte, zu umrunden. Seit ihrem letzten Gespräch war fast eine Woche vergangen. Das war ungewöhnlich lange, und sie fanden beide, dass Laufen und Reden eine ausgezeichnete Art war, diesen Tag zu beginnen.

Die tiefe Schnittwunde am Fuß, die Micha bei seinem gefährlichen Kajakerlebnis abbekommen hatte, brannte immer noch, aber nicht so sehr, dass sie ihn vom Laufen abhalten konnte. Es tat gut, wieder mit Rick zusammen zu sein.

Micha warf einen Blick auf Rick, während sie in einem gemütlichen Rhythmus nebeneinander herliefen. Er wusste immer noch nicht, wie er diesen Mann beschreiben sollte. Rick war etwas zu jung, um eine Vaterfigur zu sein; und er war etwas zu alt, um als weiser großer Bruder durchzugehen. Vielleicht war er einfach eine Art Mentor für ihn.

Micha hatte früher schon berufliche Mentoren gehabt, die ihm geholfen hatten, seine und auch ihre eigene Karriere voranzutreiben. Aber seine Beziehung zu Rick war anders. Ihre Freundschaft ließ nie auch nur den leisesten Beigeschmack aufkommen, dass Rick eigennützige Hintergedanken haben könnte. Rick schien von Micha nie etwas zu wollen, aber er förderte ihn, motivierte ihn und brachte ihn dazu, einen Blickwinkel auf sein Leben zu bekommen, den er früher nie gehabt hatte.

Er wusste nicht, was Rick von ihrer Beziehung hatte, und er dachte auch nicht zu ausgiebig über diese Frage nach. Micha wollte sich die Illusion nicht zerstören lassen, dass zum ersten Mal in seinem Leben jemand von seinem Geld und Erfolg wusste, sich aber nicht im Geringsten dafür interessierte, wie er sich das zunutze machen könnte.

Micha forderte Rick mit einem Lächeln zu einem Wettrennen heraus, und sie sprinteten über den Sand. Trotz ihres Altersunterschieds gab sich Rick nie kampflos geschlagen.

Nach ungefähr 70 Metern schaute Micha hinter sich. Rick lag nur drei Schritte zurück. Nach weiteren 150 Metern siegte Michas Lunge über seinen Willen, und er kam taumelnd zum Stehen. Er beugte sich vor und rang nach Luft. Rick tat nicht weit hinter ihm das Gleiche, aber beide lachten, während sie nach Luft rangen.

Als sich ihr Herzschlag wieder normalisiert hatte, fanden sie einen Baumstamm. Er wies deutliche Spuren vom Wind und den Wellen auf, gab aber einen guten Sitzplatz ab.

„Denkst du manchmal über den Tod nach?", fragte Micha, nachdem sie ein paar Minuten lang einem Otterpaar beim Spielen zugeschaut hatten.

„Ja."

„Ja? Das ist alles?"

„Ja."

Micha wusste, dass Rick ihn auf den Arm nahm, und wartete darauf, dass er jeden Augenblick losprustete – und schon geschah das auch.

„Was willst du wissen?", fragte Rick, nachdem er sich von seinem Lachanfall erholt hatte.

„Ich war vor ein paar Tagen mit dem Kajak unterwegs." Micha konnte einen Moment nicht weitersprechen, als all die Gefühle, die er durchlebt hatte, neu in ihm aufloderten. „Ich wäre beinahe ertrunken. Es war die reine Dummheit. Ich dachte, ich wüsste, was ich tue. Aber das war ein Irrtum."

Rick schaute Micha mit einem durchdringenden Blick an, sagte aber nichts. Micha dachte, er hätte ihn vielleicht nicht richtig verstanden.

„Ich meine damit nicht, dass ich da draußen ein paar Probleme bekommen habe. Nein, ich bin dem Tod wirklich nur knapp entronnen."

„Was hast du gedacht, als du damit rechnen musstest, jeden Moment gegen die Felsen geschleudert zu werden?", wollte Rick wissen.

„Ich hatte das Gefühl, als ginge ein Wecker los und schreckte mich aus einem jahrelangen Schlaf auf. So lebendig habe ich mich seit Jahren nicht mehr gefühlt. So verrückt das auch klingen mag, und obwohl ein großer Teil von mir vor Angst fast durchgedreht wäre, hat ein anderer Teil von mir diese Erfahrung genossen."

„Am Abgrund zwischen Leben und Tod …"

„Genau." Micha hob eine Handvoll Sand auf und ließ ihn durch seine Finger gleiten. „Willst du hören, was sonderbar war?"

„Klar. Nachdem das, was du mir gerade erzählt hast, wohl ganz *normal* war – dass du fast gestorben wärst."

„In dem Augenblick, als ich begriff, dass es jeden Augenblick aus mit mir sein würde, warfen die Wellen mich plötzlich *gegen* die Strömung. Das ist logisch nicht erklärbar. Dann blicke ich auf und jemand steht am Strand. Zwei Sekunden später ist diese Person weg." Micha warf einen kurzen Blick auf Rick, bevor er weitersprach. Dessen Gesicht war ausdruckslos.

„Der Gedanke lässt mich nicht mehr los, dass zwischen dieser Person, die am Ufer stand, und den Wellen, die in die falsche Richtung liefen, ein Zusammenhang bestand. Aber als ich ans Ufer kam und nach den Fußspuren dieser Person suchte, war nichts zu finden. War diese Person ein Geist? Eine Halluzination?"

„War der Sand vielleicht vom Regen so hart, dass man keine Fußabdrücke sehen konnte?"

„Meine waren deutlich zu sehen. Und zwar genau an der Stelle, an der ich diese Person stehen sah." Micha zog ein langes Holzstück aus dem morschen Stamm, auf dem er und Rick saßen, und bohrte es vor seinen Füßen in den Sand.

„Und zu welcher Schlussfolgerung bist du gekommen?"

„Dass er oder sie nicht körperlich da war."

„Du meinst, dass du dir alles nur eingebildet hast?", fragte Rick.

„Nein, und jetzt wird es völlig sonderbar: Ich habe jemanden gesehen. Ohne Frage. Aber war das, was ich gesehen habe, vielleicht eher eine Vision? Vielleicht existiert diese Person, die ich gesehen habe, nicht auf körperlicher Ebene."

„Oder er hat nicht damit gerechnet, dass du ihn sehen würdest. Und er vergaß, Fußabdrücke zu hinterlassen."

„Wie bitte?"

„Es könnte ein Engel gewesen sein." Rick stand auf und begann, seine Dehnübungen zu machen.

Micha schmunzelte, aber Rick blieb ernst. Micha warf noch einen Blick auf seinen Freund, um zu sehen, ob er Witze machte. Aber er verzog keine Miene.

„Das ist dein Ernst", stellte Micha fest.

„Vergiss die kitschigen Barockengelchen mit Babygesichtern. Ich rede von den bewaffneten Kriegern, von denen die Bibel berichtet."

„Krieger?" Micha stand auf und dehnte ebenfalls seine Beinmuskeln.

„Lies Daniel, Kapitel zehn, oder zweite Chronik, Kapitel zweiunddreißig. Engel sind starke Krieger, stets kampfbereit. Meist müssen sie den Menschen, denen sie begegnen, zuerst mal sagen, dass sie sich nicht fürchten sollen – sie scheinen also ziemlich furchterregend auszusehen. Gott hat ihnen unglaubliche Kräfte gegeben, und diese Macht üben sie ständig auf der Erde aus." Rick ging dazu über, seinen Rücken zu dehnen. „Die Bibel spricht von Engeln, die menschliche Gestalt annehmen, ohne dass die Menschen sie erkennen. Ich halte es also für möglich, dass das, was du am Strand gesehen hast, ein Engel war, der in dem Augenblick zu deiner Rettung geschickt wurde, in dem du zu Gott gerufen hast. War es Gott, eine unerklärliche Strömung oder ein Engel? Ich weiß es nicht, aber es ist sicher klug, alle Möglichkeiten in Betracht zu ziehen."

Micha schaute auf seine Füße hinab und dachte an die Gelegenheiten in den letzten viereinhalb Monaten zurück, in denen er zu Gott gerufen hatte, und daran, wie Gott geantwortet hatte. Konnte Rick recht haben? Ein *Engel*? Micha tat sich schwer damit, das zu begreifen.

„Nehmen wir für einen Moment an, es wäre wirklich ein Engel gewesen", sagte Micha. „Warum kam er erst, nachdem ich zu Gott gerufen habe? Warum hat er nicht schon vorher eingegriffen?"

„Ach, du tust so, als wüsstest du mehr, als du in Wirklichkeit weißt."

„Wie meinst du das?"

„Du betrachtest es nur aus dem Blickwinkel deiner eigenen Erfahrung. Dabei könnte dein Verstand die vielen Male gar nicht fassen, in denen Gott und seine Engel für dich eingetreten sind, ohne dass du eine Ahnung davon hattest oder zu ihm gerufen hast."

„Kannst du mir ein Beispiel nennen?"

„Ich muss dir kein Beispiel nennen, sondern dich nur auf ein paar Dinge hinweisen, die du selbst weißt", lachte Rick. „Wach auf, Junge!"

„Na toll." Micha schaute Rick finster an. „Könntest du mir bitte verraten, was ich bereits weiß?"

Ricks Lächeln verschwand. „Hat sich dein Leben verändert, seit du nach Cannon Beach gekommen bist? Empfindest du jetzt mehr Freiheit? Bist du näher an Gott dran? Hattest du irgendwelche eindrücklichen Erlebnisse? Wer hat dich überhaupt hierher gebracht? Hast du einfach eines Tages entschieden: ‚Hey, ich denke, ich mache mal ein bisschen Urlaub in Cannon Beach'?" Rick war mit den Dehnübungen fertig und trabte leicht auf der Stelle.

Michas Beziehung zu Gott, die Heilung seiner Seele, das Gemälde, Sarah ... alles tauchte vor seinem geistigen Auge auf. Und ja, er fühlte sich innerlich so frei, wie er es nie für möglich gehalten hätte.

„Micha", sagte Rick leise und blieb stehen. „Wer hat Archie veranlasst, die Briefe zu schreiben und das Haus bauen zu lassen? Wer hat unsere Freundschaft in die Wege geleitet oder dich in die Eisdiele geführt, wo du Sarah kennengelernt hast?"

Rick ließ sich wieder auf den Holzstamm fallen, und sie saßen einige Minuten nebeneinander, ohne etwas zu sagen. Micha war dankbar für diese Zeit zum Nachdenken. Den Mann, der er gewesen war, als er das erste Mal nach Cannon Beach gekommen war, gab es nicht mehr. Er war jetzt so ... so lebendig wie noch nie zuvor. Aber in manchen Dingen war dieses Leben auch so weit von der Welt entfernt, aus der er gekommen war, dass er sich immer noch wie ein Fremder fühlte. Nein, das stimmte nicht ganz. Er hatte schon das Gefühl, hier zu Hause zu sein, aber gleichzeitig kamen ihm die Tage in Cannon Beach oft wie ein rasender Güterzug vor, und er hatte keine Ahnung, wo die Notbremse war.

Rick brach das Schweigen mit Worten, die den Kern von Michas Zustand trafen: „Der König des Himmels und der Erde beruft uns zu einem Leben voller Risiken, Abenteuer und unberechenbarer Wendungen. Die Bibel sagt, dass das Wort *unseres Fußes Leuchte* ist. Kein großer Scheinwerfer oder eine mit Flutlicht erhellte Landebahn, auf der wir ein Flugzeug landen könnten. Geh deshalb einen Schritt nach dem anderen. Im Moment versuchst du verzweifelt herauszufinden, wo dein Weg endet. Aber du musst den Glauben aufbringen, alles aus der Hand zu geben und Gott zu überlassen, dass er dir zu seiner Zeit enthüllt, was er vorhat."

„Und was soll ich tun, während ich warte?"

„Ihn besser kennenlernen. In der Beziehung zu ihm wachsen. Seiner Stimme folgen und dich bei jeder Frage bewusst für den schmalen Weg entscheiden." Rick stand auf und trat an den Rand der Brandung. „Wir sollten lieber zurücklaufen. Es sei denn, du willst schon wieder in Seenot geraten."

Am nächsten Morgen schmunzelte Micha, als er Archies Brief las, weil der ganze Brief eine einzige Wiederholung seiner Erfahrungen der letzten Tage war.

13. Oktober 1991

Lieber Micha,

ich habe wegen dieses Briefes viel gebetet. Ich bin immer noch nicht überzeugt, ob es an der Zeit ist, dir zu erklären, woher ich heute, also aus deiner Sicht in der Vergangenheit, so viel über deine Gegenwart weiß. Ich will es trotzdem versuchen.

Vor fünf Jahren begegnete ich einem echten Engel aus dem Himmel.

Er hat mir mitgeteilt, dass du eines Tages durch die Fähigkeiten, die der himmlische Vater dir gegeben hat, viele in die Freiheit führen würdest, und ich bekam die Rolle zugeteilt, dafür zu sorgen, dass du diese Fähigkeiten zu Gottes Ehre einsetzt und sie nicht vergräbst.

Im Laufe eines Jahres offenbarte mir dieser Engel konkrete Dinge über dein Leben und wies mich an, sie aufzuschreiben. Danach sollte ich mehrere Briefe schreiben, die du inzwischen bekommen hast, und dir die Dinge, die er mir offenbart hat, weitergeben. Egal, ob du an Engel glaubst oder nicht, hoffe ich, dass du in diesen Briefen Wahrheit gefunden hast und erkennen kannst, dass sie unter den Augen des himmlischen Vaters geschrieben wurden.

Mein größtes Gebet ist es, dass du, egal, wo du dich gerade auf deiner Reise befindest, weiterhin darauf vertraust, dass Gott hinter dieser ziemlich ungewöhnlichen Beziehung zwischen dir und mir steht und dass seine Pläne nie falsch sind.

Archie

Zum ersten Mal seit Monaten ging Micha mit dem Gefühl ins Bett, ein loses Ende zusammengeknotet zu haben. Endlich! Er hatte eine Erklärung dafür bekommen, warum Archie so viel über ihn wusste. Micha war immer noch nicht sicher, ob er daran glaubte, dass in Cannon Beach oder anderswo auf der Erde Engel auftauchten, um mit irdischen Sterblichen zu sprechen, aber Ricks Argumente dafür, dass es Engel gab, waren ziemlich einleuchtend. Einen besseren Grund konnte er bis jetzt für Archies Briefe nicht finden.

Engel also ... Wenn es sie wirklich gab, würde er sie am nächsten Morgen brauchen. Etwas sagte ihm, dass seine Konferenzschaltung mit Shannon und den Abteilungsleitern bei *RimSoft* genauso krass werden würde wie seine Kajakfahrt.

## Kapitel 36

MICHA ERWACHTE AM DONNERSTAGMORGEN mit einem sehr ungutem Gefühl in Bezug auf *RimSoft*. Er konnte den Verdacht nicht abschütteln, dass etwas nicht stimmte. Wahrscheinlich war das völlig unbegründet. Er fühlte sich sicher nur ein wenig eingerostet, weil ihm der tägliche Betrieb in der Firma fehlte.

Er kochte sich einen extrastarken Kaffee und kippte in sechs Minuten zwei Tassen davon hinunter. Es war wichtig, dass er gleich hellwach war. Seine vom Aufsichtsrat genehmigte Auszeit lief nun seit drei Wochen, und heute war der Tag für eine Telefonkonferenz mit seinen Abteilungsleitern, bei der sie alles durchsprechen wollten, was er persönlich entscheiden musste.

Shannon meldete sich noch vor dem zweiten Klingeln. „Hier ist Shannon ..."

„Hallo, ich bin's. Sind alle bereit?"

„Wer ist ,Ich bin's'?"

„Mit anderen Worten: Niemand ist bereit?" Micha schmunzelte.

„Wer sind Sie?", fuhr sie ihn reichlich harsch an.

„Was soll das? Hier ist Micha."

„Micha Taylor?"

„Ja. Hallo. Erinnerst du dich noch an mich?"

„Hallo, Micha. Schön, von Ihnen zu hören. Wie bekommt Ihnen Ihr langer Urlaub?"

„Es ist eher eine Auszeit." Micha war verwirrt. Hatte Shannon ihn eben gesiezt?

Sie räusperte sich. „Wenn der Chef des Unternehmens es als Urlaub bezeichnet, dann ist es ein Urlaub."

„Genau. Und da ich es nicht als Urlaub bezeichne, ist es kein Urlaub."

Keine Antwort. Micha wollte schon fragen, ob sie noch dran sei, als Shannon mit kühler Professionalität antwortete: „Das gefällt mir. Ehrgeiz ist eine lobenswerte Eigenschaft. Und wenn Sie eines Tages der Chef Ihrer eigenen Firma sind, können Sie es nennen, wie Sie wollen. Aber bis dahin nennen wir es immer noch Urlaub."

Micha seufzte und schenkte sich noch einen Kaffee ein. „Hör mal, Shannon. Ich bin heute nicht in der Stimmung für Scherze. Ich will einfach dieses Konferenzgespräch hinter mich bringen und den Rest des Tages genießen, okay? Also, fangen wir an."

Ihr Tonfall verwandelte sich von höflich in eiskalt. „Hören Sie mir jetzt sehr gut zu, Micha: Ich schätze Ihren Einsatz für diese Firma, und ich schätze auch Ihren Ehrgeiz, aber wenn Sie sich weiterhin so aufführen, als würde dieses Unternehmen Ihnen gehören, können Sie sich sehr bald einen anderen Arbeitgeber suchen. Haben Sie mich verstanden?"

Micha wurde am ganzen Körper heiß. Sie meinte es todernst. In Seattle hatte sich wieder etwas verändert, und dieses Mal war es eine sehr große Veränderung.

„Wer ... wer ist der Chef von *RimSoft*?"

„Sie meinen *RimWare*. Und was soll diese Frage überhaupt?"

Michas Kopf sank auf den Eichentisch.

Nicht einmal mehr derselbe Name? *RimWare*? Hatte Rick seine Firma nicht ein paarmal so genannt? „Und meine Position in der Firma ist ...?"

„Jetzt oder vor diesem Gespräch?"

„Vorher."

306

„Vor diesem Gespräch hatte ich im Sinn, Sie in ein paar Jahren zu meinem Stellvertreter zu machen. Sie sind für dieses Unternehmen sehr wichtig, Micha. Aber wenn Sie mit diesem Unsinn nicht sofort aufhören, haben Sie mehr Zeit, um Urlaub zu machen, als Ihnen lieb ist. Haben Sie mich verstanden?"

„Ja. Natürlich."

„Sie sind wann wieder hier?" Sie wartete nicht auf seine Antwort. Micha hörte durchs Telefon, wie eine Computertastatur bedient wurde. „Ah! Nächsten Dienstag. Gut. Bis dahin sind Sie hoffentlich wieder normal."

In Michas Kopf drehte sich alles. „Haben Sie noch eine Minute Zeit?"

„Eine."

„Ich wollte nur nach *RimSof*... äh, *RimWares* Börsenoptionen fragen."

„Mit wem haben Sie darüber gesprochen?"

„Mit niemandem."

„Woher wissen Sie dann, dass ich das Unternehmen an die Börse bringe?" Er hörte, wie sie mit rasender Geschwindigkeit mit einem Stift auf den Tisch klopfte.

Er sank auf den Boden. „Ich habe keine Aktien", flüsterte er.

„Niemand hat Aktien. Bis jetzt. Aber wenn die Gerüchte an der Wall Street stimmen, könnten wir beim Börsengang in die Höhe schießen. Es könnte leicht sein, dass der Aufsichtsrat fünftausend Aktien für Angestellte in Ihrer Position bewilligt. Das bedeutet, vorsichtigen ersten Schätzungen zufolge könnten Sie auf einen Schlag um eine halbe Million Dollar reicher sein."

Micha rang nach Luft und sagte nichts.

„Geht es Ihnen gut?"

„Ja."

„Gut. Ich muss Schluss machen. Bis nächsten Dienstag."

Die Verbindung wurde unterbrochen. Das Telefon wieder in die Ladestation zu stecken kam ihm vor, als versuchte er, ein Achteck in ein quadratisches Loch zu stecken. Schließlich gelang es ihm, und er starrte einfach aufs Meer hinaus. Aber er sah nichts.

❖

„Verliere ich gerade den Verstand, Rick?"

„Nein."

Rick verdrückte ein riesengroßes Frühstück, obwohl es schon nach 13:00 Uhr war. Micha hatte nur einen Kaffee bestellt, den er aber auch noch nicht angerührt hatte.

„Was ist dann los? Ein blöder kosmischer Scherz, den Gott mir spielt, um seine Engel zu unterhalten? Der ultimative *Versteckte Kamera*-Streich?"

Rick schob sich den Rest seiner mit Tabascosoße getränkten Rühreier in den Mund.

„Hörst du mir überhaupt zu?", fragte Micha.

„Ja." Rick machte sich als Nächstes über seinen Toast her.

„Hast du gehört, was ich gesagt habe? Vor zwei Wochen lief bei *RimSoft* alles so reibungslos wie ein Schweizer Uhrwerk. Und jetzt? Mit sofortiger Wirkung habe ich mich von einem ziemlich reichen Mann in einen Kerl verwandelt, der praktisch nichts besitzt. Was verliere ich als Nächstes? Mein Leben?"

„Äh, vielleicht. Keine Ahnung", erwiderte Rick, als hätte Micha gerade gesagt, dass es vielleicht bald regnen könnte.

„Hörst du, was ich sage?" Micha schlug mit der Hand so kräftig auf den Tisch, dass das Besteck klirrte. Einige überraschte Blicke gingen in ihre Richtung, und die Kellnerin, die gerade ihre Wassergläser hatte auffüllen wollen, machte auf dem Absatz kehrt und verschwand wieder in Richtung Küche.

„Lass das." Rick blickte ihn mit dunklen, durchdringenden Augen an. „Du weißt genau, was hier passiert. Und du hast bei jedem Schritt des Weges deine Entscheidungen so gefällt, dass das möglich wurde."

„Was? Ich lebe in diesen zwei bizarren Welten, und du sagst, das, was hier passiert, wäre offensichtlich gewesen? Welche Entscheidungen habe ich denn getroffen? Könntest du mich bitte aufklären?"

Rick stand auf, zog ein paar zerknitterte Scheine aus seiner Brieftasche, legte sie neben seinen Teller auf den Tisch und schaute auf Micha hinab. „Wenn du es noch deutlicher erklärt haben willst, dann lies es in der Bibel nach. Im Matthäusevangelium steht es schwarz auf weiß. Matthäusevangelium, Kapitel dreizehn, ab Vers vierundvierzig. In deinem Leben sind diese Sätze wahr geworden. Es ist ein unglaubliches Angebot. Aber du musst dich irgendwann endgültig entscheiden, ob du es annehmen willst oder nicht – und es hat einen Preis."

Als er nach Hause kam, knallte Micha die Tür zu und schrie aus voller Kehle: „Herr, wo bist du? Warum tust du mir das an?" Er knallte seinen Schlüssel auf die Arbeitsplatte in der Küche und schaute zu, wie er gegen die Kaffeekanne prallte und das Glas zu Bruch ging.

Er wusste, dass er sich hinsetzen und darauf hören sollte, ob Gott etwas zu sagen hatte, aber er war zu erschöpft. Er war es müde, keine konkreten Antworten zu haben. Er war es müde, sich ständig zu fragen, welches Leben real war und welches er wollte. Vor allem war er es müde, mit anzusehen, wie sein gewohntes Leben sich vor seinen Augen in Luft auflöste.

Sein Blick fiel auf den Wohnzimmertisch vor den Panoramafenstern. Archies restliche Briefe lagen auf dem Tisch. Er schaute zu seinem Kalender am Kühlschrank. Sechs Tage zu früh. Egal. Micha schnappte sich aufgebracht Brief Nummer 15 und riss den Umschlag auf. Bei den 14 vorherigen Briefen hatte er wenigstens ein kurzes Gebet um Weisheit und Erkenntnis zum Himmel geschickt, bevor er sie las. Dieses Mal betete er nicht.

*4. November 1991*

*Lieber Micha,*

*ich habe vor jedem Brief, den ich dir geschrieben habe, gebetet, um nur die Worte zu schreiben, von denen Gott will, dass ich sie schreibe. Aber letztendlich bin ich nur ein Mensch, und nur Gott macht keine Fehler.*

*Das ist eine lange Einleitung, um dir zu sagen, dass ich höchstwahrscheinlich in den Briefen, die du bis jetzt gelesen hast, auch Fehler gemacht habe, und dafür möchte ich mich entschuldigen und dich um Vergebung bitten. Ich bete, dass du jede Szene, jede Entscheidung und jede Situation, die dir seitdem untergekommen sind, ins Gebet nimmst, sodass meine Fehler ausgefiltert werden und nur die reine Wahrheit übrig bleibt.*

*Am Ende kommt es nur auf eine Stimme an. Auf eine einzige Stimme.*

Micha legte den Brief weg. Natürlich. Am Ende kam es nur auf eine einzige Stimme an. Auf seine eigene Stimme. Und er hatte nicht auf sie gehört.

*Das Ziel deiner Reise ist bald erreicht. Richte dich nach Gott aus.*

*Um der Ewigkeit willen.*
*Archie*

Micha faltete den Brief zusammen und steckte ihn in den Umschlag zurück. Ein leichtes Zögern und eine gewisse Vorsicht gegenüber der Stimme waren in ihm gewachsen, aber er verdrängte diese Gefühle und schritt durch den Flur.

Archie hatte recht. Es kam nur auf eine Stimme an.

Micha schob die Tür auf und trat ein. „Hey, bist du wach?"

„Wenn du wach bist, bin ich auch wach", lachte die Stimme.

„Ja, okay. Du bist ich. Ich bin du, und so weiter."

Micha setzte sich, während die Stimme schwieg.

„Mein Leben zerbricht. Unser Leben. Aber ich werde eine Lösung finden. Ich lasse mich nicht unterkriegen. Ich denke, ich muss ..."

„Die Zeit zu denken und zu reden ist vorbei", fiel ihm die Stimme ins Wort. „Wir müssen handeln. Jetzt. Das weißt du genau. Schau nur, was passiert ist, weil wir so lange gezögert haben."

Micha biss sich auf die Unterlippe und ging auf und ab.

„Sprich mit mir, Micha."

„Was soll ich sagen? Okay. Ich gebe es zu. Ich habe mich geirrt. Ich hätte auf dich hören sollen. In Archies Brief steht es schwarz auf weiß: Es gibt nur eine einzige Stimme, der ich trauen kann. Meiner eigenen."

„Ja."

„Aber wenn ich wirklich nach Seattle zurückgehen soll, wie du sagst, ergeben zwei Dinge keinen Sinn."

„Welche?"

„Diese Verse im Matthäusevangelium. Man muss schon geistlich blind und taub sein, um nicht zu begreifen, worauf Rick hinauswollte."

„Und das wäre?", fragte die Stimme.

„Ach, komm schon. Diese Frage kannst du doch nur rhetorisch meinen."

„Wir sollten trotzdem darüber sprechen, um sicherzugehen, dass wir uns richtig verstehen."

„Hallo? Was gibt es da zu verstehen? Die kostbare Perle? Alles für das Eine aufgeben? Alles. Alles, was ich in Seattle hatte und habe, um die Beziehung haben zu können, die ich hier mit Gott habe. Das ist die Entscheidung."

„*Willst* du das denn alles aufgeben?", flüsterte die Stimme.

Micha schwieg.

„Wir dürfen den Vers nicht aus dem Zusammenhang reißen. Das Leben eines Christen ist ein Weg. Wir sind nicht gleich am Anfang vollkommen, nicht wahr?"

Micha antwortete immer noch nicht.

„Ich glaube nicht, dass Archie das damit gemeint hat, was du eben gesagt hast, oder dass diese Verse das sagen."

„Und wie sieht deine Theorie aus?", fragte Micha.

„Versteh mich nicht falsch." Ein leises Lachen drang aus der Dunkelheit. „Ich will nicht sagen, dass wir nicht bereit sein sollten, alles aufzugeben, und dass wir nicht darauf hinarbeiten sollten, diese Einstellung zu bekommen. Aber wir müssen bestimmt nicht im buchstäblichen Sinn alles hinschmeißen."

„Vielleicht doch. Ich muss mich entscheiden: für dieses Leben oder für Seattle. Ich kann nicht beides haben."

„Schau in die Bibel, Micha. Lies zum Beispiel die Geschichte von Zachäus. Er gab die Hälfte seines Vermögens weg, nicht alles! Die *Hälfte* von dem, was er besaß, und alles wurde gut. Es ging darum, ob er in seinem Herzen frei geworden war, nicht darum, wie viel äußeren Reichtum er tatsächlich weggegeben hatte. Du kannst ja auch nicht einfach erwarten, dass Gott von nun an für alle deine finanziellen Bedürfnisse aufkommen wird. Von irgendetwas musst du ja auch leben, nicht? Gott möchte von uns, dass wir mit unseren Gaben und Talenten wuchern, dass wir sie sinnvoll einsetzen. Und Software ist nun mal unser Ding! Denk an die Geschichte mit den anvertrauten Pfunden. Der Mann, der seine Talente vergraben und nichts daraus gemacht hatte, bekam einen Rüffel. Nichts zu tun ist nicht unbedingt ein Zeichen für großen Glauben!"

„Und nach Seattle zurückzugehen ist ein Glaubensschritt?" Micha setzte sich auf den Teppich und lehnte den Rücken an die Tür.

„Ja. Wir wissen ja nicht, was wir dort vorfinden werden. Alles, was hier passiert, zurückzulassen, zu schauen, ob wir das, was wir in Seattle verloren haben, zurückgewinnen können, ohne die Garantie, dass wir irgendetwas zurückbekommen? Ja, das ist ein Glaubensschritt."

„Rick würde sagen, es wäre ein Glaubensschritt, Seattle loszulassen und darauf zu vertrauen, dass Gott alles unter Kontrolle hat."

„Rick ist ein toller Kerl. Er ist nett und weise. Aber trotzdem ist Rick nicht du. Er ist nicht wir. Ist dir nicht klar, wie schwer es ist, jemandem einen Rat zu geben, wenn deine Meinung von deinen eigenen Lebenserfahrungen beeinflusst ist? Ricks Erfahrungen trüben sein Urteilsvermögen. Deshalb brauchen wir uns jetzt mehr denn je. Wir haben dieselben Erfahrungen, dieselben Freuden, dieselben Verletzungen hinter uns. Wir wissen, was für uns gut ist, weil wir ein und derselbe sind. Es ist ein herrliches Geschenk, dass wir den besten Weg gemeinsam planen können."

„Und was ist der beste Weg?"

„Glaubst du nicht, dass die Leute in Seattle diesen neuen Micha genauso sehen müssen wie die Leute hier? Den Micha, der wieder eine enge Beziehung zu seinem Gott hat und der jetzt ein Vorbild für alle bei *RimSoft* sein kann? Es stimmt einfach nicht, dass wir uns für die eine oder die andere Welt entscheiden müssen. Ich glaube ganz fest, dass wir beide Welten haben können."

„Du meinst, dass wir in beiden Welten leben können."

„Cannon Beach ist unser geistliches Refugium, ein Ort zum Auftanken und um die Beziehung zu Rick und Sarah und anderen zu pflegen. Seattle steht für unsere Karriere, die Erfüllung deiner Träume und den positiven Einfluss, den du dort auf viel mehr Menschen haben kannst als hier unten."

Michas Kopf fühlte sich an, als wäre er voll Zuckerwatte. Es klang so richtig.

„Wir müssen aktiv werden, bevor ..."

„Halt den Mund und lass mich nachdenken." Micha legte den Kopf zurück und schloss die Augen. „Ich kann das, was ich hier gefunden habe, nicht aufgeben", sagte er schließlich.

„Das kann ich auch nicht. Aber das müssen wir auch nicht. Du hast so viele Talente bekommen, die du nur in Seattle einsetzen kannst. Verwirf die Gaben Gottes nicht leichtfertig! Du hast das Beste aus zwei Welten bekommen, und wenn du eine davon aufgibst, verwirfst du damit ein großes Geschenk, das dir Gott höchstpersönlich gegeben hat."

„Aber Rick sagt …"

„Hör auf damit, Micha. Hör auf zu kämpfen. Du wirst damit nichts ändern. Dadurch geht es weder schneller noch langsamer."

„Willst du damit sagen, dass ich nicht nach Freiheit streben sollte? Nach den Veränderungen, die Gott in mir bewirkt?"

„Nein, überhaupt nicht. Es ist gut, dass du das alles willst. Aber hör auf, so stark zu drängen. Spürst du jetzt gerade Gottes Frieden? Nein. Also entspann dich und lass den Veränderungen ihren natürlichen Lauf."

„Rick würde sagen, dass wir uns in einem Kampf befinden, und dass es nicht von selbst passiert."

„Genau. In Seattle läuft gerade ein Kampf. Wir haben fast alles verloren, was wir aufgebaut haben, und Rick hat absolut recht. Hier zu sitzen und uns die Dinge zurückzuwünschen, die wir früher hatten, ist Unsinn. Wir müssen jetzt handeln. Das Fenster mit der Gelegenheit, unser altes Leben zurückzubekommen, schließt sich. Jetzt ist der Augenblick, in dem du dich entscheiden musst: für die Wahrheit oder für eine Lüge."

Micha stand auf und ging eine ganze Minute lang auf und ab. Dann drehte er sich um und erklärte entschlossen: „Also gut. Wir gehen. Gib mir nur einen Tag Zeit, um es Sarah zu erklären."

„Auch ein Tag könnte schon zu viel sein, Micha. Wir müssen uns beeilen."

❖

Um 20:00 Uhr an diesem Abend hatte er Sarah bereits viermal angerufen. Er musste unbedingt mit ihr sprechen. Bei einer so folgenschweren Entscheidung konnte er ihr auf keinen Fall bloß eine Nachricht auf dem Anrufbeantworter hinterlassen. Wo steckte sie? Sie ging immer an ihr Handy, wenn sie seine Nummer auf dem Display sah, selbst wenn sie in der Eisdiele arbeitete. Vielleicht sollte er zu ihr fahren. Nein. Wenn er mit ihr zusammen wäre, würde das seine Entschlossenheit, nach Seattle zurückzugehen, nur ins Wanken bringen. Es würde das Gespräch unnötig in die Länge ziehen. Er musste sofort aufbrechen.

Während er auf der Terrasse auf und ab ging, schaute er zu, wie die grauen Wolken am trüben Himmel sich wie Schafe am Horizont zusammenkauerten, die gegen ihren Willen zum Scherer getrieben werden.

Er setzte sich auf den Terrassenstuhl, schüttelte den Kopf und lachte. Was war nur mit ihm los? Es war doch keine große Sache. Er würde weiterhin so oft wie möglich herkommen. Seine Beziehung zu Sarah würde sich dadurch nicht im Geringsten ändern.

Als er sein Telefon nahm, um sie noch einmal anzurufen, begannen seine Hände zu schwitzen.

# Kapitel 37

OSBURNS EISDIELE schloss für diesen Samstagabend, und die letzten zwei Kunden schlenderten zur Tür hinaus. Die Eismaschinen waren ausgespült und gereinigt, aber Sarah musste noch die Tische abwischen und den Boden und die Fenster putzen. Es würde noch eine ganze Weile dauern, bis sie nach Hause gehen könnte.

„Geht es dir gut?", fragte das Mädchen, das Sarah half, den Laden zu schließen.

Sarahs Lappen wurde kalt in ihrer Hand, aber sie wischte unbeirrt weiter die mit Schokolade-Pfefferminz-Eis, Tiramisu-Eis und 14 anderen Geschmacksrichtungen verklebten Tische ab.

„Ja, mir geht es gut. Und dir?", antwortete Sarah, ohne aufzublicken.

Sarah hat seit zwei Tagen nichts mehr von Micha gehört. Das war nicht normal. Schon ein paar Stunden ohne mindestens einen Anruf waren ungewöhnlich. Etwas stimmte nicht. Das Ziehen in ihrem Magen ließ darauf schließen, dass ziemlich viel nicht stimmte.

Sie versuchte, dieses Gefühl zu ignorieren, während sie weiterputzte und schließlich die Lichter ausschaltete und die Eisdiele für die Nacht in Dunkel tauchte.

Zehn Minuten später knirschte der Schotter unter den Reifen ihres Autos, als Sarah langsam auf den Parkplatz vor ihrem

Apartement einbog. Sie schob den Schalthebel des Automatik-
getriebes auf Parken und stellte den Motor ab, stieg aber nicht aus,
sondern ließ das Gespräch, das sie vor zwei Tagen mit Micha geführt hatte, noch einmal vor ihrem inneren Auge Revue passieren.

Schließlich schob sie ihre Autotür auf und stieg aus. Ein kräftiger Wind trug den Rauchgeruch eines Lagerfeuers vom Strand
zu ihr herüber. Sie fragte sich, wer wohl an dem Feuer saß. Es
sollte eigentlich Micha sein, der darauf wartete, dass sie sich zu
ihm gesellte.

Als sie ihre Wohnungstür öffnete, wanderte ihr Blick sofort zu
ihrem Anrufbeantworter. Ja. Das rote Licht blinkte! War das ein
Grund zur Hoffnung? Oder ein Alarmsignal?

Sie ging im Zeitlupentempo zu dem Gerät, schloss die Augen,
öffnete sie dann wieder und schaute auf die Digitalanzeige, die
die Nummer des letzten Anrufers anzeigte. Michas Handynum-
mer. Sie streckte die Hand aus, um die Abspieltaste zu drücken,
aber ihr Arm erstarrte mitten in der Luft. Etwas in ihr wollte unbedingt die Nachricht abhören. Ein anderer Teil von ihr schrie:
„Nein, tu's nicht!"

Sie stieß ein leises Stöhnen aus, ging zum Kühlschrank,
öffnete die Tür und starrte die Reste ihres Essens vom vorigen
Abend an. Ihre Nerven waren angespannt, und ein dumpfes
Grauen beschlich sie.

Benommen griff sie nach der Orangensafttüte, schenkte sich
ein Glas Saft ein und trank einen Schluck. Sie ging mit dem Glas
zum Küchentisch und fragte sich, warum der Saft nach nichts
schmeckte. Schließlich stand sie seufzend auf, ging zum Anrufbeantworter und drückte die Taste.

„*Sie haben eine neue Nachricht. Empfangen heute um 21:17 Uhr.*"

„*Wir müssen reden, Sarah.*" Michas Stimme brach ab. Sie atmete gleichzeitig mit ihm am anderen Ende der Leitung ab-
gehackt ein. „*Ich kann vermutlich nicht erwarten, dass du mich verstehst.*" Wieder eine Pause. „*Ich verstehe mich ja selbst nicht. Aber*

*meine Zeit hier ist vorbei. Wenigstens für eine Weile. Ich muss dringend nach Seattle zurück."*

Er brach wieder ab. Die Schreie der Seemöwen, die draußen über dem Meer schwebten, füllten die Stille, als kämen sie aus einem anderen Universum. *„Es gibt da ein paar Dinge, um die ich mich kümmern muss. Ich wollte dir das wirklich gern persönlich sagen. Ich habe viermal auf deinem Handy angerufen, aber entweder bist du nicht ans Telefon gegangen, oder du hattest es nicht dabei."*

Sarah warf einen Blick auf ihr Handy, das seit zwei Tagen in seinem Ladegerät steckte.

*„Ich will dich nicht verlieren, Sarah. Ich bin in spätestens vier oder fünf Wochen wieder hier, und wir telefonieren jeden Tag, während ich oben in Seattle bin. Ruf mich an, sobald du diesen Anruf abhörst, okay?"*

Sie sollte erleichtert sein. Micha machte nicht mit ihr Schluss. Er brauchte nur Zeit, um nach Seattle zu fahren und die ganzen Veränderungen zu verarbeiten, die er in den letzten vier Monaten durchgemacht hatte. Das war nur verständlich. Aber ihr Magen zog sich immer noch zusammen. Das war nicht gut für Micha. Oder für sie. Oder für sie beide.

Sie schob den Orangensaft zur Seite, ließ den Kopf auf die Tischplatte sinken und weinte, bis keine Tränen mehr kamen. Als die Stille zu laut wurde, nahm sie das Telefon.

Er meldete sich beim ersten Klingeln.

„Micha …" Sie zögerte. „Ich weiß hundertprozentig, dass das nicht richtig ist."

„Doch, es ist richtig."

„Geh nicht."

„Ich muss das tun. Für mich. Für uns. Bitte versuche nicht, mich daran zu hindern. Das würde alles nur noch schwerer machen."

Sie schloss die Augen. „Für mich ist es absolut klar, dass du nicht gehen sollst."

„Du tust ja, als würde ich nach Sibirien ziehen!" Micha lachte schwach. „Wir sehen uns weiterhin ganz oft. Und in spätestens sechs Wochen bin ich wieder hier. Wenn du das nächste Mal zwei Tage am Stück freihast, kannst du mich besuchen kommen. Dadurch, dass ich nach Seattle zurückgehe, kann ich das zurückgewinnen, was ich verloren habe."

Fünfzehn Sekunden lang war das einzige Geräusch das Summen in der Leitung.

„Sarah?"

„Es geht nicht darum, dass wir dreihundert Kilometer weit getrennt sein werden. Es geht auch nicht darum, wie oft wir telefonieren werden. Und es geht auch nicht darum, dass ich dich besuchen komme. Es geht um etwas anderes."

„Aber um was denn?"

„Es ist *falsch*." Sarah lehnte sich zurück und knetete ihre verspannte rechte Schulter.

„Das ist keine sehr hilfreiche Erklärung."

„Alles in mir sagt, dass es falsch ist, dass der Feind dahintersteckt und versucht, dich zu einem Weg zu verführen, der genau in die entgegengesetzte Richtung führt als die, in die du gehen solltest."

Er seufzte. „Du weißt, dass ich immer zuhöre, wenn Gott dir etwas sagt. Was du fühlst, ist mir sehr wichtig." Er schwieg einen Moment. Dann flüsterte er: „Aber dieses Mal reicht es nicht, um mich zurückzuhalten."

Tränen liefen ihr über die Wangen und sammelten sich an ihrem Kinn.

„Sarah?"

„Geh nicht, Micha. Ich will dich nicht verlieren. Ich will uns nicht verlieren."

„Du verlierst mich nicht. Niemals. Das verspreche ich dir. Ich werde dich jeden Tag anrufen."

Sarah gab ihm lange keine Antwort. „Ich muss jetzt auflegen."

„Ich liebe dich, Sarah."

„Ich dich auch, Micha. Von ganzem Herzen."

❖

Am nächsten Morgen stand Sarah kurz vor Sonnenaufgang allein am Strand und schaute zu, wie die kleinen Luftblasen aufstiegen, die verrieten, dass Muscheln sich in den Sand gruben.

Sie wollte glauben, dass es in Ordnung war, dass Micha nach Seattle zurückfuhr. Warum sollte das nicht gut sein? Vielleicht würde es ihm helfen, den Bezug zwischen der Welt in Seattle und der Welt in Cannon Beach zu erkennen, oder er schaffte es dann endlich, sein Leben in Seattle loszulassen. Aber es brach ihr das Herz, weil sie wusste, dass diese Entscheidung falsch war. Sie versuchte, sich einzureden, dass sie einfach darauf vertrauen müsse, dass Gott alles unter Kontrolle hatte. Aber ihre Gedanken waren hohl und entglitten ihr wie der Wind, der durch die Bäume wehte.

Sie lief zum Wellensaum, bis das Wasser ihre Schuhe umspülte.

Als Sarah Micha das erste Mal gesehen hatte, hatte ihr Herz höher geschlagen. Sie wusste, dass er die Verkörperung all dessen war, was Gott ihr vor Jahren gesagt hatte. Aber der Kampf um die Frage, wie weit sie sich ihm ausliefern sollte, hatte in dem Moment begonnen, in dem sie ihm vor über vier Monaten sein Pralineneis gereicht hatte. Weil sie von Anfang an gewusst hatte, dass dieses letzte Gespräch kommen würde.

Sie zog ihr Handy heraus und wählte die Nummer von Michas Festnetzanschluss. Sie musste es noch einmal versuchen. Er meldete sich nicht. Also war er schon fort. Er musste noch gestern Abend gefahren sein.

Von Anfang an hatte sie befürchtet, dass er sich für das Leben ohne sie entscheiden würde. Dass er trotz ihrer Liebe auf andere Stimmen als die des Heiligen Geistes hören würde, und dass sie ihn dadurch für immer verlieren würde. Sie hatte versucht, sich für diesen Moment zu wappnen, und sie hatte sogar geglaubt, dass sie ihn umstimmen könnte. Nichts hatte sie auf diesen Schmerz vorbereiten können.

Plötzlich hörte sie eine Stimme. Leise. Stark. „Sarah?"

Eine neue Hoffnung keimte in ihr auf. Sie sah sich um. Aber es war nicht Micha.

Rick stand ein paar Meter von ihr entfernt am Strand. Sie schaute ihn an und überlegte, ob sie ihm antworten oder einfach weggehen sollte.

„Micha ist fort. Er ist nach Seattle zurückgegangen", platzte sie heraus.

„Ja, ich weiß."

„Du zitierst mir jetzt nicht den Bibelvers, in dem es heißt, dass mir das alles zum Besten dienen wird, nicht wahr?"

„Nein, das tue ich nicht."

„Was dann?"

Rick kam auf sie zu und zog sie wie ein Vater in die Arme. Sie schluchzte, als sie sich mit aller Kraft an ihn klammerte. Wieder kamen ihr die Tränen.

„Komm, du musst dir etwas Trockenes anziehen. Und dann trinken wir einen Kaffee. Wir müssen über ein paar Dinge reden."

„Über was zum Beispiel?"

„Zum Beispiel darüber, wie dein Leben weitergeht."

Sarah nickte. Dann ging sie schweren Herzens neben Rick her und lehnte sich an ihn. Es tat ihr gut, dass er da war, da sie im Moment nicht stark sein konnte. Rick würde versuchen, sie zu trösten, er würde versuchen, ihr zu sagen, dass alles wieder gut werden würde. Aber es würde nicht gut werden. Es würde einfach nicht wieder gut werden.

Weil Micha in eine Welt unterwegs war, in der sie nicht existierte.

## Kapitel 38

MICHA GING AM MONTAGMORGEN mit zögernden Schritten auf Shannons Büro zu und musste sich beherrschen, um nicht laut zu schreien. Ruhe. Haltung. Er wusste, dass er nicht das richtige Signal aussenden würde, wenn er die Andy-Warhol-Bilder von den Wänden riss. Aber *RimSoft* war sein Werk. Wenigstens war es das gewesen. Jetzt hatte er vor, einer Frau, die vor zweieinhalb Wochen noch seine Sekretärin gewesen war, seinen Plan zu unterbreiten.

Das stimmte nicht ganz. Shannon war immer viel mehr als nur seine Sekretärin gewesen. Wenn in diesem Paralleluniversum jemand würdig war, diese Firma zu leiten, dann war das Shannon. Aber das änderte nichts daran, dass dieser Rollentausch völlig fremdartig war, und es änderte auch nichts an Michas Angst, dass sie ihn und seinen Vorschlag im hohen Bogen aus ihrem Büro werfen und im Pazifik versenken würde.

Er ging auf die Frau zu, die an dem Schreibtisch saß, an dem Shannon immer gesessen war. „Hey. Ich habe um neun einen Termin mit Shannon."

„Hallo, Micha." Sie warf ihre roten Haare zurück. „Shannon kommt ein paar Minuten später. Ich hoffe, du hattest einen schönen Urlaub."

Er starrte sie an. Kannte er diese Frau? Anfang 20, ein wenig rundlich, dunkelblaue Augen. An diese Augen würde er sich erinnern.

Bevor er Cannon Beach verlassen hatte, hatten er und die Stimme seinen Vorschlag ausgearbeitet. Obwohl die Spieler ausgetauscht worden waren, vermuteten sie, dass die Grundausrichtung der Firma wahrscheinlich unverändert geblieben war. Micha würde sein Insiderwissen nutzen, um Shannon zu beeindrucken, und ihr die Gründe präsentieren, warum er bald zu ihrem Stellvertreter aufsteigen sollte.

„Micha!" Shannon trat auf ihn zu und ergriff seine Hände. „Schön, dass Sie zurück sind. Wir haben einiges zu besprechen."

Er betrat das Büro, das bis vor Kurzem noch ihm gehört hatte, und versuchte, keine Miene zu verziehen. Das Zimmer spiegelte eindeutig den Geschmack einer Frau wider. Er setzte sich in einen graubraunen Sessel vor einen niedrigen Tisch, den zwei Minispringbrunnen zierten. In einem endlosen Kreislauf floss Wasser über kleine Flusssteine.

„Also!" Shannon klatschte unternehmungslustig in die Hände. „Wir sprechen in einer Minute über das Geschäftliche, aber vorher müssen Sie mir ein bisschen von Ihrer Reise erzählen. Europa war sicher herrlich, nicht wahr? Übrigens, ich gratuliere, dass Sie durchgehalten und die ganzen drei Wochen kein einziges Mal angerufen haben." Sie lachte.

Während sie sprach, breitete sich ein beklemmendes Gefühl in Michas Magen aus. Europa? Drei Wochen? Er wollte ihr gerade widersprechen, als kleine Erinnerungsfetzen in seinem Kopf auftauchten. Er sah sich vor der Gaudí-Kathedrale in Barcelona stehen, dann am Strand von Saint Tropez. Der Eiffelturm tauchte vor seinem geistigen Auge auf, und dann ein kleines Dorf, in dem er mit einem Mann und einer Frau, die er nicht kannte, Wein trank.

„Ich habe in den letzten drei Wochen eine Europareise gemacht." Das klang halb fragend, wie ihm selbst auffiel. Nicht sehr geistreich.

„Das hoffe ich doch sehr."

„Nein, ich weiß. Ich meine, ja. Es war herrlich. Ehrlich."

„Leiden Sie unter einem kleinen Jetlag?" Shannon runzelte die Stirn.

„Wahrscheinlich."

„Nun ja, ich habe heute auch noch nicht mit Ihnen gerechnet. Sie sind gestern Abend erst gelandet, und da haben Sie schon gleich diesen Termin vereinbart? Man kann wirklich nicht behaupten, dass es Ihnen an Ehrgeiz mangeln würde."

„Ich denke, ich habe diesem Unternehmen noch mehr zu bieten."

„Wirklich? Mehr, als Sie bis jetzt schon getan haben?" Shannon beugte sich vor und faltete die Hände über ihren Knien. „Ich bin ganz Ohr."

Micha unterbreitete ihr seinen Vorschlag. Nicht so schnell, dass ihr die Details entgehen konnten, aber auch nicht so langsam, dass sie sich langweilte.

Als er fertig war, nahm Shannon die Hände von ihren Knien und beugte sich noch weiter vor. „Ausgezeichnet."

„Wenn Sie mir die Möglichkeit geben, diese Ideen umzusetzen, und sie funktionieren ..."

„So, wie ich Sie kenne, zweifle ich nicht daran, dass sie funktionieren."

„Danke. Ich würde nur gern eine kleine Karotte für mich auslegen."

„Eine Karotte?"

„Einen Anreiz. Wenn diese Projekte erfolgreich sind, möchte ich zu Ihrem Stellvertreter ernannt werden und fünfzigtausend Aktien übertragen bekommen."

Sie starrte ihn an, verriet aber mit keiner Miene, ob er zu weit gegangen war. Ein Anflug von Besorgnis zog allerdings über ihr Gesicht.

„Micha, was ist los mit Ihnen? Sie sind bereits seit eineinhalb Jahren mein Stellvertreter bei *RimSoft*. Nur ich habe mehr Aktien als Sie. Aber wenn Sie weitere fünfzigtausend Aktien glücklicher machen, kann ich sie Ihnen gern überschreiben. Kein Problem."

*RimSoft?* Nicht *RimWare?* Ja! Micha schluckte und bemühte sich, seine Triumphgefühle nicht zu zeigen.

Shannon stand auf und ging zu ihrem Schreibtisch hinüber, an dem sie mit dem Rücken zu ihm stehen blieb. „Sie haben rund 36 Millionen Dollar in Ihrem Portfolio. Würden Sie mir erklären, warum weitere vier Millionen Ihr Leben endgültig perfekt machen würden?"

„Ja, ich … ich weiß nicht, was ich mir dabei gedacht habe." Er fuhr sich mit kalten Fingern durch die Haare. „Aber mir ist jetzt klar, dass ich mir doch lieber noch einen Tag hätte freinehmen sollen. Ich bin irgendwie noch nicht ganz ich selbst."

Shannon nickte. Er hatte sie nicht überzeugt. „Der Micha, den wir alle kennen, ist also morgen wieder da?"

„Auf jeden Fall."

Er hatte es geschafft. Er war wieder da. Er fühlte, wie die Stimme in ihm triumphierend *„Ja!"* rief.

Der nächste Morgen bestätigte, dass sein Leben in Seattle immer mehr zurückkam. Er stand seit 10 Minuten in der Küche und bereitete sein Frühstück zu, und sein Knöchel fühlte sich immer noch bestens an. Es war das erste Mal seit zwei Wochen, dass er länger als eine Minute stehen konnte, ohne einen dumpfen Schmerz in seinem Fuß zu fühlen. Er hüpfte auf seinem linken Fuß zweimal auf und ab. Keine Schmerzen. Irgendwie war ihm klar, dass neue Röntgenaufnahmen zeigen würden, dass es nie einen Bruch gegeben hatte.

Unglaublich.

*Danke, Gott.*

Als er kurz nach 8:00 Uhr in die Firma kam, stand Shannon auf der Treppe der Lobby, hatte die Hände hinter dem Rücken gefaltet und schaute zu, wie die Angestellten zur Arbeit kamen, genauso, wie er es immer gemacht hatte. Als sie ihn sah, winkte sie ihn zu sich.

Er eilte, immer zwei Stufen auf einmal nehmend, zu ihr.

„Fühlen Sie sich heute Morgen besser?", fragte sie.

„Fantastisch."

„Freut mich zu hören, Partner. Diese Woche wird anstrengend."

„Was haben Sie gerade gesagt?" Micha drehte sich abrupt zu ihr herum.

„Diese Woche wird anstrengend. Überrascht Sie das? Sie dachten, das europäische *dolce vita* würde weitergehen? Tut mir leid."

„Nein, ich meinte das, was Sie davor gesagt haben."

„Es freut mich zu hören, dass es Ihnen besser geht."

Falls Sie wirklich *Partner* gesagt hatte, dann war sein Leben in Seattle so vollständig zurückgekehrt, dass es fast surreal war.

„Sie haben Partner gesagt."

Shannon starrte ihn ganze fünf Sekunden lang an. „Was ist mit Ihnen los? Leiden Sie immer noch unter einem Jetlag? Sollte ich lieber sagen: ‚Freut mich, das zu hören, Mitbesitzer der Aktienmehrheit, Mitgründer und Mitbesitzer der Firma, die *RimSoft* heißt'?"

Micha unterdrückte mit einiger Mühe das breite Lächeln, das über sein Gesicht ziehen wollte. „Nein, das sind viel zu viele Worte. Partner ist okay." Er konnte das Grinsen nicht länger unterdrücken.

Sie schaute ihn finster an. „Micha, bitte sagen Sie mir, dass mit Ihnen alles okay ist. Wir müssen uns zusammensetzen und einiges besprechen. Aber dazu müssen Sie bei klarem Verstand sein."

„Um zwei in Ihrem Büro?"

„Gut."

Erstaunlich. Micha schritt schwungvoll zum Aufzug, klappte sein Handy auf und wählte eine Nummer.

„Phil, hier ist Micha Taylor. In welchem Stockwerk wohne ich?"

„Wie bitte, Mr Taylor?"

„Meine Wohnung. In welcher Etage liegt sie?" Die silbernen Aufzugtüren glitten auf. Micha trat ein und drückte den runden Knopf für die 18. Etage.

„Im selben Stockwerk, in dem sie schon immer war. Sie wohnen in der einundzwanzigsten Etage."

„Im Penthouse."

„Ja, Mr Taylor. Warum fragen Sie so komisch?"

„Ich will nur sicherstellen, dass alle Aspekte meines Lebens wieder ihren gewohnten Gang gehen."

„Ich verstehe nicht."

„Damit sind wir schon zu zweit. Aber das macht nichts, Phil. Alles ist gut. Danke."

Wie sollte er Gott dafür nur danken? Warum hatte er nicht schon früher auf seine eigene Stimme gehört?

Die Aufzugtüren gingen auf, und er stieg im 18. Stock aus. Er schritt durch den Gang auf sein altes Büro zu, das sich wieder genau dort befand, wo es früher gewesen war. Ein junger Mann, den er nicht kannte, saß hinter dem Schreibtisch vor seiner Tür.

„Hallo, wie geht es Ihnen?"

„Gut, Mr Taylor. Danke."

Der junge Mann stand auf und reichte ihm die Hand. Etwas feucht. Micha bemühte sich, das Gesicht nicht zu verziehen.

„Ich bin von der Zeitarbeitsfirma", sagte der junge Mann. „Ich arbeite hier als Aushilfe, bis Ihre Assistentin aus dem Urlaub zurückkommt." -

Micha drehte sich um und wischte sich unauffällig die Hand an der Hose ab.

„Sie ist morgen wieder da", erklärte der Mann.

Sobald er in seinem Büro war, zog er ein Bild von Sarah aus seiner Aktentasche. Sie war so schön! Sarah saß in ihren schwarzen Radlershorts und einer dunkelblauen Windjacke auf einer kleinen grasbewachsenen Düne. Im Hintergrund wurde der Haystack Rock von der Abendsonne beleuchtet. Ihre vom Wind verwehten Haare verdeckten die rechte Seite ihres Gesichts. Er schaute das Bild lange an, dann küsste er es.

Er wollte den Rest seines Lebens mit ihr verbringen.

Er nahm das Telefon, und seine Hand tanzte über die Tasten. Nach dem vierten Klingeln erklang ihre wunderbare Stimme. *„Hallo, hier ist Sarah. Hinterlassen Sie bitte eine Nachricht. Ich rufe Sie gern zurück. Ciao."*

„Hey, schöne Frau. Ich bin's. Ich weiß, dass du an der Arbeit bist, aber ich wollte wenigstens deine Stimme hören. Hier oben gibt es einige faszinierende Entwicklungen. Es ist so cool. Es übersteigt alles, was ich mir hätte vorstellen können. Tut mir leid, das sagen zu müssen, aber du hast dich geirrt. Es war richtig, zurückzukommen. Ruf mich an, ja? Dann erzähle ich dir alles."

Jetzt ergab alles einen Sinn. Um Seattle zurückzubekommen, hatte er es zuerst verlieren müssen. Seine Stimme hatte recht gehabt.

Und nun hatte er alles.

Micha fuhr seinen Computer hoch und fand über 400 E-Mails vor, die wie kleine Pinguine in einer Reihe saßen und darauf warteten, dass er ihnen einen Moment seiner Zeit schenkte. Er lächelte. Es war schön, wieder das Kommando zu führen.

Bevor er sich auf die E-Mails stürzte, rief er den Leiter der Finanzabteilung an, um sich bestätigen zu lassen, dass auch das letzte Stück seines Lebens zurückgekehrt war. Er erfuhr, dass er 725.345 Aktien von *RimSoft* besaß. Er gab den Aktienpreis ein und rechnete. Die Stimme tief in ihm lächelte. Knapp über 60 Millionen Dollar. Seine Welt war wieder in Ordnung.

Am liebsten hätte er es Sarah sofort erzählt. Aber wenn er schon mit ihr nicht sprechen konnte, dann konnte er es wenigstens bei Rick versuchen.

„Ricks Tankstelle und Werkstatt."

„Hallo, Devin, hier ist Micha."

„Micha?"

„Micha Taylor."

„Ähm."

„Aus Seattle …?"

„Ach ja, klar. Wie geht es Ihnen?"

Micha fragte nach Rick.

„Er ist bis Freitag weg. Eine Familienangelegenheit an der Ostküste, glaube ich, aber ich weiß nicht genau, wo. Soll ich ihm etwas ausrichten?"

„Ja, sag ihm, dass er sich endlich ein Handy anschaffen soll."

Micha legte auf und arbeitete sich durch seine E-Mails und die Post. Es gab nichts Ungewöhnliches, bis er den Briefstapel zu zwei Dritteln abgearbeitet hatte und einen Brief von Chris Hale fand.

*Hallo Micha,*

*ich hoffe, dir geht es gut.*

*Anbei findest du einen weiteren Brief von Archie. Ich muss mich entschuldigen. Dieser Brief sollte in dem Stapel sein, den ich in deinem Haus deponiert habe, aber irgendwie hatte ich ihn anscheinend verlegt gehabt.*

*Bitte vergib mir dieses Versehen. Ich habe den Brief kopiert und ein Exemplar an deine Adresse in Cannon Beach und eine an deine Firmenadresse geschickt.*

*Ich hätte noch einen dritten an deine Adresse in Seattle geschickt, aber ich weiß nicht, wo du in Seattle wohnst.*

*Wir sollten uns bald mal wieder treffen.*

*Chris*

Micha öffnete Archies Brief und setzte sich. Er brauchte nur drei Sekunden, um ihn zu lesen.

*23. Juni 1992*

*Lieber Micha,*

*Matthäusevangelium 16,25–26.*

*Mit großer Zuneigung*
*Dein Großonkel Archie*

Micha schaute in sein Bücherregal, obwohl das nicht nötig war. Wenn er wieder in seinem alten Büro war, befand sich hier mit Sicherheit keine Bibel. Er suchte die Bibelverse im Internet, und zwei Sekunden später leuchteten sie auf seinem Bildschirm auf:

*Wer versucht, sein Leben zu behalten, wird es verlieren. Doch wer sein Leben für mich aufgibt, wird das wahre Leben finden.*
*Was nützt es, die ganze Welt zu gewinnen und dabei seine Seele zu verlieren? Gibt es etwas Kostbareres als die Seele?*
*(Matthäus 16,25–26)*

Micha sank auf seinen Stuhl zurück. Chris hatte den Brief verlegt, er fand ihn nun und schickte ihn ihm nach. Und Micha las ihn ausgerechnet heute. Konnte das ein Zufall sein?

Niemals.

Aber was sollte das? Ja, er hatte etwas von der Welt – seiner Welt – zurückgewonnen. Das bedeutete aber doch nicht, dass er seine Seele verkauft hatte. Er war Gott so nah wie noch nie in seinem ganzen Leben. Ja, er hatte hier auf der Erde wieder einige materielle Annehmlichkeiten. Na und? Sein Herz hing nicht daran. Warum sollte er also etwas in das Timing dieses Briefes hineindeuten? Aber all diese ach so rationalen Erklärungen konnten das unangenehme Gefühl in seinem Magen, dass etwas nicht stimmte, nicht zum Schweigen bringen.

Etwas regte sich in seinem Kopf. Es war die Stimme.

*Entspann dich. So gut die letzten zwei Tage auch gewesen sind, waren sie doch ziemlich stressig. Du bist überempfindlich. Lass dich von deiner Fantasie nicht irgendwohin führen, wohin wir nicht gehen sollten.*

An diesem Abend feierte Micha seine Rückkehr an die Spitze der Firma mit einem langjährigen Basketballfreund. Sie aßen Steaks, Chefsalat und als Nachspeise eine doppelte Portion Tiramisu. Sie sahen den millionenteuren Jachten im Puget Sound dabei zu, wie sie sanft auf den Wellen schaukelten, und unterhielten sich über Sport, ihren Beruf und Filme. Einfach mit einem alten Freund zusammenzusitzen und ein gutes Essen zu genießen belebte Micha. Und es half ihm, das leichte Ziehen in seinem Herzen zu ignorieren.

Während sie aßen, fiel Michas Blick auf einen jungen Mann an einem Nachbartisch, der sich mit einer brünetten Frau unterhielt. Der Mann unterstrich seine Worte mit einem leisen Lachen, und sie stimmte mit ein.

Michas Blick wanderte weiter zu zwei Männern, einem älteren und einem jüngeren, die an einem anderen Tisch saßen. Waren das Vater und Sohn? Es sah ganz so aus. Sie fielen sich gegenseitig immer wieder lachend ins Wort; es ging wohl um einen Angelausflug nach Alaska, bei dem alles schiefgelaufen war. Die beiden an dem einen Tisch hätten Sarah und er sein können. Und die beiden am anderen Tisch Rick und er. Sein Leben, bevor er diese beiden kennengelernt hatte, bevor er nach Cannon Beach gekommen war, hatte sich nur am Rande mit den wirklich wichtigen Dingen befasst: Gott und die Beziehung zu ihm, tiefe Freundschaften, wahre Gefühle. Es war ein Leben ohne Freiheit und Heilung gewesen, ein Leben ohne wahres Leben.

Jetzt hatte er alles. Reichtum und Anerkennung. Und das Wichtigste: Sarah, Rick und eine enge Beziehung zum Schöpfer des Universums.

„Hallo? Micha?"

„Ja?" Micha ließ erschrocken sein Steakmesser fallen, das klirrend gegen sein Wasserglas stieß.

„Hey, wo bist du denn gerade?"

„Entschuldige, meine Gedanken haben einen kurzen Abstecher nach Cannon Beach gemacht." Er hob sein Glas und brachte einen Trinkspruch aus. „Auf Sarah, auf Rick und auf meinen König, Jesus. Möge sich seine Freiheit in meinem Leben und im Leben der Menschen um mich herum weiter ausbreiten."

„Wow. Gute Predigt. Das klingt, als hättest du da unten einiges erlebt." Sein Freund stieß mit ihm an.

„Das kannst du laut sagen."

Während er sich den letzten Löffel Tiramisu in den Mund schob, beschloss Micha, dass er nicht in ein paar Wochen, sondern in ein paar Tagen nach Cannon Beach zurückfahren würde. Seine Stimme hatte gesagt, er solle sich ein paar Wochen Zeit nehmen, um alles wieder unter Kontrolle zu bringen. Aber hier war ja überraschend schnell alles wieder ins Lot gekommen. Jedes Wochenende nach Cannon Beach zu fahren hielt er für eine viel bessere Idee. Ohne Rick und Sarah war sein Leben leer.

Nachdem er sich von seinem Freund verabschiedet hatte, ging Micha auf den Pier vor dem Restaurant hinaus und betrachtete die Jachten und Segelboote, die wie die Finger einer eleganten Dame in einem weißen Handschuh an ihren Liegeplätzen lagen. Zwei Gedanken gingen ihm durch den Kopf: Erstens, er hatte sich immer ein solches Boot kaufen wollen. Zweitens, dieser Wunsch war verblasst und reizte ihn nicht mehr.

Er schaute zu den Sternen hinauf. Hatte er wirklich das Beste aus beiden Welten bekommen?

Er schloss die Augen, als wieder das Gefühl in ihm aufkam, Gott sei verstummt. Er schob es auf die intensiven Erlebnisse der letzten Tage und trat den Heimweg an.

Sarah! Er holte sein Handy heraus und rief sie an.

Wieder meldete sich nur ihr Anrufbeantworter, und wieder sprach er darauf. „Hey, ich bin es. Ich vermisse Rick, ich vermisse Cannon Beach, und vor allem vermisse ich dich."

Am nächsten Morgen stand er um 5:00 Uhr auf, um zu beten und in der Bibel zu lesen und die Distanz, die er zu Gott fühlte, zu überbrücken. Nach einer Stunde gab er frustriert auf. Die einzige Stimme, die er hörte, war seine eigene, und der Friede, den er vor ein paar Tagen noch gefühlt hatte, war einer starken inneren Unruhe gewichen.

Wo war Gott?

Während er zur Arbeit fuhr, überlegte er, was er an Cannon Beach am meisten vermisste. Es war nicht das Haus, der Ozean oder Rick, es war nicht einmal Sarah. Gott war in Cannon Beach. Micha war dort von Fesseln befreit worden, von denen er nicht einmal gewusst hatte. Aber jetzt und hier schien Gott weit weg zu sein.

Micha schlug mit der Handfläche auf sein Lenkrad. Seine Verbindung zu Gott war wie abgerissen. Während er auf seinen Parkplatz einbog, gestand er sich ein, dass sie in dem Moment abgebrochen war, als er vor zwei Tagen durch die Tür von *RimSoft* getreten war. Er war nur zu begeistert und beschäftigt gewesen, um es zu merken.

Als er ein paar Minuten nach 8:00 Uhr aus dem Aufzug trat, fiel ihm ein, dass jetzt ja seine Assistentin wieder zurück sein müsste. Tatsächlich saß eine blonde Frau mit dem Rücken zu ihm auf dem Stuhl, den der junge Mann mit den Schweißhänden gestern besetzt gehabt hatte. Ob er sie kannte? Micha wollte gerade Hallo sagen, als sie sich umdrehte und auf ihren hohen Schuhen mit kleinen Schritten um ihren Schreibtisch herumkam. Er war zu verblüfft, um sich bewegen zu können.

„Willkommen zu Hause, Fremder." Sie schlang die Arme um seinen Hals. „Ich hatte einen wunderbaren Urlaub. Du hoffentlich auch." Sie streckte sich zu seinem Ohr hinauf und flüsterte: „Ich weiß, dass wir erst seit einem Monat zusammen sind. Du kündigst mir hoffentlich nicht, wenn ich zu aufdringlich bin, aber ich finde, wir sollten unseren nächsten Urlaub gemeinsam verbringen. Meinst du nicht auch?" Sie gab ihm einen schnellen Kuss und trippelte dann zu ihrem Stuhl zurück.

Micha suchte mühsam nach den richtigen Worten. Ihm fiel nur eines ein. „Julie?"

Sie lachte, legte den Kopf schief und deutete mit einem leuchtend roten Fingernagel auf ihn. „Micha."

In seinem Kopf drehte sich alles wie in einem rasenden Karussell. „Warum ... äh, was ... warum bist du ...?" Er brach ab und ließ sich auf den Stuhl neben Julies Schreibtisch fallen. Keine Frage, die er stellen konnte, ergäbe einen Sinn, deshalb war es unmöglich, den Satz zu beenden.

„Geht es dir gut?"

„Ja, bestens. Ich habe nur ..." Nur was? Er hatte nur gerade erkannt, dass seine Welt keineswegs so brav in der alten Spur lief wie gedacht. Er umklammerte die Stuhllehnen und versuchte, das Schwindelgefühl zu vertreiben.

Nein, es war nicht überraschend, dass Julie zurück in seinem

Leben war, wenn andere Dinge auch wieder da waren. Aber als seine Assistentin? Warum? Er gebot den Gedanken Einhalt, die in seinem Kopf hämmerten, und schaute sie an. „Es ist wunderbar, dass du wieder da bist. Wir haben uns einiges zu erzählen. Aber vorher muss ich mich durch die Arbeit kämpfen, die sich in drei Wochen aufgehäuft hat."

„Du meinst, dass wir heute Abend zusammen essen gehen könnten?"

„Ja. Das wäre schön. Perfekt." Micha lächelte und hoffte, dass es echt wirkte. Dann stand er auf und ging zu seiner Bürotür.

Er taumelte in sein Büro und schlug die Tür hinter sich zu. Was er empfand, fühlte sich verdächtig nach Angst an. Er schleuderte seine Jacke und seinen Aktenkoffer auf den Stuhl neben seinem Schreibtisch. Die Jacke glitt an der Seite des Stuhls nach unten und blieb auf dem Boden liegen. Micha machte sich nicht die Mühe, sie aufzuheben. Er starrte das Bild von Sarah an, das er am Tag zuvor auf seinen Schreibtisch gestellt hatte.

Seine Nackenhaare sträubten sich vor Entsetzen.

Sarah war aus dem Bild verschwunden.

## Kapitel 39

MICHA RASTE WIE EIN VERRÜCKTER durch den Vormittagsverkehr von Seattle und steuerte den botanischen Garten der University of Washington an. Dieser Garten war seit seiner Schulzeit sein Zufluchtsort gewesen. Der Ort, an dem er allein sein konnte. Der Ort, an dem er nachdenken konnte.

Er musste sich zusammenreißen. Dem Wahnsinn, der seinen ganzen Körper ergriffen hatte, Einhalt gebieten. Er rieb sich den Nacken. Sein Herzschlag war wahrscheinlich über 140. Seine Kleidung war schweißgetränkt.

Er schaute auf das Bild hinunter, das er mit der Hand umklammerte. Der Haystack Rock im Hintergrund, die Spätnachmittagssonne, die allem einen goldenen Schein verlieh … aber an der Stelle, an der Sarah gesessen hatte, sah man nur noch Sand. Er hatte in der letzten Stunde viermal versucht, Rick anzurufen, als könnte er durch seine vielen Anrufe seinen Freund schneller von seiner Reise zurückholen. Bei seinem letzten Anruf hätte Devin fast genervt aufgelegt.

Micha stand an einer abgelegenen Stelle mit Blick über den Lake Washington und versuchte zu beten, aber seine Worte schienen sich im bewölkten Himmel zu verlieren. Als er zu seinem Auto zurückgehen wollte, klingelte sein Handy. Mit tauben Fingern holte er es aus seiner Hosentasche. Auf dem Display stand: *Unbekannt.*

*Bitte lass es Sarah sein!*

„Hallo?"

„Micha? Hier ist Sarah Sabin."

„Endlich." Eine tiefe Erleichterung durchflutete ihn. „Ich habe dich unglaublich vermisst."

„Bist du der Micha, der mehrere Nachrichten auf meinem Handy hinterlassen hat?"

„Ob ich *der* Micha bin?" Er lachte. „Ja. Wie viele andere Michas kennst du denn sonst noch?"

Während er diese Worte aussprach, trafen ihn zwei Erkenntnisse, als wäre er mit eiskaltem Wasser überschüttet worden: Warum nannte sie ihm ihren Nachnamen? Und warum fragte sie, ob er ihr Nachrichten hinterlassen hatte? Sie kannte doch seine Stimme.

„Du bist der einzige Micha, den ich kenne, aber ich muss sagen, dass ich deine Nachrichten ein wenig sonderbar fand."

„Sonderbar?"

„Ich fand es nett, dass wir uns neulich im Ecola Park getroffen haben. Und ich habe mich auf das Abendessen nächste Woche in deinem Haus gefreut, zu dem du mich eingeladen hast. Aber nach diesen Nachrichten halte ich das nicht mehr für eine so gute Idee."

Michas Knie wurden weich, und er sank auf die rauen Holzbretter. Er konnte nicht sprechen, er konnte nicht atmen.

„Bist du noch dran?"

„Ich bin in Seattle", stammelte er. „Und es ist alles wieder da. Ich habe alles zurückbekommen."

„Okaaaay." Sarah zog das Wort in die Länge. „Was hast du alles zurückbekommen?"

Er suchte nach einer Lösung, wie er aus diesem Albtraum ausbrechen könnte. Ein leises, hämisches Lachen meldete sich in ihm. Das Telefon glitt ihm aus der Hand, fiel über die Mauer und schlug einige Meter unter ihm auf den glatten Felsen auf. Es prallte zweimal ab und landete dann im dunkelgrünen Wasser des Sees.

„Alles."

❖

Er lag bis 2:00 Uhr in der Nacht wach. Dann kam der Traum.

Micha stand in der Mitte eines Weizenfeldes. Sanfte Hügel breiteten sich in alle Richtungen aus, die Spätnachmittagssonne verwandelte den Weizen in eine goldene Wellenlandschaft. Er drehte sich um die eigene Achse und schaute mit zusammengekniffenen Augen gegen die Sonne. Nichts als goldene Felder … nein, halt! Am Horizont tauchte eine Silhouette auf. Während Micha die Gestalt anstarrte, begann er, auf sie zuzuschweben.

Der Mann stand auf einer ein Meter hohen Plattform. Er war groß, mit weißen Haaren, die zurückgekämmt waren und den Kragen seines hellbraunen Anzugs im Stil des 19. Jahrhunderts berührten. Ein großes Rondell aus üppigem, grünem Gras umgab die Plattform.

In dem Moment, als Micha den Kreis betrat, hörte er die Worte des Mannes plötzlich laut und mächtig. Falls der Mann merkte, dass Micha näher gekommen war, reagierte er nicht. Er richtete seinen Blick auf das Feld, auf dem die Weizenähren wie ein großes Publikum an jedem seiner Worte zu hängen schienen.

„Die Felder sind reif zur Ernte! Bittet deshalb den Herrn der Ernte, dass er Arbeiter auf die Felder schickt, um die Spreu vom Weizen zu trennen!" Der Prediger schaute auf die abgewetzte Bibel in seinen Händen hinab. „Hört auf die Worte aus der Offenbarung des Johannes, Kapitel 3, Verse 15 und 16." Seine Stimme wurde leiser, als er aus seiner alten Bibel vorlas: „Ich kenne dich genau und weiß alles, was du tust. Du bist weder kalt noch heiß. Ach, wärst du doch das eine oder das andere! Aber du bist lau, und deshalb werde ich dich ausspucken."

Der Prediger blickte langsam auf und schaute Micha direkt an, während er den letzten Satz wiederholte: „Aber du bist lau, und deshalb werde ich dich ausspucken."

Als er den Satz zum dritten Mal wiederholte, veränderte sich das Gesicht des Predigers. Alles bis auf seine Augen, deren Ausdruck an Intensität zunahm. Dieses Mal waren die Worte ein Flüstern, und als er geendet hatte, war die Verwandlung vollständig vollzogen.

Er war Jesus.

Einen Moment später wachte Micha schweißgebadet auf. Er schaute auf seine Armbanduhr. Es war schon 12:20 Uhr.

Nach einer schnellen Dusche trat Micha auf die Veranda des Penthouse hinaus, um seine Gedanken zu ordnen, bevor er das Offensichtliche tat und nach Cannon Beach aufbrach. Es bestand immer noch Hoffnung. Wenn der Traum nur eine Warnung gewesen war, hatte er noch Zeit, um den Fehler, dass er nach Seattle zurückgekehrt war, zu korrigieren, und hoffentlich auch, um die Dinge mit Sarah wieder in Ordnung zu bringen.

Wenn sich sein Leben in Cannon Beach durch seine Rückkehr nach Seattle in Luft aufgelöst hatte, würde es durch seine Rückkehr an die Küste wieder auftauchen.

Das musste so sein.

Während er seine Tasche packte, überlegte er, in seiner Firma anzurufen und Bescheid zu geben, dass er wegfuhr. Aber wozu? Wenn er in Cannon Beach ankam, hätte sich seine Rolle in der Firma womöglich wieder völlig verändert. Einen Telefonanruf, den er jetzt tätigte, hatte es in ein paar Stunden vielleicht nie gegeben.

Er ließ seinen Blick ein letztes Mal durch seine Wohnung schweifen. Würde er die 21. Etage je wiedersehen? Was würde er am meisten vermissen? Sein Blick wanderte über die Auszeichnungen und Bilder, die die Wände säumten. Bilder, auf denen er neben den Schönen und Mächtigen dieser Welt stand. Bilder von Reisen rund um die Welt. Könnte er die Bilder mitnehmen? Oder würden sie sich auf dem Weg nach Cannon Beach einfach in Luft auflösen, und auf seinem Rücksitz würden nur leere Bilderrahmen übrigbleiben?

Und wenn er am Ende nur einer von mehreren aufstrebenden Computerprogrammierern bei *RimSoft* oder *RimWare* wäre, oder wie auch immer die Firma heißen würde? Es war ihm egal. Und wenn sein Gehalt nur noch ein Viertel von dem betrüge, was er früher verdient hatte, und er keine Aktien mehr besäße? Es war ihm egal.

Das alles spielte keine Rolle mehr. Nichts hier war wirklich wichtig. Nicht mehr. Er hatte es endlich kapiert. Er war immer noch reich. Denn er hatte Sarah, Rick und Gott. Alles Geld der Welt konnte das nicht aufwiegen.

Es war Zeit, nach Hause zu fahren.

Als er die Grenze zwischen Washington und Oregon passierte, spürte er einen leichten Schmerz, der ihn mit einer geradezu widersinnigen Freude erfüllte. Sein Knöchel begann wieder wehzutun!

Um 19:50 Uhr an diesem Abend stellte er sein Auto in der Main Street ab und ging die paar Schritte zu *Osburns Eisdiele*. Adrenalin durchflutete ihn. Er hatte schon oft vor den einflussreichsten Männern und Frauen der Geschäftswelt gestanden, und seine Kehle war wie zugeschnürt und sein Mund wie ausgetrocknet gewesen. Aber als er jetzt zum Schild der Eisdiele hinaufschaute, musste Micha zugeben, dass er noch nie so viele Schmetterlinge im Bauch gehabt hatte wie in diesem Augenblick. Er bekam kaum noch Luft, während er zuschaute, wie die letzten Kunden aus der Eisdiele schlenderten. Er warf einen Blick auf seine Uhr. Die Eisdiele würde bald schließen.

Im besten Fall waren er und Sarah wieder dort, wo sie gewesen waren, bevor er vor ein paar Tagen nach Seattle gefahren war.

Im schlimmsten Fall hätten sie ein paar Wochen ihrer Beziehung verloren. Das wäre übel; er wollte keine einzige Stunde verlieren – aber es ließ sich alles wieder aufholen.

Er schüttelte den Kopf und fuhr sich mit beiden Händen durch die Haare. Warum hatte er nicht auf sie gehört? Sie hatte ihn so leidenschaftlich angefleht, nicht zu gehen. Und sie hatte recht gehabt. Jetzt würde er das in Ordnung bringen.

Er warf einen Blick durch die großen Fensterscheiben. Außer Sarah war niemand mehr in der Eisdiele.

Micha trat ein. Die Glocke, die sein Eintreten ankündigte, klang wie ein Feueralarm, und sein Herz pochte wie die Basstrommel bei einem Rockkonzert.

„Hallo", sagte Sarah, ohne vom Putzen aufzublicken. „Wir schließen in fünf Minuten. Ich hoffe, Sie wollen keinen Rieseneisbecher mit Früchten und Sahne."

„Sarah."

Sie blickte auf. „Hallo! Das ist ja eine nette Überraschung." Sie lächelte und legte den Kopf auf die Seite.

Micha erstarrte. Er wusste nicht, was er erwartet hatte, aber das bestimmt nicht. Eigentlich hatte er damit gerechnet, dass er mit einem einzigen Blick erkennen würde, wie es um sie stand. Aber das konnte er nicht. Während er ihr Gesicht betrachtete, sah er, dass sie ihn erkannte, aber was steckte noch dahinter? War sie wütend wegen seiner Anrufe auf ihrem Handy? War sie besorgt? War alles wieder normal, und sie wartete einfach darauf, dass er den ersten Schritt machte, dass er zugab, dass es ein Fehler gewesen war, nach Seattle zurückzugehen? Sie kannte ihn offensichtlich, aber wie gut? Er hatte darauf keine Antwort, und er hatte keine Ahnung, was er sagen sollte.

„Hey, äh, ich möchte mich wegen der sonderbaren Nachrichten entschuldigen, die ich auf deinem Handy hinterlassen habe." Er zögerte. Wenn alles wieder normal war, hatte es in Sarahs Welt diese Anrufe vielleicht überhaupt nicht gegeben.

„Du hast mir eine sonderbare Nachricht hinterlassen? Gleich mehrere?"

Ein Glück! Die Anrufe gab es nicht mehr.

„Ja, also, ich … ja, schon, ich habe …"

„Wann?"

„Vor einem oder zwei Tagen."

„Wirklich? Ich habe sie nicht bekommen. Seltsam. Verrätst du mir, um was es ging?" Sie lächelte, aber das beruhigte ihn nicht.

Oh nein. Er sah es in ihren Augen. Unsicherheit. Dann ging ihm ein Licht auf, das ihm schon in dem Moment, in dem er ihren Namen genannt hatte, hätte aufgehen müssen. Sie stand immer noch hinter der Theke, statt zu ihm zu kommen und ihn zu umarmen. Kein gutes Zeichen.

„Darf ich dir lieber eine sonderbare Frage stellen?" Er verlagerte sein Gewicht auf das andere Bein und versuchte zu lächeln.

Sarah legte ihr Geschirrtuch ab, kam um die Theke herum, verschränkte die Arme vor ihrer Brust und setzte einen gespielt skeptischen Blick auf. „Ich bin bereit."

Micha atmete langsam ein und seufzte dann.

„Wann haben wir uns das letzte Mal gesehen?"

„Was?"

„Wann haben wir das letzte Mal miteinander gesprochen?"

„Wow!" Sie zog die Brauen in die Höhe. „Nach drei Tagen weißt du das nicht mehr?"

„Nein, natürlich weiß ich es. Ich wollte nur …"

„Du meinst diese Frage im Ernst."

„Ja." Micha zuckte die Achseln.

„Ich muss ein ziemlich langweiliger Gast beim Essen gewesen sein."

„Essen?"

„Du machst mir ein wenig Angst, Micha. Du hast in deinem Haus für mich gekocht. Wir haben uns bis nachts um elf unterhalten. Ich dachte, wir hätten diesen Abend beide genossen. Du musst dich doch wenigstens an *einen Teil* dieses Gesprächs erinnern."

„Ich erinnere mich an alles. Es ist nur …" Micha fühlte, wie ihm das Blut aus dem Gesicht wich.

„Dann ist es ja gut. Da fühle ich mich gleich wieder besser. Glaube ich." Sarah lachte. Micha merkte, dass es gezwungen klang.

Sarah drehte sich um und ging wieder hinter die Theke. „Ich hoffe, es stört dich nicht, wenn ich hier sauber mache, während wir uns unterhalten."

Er schluckte schwer. „Wenn das deine Art ist, mir zu sagen, dass ich Mist gebaut habe, könntest du jetzt bitte damit aufhören?"

„Wovon sprichst du?"

Panik regte sich in ihm. Sie machte keine Scherze. Kein „Ich habe es dir ja gleich gesagt".

Die letzten vier Monate mit Sarah waren verschwunden.

Er umklammerte die Seitennähte seiner Jeans und drückte so fest, dass seine Finger schmerzten. Und dann verlor er die Beherrschung und platzte heraus: „Du musst dich doch an uns erinnern."

„An uns?"

„Du und ich, wir lieben uns. Vor drei Tagen war das Letzte, was du zu mir gesagt hast: ‚Geh nicht nach Seattle zurück', weil du wusstest, dass es falsch war. Sag mir, dass du dich daran erinnerst!"

Das war ein Fehler.

Ein großer Fehler.

Ein Anflug von Angst trat in Sarahs Augen, aber er konnte nicht aufhören. „Ich weiß, dass es sich bizarr anhört, aber hör mir bitte zu! Wir sind seit einigen Wochen ein Paar. Ich fuhr nach Seattle zurück, um … und … hier unten hat sich deshalb einiges verändert, aber jetzt habe ich Seattle endgültig aufgegeben, um meine Beziehung zu Gott zurückzubekommen. Um dich zurückzubekommen"

Sarah starrte ihn mit zornig funkelnden Augen an.

„Aber hier ist nichts mehr so, wie es war. Ich verstehe nicht, warum das so ist. Aber ich weiß, dass ich dich liebe. Und dass wir füreinander bestimmt sind."

Sarah stieß einen leisen Piff aus und wich nach hinten, bis sie die Wand erreichte. „Cannon Beach ist eine Kleinstadt. Es ist also wahrscheinlich unmöglich, uns völlig aus dem Weg zu gehen. Aber wenn du mich siehst, gehst du von jetzt an auf die andere Straßenseite. Wenn du am Strand bist und ich auch, tust du so, als hättest du vergessen, deine Espressomaschine auszuschalten, und kehrst sofort nach Hause um. Haben wir uns verstanden?"

„Tu das nicht, Sarah. Ich kann dir alles erklären. Ich kann dir helfen, dich daran zu erinnern."

„Du brauchst ärztliche Hilfe."

„Nein, ich brauche dich. Und du brauchst mich." Er schloss die Augen. „Denk an die Person, mit der du eine Radtour unternommen hast. Das war ich. Und wir haben uns ineinander verliebt. Ich kann nicht so tun, als wäre das nie geschehen."

„Und ich soll so tun, als wäre es geschehen, weil du es dir einbildest? Verschwinde. Sofort!"

Micha blieb regungslos stehen, während der Schweiß über seinen Rücken lief und er sie mit flehenden Augen bat, ihm zu glauben.

Sie trat ans Schaufenster. „Da draußen sind ziemlich viele Leute, die dir das Leben ganz schön schwer machen können, falls du noch eine größere Szene machen willst. Wenn du nicht sofort diese Eisdiele verlässt, schreie ich so laut, dass die Scheibe zerspringt."

Micha schluckte und ging, ohne noch ein Wort zu sagen.

Das Klingeln der Glocke an der Tür, als er auf den Gehweg hinaustrat, schien aus weiter Ferne zu kommen. Er taumelte auf der Main Street in Richtung Süden und bog an der nächsten Kreuzung nach rechts zum Strand ab. Micha beherrschte sich, bis er das Wasser erreichte, wo er sich auf dem feuchten Sand übergeben musste.

Er hatte Seattle aufgegeben. Er hatte alles dort aufgegeben. Und nun das?!

Mühsam rappelte er sich auf und taumelte in Richtung Haystack Rock. Das Zwielicht war noch so hell, dass der hohe Felsen dunkel vom Himmel abstach.

„Wo bist du, Gott?", schrie Micha.

Das Tosen der Brandung war die einzige Antwort, die er bekam. Micha fühlte sich so allein wie noch nie zuvor in seinem Leben. Gott war weiter weg als in der Zeit, bevor er nach Cannon Beach gekommen war, und Sarah war unerreichbar geworden.

Er kramte in seiner Hosentasche, zog das neue Handy heraus, das er sich heute gekauft hatte, und gab Ricks Festnetznummer ein.

*Komm schon, sei zu Hause!*

Er hatte nur noch wenig Hoffnung, als er zuhörte, wie es einmal, zweimal, dreimal klingelte. Selbst wenn Rick zu Hause wäre – wie viel von *ihrer* Beziehung war ausgelöscht? Zwei Monate? Drei? Alles?

Beim vierten Klingeln schaltete sich Ricks Anrufbeantworter ein: *„Hallo, hier ist Rick. Ich bin leider nicht da. Aber ich rufe bald zurück, wenn Sie mir eine Nachricht hinterlassen."*

„Hier ist Micha Taylor. Ruf mich bitte an. Meine Nummer lautet …"

„Hallo?"

„Rick?"

„Ja?"

„Micha Taylor."

„Ich glaube, ich kenne deine Stimme inzwischen", schmunzelte Rick.

„Du hast mich also nicht vergessen?"

„Nein."

„Überhaupt nichts?"

„Nein."

Erleichterung durchflutete ihn. Um ganz sicherzugehen, fragte er, wann sie das letzte Mal miteinander gesprochen hatten.

„Im *Fireside,* vor ein paar Tagen. Wir haben über Entscheidungen gesprochen. Du hast dich für Seattle entschieden."

„Sarah erinnert sich an nichts mehr. Ihre letzte Erinnerung an mich ist das erste Essen in meinem Haus!"

„Du hast eine Entscheidung getroffen, Micha. Du hast gesät, und jetzt erntest du."

„Kannst du mir das bitte in einer Sprache erklären, die ich verstehe?"

„Das ist nicht nötig. Die letzten fünf Monate waren so ungewöhnlich, dass du tief in deinem Herzen genau weißt, was passiert ist, was der himmlische König mit den zwei Leben, die du führst, gemacht hat. Er hat dir die Wege gezeigt, die du mit deinen Entscheidungen einschlägst. Den Weg in Seattle und den Weg in Cannon Beach."

„Aber ich habe mich entschieden! Ich bin zurückgekommen."

„Und jetzt stehst du vor der endgültigen Entscheidung zwischen den zwei Welten und den Konsequenzen, die diese Entscheidung nach sich zieht."

„So einfach ist das nicht. Du musst mir erklären, wie ich die Ereignisse von zwei verschiedenen Leben erlebt haben kann. Ich erinnere mich an Teile eines Lebens, das ich nie geführt habe, und zwar genauso deutlich wie an das, das ich geführt habe. Du musst mir erklären, wie große Teile meines Lebens in Seattle ausgelöscht werden konnten, dann zurückkommen und dann erneut verschwinden und in einer veränderten Form zurückkommen konnten! Du musst ..."

„Nein", unterbrach ihn Rick mit scharfer Stimme. „Ich muss

gar nichts. *Du* musst! Du musst den Vater mit deinem ganzen Herzen suchen. Mit deinem ganzen Verstand. Mit deiner ganzen Seele. Mit aller Kraft. Er ist allmächtig. Und er hat eindeutig alles unter Kontrolle."

„Das ist alles? Mehr verrätst du mir nicht? Du bist der Einzige, der anscheinend beide Leben versteht."

„Such den König, Micha."

„Das ist nicht genug!"

„Such ihn."

Micha klappte sein Handy zu und stieß ein kehliges Stöhnen aus. Noch nie hatte er sich so allein gefühlt. *Such den König?* Das hatte er versucht! Er spürte nichts von Gott, er spürte keinen Frieden. Als einzige Antwort stand er vor den Trümmern seines Lebens.

Als er beim Haus ankam, war es dunkle Nacht. Er hatte kein Licht angelassen, und das Haus stand wie ein ominöser Berg vor ihm, in dem er einen Tunnel betreten sollte.

Nachdem er überall im Erdgeschoss die Lichter eingeschaltet hatte, schenkte er sich eine Cola light ein, trat auf die Terrasse hinaus und ließ, während er die Sterne betrachtete, jeden Moment der letzten Woche Revue passieren. Die Stimme hatte ihm gesagt, dass er sowohl Seattle als auch Cannon Beach haben könne, dass er nach Seattle zurückgehen sollte.

Die Stimme.

Seine Stimme.

Die Unterseite von Michas Glas hinterließ eine Kerbe auf dem Holzgeländer, als er es wütend daraufknallte. Mit hämmerndem Herzen schritt er auf das dunkle Zimmer zu.

## Kapitel 40

MICHA RISS DIE TÜR AUF und trat wütend ein.

„Ich will Antworten!"

„Hallo, Kumpel, wie geht's?"

„Ging mir nie besser!"

„Es ist eine Zeit des Umbruchs."

„Was für eine Untertreibung", knurrte Micha. „Du hast dich geirrt."

„Nein, Micha, *du* hast dich geirrt. Du hast die falsche Entscheidung getroffen."

„Das stimmt, Einstein. Und du hast mich dazu gedrängt."

„Nein, das habe ich nicht. Du sprichst von der Entscheidung, nach Seattle zu gehen. Ich spreche von der Entscheidung, doch wieder nach Cannon Beach zurückzukommen."

„Was?" Micha legte den Kopf schief. „Bist du verrückt?"

„Ich habe gesagt: Geh nach Seattle, hole dir dein Leben zurück und bleibe mindestens *sechs Wochen* dort! Nicht: Komm nach drei Tagen zurück."

„Komm mir nicht so! Meine Beziehung zu Sarah ist ausgelöscht. Meine Beziehung zu Gott ist ausgelöscht. Das waren die zwei wichtigsten Dinge in meinem Leben. Und du sagst mir, ich hätte in Seattle bleiben sollen?"

„Ja."

„Dann schieß mal los." Micha verschränkte die Arme.

„Zuerst zu Sarah: Du willst dein Leben mit ihr verbringen. Ist das Gottes Plan oder deiner? Die Bibel sagt, dass wir Mutter, Vater, Bruder, Schwester aufgeben müssen. Wenn Sarah dir wichtiger ist als Gott, dann bist du es nicht wert, deine Hand an den Pflug zu legen. Wir müssen sie loslassen."

„Tut mir leid, das kaufe ich dir nicht ab. Gott höchstpersönlich hat uns zusammengeführt. Sarah hat gesagt, dass der Heilige Geist ihr das vor Jahren schon angekündigt hat."

„Ich glaube ja auch, dass Sarah in dein Leben gerufen wurde. Aber nur für eine bestimmte Zeit. Um uns die Chance zu geben, uns am Ende für Gott statt für sie zu entscheiden. Wir sind berufen zu gehorchen. Nicht dazu, Fragen zu stellen. Vergiss nicht, Micha, ich bin du. Für mich ist das genauso schmerzhaft wie für dich."

„Ich merke nichts von deinem Schmerz." Micha lehnte sich an die Wand und glitt langsam auf den Teppich hinab.

„Ich bin du, aber ein anderer Teil von dir. Ich trenne die Logik leichter von den Gefühlen, damit wir klarer sehen können."

„Ich sehe also nicht klar?"

„Wenn du der Angst erlaubst, sich in dein Leben einzuschleichen, nein. So wie jetzt. Die Angst, dass du Sarah verloren haben könntest, macht dich blind für die Tatsache, dass Gott dahintersteckt. Dass er für dich etwas anderes vorhat. Angst und Glauben können nicht nebeneinander existieren. Fragen und Zweifel wirken sich am Ende immer negativ auf den Glauben aus. Und was ist ein Glaube ohne Opfer schon wert? Sarah ist das Opfer, das Gott von uns verlangt, damit wir voll und ganz ihm gehören."

„Opfer?" Micha schlug mit der Faust gegen die Wand hinter sich und stand auf. „Ich habe meine Firma, meine Karriere, meine Erfolge, mein Geld aufgegeben, und du sagst, das sei nicht genug? Ich müsste auch noch Sarah opfern, das Einzige, was mir auf der Erde noch etwas bedeutet? Und ich soll meine Beziehung zu Gott opfern?"

Micha drehte sich um und wollte hinausgehen, blieb dann aber stehen. „Ja, klar. Das ist ja unglaublich logisch. Gott verlangt von mir, dass ich für ihn meine Beziehung zu ihm aufgebe!"

Als Micha das gesagt hatte, kam ein Schluchzen aus der Dunkelheit. „Ich weiß, dass es schwer ist. Sehr schwer. Sich so fern von Gott zu fühlen. Aber wir dürfen uns nicht auf unsere Gefühle verlassen, sondern nur auf die Wahrheit. Er führt uns in die Wüste, um zu sehen, ob wir uns immer noch für ihn entscheiden, ob wir uns immer noch auf dem schmalen Weg halten, selbst wenn wir seine Gegenwart nicht spüren können. Das ist unsere Wüstenzeit, und wir dürfen uns nicht auf den angeblichen Trost eines Trugbildes stützen, sondern müssen weiter durch die Wüste gehen, bis wir die wahre Oase finden, die Gott für uns vorgesehen hat."

„Ich habe ehrlich gesagt genug von deinen blumigen Worten. Sag einfach, was als Nächstes kommt."

„Fang wieder von vorne an."

„Was soll das heißen?"

„Geh nach Seattle zurück. Bleib dieses Mal dort, selbst wenn *RimSoft* sich völlig in Luft aufgelöst hat. Bau eine neue Firma auf, dieses Mal aus den richtigen Beweggründen. Nicht um Geld und Macht anzuhäufen, sondern mit einem ewigen Ziel."

„Unmöglich. Mit diesem Leben habe ich abgeschlossen."

„Bei Gott sind alle Dinge möglich." Die Stimme schwieg einen Moment und räusperte sich dann. „Außerdem hat ein kleiner Teil von dir mit diesem Leben noch nicht abgeschlossen. Das weißt du genau. Wir können diese Glut wieder entfachen."

„Du machst mich müde und verwirrst mich nur. Ich brauche Klarheit." Micha stand auf und ging hinaus. Er knallte die Tür so kräftig zu, dass im Flur ein Bild von der Wand fiel. Er machte sich nicht die Mühe, es aufzuheben.

❖

Am nächsten Morgen lief Micha zum Hug Point hinab und wieder zurück, um die Verwirrung abzuschütteln, die ihn nicht loslassen wollte.

Ohne Erfolg.

Als er vom Laufen zurückkam, duschte er und arbeitete sich dann durch die ersten zwei Kapitel des Galaterbriefes in seiner Bibel.

Als er sein Frühstücksgeschirr fertig gespült hatte, warf er einen Blick auf das Telefon in der Küche. Und wenn die Stimme tatsächlich recht hatte und von *RimSoft* nichts mehr übrig war? Er machte sich keine falschen Hoffnungen, konnte sich aber trotzdem nicht zurückhalten und wählte die bekannte Nummer.

Beim dritten Klingeln flötete eine Telefonistin: „*RimWare*, womit kann ich Ihnen den Tag verschönern?"

Micha verdrehte die Augen. Er hätte nie zugelassen, dass jemand sich mit einem so platten Spruch am Telefon meldete. „Die Personalabteilung bitte."

„Gern. Einen Moment bitte."

Nach zehn Sekunden begann er, auf und ab zu gehen. Eineinhalb Minuten später brummte eine Männerstimme: „Was kann ich für Sie tun?"

„Hallo, mein Name ist Allen Leitner von der *Norwest Medical*. Ich müsste den Beschäftigungsstatus von einem Ihrer Angestellten klären."

„*Norwest Medical*? Ja, okay. Welcher Angestellte?"

„Micha Taylor. Ich muss nur wissen, in welcher Abteilung er arbeitet."

„Das ist alles?"

„Das ist alles."

„Äh, ja, das kann ich Ihnen vermutlich auch telefonisch sagen. Bleiben Sie dran."

Nach unerträglich langen 45 Sekunden meldete sich der Mann

von der Personalabteilung wieder: „Sie wissen nicht zufällig, in welcher Abteilung er arbeitet, oder?"

„Ich hatte gehofft, dass Sie mir das sagen können." Micha knirschte mit den Zähnen.

„Ja, stimmt!", murmelte der Mann. „Entschuldigung. Ich bin gleich wieder da."

Micha trat ins Wohnzimmer und schaute zu, wie die Wellen auf den Strand rollten, während er auf eine Antwort wartete. Zwei Minuten später hatte er sie.

„Tut mir leid, ich habe in der Datenbank alles durchgesehen und sogar die Ausdrucke durchgeblättert. Sind Sie sicher, dass er hier arbeitet?"

Micha schloss die Augen und ließ den Kopf auf seine Brust sinken.

„Hey, sind Sie noch dran? War das alles, was Sie wissen wollten?"

„Das war alles."

Er wählte eine andere Nummer. Sieben Minuten und einige Anrufe später hatte er die Bestätigung, dass von seinem Leben in Seattle nichts mehr übrig war. Er hatte seine Bank, seinen Steuerberater, seinen Versicherungsvertreter, die Hausverwaltung seiner Wohnung angerufen. Niemand hatte je den Namen Micha Taylor gehört. Nichts war mehr da. Kein Penthouse, keine Firma, kein Geld.

Was war ihm geblieben? Ein großes Haus am Meer mit immensen jährlichen Steuerlasten und keiner Chance, sie zu bezahlen. Er hatte kein Einkommen. Keine Sarah. Keine Karriere. Keinen Plan. Keine Hilfestellung von Gott. Nichts. Absolut nichts.

Hatte Gott das gewollt?

Und jetzt? Wenn sein Leben in Seattle nicht mehr existierte, wer war er dann? Was sollte er mit sich anfangen? Er sank auf das Sofa vor dem Kamin und wählte noch eine weitere Nummer.

„Guten Tag. Sie sprechen mit Daniel Taylor. Was kann ich für Sie tun?"

„Hallo, Vater."

„Oh, hallo, mein Junge."

„Ich muss dir ein paar Fragen über die letzten sechs Jahre stellen, die vielleicht ein wenig seltsam klingen."

„Da meiner Meinung nach viele deiner Entscheidungen seit deinem Studium ein wenig seltsam waren, wirst du mich mit deinen Fragen wahrscheinlich kaum noch überraschen können."

Micha stand auf und ging zu den Panoramafenstern hinüber. Er legte die flache Hand an die Scheibe und stützte sich mit der Stirn darauf ab. „Was habe ich seit dem Studium gemacht?"

„Ich bin nicht sicher, ob ich deine Frage richtig verstehe." Sein Vater seufzte. „Versuchst du nicht immer noch, einen Weg zu finden, wie du ein geregeltes Einkommen verdienen kannst?"

„Ich arbeite nicht in der Softwarebranche?"

„Das hatte ich mal gehofft, aber du hast dich ja anders entschieden. Und …" Sein Vater räusperte sich. „Und ich, äh … ich will nur sagen … nun ja, also wahrscheinlich hätte ich mich in den letzten Jahren ein wenig … hilfreicher dir gegenüber verhalten können."

Micha sank auf den Teppich. Sollte das gerade etwa so eine Art Entschuldigung gewesen sein? Von seinem *Vater*? War das möglich?

„Ja, also, ich hätte auch …"

„Hattest du noch mehr Fragen?"

Der Tonfall seines Vaters verriet, dass nicht mehr in Richtung einer Entschuldigung zu erwarten war.

„Ich will nur endlich alles in den Griff bekommen und herausfinden, was ich mit diesem Haus hier unten anfangen soll und …"

„Haus? Hast du in der Lotterie gewonnen?"

„Komm schon, Vater. Dein Onkel Archie hat das Haus für mich bauen lassen."

„Archie? Er war völlig durchgeknallt."

„Das hatten wir schon."

„War das alles, was du wissen wolltest?"

„Wo habe ich in den letzten sechs Jahren gewohnt?" Micha stand auf, ging auf die Terrasse hinaus und ließ sich den Wind durch die Haare wehen.

„Seltsame Frage. Darf ich fragen, warum du das von mir wissen willst?"

Micha bewegte sich jetzt auf einem Terrain, das er bisher noch nie betreten hatte. „Nein, Vater, das darfst du nicht. Du willst das nämlich nur wissen, weil du immer alle Details von allem, was im gesamten Universum geschieht, in jedem Moment deines Lebens unter Kontrolle haben willst. Aber jetzt bitte ich dich einfach, mir einen Gefallen zu tun und mir zu sagen, wo ich seit meinem Studium gewohnt habe, ohne dass ich dir erklären muss, warum ich dich das frage." Micha schluckte. „Bitte."

Das einzige Geräusch war fast eine Minute lang das leichte Summen in der Telefonleitung und das Rauschen der Blätter im Wind.

„Du hast recht; ich bin … ich hätte nicht immer … ich habe …" Sein Vater schluckte schwer. „Direkt nach deinem Studium hast du zwei Monate bei mir gewohnt. Danach eineinhalb Jahre in Bandon, Oregon. Dann fast viereinhalb Jahre in Newport, Oregon. Und jetzt seit über einem Jahr in Cannon Beach." Er räusperte sich dreimal. Dann wurde es still. „Und, äh … ich … Was ich sagen will, ist, es tut mir leid, dass ich mich immer wieder in dein Leben eingemischt habe, und … entschuldige bitte."

Alle Kraft wich aus Michas Körper. „Vater?"

„Ja?"

„Danke. Ehrlich. Das ist mein Ernst. Ich danke dir."

Schweigen.

„Bitte, Micha."

Er legte auf und sank völlig verblüfft auf einen Terrassenstuhl. Sein Vater hatte es gesagt. Er hatte es sich nicht nur eingebildet. Er hatte tatsächlich *„Es tut mir leid. Entschuldige"* gesagt. Ein Wunder war geschehen. Vielleicht nicht so groß wie die Vermehrung von Fischen und Broten, aber für ihn kam es nahe heran. Und er hatte *Micha* zu ihm gesagt. Nicht *Junge*. Micha!

Ein Hoffnungsfunke in Bezug auf seinen Vater keimte in seinem Herzen auf, der so unglaublich war, dass er ihn fast nicht für wahr halten konnte. Er verdrängte diesen Gedanken und fragte sich, was er wohl in den letzten Jahren in Bandon und Newport getrieben hatte.

Sein Blick wanderte zu der Brandung, die sich an den Felsen brach, ein Paradies für Vögel und Seelöwen. Das erinnerte ihn an etwas.

Das Gemälde!

Mit pochendem Herzen sprintete er zum Atelier.

Vor der Tür zögerte er. Und wenn es sich nicht verändert hatte? Selbst wenn es sich verändert hatte, würde das den Wahnsinn, der sein Leben ergriffen hatte, nicht erklären. Er hatte viele Male gebetet und Gott gefragt, welche Bedeutung das Gemälde hatte und inwiefern es seine zwei Realitäten miteinander verband. Er hatte keine Antwort bekommen.

Trotzdem zog ihn das Bild an wie ein Magnet, und er glaubte weiter, dass es der Schlüssel für sein Doppelleben war.

Micha atmete tief durch, betrat das Zimmer – und keuchte. Er sah die Veränderung sofort: An dem Haus fehlten nur noch wenige Pinselstriche.

Es war sein Haus, das auf seiner Klippe stand und sein Stück Strand überragte.

Warum war ihm das bis zu diesem Augenblick entgangen?

Bei der Entstehung des Gemäldes hatte er zwischen dem Bild und seinem Strand viele Ähnlichkeiten entdeckt, aber nicht genug, um sicher zu sein. Irgendwie hatte der Maler einen Blickwinkel gewählt, der es nicht sofort offensichtlich machte. Jetzt verstand er den Grund dafür: Das Bild war spiegelverkehrt. Ein Spiegelbild seines Hauses und des Strandes.

Die Klippe war auf dem Bild etwas höher und schmaler, aber es war eindeutig seine Klippe. Die Berge im Hintergrund waren schroffer und von weniger Bäumen bewachsen, aber es waren dieselben. Die Wellen waren höher als heute, aber es war die Brandung, die er schätzen gelernt hatte.

An seinem Haus entdeckte er jedoch keine Abweichungen. Je genauer er es betrachtete, umso mehr Details erkannte er. Selbst die Art, wie sich das Licht in den Fenstern spiegelte, war genau so abgebildet, wie es aussah, wenn er am frühen Morgen vom Laufen zurückkam.

Er hatte das Haus auch schon vom Strand aus fotografiert und die Farben am Computer sogar nachbearbeitet, um den Bildern mehr Lebendigkeit zu verleihen. Aber die Fotos reichten bei Weitem nicht an die Aussagekraft dieses Bildes heran.

Warum war es ihm als Einzigem vergönnt, dieses Meisterwerk zu sehen?

Noch eine, vielleicht zwei Stunden Arbeit, und das Bild war fertig. Wann war es wohl so weit?

Er sehnte sich danach, den Künstler kennenzulernen und von ihm zu erfahren, wie man Wellen so lebendig, Berge so majestätisch, das Haus so echt malen konnte.

Micha saß über eine Stunde lang da und ließ das Bild auf sich wirken. Allmählich legte sich eine gewisse Melancholie auf ihn. Die Veränderungen waren faszinierend, aber sie verrieten ihm nicht, wie es mit ihm weitergehen sollte.

Nach dem Abendessen setzte er sich in seinen Lieblingssessel und hielt Archies nächsten Brief auf dem Schoß. Micha hatte es vermieden, den Brief schon früher zu lesen, da die letzten Briefe verheerende Dinge nach sich gezogen hatten. Aber wohin sonst konnte er sich wenden? Rick hatte ihn offensichtlich mehr oder weniger abgeschrieben. Die Beziehung zu Sarah existierte in seiner aktuellen Realität nicht mehr. Und die Stimme? Er seufzte. Zu der Stimme zog es ihn im Moment überhaupt nicht hin.

Er hielt den Umschlag in das goldene Licht, das die Lampe neben seinem Sessel abstrahlte. „Herr, wenn du irgendwo in der Nähe bist, dann mach doch, dass Archie mir in diesem Brief neue Hoffnung schenkt."

# Kapitel 41

24. November 1992

Lieber Micha,

bald ist es so weit, dass du deinem größten Feind – dem Bösen in deinem Leben – offen gegenübertrittst. Es wird ein Kampf nur zwischen dir und ihm sein, bei dem es um nichts Geringeres als um die Wahrheit und die Freiheit geht. Ach, aber Micha, die gute Nachricht ist: Du musst nicht allein gegen ihn antreten. Denn die Heilige Schrift sagt: „Der in euch wohnt ist stärker als der in der Welt." Wenn wir nur mit unserer eigenen Kraft kämpfen müssten, hätten wir keine Chance, diesen Kampf zu gewinnen. Aber mit ihm werden wir Sieger sein, wie der Apostel Paulus sagt.

Der König des Universums lebt in dir. Du bist sein. Wie Paulus im Brief an die Römer schreibt: „Wenn Gott für dich ist, wer kann gegen dich sein? Zieh an die volle Waffenrüstung der Heiligen Gottes und ergreife mit deiner ganzen Kraft das Schwert des Glaubens."

Ich bin stolz auf dich, Micha. Du bist weit gekommen! Kämpfe den guten Kampf. Gott beschütze dich zu deiner Rechten und zu deiner Linken, bei deinem Kommen und bei deinem Gehen.

*Hab Mut!*
*Archie*

*P.S.: Wenn du mitgezählt hast, weißt du, dass wir kurz vor dem Ende unserer gemeinsamen Reise stehen, da nur noch zwei Briefe übrig sind. Statt noch zwei Wochen bis zum letzten Brief zu warten, öffne bitte den nächsten übermorgen und den letzten Brief vier Tage danach. Bis bald.*

Micha ließ den Brief sinken. War Rick der Böse? Unmöglich! Doch ein Rest Misstrauen blieb.

Er sollte kämpfen? Er schüttelte den Kopf und schaute aufs Meer hinaus. In den Wellen steckte eine so gewaltige Kraft, die nicht genutzt wurde. Genauso, wie Gott unendlich viel Kraft hatte, die nicht genutzt wurde. Aber das entfachte keine Hoffnung in ihm. Er wusste nicht, wie er einen solchen Kampf führen sollte.

Micha erwachte am nächsten Morgen um 5:30 Uhr und brach zum Cape Lookout auf, einer Landzunge 80 Kilometer südlich von Cannon Beach. Dort würde er alle seine Gefühle, sein ganzes Herz offenlegen. Er würde mit der Frage ringen, was er mit seinem Leben anfangen sollte. Weit weg von dem Haus, von der Stimme, von Rick. Von allem.

Er hatte gehört, dass diese Landzunge spektakulär sein sollte. Sie ragte drei Kilometer ins Meer hinaus, knapp 200 Meter über den Wellen.

Kurz nach 6:45 Uhr bog er auf den Parkplatz ein. Sein Auto war das einzige weit und breit, was zu dieser frühen Stunde eigentlich keine große Überraschung war. Er entspannte sich ein wenig. Am liebsten wollte er niemandem begegnen, und da er so früh hier war, würde er sicher noch eine ganze Weile allein weit und breit sein, selbst wenn später noch andere zu dieser Wanderung aufbrechen sollten.

Ein leichter Nieselregen legte sich auf die Windschutzscheibe, als er aus seinem Auto stieg und seinen Rucksack nahm. Als er den Wanderweg betrat, goss es in Strömen. Micha lächelte. Ausgezeichnet! Der Regen würde sicher die meisten anderen Leute davon abhalten, heute hier wandern zu wollen.

Glücklicherweise hielten die Bäume den größten Teil des Regens ab, und seine Baseballkappe übernahm den Rest. Der Weg verwandelte sich stellenweise von festgetretenem Lehm in schwarzen Schlamm, aber insgesamt war der Boden gut, und er marschierte in einem schnellen Tempo voran.

Er wusste nicht, warum es so wichtig war, so schnell wie möglich ans Ende der Landzunge zu kommen. Aber es war wichtig.

Als er drei Viertel des Weges zurückgelegt hatte, teilten sich die Wolken, und die Sonne kam mit einer solchen Kraft heraus, dass Micha sowohl seine Jacke als auch sein Sweatshirt auszog. Die Sonne strahlte durch die Regentropfen, die von den Blättern hingen, sodass sie wie Diamanten glitzerten. Der Dampf, der von den umgestürzten Baumstämmen aufstieg, sah aus wie dünne Rauchschwaden und erweckte den Eindruck, als würde irgendwo auf dem Waldboden ein unsichtbares Feuer brennen.

Die äußere Schönheit linderte seine innere Unruhe. Aber nur ein wenig.

Schließlich teilten sich die dichten Fichten vor ihm, und er stand 200 Meter über dem Pazifik. Die Küste, von der er gekommen war, lag immer noch unter einer Nebeldecke, die bis zu der Stelle reichte, an der sich die Brandung und das Ufer trafen.

Es war, als würde nur Cape Lookout von den Sonnenstrahlen beschienen, während der Rest der Küste in einer dichten Wolke eingehüllt blieb. Es hätte eine perfekte Kulisse für sein Ringen um die Entscheidung sein können, wohin sein Leben gehen sollte. Aber ganz so eindeutig blieb es nicht, weil hinter ihm jemand auf dem Wanderweg heranmarschierte.

Micha hatte mit niemandem gerechnet und ganz bestimmt nicht erwartet, dass er diesen anderen Wanderer kennen würde, geschweige denn, dass er ihn gut kennen würde.

Es war Rick.

Eine nicht zu leugnende Abneigung regte sich in Micha, und ein Gedanke schoss ihm durch den Kopf:

*Feind.*

Rick blieb 20 Meter von ihm entfernt stehen und sagte kein Wort. Sein übliches Lächeln war verschwunden, keine Spur von dem typischen Funkeln war in seinen Augen zu sehen. Es war *falsch*, dass er hier war.

*Feind.*

Micha schaute Rick finster an, und zu seiner Verärgerung gesellte sich eine starke Verachtung. Für diese Gefühle gab es keine logische Erklärung. Rick war die einzige Person auf der Welt, die ihm helfen konnte, das Chaos zu entwirren, zu dem sich sein Leben entwickelt hatte. Aber Micha konnte nicht mehr logisch denken. Er konnte nur auf die Gefühle reagieren, die in ihm tobten.

Rick erwiderte seinen trotzigen Blick mit einer Intensität, die Micha noch nie bei ihm gesehen hatte. Und Ricks Körper wirkte irgendwie ... anders: größer, breiter. Die Sonne spiegelte sich auf seiner Kleidung, sodass es aussah, als strahle er von innen heraus.

Micha konnte Ricks Blick nicht aushalten und senkte die Augen.

Rick kam drei Schritte näher und sprach mit einer Autorität, die Micha erschreckte. „Die Freiheit wartet darauf, in dir aufzugehen, Micha. Du darfst sie nicht unterdrücken."

Heißer Zorn loderte wie eine Flamme in Micha auf. Er hatte keine Ahnung, wie er ihn zügeln sollte. Aber er wollte ihn auch nicht zügeln. Es fühlte sich gut an. Sehr gut.

„Was gibt dir das Recht, mir etwas vorschreiben zu wollen?" Micha schleuderte seinen Rucksack auf den Boden. „Du hast doch die ganze Zeit dazu beigetragen, mein Leben zu zerstören!"

„Du hast auf Lügen gehört." Rick kam noch einen Schritt näher.

„Wovon sprichst du?" Micha drehte ihm den Rücken zu und schaute finster aufs Meer hinaus.

„Von der Stimme."

Micha fuhr herum. „Ich habe dir nie erzählt, dass ..."

„Dass es in deinem Haus eine Stimme gibt? Nein, das hast du nicht." Rick kam noch zwei Schritte näher. Ein großer Fels zerbröselte, als sein Fuß darauf trat.

„Du hast mir nachspioniert?"

„Warum hast du mir nichts von der Stimme erzählt?" Ricks Augen waren wie Stahl.

„Was gibt dir das Recht, das von mir zu verlangen?"

Rick kam weitere zwei Schritte näher, und der Boden schien zu beben. „Frag dich lieber selbst, warum du es mir nicht erzählt hast. Du hast es so oft gewollt", sagte er. „Was hat dich zurückgehalten?"

„Du weißt, was das alles soll, willst es mir aber nicht erzählen. Jetzt tauchst du ohne Vorwarnung hier auf und fängst an, mich ins Kreuzverhör darüber zu nehmen, was ich dir erzählt habe und was nicht."

Während Micha sprach, spaltete eine unsichtbare Kluft den Boden zwischen Rick und ihm. Er konnte die Kluft nicht sehen, aber sie war genauso real wie die Landzunge, auf der sie standen. Körperlich waren sie nicht mehr als fünf Meter voneinander entfernt. Aber in jeder anderen Hinsicht trennten sie Meilen.

„Du fühlst es jetzt, nicht wahr?", fragte Rick. „Wir können es nicht sehen, aber es ist eindeutig da. Es schiebt uns auseinander. Es trennt uns. Es entfacht diesen Zorn in dir. Du weißt in deinem Herzen, dass ich dein engster Verbündeter bin, aber etwas spricht in diesem Moment zu dir und warnt dich davor, mir zu vertrauen. Und du hörst auf diese Stimme." Er kam wieder einen Schritt näher.

„Du bist der Böse!"

„Jetzt ist der Augenblick, in dem du deine Entscheidung treffen musst. Jetzt. Du musst dich für die Wahrheit oder für die Lüge entscheiden." Rick ging wieder drei Schritte weiter. Seine Augen wichen keine Sekunde von Micha. Rick war jetzt nur noch zwei Meter entfernt. „In diesem Moment findet ein Kampf um deine Zukunft statt. Und du musst dich entscheiden, wem du glauben willst."

„Das sind ganz genau die gleichen Worte, die meine Stimme gesagt hat!", fauchte Micha.

„Ja, die gleichen Worte. Zwei Mächte kämpfen um dich. Aber die Entscheidung liegt bei dir. Die kann dir niemand abnehmen."

„Warum triffst *du* sie nicht für mich? Der Mann, der alle Antworten hat. Der Mann mit der Wahrheit."

„Bekämpfe es, Micha. Das bist nicht du. Aus dir spricht die Sünde, die in dir wohnt. Aber du willst doch die Wahrheit!"

Micha warf einen Ast über die Klippe und schaute zu, wie er zu den Wellen hinabsegelte. Es wäre so leicht, dem Ast ins Meer hinabzufolgen.

„Hör nicht darauf. Der Herr ist ein Schwert und ein Schild. Bitte ihn um Hilfe", sagte Rick.

„Ich bin es müde. Archie, Sarah, du, die Stimme – jeder hat eine andere Sichtweise, jeder hat eine andere Meinung zu meinem Leben."

„Bei der Wahrheit geht es nicht um Meinungen."

„Wessen Wahrheit denn? Sag mir das, oh Erleuchteter!", fauchte Micha. „Welche Stimme ist die letztlich gültige Stimme? Welche hat Autorität über alle anderen? Sag schon! Ich bin ganz Ohr."

Falls sein Versuch, Rick zu reizen, irgendetwas bewirkte, zeigte Rick es nicht.

„Am Ende kommt es nur auf eine einzige Stimme an."

„Was für eine Überraschung! Genau das schreibt Archie in seinem Brief auch. Aber wenn ich auf meine Stimme höre, widerspricht sie allem, was du und Archie sagen. Sie schickt mich nach Seattle zurück, wo ich Sarah und sogar Gott verloren habe. Vor einer Minute hast du meine Stimme miesgemacht und mich kritisiert, weil ich dir nichts von ihr erzählt habe. Und jetzt soll ich plötzlich wieder auf sie hören? Das klingt ja völlig logisch."

„Obwohl du eigentlich sehr intelligent bist, hat der Feind deine geistliche Weisheit schon stark getrübt."

„Was soll das jetzt wieder heißen?"

„Die Stimme in deinem Haus ist nicht die Stimme, auf die du hören solltest."

„Was?" Er starrte Rick an.

„Sie ist in keinster Weise ein Teil von dir."

Zorn und Angst hatten sich in Micha vermischt, aber das stärkste Gefühl war Ärger gewesen. Doch jetzt nahm die Angst überdimensionale Ausmaße an, während sein Ärger sich wie eine Welle bei Ebbe zurückzog. In seiner Verzweiflung versuchte Micha den Zorn, der seinen Streit mit Rick entfacht hatte, neu zu beleben.

„Und wo ist die Wahrheit, oh großer und heiliger Rick? Wo ist diese Stimme, auf die ich hören sollte?"

„In dir."

„Ach, wirklich?" Micha verschränkte die Arme vor seiner Brust und stieß mit dem Fuß einen Stein über die Klippe. „In diesem sündigen Micha?"

„Leg mir keine Worte in den Mund, die ich nicht gesagt habe, mein Junge. Die Sünde wohnt in dir, ja. Wenn ein Mensch sagt, dass er nicht sündigt, hat er die Wahrheit noch nicht begriffen. Aber du vergisst, dass der Mensch auch die Wohnung Gottes ist. Das Herz ist der Tempel des Heiligen Geistes. Des lebendigen Gottes." Rick schaute Micha durchdringend an. „Du musst nicht nach außen gehen, um die Antwort zu finden. Du musst nicht auf mich hören oder auf Archie oder auf Sarah. Und du musst auch keine Stimme fragen, die in deinem Haus in völliger Dunkelheit lebt. Du musst auf den Geist Gottes hören, der in deinem Herzen ist. Das ist die einzige, wahre Stimme. Geh dorthin und stell deine Frage. Jetzt."

Micha wollte mit dem letzten ihm noch verbliebenen Funken Wut auf Rick losgehen. Ein Gedanke schrie in seinem Kopf: *Stoß Rick von der Klippe!*

„Du lügst. *Meine* Stimme war bei jedem Schritt dieser Reise bei mir und hat mir immer wieder Perspektiven und Erkenntnisse gegeben, die ich ohne sie nie gehabt hätte."

„Die Stimme hat dich getäuscht. Immer wieder."

Im nächsten Moment meldete sich die Stimme in Michas Kopf: *Mit Rick endet alles übel. Er versucht, dich zu beherrschen, dich zu zerstören. Widerstehe ihm!*

Rick trat vor. „Das Wort Gottes sagt: *Jeden Gedanken, der sich gegen Gott auflehnt, nehme ich gefangen und unterstelle ihn dem Befehl von Christus.* Du musst den Gedanken, der dich in diesem Moment angreift, bekämpfen."

Micha wollte nicht kämpfen. Die Verzweiflung warf ihn auf die Knie, und er keuchte.

Die Gedanken schossen wie Maschinengewehrfeuer durch seinen Kopf.

*Geh weg von ihm! Er ist der Böse. Das weißt du!*

Er schüttelte den Kopf, blinzelte und flüsterte: „Herr, wenn du hier bist, brauche ich deine Hilfe."

Schlagartig verstummten die Gedanken, die wie ein Messer auf ihn eingestochen hatten. Er lehnte sich an einen Felsen und vergrub den Kopf in seinen Händen.

„Es ist Zeit", sagte Rick.

„Zeit für was?"

„Alles an Gott zu übergeben. Dein ganzes Sein."

„Das habe ich doch schon gemacht."

„Nein. Nicht ganz. Du hast nie alles, was du bist, Jesus übergeben. Du musst ihm alles übergeben. Nur ein Teil genügt nicht."

„Sag mir, wie ich das machen soll", flüsterte Micha.

„Such ihn jetzt, in diesem Moment, mit deinem ganzen Herzen, mit deinem ganzen Verstand, mit deiner ganzen Seele, mit deiner ganzen Kraft. Lass alles los, was du je geträumt, je gewollt, je erhofft hast. Ich werde im Gebet für dich einstehen, während du die Wahrheit suchst." Rick ging zum Wanderweg zurück und verschwand hinter den Fichten.

Das letzte Aufkeimen der Wut in Micha zerfiel wie eine Seifenblase, sobald Ricks Schritte verhallten. Micha hatte genug vom Kämpfen.

Was hatte Rick gesagt? Die Antwort war in seinem eigenen Herzen, weil Gottes Geist dort war. Wenn das nur so einfach zu begreifen wäre. Er seufzte. Wohin sonst konnte er sich wenden?

„Jesus, du kannst alles haben. Ich übergebe dir alles, was ich bin oder je zu sein hoffe. Meine Ängste, meine Träume, Seattle, Cannon Beach, Sarah … alles. Bitte sprich mit mir."

Sofort erfüllte ihn ein tiefer Frieden. Alle Zweifel verschwanden, und er wusste ohne alle Vorbehalte, dass Gott ihn mit einer Leidenschaft liebte, die er nie begreifen konnte. Wie lange Micha in diesem Wasserfall der Liebe saß, wusste er nicht.

Irgendwann kam ihm wie ein Leuchtturm aus dunkler Nacht ein Vers in den Sinn: *Gottes Wort ist voller Leben und Kraft. Es ist schärfer als die Klinge eines beidseitig geschliffenen Schwertes; dringt es doch bis in unser Innerstes, bis in unsere Seele und unseren Geist, und trifft uns tief in Mark und Bein.*

Genau das geschah jetzt mit ihm. Seine Seele, sein Geist, sein Wille und seine Gefühle wussten, was geschah, während sein Geist eine tiefe Einheit mit Gott erlebte, die er noch nie zuvor gekannt hatte. Sie war zu stark, um sie in Worte fassen zu können.

„Zeig mir die Wahrheit", sagte Micha.

Sein Körper erschauderte, als die Antwort gleichzeitig in seinem Geist und in seinem Verstand auftauchte, und zwar mit einer solchen Klarheit, dass er laut keuchte.

*Die Stimme ist nicht du.*

„Wer ist sie dann?"

*Der Dieb kommt, um zu stehlen, zu schlachten und zu vernichten. Ich aber bringe Leben – und dies im Überfluss.*

Ein Sturzbach der Freude strömte mit solcher Macht in Michas Wesen, dass er nicht wusste, ob er das überleben würde. Unbegrenzte Macht, aber nur ein winziger Teil von Gottes Kraft.

*Von mir fließen Ströme lebendigen Wassers.*

Der Wasserfall nahm weiter an Stärke zu und erfüllte seine Seele, seinen Verstand und seinen Körper bis zum Überfließen. Er fiel auf den Rücken, breitete die Arme weit aus und tauchte in eine unbeschreibliche Liebe ein, die zu groß war, um sie fassen zu können.

„Abba!", rief Micha. Dann kamen noch mehr Worte aus seinem Geist, die er nicht verstand, und der Wasserfall verwandelte sich in ein Meer, und er tauchte in die Liebe des Einen ein, der ihn erschaffen hatte. Jedes Zeitgefühl verschwand, während er in dieser köstlichen Freiheit badete.

Als er die Augen wieder aufschlug, verrieten ihm die Schatten, dass seine tiefe Gemeinschaft mit Gott Stunden gedauert hatte. Er stand auf und wischte sich die letzten Tränen aus den Augen.

Rick saß, die Ellbogen auf die Knie gestützt, ein paar Meter entfernt auf einem Granitfelsen und lächelte so breit, dass vom Rest seines Gesichts fast nichts mehr zu sehen war. Seine Augen strahlten vor Freude. Micha lief mit einem herzhaften Lachen auf ihn zu. Rick drückte ihn kräftig an seine Brust, und Micha erwiderte die Umarmung mit ganzer Kraft.

„Danke, Rick. Danke!", war alles, was er sagen konnte.

Sie gingen schweigend zum Ende der Landzunge und betrachteten die weiße Gischt und die Seemöwen, die unter ihnen über dem Wasser segelten. Micha wünschte, er könnte diesen Moment für immer festhalten. Gott kannte ihn! Dieser Gott, der das Universum und alles, was darin war, geschaffen hatte, lebte in ihm!

Auf dem Rückweg zu ihren Autos sagte Micha: „Ich muss mich mit der Stimme auseinandersetzen."

„Ja", nickte Rick. „Das stimmt. Und zwar jetzt gleich."

## Kapitel 42

MICHA BERÜHRTE MIT DEM ZEIGEFINGER die Tür zu dem dunklen Zimmer; sie ging geräuschlos auf. Die Vertrautheit war da, wie immer. Aber es war auch noch etwas anderes da. Eine starke, fast greifbare Spannung. Micha fragte sich, warum er diese Spannung vorher nie gefühlt hatte. Er hatte immer leise Zweifel gehegt, ob die Stimme wirklich er selbst war. Aber er hatte nie das Grauen gespürt, das jetzt aus dem Zimmer strömte. Angst. Beißend scharf. Dunkel.

*„Der in euch wohnt ist stärker als der in der Welt wohnt"*, zitierte Micha. Er trat durch die Tür. Die Finsternis wurde nicht noch dunkler. Es kam ihm nur so vor.

„Hallo, Micha."

„Hallo, Stimme."

„Du hast auf Lügen gehört."

„Ja, du hast recht. Das habe ich."

„Ah, du kommst also zur Wahrheit zurück. Das ist gut. Sehr gut."

„Ich habe eine Frage."

„Gut. Dazu sind wir füreinander da. Um Fragen zu stellen, Antworten zu finden und miteinander stärker und freier weiterzugehen."

„Erkennst du an, dass Jesus Christus als Mensch auf die Erde gekommen ist? Und dass er Gottes Sohn ist?"

Die Stimme gab ihm lange keine Antwort. „Wir sind eins, Micha. Ich bin du, und du bist ich. Das weißt du. Warum stellst du dich selbst auf die Probe? Leg ein für alle Mal die Zweifel ab. Wir sind Brüder. Habe ich dich auf deinem Weg nicht begleitet und dir geholfen? Bist du jetzt nicht freier?"

Ein kleiner Teil von Micha glaubte das. Akzeptierte es. Wollte, dass es wahr wäre. Es klang richtig, tröstlich. Wie auf der Landzunge sprach die Stimme in Gedanken zu ihm.

*Ruh dich doch endlich mal aus, Micha. Leg die Zweifel und den Kampf ab. Das hat dich nur müde gemacht. Wo ist der Friede Gottes in alledem? Komm mit mir. Bei mir kannst du dich entspannen. Ruhe. Süße, friedliche Ruhe.*

Er kannte diese Stimme. Er hatte sie gehört, solange er zurückdenken konnte.

Sie plapperte weiter in seinem Kopf und lockte ihn, wie sie es sein ganzes Leben lang gemacht hatte. Micha hob die Hände und massierte seine Schläfen. „Herr", flüsterte er. „Komm bitte in diesen Raum. Ich brauche Wahrheit. Allein schaffe ich das nicht. Ich brauche deine Kraft."

Die Stimme verstummte, und eine leichte Kühle zog über Micha hinweg.

Dann kam eine andere Stimme, sanft und mächtig. Nicht aus dem Zimmer oder seinem Kopf, sondern aus seinem Herzen. Der starke Gegensatz ließ ihn aufkeuchen. Der Unterschied zwischen der bekannten Stimme und dieser Stimme war wie glühendes Feuer neben dem kältesten Eis.

*Geh. Kämpfe. Ich bin bei dir.*

Micha zögerte nicht. Er ging zwei Schritte in die pechschwarze Dunkelheit hinein und sprach voller Gewissheit. „Sag es: Jesus Christus ist der Sohn des höchsten Gottes und er ist als Mensch zur Erde gekommen, gekreuzigt worden und auferstanden. Sag es." Er ging noch einen Schritt vor und rief jetzt in die tiefe Dunkelheit hinein: „Jesus Christus ist der Herr!"

Eine starke Hitze erfüllte den Raum, ein Geruch nach Schwefel stieg ihm in die Nase, und direkt vor ihm begann ein leises Summen. Es verwandelte sich in ein kehliges Fauchen, so schwach, dass man es fast nicht hören könnte, bevor es abrupt abbrach.

Die Angst im Raum nahm körperliche Gestalt an, schlug auf ihn ein und hatte offenbar die Absicht, ihn auf den Teppich zu zwingen. Aber da war kein Teppich mehr. Er stand auf einem Untergrund aus Steinen, eiskalten, scharfkantigen Steinen, die schmerzvolle Tentakel ausstreckten, seine Schuhe durchbohrten und sich in seine Fußsohlen gruben.

Michas Zunge war schwer, als er wieder sprach. „Jesus ist Herr. Sein Kreuz steht zwischen uns. Du hast keinen Einfluss mehr auf mich, keine Handhabe gegen die Vollmacht, die ich von ihm und von seinem Vater bekommen habe, dem Herrn der Engelsheere."

Das Fauchen setzte wieder ein und wurde dieses Mal lauter und länger, bevor es wieder verstummte.

Ein dünner Lichtstrahl zog wie ein Scheibenwischer über einer schmutzigen Autoscheibe vor Micha vorbei. In diesem Licht tauchte eine Silhouette auf wie ein schwarzer Panther, der mitten in der Nacht auf einen zuspringt.

Abgrundtief böse.

Das Licht wurde heller.

Er sah die Umrisse eines Stuhls aus schwarzem Schmiedeeisen mit kunstvollen Verzierungen.

Darauf saß der Dämon. In der Mitte seiner weißen, toten Augen war ein winziger, schwarzer Punkt. Die aschgrauen Lippen waren in einer hämischen, selbstgefälligen Miene ganz leicht nach oben gezogen.

Sein Gesicht war erstaunlich.

Schön.

Und abstoßend.

Gemeißelte Wangenknochen und dichte, pechschwarze Haare, die aus einer perfekten Stirn über einer perfekten Nase glatt nach hinten gekämmt waren.

Seine Haut war blassgrau, die Lippen eine Nuance dunkler, die Augenbrauen hatten die gleiche Farbe wie die pechschwarzen Haare. Seine groteske Schönheit rührte etwas in Micha an, zog ihn an.

Abstoßend.

Faszinierend.

„Jesus", flüsterte Micha Hilfe suchend. Als das Wort aus seinem Mund kam, grub sich eine Reihe von dünnen, schwarzen Narben am Haaransatz des Dämons ein und verlief spiralförmig über seine Wangen nach unten über sein perfektes Kinn und verzerrte und kräuselte sich um seinen Hals, bis sie in dem schwarzen, hautengen Hemd verschwanden.

Eine Sekunde später waren die Narben wieder verschwunden.

Die widerlichen Augen rasten durch den Raum, als könnte er mit seinem Blick die Dunkelheit daran hindern zu verschwinden, und richteten sich dann wieder auf Micha.

Micha konnte sich nicht bewegen. Die Tatsache, dass ein Dämon nur drei Meter von ihm entfernt war, lähmte ihn. Das Blut pochte in seinem Kopf, während die Gedanken des Dämons in seinem Kopf widerhallten.

*Tod.*

*Grausame Schmerzen.*

„Herr, hilf mir", flüsterte Micha.

Er spürte eine kleine Spur von Frieden. Nur eine Ahnung.

„Ich werde dich dafür zerstören, dass du so tust, als könntest du mich herausfordern, Micha Taylor." Der Dämon zog die Worte in die Länge und benetzte dann mit seiner schwarzen Zunge seine perfekten Lippen. „Du wagst es, diesen Namen wie eine Waffe gegen mich zu verwenden? Jetzt gibt es keine Gnade mehr. Keine Gnade." Der Dämon lehnte sich auf seinem Stuhl zurück, und obwohl sich sein Mund nicht bewegte, hallte ein ohrenbetäubender Schrei in Michas Kopf wider. Sein Magen fühlte sich an, als würde er von einer gezackten Messerklinge aufgeschlitzt.

Micha schrie vor Schmerzen.

„Das ist nichts im Vergleich zu dem, was noch kommt." Der Dämon schlug die Beine übereinander.

„Jesus. Ich brauche dich hier. Ich brauche deine Hilfe."

Der Frieden nahm zu. Und auch der Angriff des Dämons wurde stärker.

„Ich werde dich zermalmen. Ich werde dich und alles und jeden, den du liebst, zerstören." Der Dämon sprach jedes Wort gefährlich langsam und leise aus. „Die totale Vernichtung wartet auf dich."

Jedes Wort bohrte sich in Michas Brust und grub sich in sein Herz.

„Dein angeblicher *König* wird und kann dir nicht helfen. Du hast Stein für Stein in deinem Herzen eine Festung für mich errichtet, die ich nicht verlassen werde. Niemals. Du hast immer wieder in meine Vorschläge eingewilligt und mir das Recht auf dein Leben eingeräumt. Aber ich gebe dir eine Überlebenschance. Ordne dich mir jetzt unter, und du wirst leben. Gib deine angebliche Religion auf, und ich werde dir wahre Macht, wahre Kraft und wahre Träume zeigen."

Der Dämon fauchte, dann schwieg er.

Als er wieder sprach, war seine Stimme wie Honig. „Wer, glaubst du, hat dich erfolgreich gemacht? Wer hat dich reich gemacht? Wer hat dich beliebt gemacht? Und was hast du jetzt davon, dass du diesem angeblichen König nachfolgst? Du hast es selbst gesagt, vor nicht einmal einem Tag: nichts. Aber ordne dich jetzt mir unter, und ich kann dir alles zurückbringen. Alles. Ich gebe dir mein Wort darauf."

In Michas Kopf tauchten Bilder von der Macht und dem Geld auf, die er gehabt hatte, und von den Leuten, die ihn bewundert hatten. Bilder aus einem Leben, nach dem sich ein Teil von ihm zurücksehnte.

„Ich kann es fühlen. Du willst all das zurück. Warum auch nicht? Und das ist nicht alles. Das ist noch lange nicht alles." Die Stimme war sonor und zog ihn an wie ein klarer See im Sommer. „Ich kann dir sogar Sarah zurückbringen."

Micha keuchte.

„Ja. Ja. Du wirst wieder mit ihr zusammen sein. Sie wird sich wieder an alles erinnern, was du mit ihr erlebt hast. Das geht im Handumdrehen. Du musst dich nur mir unterordnen."

Konnte das wahr sein? Konnte der Dämon das möglich machen?

„Ja, Micha. Ich kann das möglich machen. Sofort. Gib dich mir hin!"

Er malte sich aus, wie Sarah auf ihn zugelaufen kam, wie sie sich in seine Arme warf. Ja. Er brauchte sie. Wenn er sie wiederhätte ...

„Nein! Du lügst. Nicht einmal Sarah ist es wert, dass ich mich von meinem König abwende. Verschwinde aus meinem Kopf."

„Wenn du es so willst."

Augenblicklich fühlte sich Michas Lunge an, als wäre sie in einem Schraubstock eingeklemmt. Und der Schraubstock zog sich immer fester und fester zusammen. Er konnte nicht mehr atmen. Vor seinen Augen tanzten Sterne, und seine Kehle war wie zugeschnürt. Ein hämisches Lachen spielte um die Mundwinkel des Dämons. In wenigen Sekunden würde Micha ohnmächtig werden.

„Ja, mein lieber Freund. Du wirst sterben."

„Jesus, hilf mir", keuchte Micha mit der letzten Luft, die er noch hatte.

Sofort wich der Druck von seiner Lunge und seiner Kehle, und der Blick des Dämons wanderte zu etwas hinter Micha. Seine Augen verrieten, dass er jemanden erkannte. Sein ruhiger Tonfall verwandelte sich in ein Fauchen.

„Was für ein Recht hast du, jetzt hierher zu kommen?", knurrte der Dämon.

Micha drehte sich um. Rick stand im Türrahmen, mit unbeweglicher Miene, als wäre sein Gesicht aus Marmor gemeißelt. Er gab dem Dämon keine Antwort, sondern ging weiter, bis er neben Micha stand.

„Wende dich jetzt mir zu, Micha Taylor, oder die angekündigte Zerstörung wird dich treffen."

„Ich habe Angst, Rick."

„Schau seine Handgelenke an", antwortete Rick leise.

Micha schaute die Handgelenke des Dämons an, die auf den Armlehnen des Stuhles lagen. Zwei weiße Seile, dick und rau, schnitten in seine Haut. Der Dämon wehrte sich gegen die Fesseln, aber sie gaben keinen Millimeter nach.

„Du weißt, dass du das getan hast, nicht wahr?", sagte Rick.

Micha starrte die Handgelenke des Dämons an und dann wieder Rick. Er war völlig verblüfft, als ihm bewusst wurde, was geschehen war. Er hatte es getan. Mit seiner Entscheidung, durch die Kraft Jesu in ihm.

*„Ich setze nicht die Waffen dieser Welt ein, sondern die Waffen Gottes. Sie sind mächtig genug, jede Festung zu zerstören, jedes menschliche Gedankengebäude niederzureißen, einfach alles zu vernichten, was sich stolz gegen Gott und seine Wahrheit erhebt. Alles menschliche Denken nehmen wir gefangen und unterstellen es Christus, weil wir ihm gehorchen wollen"*, zitierte Micha.

„Ja", bestätigte Rick.

Trotz der Erkenntnis und dem Staunen darüber, was er gerade getan hatte, umkreiste ihn die Angst und suchte nach einem Spalt, durch den sie in sein Herz eindringen konnte.

„Du hast noch eine letzte Chance, bevor du stirbst", zischte der Dämon.

„Wie werden wir ihn los?"

„Schick ihn zu Jesus", sagte Rick ohne die geringste Gefühls-regung.

„Nein. Das wirst du nicht tun. Nicht dorthin!" Der Dämon versuchte, das Zittern in seiner Stimme zu verbergen. „Hör mir zu, Micha. Wir können Höhen besteigen, von denen du bis jetzt nur geträumt hast. Willst du das alles für nichts wegwerfen?" Er schrie; er krümmte den Rücken und versuchte, sich aus dem Stuhl zu befreien.

„Gib ihm keine Antwort. Schick ihn einfach zu Jesus."

Der Dämon wand sich auf dem Stuhl. Es triefte pechschwarz aus seinen Augen und aus seinen Handgelenken, als er sich gegen die Fesseln wehrte.

„Bring es zu Ende, Micha."

Micha biss die Zähne zusammen und trat vor. „Es ist vorbei. Ich werde nie wieder auf deine Lügen hören. In der Vollmacht, die Jesus mir verleiht, sage ich dir: Geh. Jetzt!"

Micha rief das letzte Wort mit seiner ganzen Kraft. Noch bevor das Echo verhallt war, war der Dämon verschwunden. Einen Moment später war der Stuhl auch fort. Ein beißender Gestank lag noch einige Sekunden in der Luft, und dann erfüll-ten ein strahlendes Licht und der Duft von Weizenfeldern den Raum.

Micha trat zu der Stelle, wo der Dämon gesessen hatte, und staunte, als er die weißen Fesseln auf dem Teppich liegen sah. Er bückte sich und streckte den Zeigefinger aus, um sie vorsichtig zu berühren. Sie waren warm, und ein schwaches, weißes Licht umgab sie. Er schaute zu Rick zurück, der leicht nickte.

Micha hob die Fesseln auf und hielt in jeder Hand eine. Schwer. Die Wärme wurde stärker. Schließlich wurde sein gan-zer Körper von Hitze durchflutet. Die Fesseln fühlten sich fester und realer an als alles andere, was er je berührt hatte. Dann ver-blassten sie. Die Farbe veränderte sich von Weiß in durchsichtig, und dann sanken sie in seine Handflächen ein. Zuerst langsam, dann schneller, bis sie vollkommen verschwunden waren.

Er drehte sich zu Rick herum, und sie fielen sich erleichtert in die Arme.

❖

Micha stand am Strand vor seinem Haus und schaute zu, wie die letzten Strahlen der Sonne im Meer versanken. Ein älteres Ehepaar links neben ihm fachte gerade ein Feuer an; rechts von ihm packte eine junge Familie ihre Plastikeimer und Sandschaufeln zusammen und brach zu dem Weg auf, der zum Parkplatz einen halben Kilometer nördlich von Michas Haus führte.

Ein leichter Rauchgeruch von dem Lagerfeuer stieg ihm in die Nase; er schloss die Augen und atmete tief ein.

Ja.

„Danke.“

Er schlug die Augen wieder auf und schaute zum Himmel hinauf. Dieser Tag würde sich für immer in sein Gedächtnis einbrennen.

Während er zu seinem Haus zurückschlenderte, dachte er darüber nach, was die nächsten Tage bringen würden. Großartige Dinge. Das wusste er. In seinem Herzen bestand daran kein Zweifel. Morgen würde er sich ausruhen. Am Montag würde er den vorletzten Brief von Archie öffnen, und dann …

# Kapitel 43

AM MONTAGMORGEN STAND MICHA noch vor Sonnenaufgang auf und setzte sich mit einer Tasse Kaffee in seiner rechten Hand und Archies 18. Brief in der linken auf das Sofa vor dem massiven Flusssteinkamin. Nachdem er die Lampe neben dem Sessel eingeschaltet hatte, schob er eine Messerklinge unter die Lasche des hellbraunen Umschlags und schlitzte ihn auf.

*25. November 1992*

*Lieber Micha,*

*das Zimmer war immer für dich bereit. Jetzt bist auch du bereit für das Zimmer.*

*Du weißt natürlich, welches Zimmer ich meine.*

*1. Korintherbrief, Kapitel 3, Verse 16–17.*

*Für die Ewigkeit und Gottes Herrlichkeit*
*Archie*

Micha stand vor der Tür zu dem strahlenden Zimmer. Einen Moment später ging die Tür von selbst auf. Licht strömte in einer leuchtenden, mächtigen Masse heraus und umgab ihn wie eine Flutwelle.

Es war eine unbeschreibliche ekstatische Erfahrung. Er trat in das Zimmer und rührte sich nicht mehr. Es war herrlich und überwältigend. Freude überflutete sein Herz, floss über und hörte nicht auf. Sein Verstand sagte, dass dieser Raum zu heilig, zu gerecht, zu rein für ihn sei. Aber sein Herz stimmte dem nicht zu. Micha sank staunend zu Boden. Er wusste, wo er war.

Er stand in der Gegenwart Gottes. Er war von ihm umgeben.

Dieser Raum war sein eigenes Herz.

*Sein* Herz.

Seines.

Das Allerheiligste. Der Ort, an dem der Geist Gottes in den Menschen wohnt.

Rick hatte es gestern auf der Landzunge gesagt. Der Vers in Archies Brief bestätigte es. Aber bis zu diesem Moment waren das nur Worte gewesen.

Die Tränen kamen, eine verborgene Quelle brach auf. Tiefe, reinigende Tränen. Freiheit. Vergebung. Frieden. Nichts konnte ihn mehr von dieser unauslöschlichen Liebe trennen. Nichts, das er tun konnte, würde dazu führen, dass Gott ihn weniger liebte oder gar fallen ließ.

Er war vollkommen und bedingungslos geliebt.

Er hatte den heiligsten Ort des Universums betreten. Er war in ihm. Denn Gott war in ihm und er war in Gott. Und Gott war die ganze Zeit da gewesen.

Nach einer Ewigkeit erhob sich Micha auf die Knie. Bilder wanderten rund um ihn herum über die Wände: Berge, Meere, Wüsten, Seen, alles in den strahlendsten Farben, die er je gesehen hatte. Die Bilder veränderten sich. Jetzt waren es Momentaufnahmen von ihm, wie er lief, wie er lachte, wie er auf einer endlosen grünen Wiese lag und sein Gesicht vor Begeisterung und Freude strahlte.

Er war ein Wassertropfen im Ozean des Universums. Mikroskopisch klein in der unermesslichen Weite von Zeit und Raum. Als wäre der Ozean dieses Universums reine Freude, die aus ihm floss, nur um wieder zurückzusprudeln und ihn wieder unter ihren berauschenden Wellen zu begraben.

Ein gerahmtes Gedicht an der Wand stach ihm ins Auge:

*Völlig ergriffen*
*und voll Sehnsucht nach mehr.*
*Begraben,*
*eingetaucht,*
*berauscht*
*von der Weite der Liebe.*
*Ich verliere mich selbst. Die Wellen fließen*
*über mich,*
*durch mich,*
*um mich herum.*
*Von einem Orkan überwältigenden Friedens erfasst.*
*Ich habe losgelassen*
*und ER hat mich gefunden.*

Micha verließ dieses Zimmer erst, als sich der Abend Stunden später über Cannon Beach ausbreitete. Er trat auf seine Terrasse hinaus, stieg die Stufen hinab zum Strand und schlenderte über den Sand zum Wasser.

Drei Jugendliche warfen lachend ihre Surfboards ins Wasser, legten sich darauf und ließen sich von den Wellen treiben.

Das perfekte Bild.

Micha ließ sich auf dem Meer treiben und wollte nie wieder an Land gehen.

❖

Ein seltener wolkenloser Horizont breitete sich vor ihm aus, als Micha an diesem Abend seine Terrasse betrat. Er saß einfach nur da, ohne über irgendetwas nachzudenken oder sich Sorgen zu machen. Seine ganze Aufmerksamkeit galt den Wellen, die den dunkler werdenden Strand liebkosten.

Sein Handy vibrierte. Er schaute auf die Nummer des Anrufers. Sein Vater. *Drangehen. Nicht drangehen. Drangehen.* Er konnte sich nicht entscheiden.

„Hallo?"

„Micha, hier ist Papa."

„Nicht: Hier ist dein Vater?"

Sein Vater seufzte. „Wahrscheinlich habe ich das verdient."

„Nein, hast du nicht. Entschuldige bitte."

Schweigen.

„Wie geht es dir, mein Junge?"

„Gut. Wirklich gut. Und dir?"

„Auch gut."

Wieder Schweigen.

„Es tut gut, deine Stimme zu hören", sagte sein Vater.

„Deine auch." Ein kleiner Teil von ihm meinte das auch so.

Sein Vater räusperte sich dreimal. „Micha ... seit deine Mutter gestorben ist, habe ich dir so viel ... ich meine, ich habe dir viel ..."

Eine endlose Weile verging ohne ein Wort.

„Was ich sagen will: Ich habe einfach gedacht, weißt du ... nun ja, ich habe mir den Spielplan der *Mariners* angeschaut. Wir könnten ... ich könnte uns zwei Eintrittskarten für ein Spiel in den nächsten Wochen besorgen. Wahrscheinlich willst du aber nicht so weit fahren ..."

Wow. Das hatte er nicht erwartet. Das hatte er nicht gewollt. Nach so vielen Jahren sollte er jetzt mit ausgebreiteten Armen zu seinem Vater laufen? So tun, als wäre alles in Ordnung? Wie war das mit der Vergebung? Ja, er hatte seinem Vater vergeben, aber ...

„Ich weiß nicht, Papa. Ich glaube nicht, dass ich das schaffe."

„Kein Problem. Das verstehe ich. Ich habe auch nicht gedacht, dass du kommen kannst." Sein Vater hustete. „Vielleicht in der nächsten Saison."

Plötzlich wurde Micha am ganzen Körper heiß. Tränen drohten ihm übers Gesicht zu laufen. Liebe. Nicht seine Liebe. Gottes Liebe. Er versuchte, das Gefühl, das sich in seinem Herzen regte, wegzuwischen, aber es wollte nicht verschwinden.

„Papa?"

„Ja?"

„Ich schaue in meinem Kalender nach und rufe dich an. Ich werde es mir einrichten. Ich komme."

❖

Als er sich in dieser Nacht mit einem großen Frieden im Herzen schlafen legte, verursachte eine Sache immer noch einen tiefen Schmerz in seinem Herzen:

Sarah.

Es musste einen Weg zurück zu ihr geben. Aber falls es ihn gab, konnte er ihn nicht sehen.

Doch das bedeutete nicht, dass er ihn nicht suchen würde.

# Kapitel 44

EIN LEICHTER WIND wehte am Donnerstagmorgen von Norden her, als Sarah und Rick in der Nähe des Haystack Rock am Strand entlanggingen. Da Ebbe war, waren die Tümpel um den Felsen herum von Leuten umringt, die die jadegrünen Seeanemonen und die orangeroten Seesterne bewunderten.

Rick hatte gesagt, dass er über etwas Wichtiges mit ihr sprechen wolle, aber mehr hatte er nicht verraten.

„Glaubst du, dass Väter gute Ratschläge geben?", fragte Rick.

„Das kommt auf den Vater an."

„Angenommen, ich wäre der Vater."

Sarah lachte. „Willst du damit sagen, dass du so alt bist, dass du mein Vater sein könntest?"

„Ich bin sogar noch viel älter."

„Dafür, dass du angeblich so uralt bist, siehst du aber noch ziemlich gut aus." Sarah legte den Kopf schief und schaute Rick an. „Ja, wenn du mir einen väterlichen Rat geben willst, höre ich dir bestimmt zu."

Rick nickte. „Micha Taylor."

Zwei Jungen rasten auf Strandliegerädern an ihnen vorbei. Sie antwortete ihm erst, als die Jungen 500 Meter weiter waren. „Du müsstest schon sehr viel Überredungskunst besitzen, um mich dazu zu bringen, dass ich mit ihm noch irgendetwas zu tun haben möchte."

„Willst du darüber sprechen?"

Sarah erzählte ihm von der Szene in der Eisdiele letzte Woche. Rick hörte ihr kommentarlos zu. „Ich bin schon mit Männern ausgegangen, die mir nach dem ersten Date erzählten, dass ich ihre ganz große Liebe sei. Oder mit Männern, die von ihren Erfolgen auf dem Golfplatz erzählten, ohne mir auch nur eine einzige Frage über mich zu stellen. Aber noch nie hat jemand so getan, als wären wir nach einem einzigen Abendessen wahnsinnig ineinander verliebt. Nach dem Essen hatte ich gedacht, dass vielleicht etwas aus uns werden könnte. Aber er hat wohl einfach zu viele Schrauben locker."

Rick fing eine Frisbeescheibe auf, die von links angesegelt kam. Mit perfekter Technik warf er sie zu den Leuten zurück, die in der Nähe spielten. „Wenn ein intelligenter Mann wie Micha versuchen wollte, dein Herz zu gewinnen, würde er sich dann wirklich so eine haarsträubende Story ausdenken? Dass ihr in einem Parallelleben ineinander verliebt wärt?"

„Ich nehme an, dass das nur eine rhetorische Frage ist."

„Dann musst du doch in Erwägung ziehen, dass die Geschichte vielleicht gar nicht so abstrus ist, wie du zuerst dachtest." Rick zog den Reißverschluss an seiner Windjacke auf.

„Oder er ist einfach verrückt."

„Glaubst du wirklich, dass er verrückt ist?"

Sie wandte den Blick ab und seufzte. „Er marschiert unangekündigt in meine Eisdiele und erzählt mir, dass ich mich in ihn verlieben muss, weil wir in einem Paralleluniversum zusammen sind. Dass Gott das so gefügt hätte. Und das soll nicht verrückt sein?"

„Und wenn es wahr ist?"

„Welcher Teil?"

„Dass ihr in einem Parallelleben zusammen seid. Dass Gott euch zusammengeführt hat."

„Das ist der Moment, in dem ich dich frage, ob das dein

Ernst ist, und in dem du nickst und ‚Ja, absolut' antwortest. Richtig?"

Rick nickte und lächelte. „Jetzt kommt der väterliche Rat: Gib ihm noch eine Chance. Zieh die Möglichkeit in Erwägung, dass er die Wahrheit gesagt hat, auch wenn es dir schwerfällt. Die Möglichkeit, dass es ein anderes Leben gab oder gibt, in dem ihr euch ineinander verliebt habt und das der Feind zu stehlen versucht."

Sarah legte die Arme um sich und atmete tief aus. „Ich soll also einfach glauben, dass ein Mann, der anfangs ganz okay wirkte, sogar mehr als okay, tatsächlich okay ist? Ich glaube einfach, dass er nicht psychisch krank ist, und segle mit ihm in den Sonnenuntergang hinein?" Sie bückte sich und hob einen Stein auf.

„Gibst du ihm noch eine Chance?"

Sie gab ihm keine Antwort.

„Sarah?"

Sie nickte kaum merklich.

Als Rick wieder sprach, hatte sich sein Tonfall verändert. „Ich muss dir jetzt etwas erzählen, das dich überraschen wird. Und das vielleicht sogar deine Meinung über Micha ändern könnte."

Während sie am Wellensaum weitergingen und Rick redete, starrte sie ihn mit großen Augen an. Als er geendet hatte, liefen ihr Tränen übers Gesicht, und sie vergrub ihr Gesicht an seiner Brust.

Am Donnerstagnachmittag klingelte das Telefon, als Micha gerade zwei Brotscheiben in seinen Toaster steckte. Er beschloss, nicht dranzugehen. Aber ein Blick auf das Display verriet ihm, dass es Rick war. Er musste auf jeden Fall drangehen.

„Hallo?"

„Hier ist Rick; wir müssen miteinander sprechen. Persönlich."

„Worüber?"

„Bald."

„Kein Tipp?"

„Es ist besser so. Können wir uns jetzt gleich treffen?"

„Okay. Wo?" Michas Hand bewegte sich zu seinem Magen und drückte darauf. Etwas stimmte nicht.

„Wie wäre es mit dem Oswald West State Park? Heute ist ein herrlicher Tag, und da draußen sind wir wahrscheinlich ungestört. Bei diesem Gespräch brauchen wir kein Publikum und keine Unterbrechung."

„Das klingt gut." Aber es klang eigentlich gar nicht gut. Eher wie ein Omen. Warum kein Publikum? Er starrte das Telefon an und dachte über den Ort nach. Ach so! Rick hatte ihm also doch einen Tipp gegeben.

Er bog auf den Highway ab und jagte die Tachonadel auf 100 hoch. Während sein BMW geschmeidig über die Straße glitt, wurde ihm die Antwort so abrupt klar, dass er fast erwartete, einen Gongschlag zu hören. Er wusste genau, was Rick ihm sagen würde. Es würde nicht lustig werden.

Micha ging zu Fuß zur Bucht hinab, um Zeit zu gewinnen. Alles in ihm sträubte sich gegen dieses Gespräch.

Als er am Strand ankam, war Rick bereits da. Er saß etwas nördlich von ihm auf einem Baumstamm.

Ein paar Sekunden lang schaute Micha zu, wie sein Freund Steine ins Wasser warf. Michas Füße waren schwer wie Blei, als er schließlich zu dem Baumstamm trottete. Er setzte sich, ohne etwas zu sagen, und schaute Rick weiter zu, wie er kleine, glatte Steine ins Meer warf.

„Ich muss gehen, Micha."

Die Worte hingen in der Luft, und ein langes Schweigen folgte. Die Stimme seines Freundes hatte noch nie so ernst und traurig geklungen. Micha bückte sich und hob zwei trockene Stöcke auf.

Während er sie in immer kleinere Stücke zerbrach, blickte er auf. „Was meinst du damit?"

Aber er wusste, was Rick meinte. Mit dieser Frage wollte er nur den Schmerz fernhalten, wenn auch nur für einen kurzen Augenblick.

„Du weißt, was ich meine. Es tut mir leid." Tränen liefen Rick übers Gesicht und spiegelten Michas eigene Gefühle wider.

„Jetzt ist der Augenblick gekommen, in dem du mir sagst, wer du bist, stimmt's?"

„Ja." Rick warf wieder einen Stein ins Wasser. „Aber eigentlich ist das gar nicht mehr nötig, nicht wahr?"

Micha schüttelte den Kopf.

Der Tag am Cape Lookout, als Rick ihm eine kleine Spur von seiner Herrlichkeit gezeigt hatte – wie der Felsen unter seinem Fuß zu Staub zerfallen war, wie er immer größer geworden war, wie das Licht aus ihm heraus geleuchtet hatte – das alles stand Micha jetzt wieder vor Augen, zusammen mit vielen anderen Erinnerungen an das letzte halbe Jahr. Alles fügte sich auf einmal zusammen, ergab jetzt einen Sinn. Micha hob einen Stock auf, der neben dem Baumstamm lag, und zeichnete Linien in den Sand.

„Du warst es, der an dem Tag, an dem ich beim Kajakfahren fast ertrunken wäre, hier am Strand gewesen ist."

„Ja."

„Du warst in meinem ersten Jahr an der Highschool da, als ich nicht mehr leben wollte und versuchte, über die Klippe zu fahren. Du hast mich aufgehalten."

Rick nickte.

Micha atmete tief aus. „Du bist auch der Mann auf dem Foto, das in Chris Hales Haus hängt?"

„Ja."

Er wusste die Antwort auf die nächste Frage, wollte sie aber trotzdem laut aussprechen, um es aus Ricks Mund zu hören. Er fuhr mit dem Stock durch den Sand. „Du bist seit dem Tag bei mir, an dem ich geboren wurde, nicht wahr?"

„Ja." Rick wartete einen Moment. Dann fügte er hinzu: „Ich werde auch weiterhin bei dir sein. Nur eben auf andere Art."

Micha lehnte sich zurück und brauchte eine Weile, um Ricks Worte zu verarbeiten.

Rick, ein Engel. *Sein* Engel. Archies Engel, solange er gelebt hatte. Diese Erkenntnis umfing Micha, hob ihn in die Höhe und ließ ihn unsanft auf den Boden fallen, als ihm wieder einfiel, dass Rick ihn jetzt verlassen würde.

Die letzten fünfeinhalb Monate liefen vor seinem inneren Auge ab wie eine DVD, die im Schnellvorlauf abgespielt wird. Ihre Gespräche, das gemeinsame Laufen am Strand, die Filme, die sie zusammen angeschaut hatten. Der Kaffee, mit dem sie sich an nebligen Tagen morgens aufgewärmt hatten, unzählige gemeinsame Mahlzeiten im *Fireside*. Rick war sein Vertrauter, sein Mentor und sein bester Freund.

Micha blieb stumm und hoffte entgegen alle Vernunft, dass Rick noch bleiben musste, wenn Micha nichts sagte. Und selbst wenn er etwas hätte sagen wollen, hätte er nicht gewusst, was.

Er hob den Kopf und stand auf. Rick war schon aufgesprungen. Er zog Micha an seine Brust und drückte ihn herzlich.

„Geh nicht."

„Ich muss. Es ist Zeit. Aber ich werde trotzdem weiter da sein." Er schob Micha ein Stück von sich weg und ließ die Hände auf seinen Schultern liegen. „Wer weiß, vielleicht werden wir uns ja noch mal wiedersehen, bevor du in die Ewigkeit eintrittst."

„Wie kann ich ohne dich dieses Leben bewältigen?"

Rick lachte sein vertrautes, unbeschwertes Lachen. „Geh mit Gott! Hör auf den Heiligen Geist. Du kennst seine Stimme. Du wirst sie immer besser kennenlernen, je mehr du dich darin übst, sie wahrzunehmen. Und hör auf dein Herz. Es kennt die Wahrheit, denn es ist der Tempel, in dem der König wohnt."

„Weiß Sarah Bescheid?"

„Ja."

„Wann hast du es ihr erzählt? Was hat sie gesagt?"

„Das muss sie dir selbst erzählen."

„Heißt das, dass sie …?"

„Micha."

„Du musst …"

„Micha", sagte Rick wieder, dieses Mal etwas lauter. „Gott ist *für* dich, und er ist allmächtig. Vertrau ihm."

Micha schaute staunend zu, wie ein schwacher, millimeterdünner Lichtstrahl begann, die Umrisse von Ricks Körper zu beleuchten. Es war das reinste Licht, das Micha je gesehen hatte.

Als der Lichtstreifen breiter wurde, drehte Rick seine Handflächen nach oben und breitete die Finger aus. „Ich liebe dich mit der Liebe des Vaters, des Sohnes und des Heiligen Geistes." Ein Grinsen zog sich von einem Ohr bis zum anderen über sein Gesicht und stand in einem krassen Gegensatz zu den Tränen, die ihm gleichzeitig über die Wangen liefen.

Micha trat zurück, und die Verwandlung beschleunigte sich. Ricks Gesichtszüge verwandelten sich von denen, die Micha so gut kannte, in das schönste Antlitz, das er je gesehen hatte. Das Licht um Rick breitete sich noch weiter aus, und sein Körper wuchs mit dem Licht, bis er mindestens drei Meter groß und so breit wie zwei Männer war.

Micha konnte den Blick nicht von Ricks Gesicht abwenden. Die Liebe, die von ihm ausging, war beinahe mit Händen greifbar; Tränen und Freude vermischten sich in strahlender Herrlichkeit miteinander. Einige Sekunden später wurde das Licht, das von Ricks Gesicht ausging, so blendend hell, dass Micha die Augen schließen musste.

Als er sie wieder aufschlug, war der Strand leer.

Er sank auf den Baumstamm zurück und schluchzte. Es waren Tränen der Trauer, weil Rick fort war, und der Dankbarkeit für das Geschenk seiner Freundschaft. Schließlich empfand er nur noch tiefen Frieden.

❖

Als Micha am nächsten Morgen auf die Terrasse hinaustrat, breitete die Morgendämmerung ein goldenes Licht über die Berge im Osten aus. Der Nebel war vom Strand zurückgewichen und bildete eine weiße Wand über dem Meer. Die Sonne ging auf, und der Himmel sah aus wie eine riesige Filmleinwand aus Watte. Die perfekte Kulisse, um Archies letzten Brief zu öffnen.

Es war ein sonderbares Gefühl, dass dieser Teil der Reise nun zu Ende war und er nichts mehr von diesem bemerkenswerten Mann aus der Vergangenheit hören würde, der ein so großer Teil seiner Zukunft geworden war. Aber in vielerlei Hinsicht stand Micha erst am Anfang der Reise, und so, wie er Archie kennengelernt hatte, war dieser letzte Brief bestimmt etwas Besonderes.

Er öffnete den Umschlag. Ein Schlüssel fiel heraus – ein kleiner, unscheinbarer Messingschlüssel. Micha legte ihn vorsichtig auf den Terrassentisch und zog den messerscharf gefalteten Brief aus dem Umschlag.

Micha lächelte. Wenn man es genau nahm, verdankte er Archie sein Leben. Er dankte Gott für diesen Mann, schob den Rand seines Daumens unter eine Ecke des Briefes und faltete ihn auseinander. Er strich dreimal die Knickfalten glatt, bevor er die vertraute Handschrift las, die ein letztes Mal bis tief in sein Herz hinein sprechen würde.

*23. Dezember 1992*

*Lieber Micha,*

*leider ist dies mein letzter Brief an dich. Bedauerst du das genauso sehr wie ich?*

*In den letzten Jahren war es mir eine große Freude, in Gedanken an dich diese Briefe zu schreiben. Wenn alles so gelaufen ist, wie ich hoffe und bete, dann sind eine ganze Reihe außergewöhnlicher Dinge passiert und du hast den Vater, den Sohn und den Heiligen Geist auf eine Weise entdeckt, die du nie für möglich gehalten hättest.*

*Ist dein Herz zum Vorschein gekommen? Unfassbar, nicht wahr? Was die meisten von uns so tief vergraben, ist der Schatz, nach dem wir uns unser Leben lang sehnen.*

*Hat es sich gelohnt? Du hast die Welt besessen und hättest fast deine Seele aufgegeben, um sie zu behalten. Jetzt hast du die Welt verkauft, um deine Seele, dein Herz und deinen Geist zurückzubekommen. War es ein fairer Tausch?*

Ein Lächeln zog über Michas Gesicht. Ob es ein fairer Tausch war? Nein! Er hatte viel mehr gewonnen, als er aufgegeben hatte. Er hatte eine ganz neue Lebendigkeit, eine tiefe Beziehung zu Gott und ein geheiltes Herz bekommen. Das war viel mehr, als er hergegeben hatte.

*Freiheit, Micha. Bei unserem Gott geht es immer um Freiheit. Wo der Geist des Herrn ist, da ist Freiheit. Wenn das, was du tust, Freiheit und Leben hervorbringt, wird darin Gott sichtbar. Wenn nicht, ist es wahrscheinlich eher Religion, und davon gibt es schon viel zu viel auf der Welt.*

*Aber du hast diesen Brief nicht geöffnet, um noch eine Predigt von mir zu hören. Du willst herausfinden, wo und wie dein Abenteuer endet. Da muss ich dich enttäuschen: Ich weiß es nicht. Das weiß nur Gott.*

*Inzwischen hat Rick dir gesagt, wer er ist, und ich nehme an, er ist gegangen. Das tut mir leid. Aber alles hat auf dieser Welt irgendwann ein Ende.*

*Ich habe noch eine Überraschung für dich, bevor ich mich endgültig verabschiede. Letzte Woche bin ich nach Cannon Beach gefahren und habe in der Astoria-Bank ein Bankschließfach angemietet. Mit dem Schlüssel in diesem Umschlag kannst du es öffnen. In dem Schließfach findest du einen weiteren Schlüssel, der zum wahren Wunsch deines Herzens führt.*

*Am Ende möchte ich dich bitten: Glaub nicht, dass deine Abenteuer in der übernatürlichen Welt vorbei sind. Nein, das war erst der Anfang.*

*Wir sehen uns auf der anderen Seite.*

*Für immer,*
*dein Großonkel*
*Archie*

*P.S.: Einige Entscheidungen sind irreversibel, und einige verursachen nicht rückgängig zu machende Veränderungen. Andere nicht. Was Sarah angeht, kann ich dir nicht weiterhelfen. Aber wir wissen beide, dass Gottes Wille und sein Plan für dein Leben sich erfüllen werden.*

Woher wusste Archie von Sarah? Ach ja, was hatte Rick Archie *nicht* erzählt?

Micha saß auf seiner Terrasse, drehte lange den Schlüssel in seiner Hand und fragte sich, wo Sarah jetzt wohl gerade war. Und um wie viel Uhr die Astoria-Bank aufmachte. Ein kurzer Blick ins Internet verriet ihm, dass sie um 10:00 Uhr ihre Türen öffnete.

Morgen um 9:59 Uhr würde er vor der Tür stehen.

## Kapitel 45

IN EINER MINUTE UND 32 SEKUNDEN würde er die Antwort bekommen. In 31 Sekunden. 30 Sekunden.

Um genau 10:00 Uhr drückte Micha die Eingangstür zur Bank auf.

„Was kann ich für Sie tun?" Eine ältere Frau hinter dem Schalter schaute ihn über ihre Schildplattbrille hinweg finster an.

„Ich will zu meinem Bankschließfach. Danke." Er presste die Lippen zusammen, um sich ein Lachen zu verkneifen. „Hier ist der Schlüssel. Die Nummer steht darauf."

„Wir wissen, wie das geht, mein Junge."

Er schwieg, während die unfreundliche Frau zu einem Aktenschrank hinüberschlurfte und die Akte zu seinem Schließfach herauszog.

Als sie zurückkam, hatte sie eine komplette Verwandlung durchgemacht.

„So, so. Sie müssen Micha Taylor sein. Unglaublich." Sie wandte sich an zwei Bankangestellte, die an ihren Schreibtischen saßen und auf ihren Computertastaturen herumtippten. „Er ist es! Micha Taylor ist da. Er steht hier vor mir! Ich habe euch gesagt, dass er kommen würde, und jetzt könnt ihr alle zusehen, wie ich mein Sparschwein fülle."

„Sie ... äh, kennen mich?"

Die Frau bewegte sich mit ein paar Tanzschritten, die sie vor

30 Jahren sicher um einiges eleganter hingelegt hatte, zum hinteren Teil des Raums und war ganz offensichtlich zu sehr in ihren Freudentanz vertieft, um seine Frage zu beantworten.

Ein Bankangestellter, der aussah wie ein Weihnachtsmann mit Bürstenschnitt, trat zu ihm. „Sie müssen Maggies unorthodoxes Verhalten entschuldigen." Er hakte die Daumen in seine Hosenträger und erklärte weiter: „Wissen Sie, dieses Schließfach wurde nie geöffnet, und nur eine einzige Person ist als Zugangsberechtigter eingetragen. Das sind Sie. Das Schließfach wurde vor vielen Jahren angemietet, und im Laufe der Jahre haben sich viele Gerüchte darum gerankt. Wir haben die ausdrückliche Anweisung, das Schließfach nicht anzurühren, bis Sie kommen. Und wir haben alle eine kleine Wette laufen, wann, und, ehrlich gesagt auch, *ob* Sie hier auftauchen würden. Maggie hatte nur noch zehn Tage, dann hätte sie mit ihrem Tipp, wann Sie auftauchen, danebengelegen, und da der Jackpot inzwischen zu einem kleinen Vermögen angewachsen ist – eine gute, konservative Bankanlage, die seit siebzehn Jahren läuft! –, haben Sie ihr soeben eine große Freude gemacht."

„Sie haben dieses Schließfach seit *siebzehn Jahren*?" Natürlich. Archie hatte das Schließfach vermutlich 1992 angemietet.

„Die Bank wurde dreimal verkauft, seit das Schließfach hier angemietet wurde, aber es wurde für fünfundzwanzig Jahre im Voraus bezahlt. Deshalb hat es keiner angerührt."

Maggie tänzelte auf Micha zu. Sie lächelte immer noch. „Das Schließfach ist hinten bei den Privatkabinen. Würden Sie mir bitte folgen?"

Micha wurde in einen winzigen Raum mit zwei Kabinen geführt. Maggie deutete zu der linken Kabine. Er trat ein und zog den Vorhang hinter sich zu. Die Schatulle stand in der Mitte des kleinen Tisches.

Er setzte sich und hielt den Atem an.

Das war es.

Der letzte Kontakt zu Archie.

Das letzte Puzzlestück.

Micha steckte den Schlüssel ins Schloss, den Maggie ihm für die Schatulle gegeben hatte, und drehte ihn. Nichts. Als er ein wenig mehr Kraft aufwendete, ging das Schloss mit einem leisen Klicken auf. Ein Teil von ihm wollte den Deckel ungestüm aufreißen; ein anderer Teil wollte die Schatulle überhaupt nicht öffnen. Rick war fort. Und auch Sarah und alles in Seattle. Und jetzt würde Archies Stimme aus der Vergangenheit auch verstummen.

Er hatte seine Welt aufgegeben und seine Seele gewonnen. Es gab kein Zurück. Aber wie sollte es weitergehen? Cannon Beach fehlte ohne Rick und Sarah ein so großer Teil. Außerdem ließ ihm die Frage keine Ruhe, wovon er leben sollte. Er hatte nur noch wenig Geld, und obwohl die Papiere, die er von Chris bekommen hatte, klarstellten, dass das Haus und das Grundstück komplett bezahlt waren, würde er eine beträchtliche Summe aufbringen müssen, um allein die Grundsteuer für ein 800 Quadratmeter großes Haus direkt am Meer zu zahlen. Von den anderen laufenden Kosten ganz zu schweigen.

Ein leichtes Klopfen an der Wand vor seinem Vorhang schreckte Micha auf. Er fuhr hoch und stieß sich dabei das Knie an dem eckigen Tisch. „Ja?" Schmerzlich verzog er das Gesicht.

„Ich wollte nur sichergehen, dass da drinnen alles in Ordnung ist, Mr Taylor."

„Alles bestens. Danke."

Er rieb sich das Knie, während sein Blick wieder zu der Schatulle wanderte.

*Also los.*

Er öffnete sie. Ein alter brauner Briefumschlag lag darin. Auf dem Umschlag befand sich eine Nachricht von Archie. Micha hob die Karte so sanft hoch, als wäre sie ein Schmetterlingsflügel.

*Lieber Micha,*

*ich dachte, du hättest vielleicht gern einen Abzug.*

*Archie*

Eine dünne Staubschicht lag auf dem Umschlag. Mit schweiß-
nassen Händen löste Micha das Band, mit dem er verschlossen
war, und drehte ihn um. Ein Foto und ein Schlüssel, der an eine
Karte geklebt war, rutschten heraus. Micha betrachtete den Abzug von dem Bild, das er in Chris' Haus gesehen hatte. Chris,
Archie und Rick standen in einem Boot, hatten die Arme um-
einander gelegt und grinsten übers ganze Gesicht. Dieses Bild
würde er immer in Ehren halten.

Vier Zeilen waren auf die Karte geschrieben:

*Ein Schlüssel, der Herzenswünsche aufschließt,*
*deine und andere.*
*Fesseln werden zerschnitten, Ketten werden zerbrochen,*
*wenn wir voll und ganz unserer Berufung gemäß leben.*

Micha zog den Schlüssel von der Karte und betrachtete ihn. „Ein
Schlüssel, der Herzenswünsche aufschließt." In Archies letztem
Brief hatte das Gleiche gestanden. Micha hatte keinen Schlüssel
im buchstäblichen Sinn erwartet. Eine Seite war stark verkratzt.
Er schaute genauer hin. Das waren keine Kratzer. Es waren Buchstaben oder Ziffern. Zu klein, um sie mit bloßem Auge lesen zu
können, aber es waren eindeutig Schriftzeichen.

Er steckte seine Schätze ein, verabschiedete sich von Maggie
und eilte die Main Street hinunter, um irgendwo ein Vergrößerungsglas aufzutreiben. In einem Haushaltswarenladen wurde
er fündig. Dann lief er zu seinem Auto, stieg ein, zog den Schlüssel aus der Tasche und legte ihn unter das Vergrößerungsglas.

In einer weichen, fließenden Schreibschrift war eine Adresse in den Schlüssel eingraviert. Er keuchte verblüfft.

Es war seine Adresse.

Dann fühlte er es. Dieses Mal spürte er es körperlich. Seine Welt hatte sich wieder verändert, obwohl er immer noch in seinem geparkten Auto saß und alles um ihn herum genauso aussah wie vorher. Die letzten Reste seines Lebens in Seattle waren ausgelöscht worden. Das wusste er. Nur Cannon Beach und das unerklärliche Parallelleben waren geblieben.

Micha ließ den Motor an und fuhr nach Hause. Er war so benommen, dass er erst beim Hochschalten in den dritten Gang merkte, dass er nicht in seinem BMW saß, aus dem er vor einer halben Stunde ausgestiegen war, sondern in einem älteren Toyota.

Mit 30 Stundenkilometern bog er um die Kurve in seine Einfahrt ein. Adrenalin schoss ihm durch die Adern, als die Reifen hinter ihm eine Schotterfontäne in die Luft spritzten. Er trat auf die Bremse und kam wenige Zentimeter vor dem Ende der Einfahrt schlitternd zum Stehen.

Sonnenstrahlen leuchteten durch winzige Öffnungen in der Nebelbank über ihm, als wollten sie sein Kommen ankündigen.

Das Haus sah genauso aus wie vorher. Aber Micha wusste, dass sich darin etwas verändert hatte.

Er stieg aus und ging zur Haustür. Sein Herzschlag beschleunigte sich mit jedem Schritt, den er machte.

In dem Moment, in dem er die Tür öffnete und eintrat, sah er die Veränderung: das Bild.

Es hing über dem Kamin und wurde von drei Punktstrahlern beleuchtet.

Es war fertig.

Der letzte Rest des Himmels und der Wolken war ausgefüllt, eine einsame Seemöwe trieb im Wind und ein Teil ihrer Silhouette hob sich scharf vor der leuchtenden Sonne ab. Die Sandburg mit dem kleinen Jungen war fertig, und die Leute am linken Rand waren auch fertig. Die Gestalt, die rechts aus dem Bild hinausging, war Rick. Natürlich.

Aber noch etwas hatte sich verändert. Was war es? Micha hatte jedes winzige Detail dieses Bildes betrachtet. Er kannte jeden Pinselstrich, jede Farbnuance. Die Veränderung war unscheinbar, sonst wäre sie ihm sofort aufgefallen. Sie spielte mit ihm, tanzte in den hintersten Winkeln seines Verstandes und forderte ihn heraus, sie zu entdecken.

Er ging vor dem Bild auf und ab, schaute weg, schaute wieder hin, als könnte er den Unterschied herauslocken, wenn er den Kopf schnell genug drehte.

Endlich machte es Klick. Da! Ein kleiner, schwarzer Farbtupfer in der Ecke des Bildes. Er wusste sofort, dass es die Signatur des Künstlers war, die zwischen den tiefblauen und smaragdgrünen Wellen eingebettet war. Endlich. Jetzt würde er erfahren, wer dieses faszinierende Meisterwerk gemalt hatte.

Er trat langsam auf das Bild zu, als würde der Name in der Brandung untertauchen, auf der er schwamm, wenn er sich zu schnell bewegte.

Die Signatur war so klein, dass er den Kopf ganz nah an die Leinwand heranbewegen musste, um sie lesen zu können. Bevor er den Namen las, schloss er die Augen und lachte. Diese ganze Aufregung wegen eines Namens, den er wahrscheinlich nicht einmal kannte. Dann hob er im Zeitlupentempo die Augenlider. Der Name war nicht schwer zu lesen. Aber Micha sah ihn nur wenige Sekunden, bevor er auf den Teppich hinter sich zurücktaumelte.

Archie hatte von seinem Herzenswunsch gesprochen.

Erstaunen erfüllte ihn. Das konnte nicht sein.

Das letzte Puzzlestück war eingefügt worden. Das Puzzle war vollständig.

Er lief auf seine Terrasse hinaus und rief laut, bis seine Stimme heiser wurde. „Ja! *Ja!"*

❖

Einige Augenblicke später fiel ihm alles ein. Jede Szene der letzten sechs Jahre seines Lebens fügte sich ein. Seine frühere Freundin Joan, die Knöchelverletzung und auch jedes andere Detail.

Sechs Jahre lang hatte er am Hungertuch genagt, während er an der Küste von Oregon, von Bandon bis Newport, Ozeanszenen gemalt hatte. Seine Bilder waren besser geworden, er hatte ein paar verkauft, die Galerien bekundeten Interesse, sein Ruf als Künstler wuchs. Und er erinnerte sich, wie er vor einem Jahr in Newport einen Brief von seinem Großonkel Archie bekommen hatte, in dem stand, dass er ein Haus an der Küste von Oregon geerbt hatte.

Während er in diesen Erinnerungen badete, verblassten die Szenen und Erinnerungen an sein Leben in Seattle immer mehr. Es hatte ein anderes Leben gegeben, nicht wahr?

Ja, Seattle. Er hatte dort gelebt, dort gearbeitet. Hatte er dort viel Geld verdient? Ja, sehr viel Geld. *RimSoft*. Er war bekannt gewesen, erfolgreich. Er war sicher, dass das alles wahr war. Einige Momente später war er sich nicht mehr sicher. Er sah Bruchstücke und Teile, Erinnerungsfetzen, Puzzlestücke, die, selbst wenn er sie hätte zusammenfügen können, nicht so viel von dem Bild zeigen würden, dass er sich klar erinnern konnte. Aber das spielte keine Rolle.

Er ging wieder hinein und schaute auf den niedrigen Tisch gleich neben der Tür. Eine abgegriffene Zeitschrift blickte ihm entgegen: *Coast Life*. Er nahm sie in die Hand, lächelte und legte sie dann vorsichtig auf den Tisch zurück. Er konnte später lesen, was in dieser Zeitschrift über ihn stand.

Micha ging um das Haus herum zum vorderen Rand der Klippe. Ein kleiner Kreis aus vom Meer glatt polierten Steinen bildete eine Feuerstelle. Er nahm das Brennholz, das daneben lag, und fünf Minuten später tanzten rotgoldene Flammen zum Himmel hinauf. Es war ein Altar, auf dem die letzten Reste seines alten Lebens verbrannten, und auf dem das neue Leben, das gerade begonnen hatte, gefeiert wurde. Er ging erst wieder ins Haus, als die letzte Glut erloschen war.

In dieser Nacht konnte er nicht schlafen. Er versuchte es. Er versuchte mindestens 30-mal pro Stunde, Sarah aus seinen Gedanken zu verdrängen.

Aber seine Versuche waren vergeblich.

Archie hatte gesagt, dass einiges irreversibel sei. Anderes nicht. Was war mit Sarah? Sie aufzugeben, aufzuhören, sie zu lieben, war, als wollte er den Wellen verbieten, weiterhin ans Ufer zu rollen.

Seine Gefühle für sie hämmerten pausenlos auf ihn ein. Unermüdlich. Er wollte nicht, dass sie aufhörten.

Morgen würde er sie finden. Er musste es noch einmal versuchen.

# Kapitel 46

SARAH FRAGTE SICH ZUM ZWANZIGSTEN MAL, warum sie sich das antat, aber sie fuhr trotzdem weiter. Als sie Michas Einfahrt erreichte, hatte sie sich damit abgefunden, war aber fest entschlossen, ihren Besuch so schnell wie möglich hinter sich zu bringen. Sie würde sagen, was sie zu sagen hatte, und dann für immer verschwinden.

Sie parkte am Ende der Einfahrt und blieb noch gut zehn Minuten im Auto sitzen. Ihre Finger, mit denen sie auf ihr Lenkrad trommelte, waren das Einzige, was sich bewegte. Fast alles in ihr wollte sofort wieder fahren und kein einziges Mal zurückschauen. Aber ein ganz kleiner Teil hielt sie davon ab. Außerdem hatte sie es Rick versprochen.

Sie ging auf Michas Haus zu und sah ihn durch das Fenster. Er saß vor einem Gemälde, das über seinem Kamin hing. Es war ein faszinierendes Bild. Ein Bild, das sie so sehr fesselte wie noch kein anderes, das sie in ihrem Leben gesehen hatte. Während sie es anschaute, drehte Micha sich um. Ihre Blicke begegneten sich; keiner rührte sich. Dann verschwand er aus ihrem Blickfeld, und einige Sekunden später ging die Haustür auf.

„Sarah!"

„Hallo."

Sein Gesicht verriet seine Überraschung, aber er sagte nichts. Sie überlegte, wo sie anfangen sollte, und suchte nach Worten, die ihm keine falsche Hoffnung machen würden. „Ich bin aus einem einzigen Grund hier."

Micha schwieg und sah sie nur gespannt an.

„Ich habe Rick versprochen, dass ich kommen würde."

„Weil er dir gesagt hat, wer er ist." Micha hielt die Tür weiter auf.

„Ja. Und weil er mir noch ein paar andere Dinge gesagt hat."

„Willst du hereinkommen?"

Sarah antwortete nicht, sondern ging auf das Gemälde zu. „Das Bild ist faszinierend."

„Danke." Micha lächelte; er sah auffällig entspannt aus. Fast so etwas wie Frieden ging von ihm aus. Er schloss die Haustür und deutete zu den Panoramafenstern mit Blick über das Meer.

Sie blieb mit verschränkten Armen mitten im Zimmer stehen. „Ich weiß, dass Gott die verrücktesten Dinge tun kann, aber ich glaube nicht, dass wir in einem anderen Leben ineinander verliebt waren. Würde ich das nicht spüren oder hätte ich nicht wenigstens eine winzige Ahnung davon?"

Sarah war wütend. Wütend, weil sie überhaupt hier war. Wütend, weil Micha ihnen mit seinem bizarren Verhalten jede Chance auf eine echte Annäherung zerstört hatte. Wütend, dass Rick sie gebeten hatte, Micha eine zweite Chance zu geben, weil er gewusst hatte, dass sie ihm diese Bitte nicht abschlagen würde.

„Du spürst nicht das Geringste?"

Sie schaute ihn an. Sollte sie ehrlich sein? In der Sekunde, in der Micha vor 10 Tagen abends in die Eisdiele gekommen war, *hatte* sie etwas gefühlt. Etwas Kleines, aber Hartnäckiges, das ihr gesagt hatte, dass sie mehr miteinander verband als nur ein gemeinsames Abendessen. Aber sein verrücktes Verhalten hatte jede Hoffnung darauf, dass es wahr sein könnte, zerschlagen. Als alles so seltsam geworden war, hatte sie jeden Gedanken daran in den hintersten Winkel ihres Herzens verbannt.

„Was willst du, Micha?"

Er schloss die Augen und bewegte stumm die Lippen. Wahrscheinlich betete er. Nach ein paar Sekunden schlug er die Augen auf und sagte mit einem unerschütterlichen Vertrauen: „Ich will das Unmögliche. Ich will dich in mein Herz schauen lassen."

„Du willst was?" Sarah drückte ihre Arme noch fester an sich.

„Wenn du mein Herz kennen würdest, würdest du mir glauben."

Sarah gab ihm keine Antwort. Diese Aussage war zwar auch wieder reichlich sonderbar, aber er machte nicht mehr diesen beängstigend durchgedrehten Eindruck, den er in der Eisdiele erweckt hatte. Er war … irgendwie anders. Sein stilles Selbstvertrauen bildete einen krassen Gegensatz zu dem Bild, das er vor zehn Tagen abgegeben hatte.

Der Mann, der hier vor ihr stand, wusste, wer er war.

„Ich kann dich nicht mit Worten überzeugen, dass wir mehr miteinander erlebt haben als das, woran du dich erinnerst." Er drehte sich um und betrachtete die Wellen. „Ich kann dir nur mein Herz offenbaren und die Entscheidung dann dir überlassen."

„Und wie willst du mir dein Herz zeigen?"

„Das weiß ich nicht." Er schaute zu dem Bild hinauf.

Die nächsten Worte, die aus Sarahs Mund kamen, schockierten sie selbst: „Aber Gott weiß es."

„Was?" Micha drehte sich zu ihr um. Ein schwaches Lächeln legte seine Augenwinkel in Fältchen.

Sarah antwortete ihm nicht. Ihre Augen waren auf etwas links von ihm gerichtet. Sie flüsterte: „Als ich zum Essen bei dir war, war diese Tür nicht da."

„Welche Tür?"

„Die da." Sie deutete zu einer Stelle links neben ihm. Die Tür war von normaler Höhe, aber gut doppelt so breit wie eine Standardtür. Ein berauschender Duft strömte von ihr aus. Nach Rosen, vermischt mit Apfelbäumen, die in voller Blüte standen. Licht strömte unter der Tür hervor.

Michas verwirrte Miene verriet ihr, dass er die Tür nicht sah. „Welche Tür?", wiederholte er.

Aber in dem Moment, in dem er das fragte, funkelten seine Augen, und sie wusste, dass er sie auch sah.

Die Tür zu seinem Herzen.

Sie ergriff Michas Hand, und gemeinsam gingen sie darauf zu. Die Tür ging auf, noch bevor sie bei ihr ankamen, und sie trat in das fließende Licht hinein. Es war rein und durchdringend. Sorgen, Schmerz, Verletzungen, Angst, alles fiel von ihr ab und wurde von dem strahlenden Licht aufgelöst.

Einen Moment später standen sie in einem Wald. Es war früher Morgen. Tau bedeckte das Gras, und der Winkel, in dem die Lichtstrahlen durch die Bäume fielen, verriet, dass die Sonne erst vor Kurzem aufgegangen war. Hinter dem Wald erstreckte sich ein Ozean. Aber es war nicht der Pazifik. Dieser Ozean war zu blau, die Wellen waren zu perfekt, die Schaumkronen auf den Wellen waren zu weiß, um zu einem irdischen Meer zu gehören.

So viel Schönheit und Kraft war an diesem Ort. So viel Liebe, dass sie das Gefühl hatte, ihr Herz müsse zerspringen. Die Geräusche, das Licht, alles sagte ihr, dass dies der Ort war, nach dem sie sich ihr ganzes Leben lang gesehnt hatte. Sie befand sich in der Gegenwart Gottes.

„Wo sind wir?"

„Du weißt, wo wir sind."

„In deinem Herzen."

Micha antwortete nicht. Das war nicht nötig.

Einen Moment später hüllte eine Art Vorhang aus durchscheinendem Licht sie ein. Sarah keuchte, als auf jedem Quadratzentimeter des Vorhangs farbige Bilder zum Leben erwachten.

Sie sah sich selbst in *Osburns Eisdiele*, als Micha und sie sich das erste Mal begegnet waren, sie sah gemeinsame Radtouren, Restaurantbesuche, Bergwanderungen. Ihre Ausflüge und Besichtigungen, ihren ersten Kuss und sogar ein paar Meinungsverschiedenheiten. Eine Szene nach der anderen aus ihren gemeinsamen Monaten tauchte auf.

Sie schaute ihn erstaunt an.

Ricks und Michas erste Begegnung am Hug Point, seine Trennung von Julie, der Arztbesuch wegen seines Knöchels und der Tag mit dem Kajak, als er fast ertrunken wäre.

Sie sah sich, wie sie Micha anflehte, nicht nach Seattle zurückzugehen, und wie er sagte, dass alles gut werden würde.

Sie erinnerte sich! An alles. An jeden Moment, den sie miteinander verbracht hatten. „Ich erinnere mich." Sie drehte sich zu Micha um. „Du und ich. Ich erinnere mich daran." Mit Tränen in den Augen trat sie auf ihn zu.

Er zog sie in seine Arme.

Der Vorhang verschwand, und sie standen auf einer Bergwiese; Gras und Glockenblumen wiegten sich im leichten Wind. Aber die Schönheit der Natur verblasste vor der göttlichen Gegenwart, die sie umgab.

Sarah legte den Kopf an Michas Schulter und blieb lange so stehen. Stunden. Jahre. Es war ein Moment, der aus der Zeit gefallen war. Ewigkeit.

Micha hatte in dem Moment die Augen geschlossen, in dem Sarah und er sich in seinem Herzen umarmt hatten. Als er sie wieder aufschlug, lag er in seinem Bett und starrte zur Zimmerdecke hinauf. Er warf seine Decke zurück und fuhr hoch.

Das musste doch mehr als nur ein Traum gewesen sein!

Er schlüpfte in ein T-Shirt und eine Jogginghose und raste zur Haustür. Keuchend riss er sie auf und sprintete die Einfahrt hinab, ohne auf den Schotter zu achten, der in seine nackten Füße schnitt.

„Nein!"

An der Stelle, an der Sarahs Auto Reifenspuren hätte hinterlassen müssen, war nichts zu sehen. Micha stürmte ins Haus zurück, nahm das Telefon und rief bei ihr zu Hause und dann in der Eisdiele an. Bei ihr zu Hause meldete sich niemand, und die Mädchen in der Eisdiele hatten sie noch nicht gesehen.

Er legte das Telefon auf den Tisch und konnte die Traurigkeit nicht länger unterdrücken. Er schleppte sich zum Kamin, setzte sich hin und schloss die Augen. „Du bist immer noch Herr."

Als Micha einige Minuten später die Augen wieder aufschlug, fiel sein Blick auf das Bild an der Wand. Ihm stockte der Atem. Es hatte sich ein letztes Mal verändert. Eine Gestalt war eingefügt worden. Eine Frau, die direkt auf sein Haus zuging. Er sprang auf die Beine und eilte auf die Terrasse hinaus.

In fünfzig Metern Entfernung schlenderte Sarah auf ihn zu. Ihre Haare flatterten im Wind, und ihr strahlendes Lächeln füllte seine ganze Welt aus.

Es war kein Traum gewesen.

Der Traum hatte gerade erst begonnen.

Einige Tage später schlenderten Sarah und Micha zwischen dem Treibholz, das das Meer angeschwemmt hatte, am Strand entlang. Sie hielten sich an den Händen, und keiner sagte etwas. Die Sonne versteckte sich hinter den Wolken und hinterließ einen rötlichen Streifen am Himmel.

Als sie die kleine Landzunge gleich nördlich von Michas Haus umrundeten, hörten sie plötzlich ein lautes Hämmern.

Ein Haus entstand zwischen den Pappeln auf dem Grundstück vor ihnen. Sie kniffen die Augen zusammen, um den Namen auf dem Schild am Rand des Grundstücks lesen zu können, der ihnen den Namen des Bauherrn verraten würde. Es war die Baufirma *Hale & Söhne*.

„Oh, du meine Güte", sagte Sarah. „Glaubst du, sie bauen …?"

„Ja." Micha lächelte. „Ich glaube schon."

*Lieber Leser,*

Toni Morrison, die Literatur-Nobelpreisträgerin, sagt: „Wenn Sie wirklich gern ein bestimmtes Buch lesen würden, und dieses Buch gibt es noch nicht, dann müssen Sie es schreiben."

So war es mit diesem Buch. Ich habe es weniger für eine unbestimmte Leserschaft geschrieben als vielmehr, weil ich Micha Taylors Geschichte lesen wollte. Nein, ich *musste* diese Geschichte lesen. Eine Geschichte über Freiheit. Eine Geschichte über Heilung.

Ich sehne mich nach der Freiheit, die Micha entdeckt, und ich möchte mehr und mehr in die Identität und Bestimmung hineinfinden, die Gott für mich vorgesehen hat. Ich möchte die falschen Stimmen erkennen, entlarven und zum Schweigen bringen, die mich davon abhalten, das Leben in Fülle zu leben, das Gott für mich im Sinn hat.

Dieses Buch zu schreiben war wichtig und wunderbar, weil es auch meine Geschichte ist. Es ist Ihre Geschichte. Es ist die Geschichte von jedem Menschen, der größere Freiheit erlangen und immer mehr erkennen will, wie einzigartig Gott ihn oder sie erschaffen hat. Jeder Mensch hat eine Bestimmung, eine Berufung, die schon geplant wurde, bevor die Zeit begann!

Gott ist der große Heiler aller inneren Verletzungen. Er ist der große Wiederhersteller von Verlorenem. Und sein großes Thema ist Freiheit.

Wenn Sie Lust haben, sich noch tiefer mit dem Thema „innere Freiheit" zu befassen, besuchen Sie doch einmal meine Website und meinen Blog: www.jimrubart.com. Ich freue mich, von Ihnen zu hören!

Um der Freiheit willen!
*James L. Rubart*

# Die Herrlichkeit des Himmels erleben.